"Este terror envolvente é uma exploração magistral da arte de contar histórias. Ele vai atraí-lo para o lado escuro antes de sorrateiramente surpreendê-lo, várias vezes. Uma história assustadora de amizade, criatividade e vingança, com uma prosa tão profunda e arrebatadora quanto os penhascos da própria *Os Fantasmas da Baía Looking Glass*."

— **Janice Hallett**, *autora de The Appeal*

"Que livro absolutamente deslumbrante. Um enredo tão complexo que você só precisa sentar e aproveitar, pois não adianta tentar resolvê-lo. Na essência, um livro sobre a loucura de contar histórias, possessão e luto. Adorei."

— **Araminta Hall**, *autora de Everything and Nothing*

"Um primor da arte de contar histórias, sinistro para caramba, e, em trechos onde pensei ter entendido que rumo a história estava tomando, Catriona me pegou desprevenida com suas reviravoltas bizarras — ah, não, você não fez isso —, sua marca registrada."

— **L. V. Matthews**, *autora de The Twins*

"Assassinatos em série, magia, roubo literário, amor e traição... Tão genial e original."

— **Mark Edwards**, *autor de Here to Stay*

"Stephen King misturado com *Desejo e Reparação* misturado com... ah, que se dane, você não leu nada parecido com isso antes. É muito mais do que um livro de terror. Absolutamente viciante, construído com brilhantismo e incrivelmente comovente, tudo ao mesmo tempo. Assim é Catriona Ward em sua forma mais especial, mais íntima e mais ambiciosa. Acho que a esta altura todos podemos concordar em seguir Ward aonde quer que ela nos leve."

— **Virginia Feito**, *autora de Mrs. March*

"Assassinato, magia e monstros das profundezas: Ward tece sua magia obscura mais uma vez nessa atmosfera envolvente sobre amadurecimento repleta de terror, com várias reviravoltas alucinantes."

— **Ellery Lloyd**, *autora de People Like Her*

"Senti como se estivesse em uma montanha-russa. Suas personagens, o modo como ela entrelaça todas as histórias, as revelações — todas elas tecidas de maneira brilhante, e tudo isso enquanto meu coração batia forte no peito."

— **Lisa Hall**, *autora de The Perfect Couple*

"Uma obra que é um quebra-cabeça de origami, o mistério tão belamente trabalhado que você não vê as dobras, as bordas afiadas como um corte por papel."

— **Lauren Beukes**, *autora de The Shining Girls*

"Alucinante, de tirar o fôlego e impossível de largar, *Os Fantasmas da Baía Looking Glass* é até agora o melhor trabalho de Ward, uma craque do suspense e terror."

— **Emily Hughes**, *Vulture*

"Nas mãos certas, a narrativa pode ser um caleidoscópio, fraturando-se em configurações cada vez mais surpreendentes. Acho que talvez Catriona Ward tenha espirrado um pouco de sangue em seu caleidoscópio com essa obra."

— **Stephen Graham Jones**, *campeão de vendas do New York Times, autor de The Only Good Indians*

"Eu não conseguia mais largar. Você nem percebe como *Os Fantasmas da Baía Looking Glass* é viciante. Quando um livro de Catriona Ward cai no seu colo você sabe que será capturado e nunca mais será libertado. Excepcional, criativo e descaradamente perverso."

— **Hailey Piper**, *autora vencedora do prêmio Bram Stoker por No Gods for Drowning*

"Ward é mestra em manipular as emoções em uma história profundamente pessoal até transformá-las em uma teia épica, aterrorizante, multigeracional. *Os Fantasmas da Baía Looking Glass* é assustador e envolvente. Adorei me deixar levar pela história."

— **Chuck Tingle**, *campeão de vendas do USA Today, autor de Camp Damascus*

"Ward é uma aranha inspirada e *Os Fantasmas da Baía Looking Glass* é sua teia mais magistral até agora. E nós, queridos leitores, não passamos de meras moscas presas alegremente dentro das páginas desse romance brilhantemente intrincado."

— **Clay McLeod Chapman**, *autor de Ghost Eaters*

"Os leitores questionarão cada palavra enquanto Ward habilmente tece uma história enigmática de amizade, amor jovem, obsessão e horror."

— *Polygon*

"Um retrato brilhante dos caminhos tortuosos que uma história pode seguir ao ser contada. Surpreendente, comovente e sofisticado."

— **Megan Shepherd**, *autora mais vendida do New York Times por Malice House*

"*Os Fantasmas da Baía Looking Glass* é uma maravilhosa peça de prestidigitação gótica. Uma história belamente sinistra de percepção e identidade que me encantou desde a primeira página."

— **Joanne Harris**, *autora de Chocolat*

"Para resumir, *Os Fantasmas da Baía Looking Glass* é uma obra-prima de múltiplas camadas de ficção especulativa e prova de que um romance de terror pode atingir um alto patamar literário."

— *Grimdark Magazine*

OS FANTASMAS DA BAÍA LOOKING GLASS

Catriona Ward

OS FANTASMAS DA BAÍA LOOKING GLASS

Tradução

Jacqueline Damásio Valpassos

JANGADA

Título do original: *Looking Glass Sound.*

1ª edição 2025.

Editor: Adilson Silva Ramachandra
Gerente editorial: Roseli de S. Ferraz
Preparação de originais: Júlia Rodrigues
Gerente de produção editorial: Indiara Faria Kayo
Editoração eletrônica: Join Bureau
Revisão: Bárbara Parente

Dados Internacionais de Catalogação na Publicação (CIP)
(Câmara Brasileira do Livro, SP, Brasil)

Ward, Catriona
Os fantasmas da Baía Looking Glass / Catriona Ward; tradução Jacqueline Damásio Valpassos. – 1. ed. – São Paulo: Editora Jangada, 2025.

Título original: Looking Glass Sound.
ISBN 978-65-5622-095-6

1. Ficção norte-americana I. Título.

24-229199 CDD-813

Índices para catálogo sistemático:

1. Ficção: Literatura norte-americana 813
Eliete Marques da Silva – Bibliotecária – CRB-8/9380

Jangada é um selo editorial da Pensamento-Cultrix Ltda.
Direitos de tradução para o Brasil adquiridos com exclusividade pela
EDITORA PENSAMENTO-CULTRIX LTDA., que se reserva a
propriedade literária desta tradução.
Rua Dr. Mário Vicente, 368 — 04270-000 — São Paulo, SP — Fone: (11) 2066-9000
http://www.editorajangada.com.br
E-mail: atendimento@editorajangada.com.br
Foi feito o depósito legal.

A Edward Christopher McDonald

O Homem da Adaga da Baía do Assobio

Do livro de memórias não publicado de Wilder Harlow
Junho de 1989

Estou me olhando no espelho do banheiro e pensando no amor, porque quero me apaixonar neste verão. Não sei como ou por quem. Lá fora, a cidade está um caos em cima do asfalto quente. Deve haver alguém em Nova York para quem… eu gostaria de não ter uma aparência tão estranha. Não estou nem pedindo para que o amor seja recíproco, só quero saber como é a sensação. Faço uma careta diante do espelho, puxando meu lábio inferior todo para baixo para que a parte de dentro apareça. Então, puxo minhas pálpebras inferiores para baixo para que a parte vermelha fique exposta.

— Olá — digo para o espelho. — Eu amo você.

Dou um grito quando minha mãe entra sem bater.

— Mãe! Privacidade! — Uma barata assustada sai de trás dos canos e corre pelo piso de cerâmica rachado, rápida e em linha reta, como se estivesse sendo puxada por uma linha de pesca.

— Se você quer privacidade, tranque a porta. — Ela me agarra pelo braço. — Vamos, macaquinho. Temos boas notícias.

Ela me arrasta para a sala de estar onde o ar-condicionado está rugindo como um bando de leões. Papai está segurando uma folha de papel.

— O inventário ficou pronto — diz ele. — A cabana é nossa. — O papel está balançando; não sei dizer se é do ar-condicionado ou as mãos dele que estão tremendo. Ele parece exausto. Acho que coisas boas e ruins podem ter a mesma aparência, se forem intensas o suficiente.

Papai tira os óculos e esfrega os olhos. Tio Vernon morreu em abril. Papai o amava muito. Ele costuma visitá-lo todo verão — bem, ele costumava. Nunca fomos com ele.

"Vernon é rabugento", papai sempre dizia. "Não gosta muito de mulheres nem de crianças." Tio Vernon era o último parente vivo do lado da família do papai. Nós, os Harlows, não vivemos por muito tempo, então, tio Vernon se saiu melhor do que a maioria; chegou aos 70 anos.

— Temos que ver o estado dela imediatamente — diz papai. — Vender enquanto ainda estamos no auge do verão. Sei disso. — Todos nós sabemos disso. Os envelopes com uma tarja vermelha aparecem debaixo da porta toda hora.

— E se fizéssemos diferente? — sugere mamãe. — Vamos visitá-la primeiro, que tal? Antes de vendermos.

— O quê? — Papai continuava limpando os óculos. Seus olhos estão avermelhados e sem os óculos.

— Vamos tirar férias — diz mamãe. Ela coloca uma mecha de cabelo imaginária atrás da orelha, sinal de que está animada. Não tiramos férias desde aquela viagem a Rehoboth Beach, quando eu tinha 7 anos. — O que acha, Wilder?

— Pode ser divertido — comento, hesitante. O mar parece ser um bom lugar para se apaixonar. Além disso, se tirarmos férias, talvez minha mãe e meu pai parem de brigar. Eles acham que eu não ouço nada, mas eu ouço. À noite, um certo tipo de sussurro soa mais alto do que gritos.

— Você merece umas férias, macaquinho — ela sussurra. — Estamos muito orgulhosos de você. — Ontem recebemos o telefonema: o Colégio Scottsboro está renovando minha bolsa de estudos integral. Deixei ela me abraçar. A verdade é que as coisas em Scottsboro ficaram muito ruins no fim do semestre. Eu estava no limite, ia em direção à sala de aula o mais rápido que conseguia para não ser parado no corredor por ninguém; ou levava um livro para ler no almoço para que ninguém pudesse fazer contato visual comigo. Assim, eu podia pelo menos fingir que não ouvia o que diziam sobre mim. Minhas mãos ficaram vermelhas e doloridas de tanto torcer roupas, gravatas encharcadas de água da privada e água sanitária, às vezes de outras coisas.

A bolsa me dá a chance de estudar em Scottsboro, onde a mensalidade é caríssima. Tudo o que tenho que fazer é aguentar mais alguns anos. Um dia vai acabar. *Aguente firme*, repito isso na minha cabeça sem parar. Vou para a faculdade e a partir daí tudo será diferente. Vou ser escritor.

Não conto aos meus pais o que acontece em Scottsboro. Isso pode piorar ainda mais as coisas entre eles.

Saímos de viagem numa madrugada quente de junho que prometia mais um dia de calor escaldante e fomos seguindo a floresta. Retrocedemos de estação, viajando no tempo, o verão ficando mais recente e fresco à medida que chegávamos mais próximo do norte.

No fim da tarde, deixamos a rodovia. A grama alta e verde. Há flores silvestres que não conheço, o som de grilos. A brisa quente está repleta de sal.

A noite cai quando paramos no sopé de uma colina verde marcada por um caminho de cascalho. A casa fica empoleirada como uma gaivota no penhasco. Caminhamos, suando, pela faixa verde de terra, as malas deixando rastros na grama áspera. A construção é rodeada por uma cerca branca com um portão. É revestida de ripas de madeira chanfrada pintadas de branco, com persianas azuis, e penso: *nunca vi nada tão arrumado, tão perfeito*. Há fileiras de conchas na varanda e madeiras flutuantes retorcidas e prateadas penduradas acima da porta. As folhas do bordo-açucareiro sussurram — abaixo delas, há um gemido agudo, uma nota longa e estridente como um canto ruim.

É a primeira vez que ouço o assobio que dá nome à baía. É parecido com todas aquelas coisas em que você não deveria acreditar — sereias, *selkies*, ninfas.

Voltei ao presente com a mão da minha mãe em meu ombro.

— Entre, Wilder — ela diz, e percebo que estava parado ali, boquiaberto.

— Que barulho é esse? — Parece que vem de dentro de mim, de certo modo.

Papai interrompe o destrancar da porta.

— São as pedras da praia. A maré alta as corroeu, fazendo pequenos furos — como aqueles da flauta que são tampados pelos dedos — e quando o vento está na direção leste, vindo sobre o mar, elas assobiam. Legal, não é?

— É assustador — eu digo.

— Pensando bem — papai diz de maneira contemplativa —, o modo como tio Vernon foi encontrado também foi bastante assustador. Ele estava sentado naquelas pedras enquanto elas assobiavam à sua volta; com os olhos arregalados. Como se tivesse sido levado antes do tempo, ouvindo os assobios da Baía do Assobio até a morte…

— Bobo — murmuro enquanto o sigo casa adentro. Sei que tio Vernon morreu no hospital de infarto.

Dentro da casa tudo é simples, branco e azul, como uma costa lavada pelo mar. Meu quarto tem uma cama de solteiro forrada com cobertores de lã áspera e uma janela redonda como a de um navio.

— Deixe as janelas fechadas à noite — avisa meu pai. — Houve alguns arrombamentos por aqui. Vou comprar cadeados pela manhã.

— E cuidado na água — acrescenta minha mãe, ansiosa. — Há afogamentos quase todos os anos.

— Sim, mamãe querida.

Ela dá um tapa no meu braço. Às vezes, fica brava quando sou o que ela chama de *atrevido*, mas gosta disso na maior parte do tempo.

Abro a janela e adormeço ao som das pedras e do mar.

★ ★ ★

De manhã, acordo antes dos meus pais. Assim que visto meu calção de banho percebo que está muito pequeno. Cresci muito desde o verão passado. Não pensei nisso antes de sair de Nova York. Então, visto uma cueca e calço o chinelo, pego uma toalha e saio pela porta dos fundos.

A bola vermelha do sol da manhã está dissipando a última névoa do mar. Desço o caminho, espalhando cascalho com o chinelo nos pés e a toalha pendurada no ombro.

Na praia, as pedras já estão quentes do sol. Tiro os óculos e com cuidado os deixo sobre uma pedra. Num impulso, também tiro a cueca e entro pelado no mar. A água me envolve com suas garras cristalinas. Por um segundo, eu me pergunto: *correnteza?* Mas o mar está calmo e fresco. É um retorno a casa. Penso: *sou uma pessoa do mar e nunca soube disso*. Mesmo debaixo d'água ainda consigo ouvir o vento cantando nas rochas. E ouço, também, uma voz chamando alguém. Subo até a superfície, tossindo, a água escorrendo pela minha cabeça.

Uma menina e um menino estão na praia. Acho que eles têm mais ou menos a minha idade. Ela usa um macacão e um grande chapéu de aba mole. Seu cabelo é de um vermelho intenso, quase artificial, como sangue. Ela está com um relógio masculino no pulso, dourado e desajeitado. É grande demais e faz seu pulso parecer muito fino. Fico pensando: *caramba, que rápido*, porque me apaixono por ela logo de cara.

Vejo o que ela está segurando: um pedaço de pau, com minha cueca pendurada na ponta. Ela torce o nariz numa expressão de repulsa.

— Que tipo de tarado deixa a cueca jogada na praia? — Seu desprezo combina perfeitamente com o sotaque: ela é inglesa. Não do tipo que fica queimada do sol e se aglomera em torno da Times Square, mas do tipo que eu pensava que só existia nos filmes. Elegante.

O vento sopra em direção à minha cueca, inflando-a. Por um segundo, parece que ainda estou vestindo a cueca — invisível, lutando, empalado.

— Ei — diz o menino. — Ele não sabia que outras pessoas estavam aqui. — Noto a maneira como ele diz a palavra *aqui*. Será que também é britânico? Ele é alto e tem um ar tranquilo e de bem com a vida. *São meninos assim que conquistam as meninas*, penso. Como que para confirmar esse pensamento, ele coloca a mão nas costas da garota. — Devolva a cueca, Harper.

Harper — parece um nome estranho para uma garota britânica, mas combina com ela. Talvez os pais dela sejam leitores vorazes.

Com relutância, ela balança o pedaço de pau para ele. Ele tira a camisa, pega a cueca que está na ponta e entra no mar. Não parece se importar em molhar o *shorts*.

— Fique aí — ele grita. — Vou até você. — Ele dá braçadas longas e lentas até onde eu estou boiando, no centro da enseada.

— Aqui está. — Noto mais uma vez seu sotaque. Não é britânico. Ele me entrega a cueca. Então, nada de volta até a margem. Luto para vesti-la, prendendo meus pés no tecido. Começo a nadar a volta, que parece interminável.

O menino está conversando com a menina — ela está rindo. Penso com uma pontada de medo: *eles estão rindo de mim*. Mas ele coloca com delicadeza uma das mãos nas costas de Harper e a afasta, apontando no sentido contrário do mar, em direção a alguma coisa no penhasco.

Percebo que ele está sendo gentil comigo mais uma vez, garantindo que eu possa sair da água com privacidade.

Eu me enrolo, com frio, na toalha. Pensei que havia algo especial neste lugar esta manhã, mas não há. O mundo é o mesmo em todos os lugares. É tudo como na escola.

— Vejo vocês por aí — digo e volto pelo caminho que vim. Sinto que eles estão olhando para mim e tropeço na ladeira. As pedras dão seu assobio maligno e eu me afasto correndo do olhar e do barulho das crianças, que parecem fazer parte uma da outra. Vou direto para dentro e fico lá até muito tempo depois de ouvi-los vindo da praia e passando pela cabana, muito depois de seus passos terem desaparecido colina abaixo, em direção à estrada.

Eu me pergunto qual é a relação entre eles, se estão namorando, se talvez estejam fazendo *aquilo*. Não tenho conhecimento suficiente sobre *aquilo* para atestar. Ele a toca com uma firmeza casual, mas eles não se comportaram de maneira romântica um com o outro — não da maneira como os filmes me levaram a acreditar.

Eu tinha planejado fazer um diário dos dias aqui. Mas não quero escrever sobre o que aconteceu esta manhã. Lavo o rosto várias vezes com água fria antes do café da manhã, para que mamãe e papai não vejam a vermelhidão ao redor dos meus olhos ou quaisquer outros vestígios de lágrimas.

Quero tanto ir para casa que posso sentir o gosto. Penso no meu lugar de sempre na biblioteca da cidade, perto da ponta de uma daquelas mesas compridas, os abajures com cúpulas de vidro verde projetando círculos de luz quente. Todo mundo ajuda você a entender as coisas, lá.

— Vamos, rapaz — diz meu pai. — É bom para você sair de casa. Não pode ficar enfurnado no seu quarto as férias inteiras. — Então, vou com ele resolver algumas pendências em Castine. O que mais tem para eu fazer?

Enquanto estou esperando que ele termine o que foi fazer no correio, olho com desânimo para os sacos de ração para galinhas empilhados em frente ao armazém e ando pela rua principal. Às vezes, é solitário estar em família.

Uma caminhonete estaciona com um guincho do outro lado da rua, em frente a uma alegre loja branca e azul. *Peixe fresco*, diz a placa no alto. A caminhonete está acabada e enferrujada, com a lataria bastante danificada por várias batidas. Provavelmente, por uma pessoa que bebe muito, digo a mim mesmo com ar de esperteza. Uma frase me vem à mente. *Morar perto do mar é difícil tanto para a pintura quanto para a mente.* Talvez eu anote isso mais tarde.

Um homem magro de colete sai da caminhonete. Ele está ocupado mexendo com caixas térmicas e caixotes e, um momento depois, o cheiro forte de peixe cru chega até mim. Observo o homem com atenção. Ele é tão tranquilo consigo mesmo, descarrega a caminhonete com movimentos rápidos e decididos, despejando de vez em quando um fiozinho de uma água marrom no meio-fio. *Um homem do mar*, penso. Está castigado pelo tempo, a pele é marrom como couro de sapato, mas seus olhos são de um azul quente, marcante em seu rosto cansado. Imagino-o morando num barraco de tábuas, desbotado até ficar prateado pelo sol e pelo sal, perto da água, saindo em seu barco todos os dias antes do amanhecer. Alguma tragédia marca seu passado, com certeza. Ele tem uma aparência bruta e triste, como um caubói de faroeste. Mas é um caubói do mar, o que é ainda mais legal. Vou para a sombra de um pequeno beco. Não quero ser visto encarando-o.

Uma campainha toca e uma jovem sai da loja azul e branca e o cumprimenta de maneira amigável. Ele assente como resposta. Os olhos dela estão inchados; o nariz, vermelho. Ela estava chorando, percebo, e sinto uma onda de compaixão por ela. Ou talvez esteja resfriada. Ela assoa o nariz com vontade e enfia o lenço de papel de volta no bolso. Leva os caixotes até a porta tilintante e os traz vazios, balançando-os nas mãos. O sino anuncia suas saídas e entradas, animado. Não é um resfriado; ela estava chorando, com certeza. Na verdade, ainda está chorando. Novas lágrimas brilham em seu rosto. Ela as seca com movimentos suaves.

— Desculpe — eu a ouço dizer ao pescador, como se ela o estivesse ofendendo de alguma maneira. O homem assente educadamente. O mundo está cheio de tristeza, o silêncio dele passa essa sensação. *Talvez fossem amantes*, penso eu, entusiasmado. *Talvez ele a tenha deixado.*

Quando o conteúdo de todos os doze caixotes foi descarregado lá dentro, ela lhe entrega um maço de notas. Ele o pega e volta para a caminhonete. Ao entrar na loja pela última vez, o lenço de papel em que ela enxugou as lágrimas cai do bolso. Ele deve ter visto o lenço cair com o canto do olho, porque se vira rápido e o pega antes que o vento o leve. O homem coloca o lenço no bolso. Sinto como é gentil, seu ato de humildade, pegar o lenço de papel para a moça que chora e levá-lo embora, para que não caia na rua e vá parar no mar.

Como se se sentisse observado por mim, o homem olha ao redor, examinando a rua devagar. Quando os olhos dele me veem, ele sorri, achando graça.

— Ei — ele diz. — De quem você está se escondendo?

Saio de trás da casa, envergonhado.

— Quer dar uma volta? Me ajudar a pegar o próximo carregamento no cais?

Ele me mostra o banco do passageiro de maneira despreocupada e carinhosa. As pessoas daqui não parecem falar muito, mas gostam de fazer pequenas gentilezas.

— Não posso — digo com pesar. — Estou esperando pelo meu pai.

Ele assente devagar, depois, entra na caminhonete e ela sai rugindo rua acima, em direção ao mar. Gostaria de ter ido com ele agora. Teria sido divertido ver o cais.

Alguém fala "booo", e eu dou um pulo.

O menino da praia diz:

— Naquele dia você foi embora muito rápido. — Ele parece estar ainda mais relaxado e bronzeado que da última vez que o vi. — Meu nome é Nat — ele se apresenta. — Nathaniel.

— Como Hawthorne?

— Meu sobrenome é Pelletier.

— Eu quis dizer Nathaniel Hawthorne, o escritor. — Ele parece desconfortável. Eu me apresso a dizer: — Sou Wilder. É um nome diferente. Pode me chamar de Will. — Já faz um tempo que estou querendo testar esse apelido.

— Que nada, é legal. Como alguém que pratica luta livre ou algo do tipo. Você é da selva, mas eu que sou selvagem! — Ele mostra os dentes brancos e saudáveis em um rosnado. Não combina com seus traços simpáticos.

— Sou *Wildah* — repito, forçando um sotaque britânico, e não parece mesmo tão ruim o jeito como ele pronuncia. Fica parecendo que saiu de uma peça de teatro.

Ele me dá um soco no braço, fingindo estar com raiva, eu rio e ele sorri.

— Não se preocupe com a Harper — diz ele. — Ela é rica, por isso não precisa de boas maneiras.

Eu rio de novo porque ele parece estar brincando, mas penso: *ela de fato parecia não ter educação.*

— Quer nadar com a gente mais tarde? Mais para o fim da tarde. Vamos acender uma fogueira, jogar conversa fora.

Fico balançado. Quero ir, mas estou com medo. Eu realmente não sei como conversar com as pessoas.

Começo a dizer não a Nat, bem no momento em que meu pai sai do correio e acena para mim.

— Tenho que ir — digo.

— Vamos chegar à baía por volta das cinco — ele grita para mim, e parte de mim está tão feliz porque parece que ele quer que sejamos amigos, mas a outra está nervosa porque tudo parece estar resolvido sem que eu tenha feito nada.

Não vou sair com eles, sei que não vou. Vou fingir que estou ocupado quando chegarem.

Nat, Harper e eu estamos sentados na areia, em silêncio e um pouco desajeitados, observando a maré abaixar. A areia molhada da baía é escorregadia e cinzenta. É tão ruim de ver quanto vísceras expostas, uma superfície que não deveria ser descoberta. Atrás de nós, na praia, as chamas da fogueira estão sem graça. Acontece que nenhum de nós sabe acender uma fogueira direito. Harper fica ainda mais bonita quando tem pouca luz. Para mim, ela tem o rosto suave e triangular de uma fada ou de uma criança esperta, e imediatamente gostaria de poder escrever isso para usar mais tarde. Sinto um começo de agitação dentro da minha calça e depois disso não olho para ela de novo, de propósito. Sinto a presença dela ao meu lado, quente como um pequeno sol.

— Desculpe — diz Harper. — Eu fui horrível naquele dia.

— Ah, sem problemas — digo, cauteloso. — Quero dizer, era só brincadeira. — Essa é sempre a melhor coisa a dizer às pessoas que podem machucar você. Isso tira a pressão de cima delas.

— Não, foi cruel. Tenho essas variações de humor. Tento controlá-las, mas nem sempre consigo. — Ela faz uma pausa. — Também foi um pouco confuso; você tem algo muito incomum… — Ela faz uma pausa, e sinto pena dela; está tentando não ser grossa de novo.

— Eu sei — digo. — Passo por isso o tempo todo.

As pessoas formam uma opinião sobre mim muito rápido por causa da minha aparência. Meus olhos são muito grandes, o que deveria ser bom. Mas eles são grandes demais, como os de um filhote de gálago.

E são pálidos. Tão pálidos que é até difícil dizer qual a cor deles. Eles quase se misturam com a minha pele, que também é muito pálida. Quero ficar bronzeado neste verão — para parecer mais um cara normal e menos algum tipo de inseto.

— Sim — diz Nat. — O cara que morava aqui antes de você tinha os mesmos olhos, a mesma... cor. — Ele aperta os olhos e se afasta, olhando para mim. — Você parece uma versão mais jovem dele. Ele nadava aqui de manhã também. — Nat faz uma pausa. — Era legal, conversávamos às vezes. Ele gostava de tirar fotos dessa região costeira.

— Achei que ele tivesse morrido — comenta Harper. — Você é um fantasma?

— Era o meu tio Vernon — esclareço. — Ele morreu *mesmo*.

— Ei, Harper. — A voz de Nat é tranquila, mas Harper ergue os olhos e fica com vergonha.

— Desculpe — ela diz. — Às vezes sou um pouco intrometida.

— Tudo bem. Eu não o conheci. Meu pai chama isso de aparência Harlow. Olhos grandes e esbugalhados, pele branca.

Arrisco um olhar de relance para Harper. Sua pele também é branca, mas macia e repleta de sardas douradas. Ela parece um ser humano, pelo menos, enquanto eu, não; tenho consciência disso. Ela estremece de frio e eu quero lhe oferecer meu suéter, mas não ofereço. Já vi isso em filmes, dar seu suéter a uma garota, mas eu mesmo nunca fiz isso, nem sequer falei com uma garota, sou tímido.

— Onde vocês estudam? — pergunto.

— Na Edison High, em Castine — responde Nat. — Moramos na praia. — Já vi aquelas casas na praia. Ficam prateadas por causa do tempo, os telhados geralmente são remendados com alumínio.

Nat está usando *shorts jeans* rasgado e uma camiseta desbotada dos Red Sox que é grande demais para ele. Sinto uma pontada de vergonha. Os alunos de Scottsboro me chamam de pobre com tanta frequência que me acostumei com isso — minha mãe refaz a bainha da calça do meu uniforme todos os anos, em vez de comprar uma nova. Tenho bolsa de estudos. Mas neste instante me lembram de que não sou pobre.

Harper diz:

— Vou começar o internato no outono. — Ela suspira. — É um bom internato, e eu sou tão ruim na escola. Provavelmente não vou durar muito lá. Talvez termine indo para *Fairview*.

Já ouvi falar de Fairview. É onde os ricos abandonam as filhas quando não sobra mais nenhum lugar.

— Na verdade, meu lugar é em Fairview — acrescenta Harper, sinistra. — É uma escola ruim para pessoas que são ruins na escola. Todo mundo sabe disso. Até eu sei disso. — Ela franze a testa e cutuca a areia com um pedaço de pau. — Quero ir para casa.

— Ah. Bem, tchau. — Sinto uma tristeza profunda. Mas conversei com ela por uma hora.

— Quero dizer, para o Reino Unido.

— Não acho que você consiga chegar lá até o anoitecer — diz Nat.

— Engraçadinho. — Ela suspira. — Não quero ir para o internato. Vou sentir muita falta do Samuel.

— Quem é Samuel? — Mantenho meu tom casual, embora o ciúme seja uma lança quente na lateral do meu corpo. Não sei dizer se disfarcei bem ou não.

— Ah. Meu cachorro — conta Harper. — É um *dachshund*, um salsichinha. Ele é pequeno, mas não tem o comportamento de um cachorro do tamanho dele. Ele tem dignidade. Vão dá-lo à governanta, ou é o que dizem. Provavelmente é mentira. Mamãe deve mandar matá-lo. Ele é tão incrível. Sempre sabe quando estou com medo. Sempre vem até mim. — Ela se levanta e limpa a areia das mãos. — Acho que preciso ir agora. Logo vai escurecer.

— Posso acompanhar você? — diz Nat.

— Melhor não — ela diz. — Eles não iriam gostar. — Os dois trocam olhares. Morro de inveja da intimidade natural entre eles. Mais uma vez me pergunto se eles estão fazendo *aquilo*.

Nós dois a observamos subir o caminho sob a luz fraca, chegar ao topo do penhasco e desaparecer no céu roxo.

Nat se acomoda de novo na areia.

— Harper foi expulsa de todas as escolas da Inglaterra.

— Pelo quê?

— Pelo que *não* foi? Tudo. Ela *não confia nas estruturas de autoridade institucionalizadas*. — A imitação que ele faz do modo de falar com clareza e cuidado, característico do sotaque de Harper, é muito boa.

— Vocês dois se conhecem há muito tempo?

— Alguns anos. Os pais dela vêm para cá todo verão.

— Você... vocês dois estão, tipo, envolvidos?

— Não.

— Achei que talvez estivessem.

— Não. Mas estou apaixonado por ela — confessa ele.

— O quê? — É algo chocante de se dizer em voz alta, como alguém tirando a roupa em público.

— Estou apaixonado por ela, foi o que eu disse. Vou fazer com que ela me ame, um dia.

— Mas não se... *conta às pessoas* coisas assim, simplesmente. — Meus punhos estão cerrados. Não consigo concentrar minha raiva em nada racional, e isso me deixa ainda mais irritado. — Esse tipo de coisa é particular, você guarda para si mesmo...

— Talvez você faça isso, ou tente fazer — ele diz com uma repentina onda de raiva. — Mas você não é muito bom nisso. Você olha para ela o tempo todo quando ela não está olhando. Mas você não consegue nem olhar nos olhos dela; é constrangedor. Como se você nunca tivesse visto uma garota.

— Você também não está chegando a lugar nenhum — retruco. — Há quanto tempo você está pensando em, tipo, segurar a mão dela?

— Ainda vou mais longe que você — diz ele, confiante, e sei que ele está certo.

Antes que eu consiga pensar, minha mão bate na bochecha dele dando um estalo. Ele toca a marca vermelha que minha mão deixou para trás.

— Você acabou de me dar um *tapa*? — ele pergunta devagar.

Eu recuo quando seu punho vem na direção do meu rosto e o soco atinge o osso do meu peito, logo acima do coração. Meu peito explode em dor; e eu suspiro. Parto para cima dele agora, dando golpes contínuos em seu rosto e peito e em todos os lugares que consigo alcançar. Não sou muito bom de briga, mas acho que Nat também não, porque nenhum de nós dá golpes muito bons. Mas ele me deixa com um olho roxo e eu o deixo com um hematoma na lateral do rosto.

Lutamos até o ponto de comer areia e ela entrar em cada espaço de nossos corpos, até ficarmos ofegantes e exaustos. Como nenhum de nós parece ter chance de vencer, simplesmente concordamos em parar, rolamos para longe um do outro e nos deitamos de barriga para cima, cuspindo areia.

— Desculpe — hesito. — Achei mesmo que vocês dois estavam... você sabe... juntos.

— Não — ele diz. — Somos amigos. — Ele suspira. — No começo, pensei que você e eu poderíamos ser amigos.

— Eu sei — digo. — Também pensei isso. Mas não vai dar certo se nós dois estivermos apaixonados por ela.

— Acho que tem que ser assim — fala Nat. — Amigos e apaixonados por ela. — Ele está certo, não é possível interromper uma coisa nem outra.

— Não podemos brigar o tempo todo.

— Temos que chegar a algum tipo de acordo.

— Concordo — digo, pensando. — Então, regra número um, nada de trapaça, nada de agir pelas costas um do outro. Vamos concordar que de agora em diante nenhum de nós vai tentar conquistar Harper. Combinado?

— E nunca podemos contar a ela sobre isso — acrescenta ele. — Isso também é uma regra. Fechado?

— Fechado. — Aperto a mão dele.

Ele toca o rosto com um dedo hesitante e estremece.

— Ainda bem que meu pai está pescando à noite. Dorme durante o dia. Ele só vai me ver na luz do dia daqui a uma semana. — Ele faz uma pausa. — Mas foi divertido. Boa briga.

Chutamos areia sobre o que resta da fogueira e vamos embora.

— Vejo você amanhã — grita ele para trás.

Fico apreensivo com o fato de meus pais verem meu olho roxo. Mas nem precisava, pelo jeito. Minha mãe coloca arnica no meu rosto e estala a língua de maneira crítica.

— Está tudo bem — asseguro. — Somos amigos agora. Nat e eu.

— Você costuma fazer amigos brincando de lutinha? — ela questiona, achando graça, e percebo que ela acha isso saudável para um garoto da minha idade: *brincar de lutinha*.

No dia seguinte, Harper e Nat estão do lado da cerca branca depois do café da manhã.

Harper olha fixo para meu hematoma.

— Extraordinário — ela diz, então, bem inglesa: — Que olho roxo. — Um cheiro azedo paira sobre ela.

— Como eu disse — relembra Nat —, tropecei, agarrei Wilder e nós dois caímos. Rolamos chão abaixo. — Virando-se para mim, ele diz: — Vamos andar de barco. Ele já está a postos, na água.

Harper começa a descer pelo caminho formado por xisto com um cuidado exagerado.

— Não posso escorregar — diz ela, como se fosse para si mesma, me olhando por baixo dos cílios.

O barco está balançando na água sob o sol da manhã. Está todo lascado e arranhado, e dá para ver todas as cores que ele já foi pintado, o passado está escrito nele como um registro. *Sereia*, lê-se nas letras pretas tremidas na traseira do barco. O motor externo, que fica na parte de trás, está deixando um pequeno rastro de óleo na água.

Existem apenas dois coletes salva-vidas, por isso, depois de uma discussão, concordamos que a única solução é que nenhum de nós use colete.

— Se um morre, todos nós morremos — digo. Combinado.

— Parece que vocês dois estão se saindo bem na função de se matarem — comenta Harper. Ela me observa com a concentração de um pássaro. Tira seu grande e desajeitado relógio de ouro e o coloca com cuidado em um saco Ziploc, depois o guarda no armário embaixo do banco.

O pequeno motor do barco avança contra as ondas. Vamos na direção das águas abertas, perdemos a costa de vista à procura de grandes tubarões-brancos. Quando estamos cercados pela água azul-marinho em todas as direções, Nat desliga o motor. Nós nos revezamos pulando do barco para o fundo do mar, ficamos ofegantes pelo choque com o frio, nossa respiração acelera, imaginando monstros se mexendo lentamente nas profundezas abaixo de nós. Não vemos nenhum tubarão e logo nos sentimos solitários, nada além de água por toda parte. Quando avistamos a costa de novo, gritamos de alívio, como se estivéssemos à deriva há muitos dias.

Vamos devagar acompanhando a costa, passando por casas construídas em cima de penhascos, encostas recortadas por pinhais escuros, campos verdes salpicados de margaridas. Num trecho vazio, nos deparamos com uma família de focas que toma sol em rochas planas, numa enseada abrigada. Elas nos observam, tranquilas, com seus olhos redondos e estranhos, mas não se mexem. Sabem que não somos uma ameaça — agora fazemos parte do mar.

Harper fala sobre Grace Kelly. Ela ama Grace Kelly. É como se as palavras a preenchessem até o limite e precisassem ser liberadas. Sua fala parece quase um ato impessoal — uma liberação mecânica que não pretende funcionar como comunicação.

— Que controle — Harper murmura para o mar. — Como atriz, como mulher. Grace Kelly dizia a verdade o tempo todo, mas era um castelo construído por ela mesma. Ninguém conseguia ter acesso a quem ela era de verdade. Era perfeito. Ela se protegeu de um mundo perigoso.

— Harp? — Nat a toca cuidadosamente com o pé e ela se assusta.

— Desculpe — ela diz. — Só acho que os atores são sagrados, sabe?

Harper também fala sobre seu cachorro.

— A coisa que mais sinto falta em relação a Samuel é a maneira como ele me protegia do meu pai — conta ela. Então, ela se senta de repente e examina os penhascos. — Vocês acham que o Homem da Adaga está nos observando?

— Ah, não precisamos falar sobre isso — diz Nat. Um raro lampejo de desconforto cruza seu rosto simpático. — É bizarro.

— Acho que ele está nos observando. Deve estar esperando que desembarquemos em algum lugar bem remoto e então ele virá atrás de nós, rápido como uma sombra, segurando a adaga acima da cabeça... — Ela levanta o punho atrás da cabeça como se fosse esfaquear alguém. Seu cabelo ruivo cai sobre o rosto, deixando a situação sinistra e assustadora.

Eu pergunto:

— Do que você está falando?

— Do cara que invade as casas da região — explica Harper. — O Homem da Adaga. Você não sabe dele? Você não é um morador local, então, acredito que ninguém lhe conta nada.

Eu não ressalto que possuir uma casa grande onde você fica durante um mês do ano dificilmente faça de você um habitante local.

— Me conta você, então.

— Aconteceu no ano passado — narra Harper. — Houve arrombamentos. Sempre visitantes, ninguém daqui. Mas a questão é…

— Ele tira fotos das pessoas quando estão dormindo — conclui Nat. — Não é tão sério quanto ela faz parecer.

Harper continua:

— Ele só tira fotos de crianças. E *é* sério sim. As pessoas acham que ele faz isso com as crianças porque seria mais fácil controlá-las se acordassem. Depois, ele vai embora. Como eu disse, não leva nada, que eles saibam. A família nem fica sabendo que a casa foi invadida.

— Então, como…

— Ele envia as fotos para as pessoas — explica Harper. — As Polaroids. Pelo menos, foi o que ouvi meu pai dizer. A polícia, as famílias. Crianças dormindo. E dizem que as Polaroids mostram uma espécie de adaga na garganta da criança. Aconteceu com os Mason e os Bartlett, acho que com alguma outra família, mas não lembro quem era. De qualquer maneira, esses eventos pararam quando o verão terminou. Mas todo mundo está se perguntando se vai começar de novo.

— Não somos crianças — digo. — Provavelmente, vamos ficar bem. — O desconforto toma conta de mim. E algum outro sentimento também. Fico olhando para a mão de Harper, que muitas vezes aperta um dos joelhos ou uma das coxas para dar ênfase, ou para buscar estabilidade. Suas unhas estão roídas até a raiz e ela tem um *Band-Aid* velho e acinzentado enrolado no polegar. Há minúsculos pelos dourados em suas pernas, que às vezes refletem o sol do meio-dia como fios de cobre. Quando olho para cima, os olhos de Harper estão fixos em mim.

— O nome dele — diz Harper, sonhadora, olhando para mim. — Penso nele como uma palavra só. Homem-adaga, homem-adaga...

— Não faz isso... — Sinto que algo vai acontecer se ela disser esse nome pela terceira vez.

— Peguei um! — Nat grita da frente do barco e nós dois damos um pulo como se estivéssemos acordando de um sonho.

Nat tira o peixe que está se contorcendo do anzol e o bate na proa até que seu cérebro se espalhe pelo ar brilhante. Seu corpo é longo, lindo e repleto de sangue.

— Robalo-riscado — diz ele, colocando o peixe na caixa frigorífica e guardando a vara de pesca com carinho no fundo do barco.

Paramos em uma pequena praia branca, nada mais do que uma faixa de areia branca. Nat encontra ostras que estão crescendo até a altura da cintura nas rochas abaixo da superfície. Ele as abre com cuidado usando a faca de ostra.

— Meu pai esculpiu isso — diz ele com orgulho. — Legal, né? — O cabo da faca de ostra é de nogueira, desgastado pelo uso e com um desenho de peixinhos. — Ele me deu de aniversário quando eu tinha, tipo, 7 anos.

— Meu pai nunca me deixaria ter uma faca — digo, com inveja.

— Ele é muito legal — diz Nat. — Às vezes, pega focas, com o equipamento de capturar tubarões. É por isso que ele sempre tem um gancho no *Sereia*. O que se faz é chegar ao lado dela, derrubá-la com o gancho, prendê-la no equipamento de capturar tubarão e deixá-la ao lado do barco por um tempo até que ela esteja pronta para fazer o que você quiser. Depois você a leva para outro lugar, na costa, para terminar.

Sem molho picante ou limão, as ostras ficam nojentas, mas ainda assim como duas. Acendemos uma fogueira com a madeira encontrada na praia. Estamos ficando um pouco melhores nisso, desta vez, não colocamos muita madeira de uma vez para acender o fogo. Limpamos, embrulhamos no alumínio e cozinhamos o robalo na brasa. A carne do peixe fica queimada em alguns lugares e quase crua em outros, mas nós a devoramos mesmo assim. Os caranguejos-aranha correm perto de nós com suas pernas delicadas. Jogamos as espinhas do peixe para eles e eles se agrupam sobre o esqueleto, limpando-o. Deitamos de barriga para cima na areia branca e quente, observando a fina espiral de fumaça subir no ar. Lá no alto, o sol queima e nossas peles ficam rosadas e doloridas.

— Este é o melhor dia da minha vida — quase digo a eles... mas desisto. Quero manter toda essa vida bem guardada dentro de mim, empolgante e perigosa.

Harper tira uma garrafa de Jim Beam da bolsa. Talvez tenha um terço de bebida nela e a passamos entre nós, engasgando enquanto o calor desce pelas nossas goelas.

— Vocês poderiam muito bem me contar — diz Harper quebrando o silêncio. — Por que brigaram?

— Nós não brigamos. — Estou meio distraído com o uísque. — Nat tropeçou no caminho e me levou junto com ele.

— Tanto faz. Vocês dois são péssimos mentirosos. — Harper ergue a garrafa de uísque vazia. — Vamos girá-la — ela sugere.

Meu coração sai pela boca, um caroço quente. Nunca brinquei de girar a garrafa, nunca beijei ninguém. Eu me pergunto como seria beijar Harper. Me pergunto se vou vomitar. Nat está me observando. Me pergunto, em meio a uma névoa branca de pânico, o que isso significa para o nosso acordo.

— Harper — ele diz.

Mas ela sibila — Ssssssh! — e olha feio para ele.

Harper coloca a garrafa sobre uma pedra plana no meio de nós três. Gira-a. A garrafa brilha e dá voltas como uma hélice na luz forte. Ela desacelera e depois para. O gargalo aponta para mim e o fundo, para o mar.

— Você tem que beijar o mar — diz ela.

— Mas as regras não são essas… — começo a dizer, impotente, e decido deixar para lá. Talvez eu tenha entendido mal as regras; não que eu já tivesse jogado aquilo antes. Harper deveria saber jogar melhor do que eu. — Gira de novo?

— Não — diz Harper, semicerrando os olhos para mim. — Essas são as nossas regras, Wilder. Você tem que beijar quem a garrafa está indicando.

Ficar de pé é como ser uma pipa, estou balançando na ponta de uma corda. Quanto uísque eu bebi? Vou para o raso onde o mar brilha sobre as pedras, transformando-as em joias.

— Prazer em conhecê-lo — digo ao mar. — Que bela blusa você está usando. — A água corre pelos meus pés. — Direto ao ponto, hein? — digo, resignado. — Como quiser, senhora. — Me ajoelho e beijo o mar. Ele retribui o beijo, acariciando minha boca como uma língua fria. Imagino por um momento que há pele salgada sob meus lábios.

— Capricha na língua! — Harper grita. — Capricha nessa língua aí! — E percebo que ela bebeu ainda mais do que eu.

No jogo temos que beijar qualquer objeto que a garrafa nos indique. Nat abraça uma pedra com paixão. Harper se cobre com algas marinhas, cuspindo e engasgando.

— A garrafa é a regra — digo a ela, baixinho. — A única regra. Capricha na língua. — Ela me empurra com força e caio de costas no xisto aquecido pelo sol, rindo tanto que sinto que vou morrer.

Acordamos com os pés na água. A maré está quase alta; temos que nadar até o barco com roupas e bolsas acima de nossas cabeças doloridas, as ondas jogando sal e frio em nossas bocas abertas.

Harper está sentada na parte de trás do barco, olhando para a água. A mão dela percorre o azul frio.

— Não sei como Harper consegue — diz Nat. Sua voz é baixa, abafada pelo motor e pelas ondas. — Todas as vezes que jogamos esse jogo, sempre sai uma árvore. Ou uma pedra.

Faço uma pausa no meio do processo de vestir o *jeans*.

— Vocês brincam de girar a garrafa… só vocês dois?

— Besteira total, né? — Ele estuda meu rosto. — Não mais — ele se apressa em acrescentar. — Agora não jogaríamos sem você, Wilder.

Quando voltamos à Baía do Assobio, estamos atravessando um pântano de exaustão.

★ ★ ★

Naquela noite, flutuo acima da cama, quente e estranho, como se o sol tivesse entrado em meu corpo. Ainda consigo sentir o barco balançando embaixo de mim, movendo-se com as ondas. *É assim que a vida realmente é,* penso. *É intensa assim.* Então, saio cambaleando da cama, corro pelo corredor estreito e frio até o banheiro e vomito intensamente, pedaços de peixe meio cozido boiam em uma enxurrada quente do velho Jim Beam.

De manhã, meus pais saem cedo para alguma feira de artesanato ou talvez para um mercado de frutos do mar, ou para quem sabe passear, não sei. Eu resmungo e me viro de lado.

— Não — digo através do travesseiro. — Vou ficar em casa, fazer algumas leituras de férias para a escola.

— Tudo bem, não tem problema — diz meu pai, satisfeito. Volto para a escuridão, a cabeça latejando.

Finalmente, por volta das dez, acordo direito. Já está quente como se fosse meio-dia lá fora. Faço café e saio para o sol com um punhado de granola na mão.

Harper está sentada na grama em frente ao portão. Ela parece abatida e suspeito que a noite dela tenha sido ainda pior do que a minha. Sinto uma pontada de empolgação. Ela veio me encontrar.

— Há quanto tempo você está aqui? — pergunto, casualmente. — Você deveria ter batido na porta, gritado ou feito algo do tipo.

Ela dá de ombros.

— Não estou com pressa — garante ela. — Apenas entediada. Nat está ocupado. Posso tomar café? Posso sair com você hoje?

Estou animado e apavorado com a perspectiva de passar o dia sozinho com ela.

— Tudo bem — digo. — Sim, quero dizer, claro! Podemos ficar aqui, se você quiser. Meus pais não estão em casa.

Ela assente.

— Às vezes, é bom estar perto de uma casa — diz ela. — Estou meio cansada do mar.

Estendo minha mão.

— Quer tomar café da manhã? — Comemos a granola pura que estava na minha mão.

Subimos nos galhos do bordo. Estamos meio que sentados aqui, desajeitados, e estou procurando algo para dizer quando ela se aproxima de mim com um graveto.

— O que aconteceu de verdade entre você e Nat? — Ela cutuca minha coxa. — Acho que vocês estavam brigando. Ele gosta de mim? — Percebo um desejo em sua voz.

— Também tenho perguntas para você — digo. — Por que aquela garrafa de uísque que você levou para o barco estava com dois terços a menos?

Nós nos encaramos. Eu desmorono primeiro.

— Desculpe — falo. — Estou sendo um babaca. Nunca tive uma amiga antes. Na verdade, nunca tive amigos antes. — Olho fixo para o chão, esperando que ela diga algo devastador e inteligente, ou simplesmente vá embora, talvez.

— Não tenho nenhum amigo, além do Nat — fala Harper, na verdade. — Todos me odeiam. Fico esperando pelo verão o ano inteiro para vir para cá. Qual é a sua desculpa?

— Você primeiro — peço. — Por que todo mundo odeia você?

— Eu não sou boa com as pessoas.

— Por quê? Se você falar a verdade, eu também falo.

Harper fica pálida e gesticula com a mão, tipo, *não*.

— Vamos lá — eu a encorajo. — Seu sotaque britânico está aparecendo. Do que você tem medo?

— Nada, pare com isso. — Ela se anima. — Você tem alguma coisa para beber?

— Meus pais não bebem. — Há uma garrafa de vermute doce na prateleira do armário da despensa. Minha mãe gosta de um copo pequeno com uma rodela de limão antes do jantar. Não vou dá-lo a Harper. Quando olho de novo, ela está chorando. Faz isso em completo silêncio, com lágrimas brilhando em seu rosto na sombra dispersa da árvore.

— Oh… — Saio em pânico do galho em que estou sentado e vou até ela. Estendo a mão até onde ela está sentada, na curva de um galho. Não sei o que fazer, então, meio que dou tapinhas na lateral do corpo dela, como você faria com um cavalo.

Ela se afasta do meu toque.

— Sinto muita falta do Samuel — ela diz com voz rouca.

— Seu cachorro. — Fico satisfeito comigo mesmo por lembrar.

— Ele era tão gentil e bom. Cuidava de mim. Só comia batata frita se tivesse mostarda. Não é estranho?

— Tenho certeza de que ele é um ótimo cachorro — digo. — Tenho certeza de que ele está feliz onde quer que esteja. — Eu me pergunto se os pais dela já mandaram matar o cachorro. Hoje ela está falando sobre ele no passado. Eles conseguiriam ter feito isso tão rápido assim?

— Vamos apenas nos distrair — diz ela, cansada. — Tudo bem, Wilder?

— Tudo bem — digo.

Então, é isso que fazemos. Encontramos um jogo de gamão no armário embaixo da escada e ela me ensina a jogar. Sou péssimo nisso.

— Droga — resmungo enquanto perco outra partida para ela.

— Você pode dizer merda, sabia? Eu não sou sua mãe.

— Uh — digo, tímido. — Mas depois posso ficar acostumado e falar isso na frente dela sem querer.

— Você é um cara tão estranho. — O tom dela é de aprovação.

Vamos para dentro de casa e comemos biscoito com molho de queijo na frente da TV. Ela é antiga, tem um arco-íris permanente no canto da tela, mas acabamos encontrando um filme para assistir, algo sobre a amizade entre dois *bartenders*. E aquela eletricidade peculiar percorre minha espinha só uma vez. Apenas uma vez, durante toda a tarde.

— Você já se perguntou se é fruto da imaginação? — Harper pergunta de maneira sonhadora, colocando a cabeça no meu ombro. — Se é uma pessoa real?

— Você é real — digo, com todos os sentidos vivos.

Ela boceja.

— Já enjoei desse filme.

— Achei que você nunca o tivesse assistido.

— Nunca assisti. — Ela começa. — Desculpe, estou caindo de sono. É melhor eu ir.

— Deixe eu acompanhar você.

— Por quê? Não vai acontecer nada *comigo* — garante Harper.

Ela ainda parece meio fora de si, então começo a insistir — mas depois ela fica brava e eu desisto.

Fico olhando pela janela enquanto ela caminha pelo topo do penhasco sob a luz fraca.

Estou guardando o molho de queijo quando percebo que a garrafa de vermute sumiu. Quando ela pegou? Enquanto eu estava no banheiro?

Receio que meus pais notem, mas quando voltam estão distraídos, nervosos. Não, pela primeira vez, brigando. Aconteceu alguma coisa em Castine. Uma mulher foi nadar esta manhã, quando estava amanhecendo, e não voltou. É a proprietária de uma empresa local que morou aqui a vida inteira. A guarda costeira está fazendo as buscas.

— Espero que a encontrem — diz minha mãe, com o rosto pálido. — Christy é a alma mais simpática de Castine, todo mundo fala isso.

— Não nade fora da baía, mocinho — adverte meu pai, colocando a mão sobre a da minha mãe. Tento não notar que ela a tira. — Se sair de barco com seus amigos, fique no barco. Leve sempre uma garrafa a mais de gasolina. A correnteza daqui mata. — Seus óculos refletem a luz do lampião e a barba está bagunçada por causa do vento.

— Tenho que encontrar com meus amigos. — Estou ansioso, mas minhas palavras soam como loucura. Tenho medo que ele me diga para não ir.

— Só tome cuidado — aconselha ele. — Você fez alguma leitura para a escola hoje?

Demoro um momento até me lembrar da mentira da manhã.

— Ah, várias — respondo. Ele parece tão feliz que eu o abraço com força.

Papai me dá uns tapinhas nas costas.

— Tenho que pegar aquela peça reserva para o cortador de grama — ele diz e sai pela porta da frente. Os olhos da minha mãe o seguem.

Ele chega tarde da noite; o som da porta da frente se abrindo mistura-se com meus sonhos.

★ ★ ★

Alguns dias, Harper está ocupada com os pais ou encrencada por uma coisa ou outra e somos apenas Nat e eu. Nesses dias, falamos sem parar sobre ela, de seus olhos e cabelo e de como ela é descolada. Conversamos sobre como nunca amaremos ninguém além dela. Por isso nos sentimos mais próximos um do outro. Talvez seja estranho, mas isso nos une, estarmos os dois apaixonados por ela. Dá segurança a tudo. Significa que podemos ter o dobro de certeza de que nada acontecerá.

No início, empresto meus livros favoritos a Nat. Ele é um grande amigo e se conseguíssemos conversar sobre livros, ele seria *perfeito*.

— Mas você *gosta* do Tom como personagem? — pergunto, enquanto atravessamos as poças na maré baixa. — Dickie merecia morrer?

— Ninguém merece ser assassinado — diz Nat, entregando-me uma rede de pesca de camarão.

— Não tenho tanta certeza disso — digo, pensando na escola. Fico decepcionado. Acho que ele nem leu o livro.

— Caracol marinho — diz Nat, mostrando-me uma pequena concha com uma linda curva. Na parte de dentro, avisto uma coisa delicada e brilhante. — Dá para cozinhar e comer — diz ele.

— É... é isso que vamos fazer?

— Está com fome?

— Não.

— Então, não. — Ele coloca o caracol delicadamente na poça da maré.

Não sei muito sobre a vida dele em casa, nem mesmo o local exato onde mora na costa — ele guarda isso para si. Ele sempre vem em casa me buscar e não entra, mesmo quando meus pais o convidam. Ele parece mais confortável ao ar livre, sob o sol, à beira-mar.

Nunca, desde que somos amigos, o vi dentro de casa. Até aquela última vez.

Caminhamos juntos por uma trilha fresca de pinheiros. Nat carrega a carabina de pressão por cima do ombro. Deveríamos atirar em coelhos, mas desejo em segredo que não encontremos nenhum. Às vezes, paramos para enfileirar pinhas em troncos e atirar nelas. Sou muito bom para um iniciante.

É um dia longo e ensolarado. Dou a Nat metade do sanduíche que tenho no bolso porque ele não trouxe nada. Para meu alívio, não vemos nenhum coelho. Ele me ensina a distinguir plantas — árvores e flores.

— Garoto da cidade.

Ao chegarmos perto de casa, paramos num campo inclinado acima da baía, onde dá para ver, por cima das faias, o mar, que hoje está de um azul brilhante de doer. Um riacho passa pelo campo, fazendo barulho. Com as mãos em formato de concha, bebemos água. Dentes-de-leão voam ao nosso redor enquanto nos sentamos na grama.

— Meus pais estão brigando muito. — É bom contar a alguém.

— Como são seus pais? — Nat pergunta.

— Eles são legais — digo, surpreso. — Meu pai é meio bobão.

— Vocês, tipo, fazem coisas juntos?

— Às vezes — respondo. — Não tanto quanto costumávamos fazer.

— Sinto falta da minha mãe. Ela fugiu e nos deixou. Está tudo bem — Nat se apressa em acrescentar, vendo minha expressão. — Isso foi há muito tempo. — Ele abre a surrada carteira de velcro. — Meu pai não sabe que guardo isso. Ele não iria gostar.

Uma mulher com cabelo louro desgrenhado, que seu filho herdaria no futuro. Ela está em um bar, rosada por causa da cerveja e do calor do lugar. Nat fez duas dobras na fotografia, para que ela caiba na capa de plástico transparente da carteira, onde deveria ficar sua carteira de motorista — para que ele a veja toda vez que abrir a carteira, eu acho.

— Ela se chama Arlene — diz Nat. — Às vezes, eu me pergunto onde ela está.

— Talvez um dia você vá procurá-la — sugiro. — Viajar mundo afora.

— Não, eu não vou embora. Por que eu faria isso? — Ele aponta para o mar, para o campo, para o céu de verão.

— Você se sente em relação a este lugar como Harper se sente em relação ao cachorro dela — digo. — Ela sente muita falta dele, certo?

Nat balança a cabeça negativamente.

— Ela não tem cachorro. Nunca teve.

— Como assim?

— A história não é minha para eu contar. — E não consigo fazer com que ele diga mais nada. Em vez disso, Nat fala: — Meu pai vai me dispensar das tarefas de novo amanhã. Podemos pegar o barco. Harper e eu vamos ligar para você às sete.

— Da manhã? — Estou incrédulo.

— Temos que sair cedo para aproveitar o tempo do divino.

— O tempo bom?

— Foi o que eu disse.

Tenho quase certeza de que não foi o que ele disse.

Estremeço e tudo fica um pouco nublado, como se houvesse uma nuvem tampando o sol.

Nat está me observando.

— O que foi?

— Tenho que ir para casa. Minha mãe está me esperando. — Meu pai provavelmente não estará lá. Sei que não estará. Ele não tem ficado muito em casa nos últimos tempos.

Mas não é isso. De repente, não gosto deste lugar. Não sei por quê. É um lindo campo cheio de flores com vista para o mar, que tipo de pessoa não gosta disso? Mas mal posso esperar para sair dali. Sinto que vou vomitar.

Ele me dá uns tapinhas nas costas de maneira amigável e não paro para me despedir. Desço correndo em direção ao mar e à Cabana do Assobio.

Assim que atravesso as faias e volto ao caminho do penhasco me sinto melhor. Não há como explicar o sentimento que tomou conta de mim há pouco. Como se uma mão estivesse apertando minhas entranhas. *Controle-se, Wilder*, digo a mim mesmo. *É só um lugar.* Mas eu o odiei. Senti como se ele estivesse olhando para mim.

★ ★ ★

O início da manhã é cinzento e sem graça, pressionando o horizonte. No fundo do barco, há uma corda, um gancho e a faca de ostra. Meu olhar volta-se para eles repetidas vezes, enquanto saímos da baía e contornamos o cabo.

— Para que servem essas coisas? — pergunto em determinado momento.

— Estamos indo para um lugar especial — explica Harper. Ela parece nervosa, com os olhos vidrados. Percebo que andou bebendo. Fico apreensivo por ela, mas também é um pouco empolgante. Ela está perturbada e precisa da minha amizade. Mais uma vez, há uma agitação nas profundezas do meu interior.

O mar se agita e cospe, preto com bordas brancas.

— O tempo não parece estar bom — digo.

— É tempo do divino — diz Harper. — É o melhor tempo para ver o divino.

— Que divino?

— Ela está só brincando — diz Nat. — Harper finge que acha que tem alguma coisa no fundo da caverna. E quando você chama por ela, ainda mais quando o tempo está ruim…

— Ela acorda — sibila Harper, com os olhos no horizonte. — A mulher no mar. O divino.

Estou com medo e penso em dizer a eles para me levarem de volta, mas não quero fazer isso na frente da Harper. Talvez seja isso que planejaram o tempo todo: fazer amizade comigo para me atrair até aqui como um sacrifício. Minhas mãos arrastam e escorregam onde estou segurando na lateral do barco.

— Ei — diz Nat, gentilmente. — Relaxe. É apenas um truque de som e luz da água. Não há nada de fato lá.

— Por que pegar a faca se não é real?

— Para ficar com medo — diz Harper. — Ficar com medo é divertido. Mas você tem que fazer com que pareça real… para ter medo de verdade. — Ela coloca a mão em cima da minha. — Não se preocupe. É uma encenação, eu prometo. Mas você tem que *se comprometer*. — A mão dela aperta a minha com urgência. — Vamos encontrar Rebecca.

Dá para ver que ela quer que eu pergunte, então o faço:

— Quem é Rebecca?

Harper sorri. Há apenas uma insinuação de confusão em torno de suas consoantes.

— Então, tipo, doze anos atrás havia uma jovem atriz chamada Rebecca que estava prestes a ter sua grande chance. Ela interpretaria uma nadadora olímpica em uma grande produção de Hollywood. Ela passou o verão aqui para treinar, praticou todos os dias, nadando cada vez mais longe da costa.

"Rebecca era casada com um cara perfeito. Todos os dias, ao anoitecer, seu marido deixava uma luz para ela no fim do cais, uma lanterna com uma lâmpada azul, para guiá-la até em casa. Ela nadava até o cais, ele a tirava da água e a enxugava com uma toalha grande e fofa, a levava para dentro para se aquecer, preparava um banho para ela, lhe dava uma taça de vinho, fazia o jantar e eles iam dormir.

“Um dia, ao anoitecer, ele foi ao cais e deixou a luz azul. Preparou o banho dela como de costume e colocou uma taça de vinho para ela. Esperou pacientemente. Esperou mais um pouco, mas Rebecca não apareceu. A noite chegou, as estrelas apareceram e ela ainda não tinha voltado.

“Quanto a Rebecca, ela nadou em direção à luz azul, ansiosa pelo banho, pelo jantar, pela toalha quente e pelo marido caloroso. Estava feliz, sabendo que estava perto de casa. Seus membros tinham aquele peso gostoso que vem com o cansaço, sabendo que logo você vai descansar. Mas os minutos passavam e a luz não parecia ficar mais perto. O cansaço de seus braços e pernas estava ficando muito pesado. Mas ela continuou nadando. Ela estava começando a ficar com medo.

“A noite escureceu. Mas, de todo jeito, ela não conseguia chegar mais perto de casa. A luz azul permanecia ali, ao longe. Rebecca nadou cada vez mais forte, com a respiração ofegante. Tentou não pensar em todas as grandes formas que se mexiam bem debaixo dela, em como seu corpo era pequeno no grande mar negro. Esforçou-se e nadou em direção àquele pontinho azul. Ainda assim, não chegou mais perto. Rebecca sentiu as lágrimas escorrendo por seu rosto, caindo no mar frio ao seu redor.

“Agora estava totalmente escuro, exceto pela luz azul brilhando ao longe. Quando olhou para cima, não havia estrelas nem lua. Um céu todo preto. E o som da água era diferente. Meio que rodava e ecoava.

“Rebecca viu que não estava mais no mar aberto. Havia paredes de pedra nos dois lados e acima de sua cabeça. Ela estava em uma caverna. E à frente estava a luz azul, refletida nas brilhantes paredes pretas, na água. Rebecca estava em prantos agora; seu corpo estava exausto e ela estava com medo. Virou-se e voltou a nadar, nadou para salvar sua vida, na escuridão, longe do brilho azul. Mas seus dedos encontraram pedra. Ela não achava a boca da caverna. Estava sozinha debaixo da rocha e a maré estava subindo. Ela sabia que iria morrer. A luz azul pulsava e aumentava, como se estivesse se divertindo. Por fim, depois de tudo, chegou mais perto. Ela parou de nadar, mas a luz azul ainda se aproximava. Não era uma luz, ela viu agora, mas duas. Olhos que brilhavam no escuro como o fogo de santelmo. Aproximou-se cada vez mais. Ela agarrou mais uma vez a parede, procurando por alguma abertura que pudesse salvá-la. Sob a água, viu que o corpo da coisa era imenso, enchia a caverna como tinta se espalhando na água. Rebecca estava cercada pelo divino. Ele puxou os membros dela de leve. E então a pegou, arrastando-a cada vez mais para baixo e para longe, para sempre. Ele a levou e se tornaram parte um do outro — Rebecca e o divino.

"Mas ela é forte. Mesmo estando morta, Rebecca nunca para de tentar encontrar o caminho de volta para a costa, de volta para sua vida e para seu marido. Mas todo aquele esforço para nadar a deixa com fome. Então, se você sentir algo agarrando sua perna, debaixo d'água, é melhor começar a rezar. Rebecca pegou você."

Um arrepio agradável percorre minhas escápulas e desce por cada vértebra.

— Está sentindo isso? — Os olhos de Harper estão brilhantes e fixos em mim.

— Alguma coisa dessa história é verdade? — pergunto a Nat.

— As pessoas se afogam mesmo por aqui — responde Nat. — Como Christy Barham, dona da peixaria. Todo mundo está muito triste por causa disso. E havia uma mulher chamada Rebecca que desapareceu anos atrás. Ou é o que dizem. Talvez não houvesse e eles apenas se acostumaram a dizer isso. Harper inventou todo o restante.

— Tudo bem, então — digo. — Vamos acordá-la.

— Você está com medo? — Harper sussurra.

— Sim — digo, e ela estremece de prazer. Toco a lâmina longa e cruel da faca de ostra. — Mas se ela for perigosa, vamos pegá-la com isso. — Eu me atrapalho e quase deixo a faca cair no mar.

— Cuidado — adverte Nat, ansioso. — Isso foi um presente de aniversário. Meu pai ainda a pega emprestado às vezes, ele vai saber se eu perder.

Atracamos o barco em uma rocha alta como um obelisco. Mais adiante há um canal estreito revestido de pedras. As ondas formam picos íngremes e caem como uma montanha-russa. No final, há uma boca escura no penhasco. Uma caverna.

— Meu pai me mostrou esta caverna quando eu era criança — conta Nat. — É meio que especial.

A água fica branca quando bate na entrada da caverna.

— É seguro? — questiono, com meu desconforto voltando bem forte.

— Já viemos aqui muitas vezes — assegura Harper. Seu olhar está fixo na abertura da caverna.

— Não quando está agitado assim — acrescenta Nat, relutante. Harper olha para ele surpresa e depois com raiva.

— Fiquem aqui, então. — Antes que consigamos nos mexer ou responder, ela já tinha ido para a lateral, para o lado agitado do mar. O barulho do mar é tão alto no canal estreito que nem ouço o som dela caindo na água.

— Acho que temos que ir agora — diz Nat. Ele coloca um elástico largo na cabeça. Com uma luz presa na frente. — Não se esqueça da faca.

— Espere... — Mas ele também se foi. Estou sozinho no barco.

Respiro fundo, pego a faca de ostra e pulo. A água parece mais fria, mais salgada do que naquele primeiro dia. Parece sólida, como uma mão rígida batendo no meu rosto.

A temperatura despenca à medida que ficamos abaixo do teto rochoso, a qualidade do som muda. A luz brilha nas paredes e no teto da caverna. A caverna é reduzida a um túnel. Formamos uma fila única. Aqui o mar respira para cima e para baixo; a onda nos joga contra as paredes ásperas, deixando arranhões sangrentos. Levanto a mão — meus dedos alcançam a pedra áspera acima.

A onda nos levanta um pouco. A maré está alta e subindo. Tento não imaginar nossas pernas por baixo da água, debatendo-se pequeninhas no breu total. O túnel estreito abre-se para um espaço que dá eco. Agora estamos dentro do penhasco, consigo sentir o peso da rocha acima de nossas cabeças. Não consigo ver muita coisa até que a lanterna de cabeça do Nat acenda e ele ilumine à nossa volta.

É grande, a caverna, estende-se infinitamente. É barulhenta também, como se estivesse dentro de um motor. Uma grande pedra paira sobre a água. O topo da rocha é plano, grande o suficiente para ficar de pé.

— Vamos chamá-la! — Harper grita, sua voz ecoa e assusta.

— Sim! — Nat grita. Sua voz está carregada de uma energia estranha. — A caverna está enchendo — diz ele, aproximando-se de mim. Sua lanterna de cabeça está falhando. — Até o teto. Então, vamos fazer isso rápido.

— Expliquem o que estamos fazendo.

O rosto de Harper é apenas um brilho que reflete de sua bochecha molhada. Ela nada para perto de mim.

— Alguns dizem que ela é aquela mulher que se afogou. Outros falam que ela sempre esteve aqui. Nós a chamamos de Rebecca, mas quem sabe qual é o verdadeiro nome dela? Ela tenta beijar você. — Agora, o rosto dela está perto do meu. — Se você deixar que ela lhe dê um beijo, será a última coisa que você vai fazer. — A respiração dela enche meu ouvido, percorre todo meu corpo. Apesar do ranço que persiste, isso incendeia minha virilha com fogo. — Ela o envolve em seus braços e o arrasta para baixo com ela, para as profundezas gélidas do mar. Você se afoga, mas em êxtase.

Aqui, agora, no berço frio e escuro da água, parece real. Agora entendo o que Harper quer dizer com se comprometer com a história. Sinto Rebecca abaixo de nós, esperando.

Nat diz:

— Acho que Wilder deveria chamá-la. — Não consigo ver sua expressão; sua voz é amigável, mas algum sentimento irradia dele.

— Por quê? — questiono.

— Você não quer chamá-la?

— Vou chamar. — Não quero que Harper pense que não estou me comprometendo.

— Suba aí, tigrão — ela diz. Entrego-lhe a faca e nado até Nat.

Ele me ajuda a subir na rocha com o topo achatado que se destaca nas ondas.

— Vou segurar seus braços — diz ele, afastando bem as pernas. — Você se inclina para a frente e conta seu segredo.

Ele segura meus braços com um aperto forte e firme. Eu me inclino para a frente devagar, testando. Minha respiração fica mais curta quando meus braços são esticados, presos atrás de mim.

A voz de Harper atravessa a água.

— Você tem que contar um segredo. O divino só vem por causa deles.

— Eu não tenho nenhum segredo.

— Todo mundo tem segredo.

Ela está certa, é claro. Eu poderia lhes contar o maior de todos. Aquele que venho percebendo aos poucos, durante o ano passado, sobre mim. Por um momento, fico entusiasmado. *Eu vou contar*, penso.

Não sei como falar sobre esta nova percepção — que talvez eu não goste só de meninas. Mas são meus amigos que estão aqui, vou encontrar as palavras.

— Está bem — digo a Nat. — Pode me abaixar. — Eu me inclino perigosamente sobre a água — como a proa de um navio. Ouço Nat dar um gemido se esforçando para me segurar. Há pedras lá embaixo, sob a superfície brilhante. De repente, percebo que não consigo me mexer.

Meus braços estão presos atrás de mim, meus músculos e meu peito estão queimando.

Eu me esqueço do segredo ou de qualquer outra coisa, mas me levanto. A pressão que sinto nos pulmões e na caixa torácica fica insuportável. Estou com dificuldade para respirar. Eu suspiro:

— Me puxe, me puxe! — A água bate no meu rosto. *Ele quer me afogar*, penso.

— Puxe Wilder para cima, Nat, puxe! — Ouço a voz de Harper como se eu já estivesse debaixo d'água. — Foi uma brincadeira idiota.

— Estou tentando! — Nat grita e, ao fazer isso, as mãos dele que seguravam meus braços escorregam e a água preta sobe. Ela toma conta da minha cabeça, uma pedra afiada arranha a lateral do meu corpo. O mar me pressiona, me sufoca como na escola, como o moletom que colocaram no meu rosto para me impedir de gritar. A água bate fria na minha garganta. Eu engasgo e tusso, consigo virar a cabeça e respirar fundo.

Quatro mãos arranham meu corpo escorregadio; o aperto de Harper é tão forte quanto o de um macaco, ela crava as unhas em meus braços. Mas escorrego das mãos deles e inalo mais um tanto de sal frio. Harper e Nat gritam um com o outro — *Não consigo puxar Wilder para cima! Solte-o! As pedras!*

Alguém agarra a parte de trás do meu *shorts* e me puxa para longe da água, para a estreita plataforma rochosa. Não há espaço suficiente para três aqui e Harper cai. Nat cambaleia, me segurando; me agarro ao seu corpo molhado, respirando rápido.

— Desculpe, Wilder — ele diz no meu ouvido. — Foi mal.

— Vocês me trouxeram aqui como uma armadilha — digo.

— Era para Harper esperar por você debaixo d'água — alega Nat. — E então ela apareceria do nada e beijaria você. Era para ser engraçado. Era para...

— Não fique bravo, Wilder! — Harper grita de algum lugar embaixo. Eu a ignoro.

— Eu estava gritando para você me puxar para cima, mas você não quis, você me fez ficar embaixo d'água, eu não conseguia respirar... — Ouço os sons saindo da minha boca, entendo que são palavras, mas não consigo associá-las a um significado. Medo e adrenalina percorrem meu corpo em pulsações fortes e pretas.

Empurro Nat e nós dois caímos no escuro. O mar frio toma conta da minha cabeça. Volto à superfície ao som de gritos; eles ecoam nas paredes da caverna, parecem repercutir na água. A princípio, não consigo dizer onde as coisas estão — em cima ou embaixo, ou de onde vem a gritaria. Então, vejo o sol dançando nas ondas, uma estreita faixa de dia azul no fim do túnel, e avanço com força, em direção à luz. Ouço os outros vindo atrás. O teto áspero está ainda mais perto da minha cabeça e não tenho mais fôlego para gritar, estou respirando rápido demais, hiperventilando ao chegar ao azul brilhante. Harper e Nat estão atrás, me chamando, mas não espero.

A subida da água transformou a entrada da caverna num pequeno feixe de luz. Quase não deu tempo. Mergulho e nado para fora — quando vejo o sol, simplesmente fico ali, agarrado a uma pedra com cracas, deixando o dia acariciar meu rosto.

Meus músculos parecem ter virado líquido. Mal consigo subir e entrar no barco. Estou em choque, creio. Nat tenta me ajudar, mas o afasto.

— Não consegui ouvir você, Wilder — insiste Nat. — Quando eu percebi... juro. Sinto muito. — Ele estremece, parece menor do que o normal, curvado, o cabelo grudado na cabeça.

Apenas balanço a cabeça de maneira negativa.

Voltamos pela costa em silêncio, ao som do motor e das batidas da água do mar. Harper toca minha perna.

— Era para ser apenas diversão — diz ela. — Deu tudo errado.

Não consigo olhar para ela. É como se o dia que passamos juntos nunca tivesse acontecido.

Saio do barco na foz da Baía do Assobio, sem esperar que o barco chegue na parte rasa.

— Wilder — Nat me chama.

Nado com vontade para as águas mais quentes e rasas. O mar agora parece desconhecido, uma coisa grande e espalhada aguardando para me matar. Mal posso esperar para chegar a terra firme. Penso que *sim. Há algo nestas águas que devora pessoas.*

É divertido sentir medo, disse Harper. É mais divertido fazer os outros sentirem?

Quando chego à costa e olho para trás, eles ainda estão lá, observando do barco.

— Quase morremos lá atrás — grito. — Vocês têm consciência disso? Como vocês dois puderam ser tão idiotas? — Então, vocifero: — Danem-se vocês dois.

Eu me viro e subo a trilha. Amigos podem partir seu coração, ao que parece, assim como o amor.

Na sala ao lado, minha mãe e meu pai estão se desentendendo de novo. Tem piorado nos últimos dias. O carro dá partida no meio da noite e meu pai não está aqui em certas manhãs. Fui tão idiota de pensar que umas férias na praia resolveriam as coisas entre eles. Também ouvi as vozes de Nat e Harper na porta. Disse à minha mãe para falar que eu não estava em casa. Nunca mais quero vê-los.

— Não se atreva — minha mãe diz, com raiva, ao meu pai. — Eu cuido disso. — A porta do meu quarto se abre. — Venha comigo, Wilder.

Resmungo e coloco as cobertas sobre a cabeça. O lençol e eu estamos com o mesmo cheiro de mofo, como se eu tivesse me fundido a ele de algum jeito.

A escuridão foi embora e eu estou deitado na luz ofuscante. Tampo os olhos.

A mão da minha mãe segura meu pulso com firmeza.

— Vamos, macaquinho — ela diz. — Comprei um calção de banho novo para você.

O vento e o dia parecem cortantes, como se minha pele estivesse sendo rasgada. Acompanho minha mãe até a água. As toalhas que ela carrega balançam com o vento.

Na praia, tremo de frio por causa da brisa. Meu *shorts* novo está um pouco grande demais, é azul-vivo com estampa de âncoras, parece algo que você compraria para uma criança.

Minha mãe sai de onde ela já não dá mais pé, dá algumas braçadas e depois se vira.

— A água está boa, Wilder. Venha.

— Não quero.

— Me obedece, por favor. — Há uma firmeza desconhecida em sua voz. — Quando foi a última vez que você tomou banho, macaquinho?

A água toma conta de mim. E é bom — de um modo reconfortante ser uma forma pequena na ampla luminosidade — ser lembrado da minha insignificância pela extensão do mundo.

Mamãe dá um mergulho e fica com o rosto vermelho e sem fôlego. Seu cabelo está bagunçado e molhado; o rosto, sem maquiagem. É raro eu vê-la assim. Ela está sempre tão arrumada, sem um único fio de cabelo fora do lugar. Ficamos boiando.

— Seus amigos têm procurado por você — diz minha mãe.

— Eles não são meus amigos — respondo.

— O que aconteceu, Wilder?

— Eles pregaram uma peça em mim. Uma pegadinha. Foi cruel. — Um resíduo obscuro de lealdade me impede de contar a ela o que de fato aconteceu — sobre a água cobrindo meu rosto, sobre a falta de ar. Eu sei que eles não queriam me machucar de verdade. Sei que não. Mas eles me enganaram, e a dor é tão forte que eu poderia morrer.

— É difícil ter 16 anos — diz minha mãe. — Você não sabe o que é uma coisa séria e o que não é. Eu me lembro de como era.

— É uma coisa séria para mim — digo de maneira ríspida e me viro para voltar à praia. Fiz o que ela pediu, não fiz?

— Espere um pouco. — Ela suspira. — Seu pai não quer que eu conte isto a você. Mas acho que preciso falar. Eu tive uma... coisa... e fiquei de cama por um tempo. Tudo começou quando eu tinha mais ou menos a sua idade. Sentia um peso enorme no peito e simplesmente não conseguia sair da cama.

— Por quanto tempo? — Estou fascinado. Minha mãe raramente fala sobre si mesma.

— Seis anos seguidos. — Ela respira fundo e estremece, como se voltasse a sentir aquele peso no peito. — Era como ver o mundo de longe, através de um vidro escuro. Éramos cinco para cuidar, você sabe, nós, crianças. Meus pais não sabiam o que fazer comigo. Aquela geração não conversava sobre nada. Eles nunca tinham ouvido falar de depressão.

Uma escuridão, uma frieza parece me atingir com suas palavras. Uma sombra cobrindo o sol.

— Um médico me receitou remédios — conta ela. — E eles chegaram a ajudar. Ou talvez eu apenas tenha me acostumado com a situação. Não sei qual das duas opções é a certa. Saí da cama e consegui aquele emprego no colégio e, claro, conheci seu pai. Mas perdi muitos verões como este. — Debaixo da água, a mão dela encontra a minha. — Não quero que você perca nada, Wilder. Nunca. Quero que você seja feliz. Acho que se eu tivesse aguentado desde o início, se nunca tivesse deixado começar, talvez tivesse conseguido me defender. Então, você pode tentar? Pode tentar ser feliz por mim?

— Sim — digo, determinado. Nunca a vi chorar antes, é horrível. Seu rosto está rosado e brilhante.

Ela me abraça e eu me agarro a ela; seu corpo está frio e escorregadio contra o meu na água. *Como um cadáver*, penso antes de conseguir interromper o pensamento.

— Não sei se Nat e Harper vão aparecer de novo — digo. — Talvez não apareçam.

— Eles vão aparecer — garante ela, acariciando minha cabeça com a mão fria. — As crianças são otimistas.

E Nat e Harper aparecem, exatamente como minha mãe disse que aconteceria. Quando atendo a porta, eles parecem assustados e surpresos. Todos nós olhamos para o chão, sem jeito. Nós já nos conhecemos de maneira bem profunda; é difícil retornar à superfície normal das coisas.

— Vamos à praia — digo.

É melhor perto do mar; se ficarmos tímidos, há sempre algo para chutar, pegar ou olhar. O mar está ao fundo como se estivesse nos observando ou algo assim. A tarde está terminando, então, começamos a acender uma fogueira.

— Foi uma brincadeira muito idiota — diz Nat, de repente. Ele chuta a areia e desenha um semicírculo com o dedo do pé. Joga um monte de restos de madeira flutuante, branca como osso, na fogueira que estamos fazendo. A maré está baixando, deixando uma rede de poças d'água ao entardecer.

Harper diz:

— Foi longe demais. — Seus olhos estão vermelhos e percebo que ela estava chorando. — Só queríamos lhe dar um sustinho, coisa rápida. Depois Nat não conseguiu levantar você. — Ela estremece. — Foi tão assustador.

Estou feliz que estejam arrependidos. Mas parece decepcionante de todo jeito. O encanto que os cercava foi quebrado. No fim das contas, eles são apenas crianças como eu.

Nat diz:

— A fogueira está pronta. — Ele a acende com cuidado, usando um isqueiro e um pedacinho de grama seca. Ela reflete um brilho vermelho e se enrola em filamentos quentes, depois se inflama em chamas. Para além do círculo quente da fogueira, o mar se estende na escuridão. Penso em quão grande e velho o mundo é comparado a nós. Somos apenas pequenas fogueiras acesas durante à noite.

— Nunca mais vamos mentir para você — assegura Nat. — Juro. Foi tão idiota.

— Eu também juro — fala Harper. A mão dela aperta a minha. — Nós decidimos — acrescenta ela — que você tem direito a dois castigos.

— Como assim?

— A qualquer momento, você pode pedir a um de nós para fazer alguma coisa. E nós somos obrigados a fazer. Sem prazo de validade, não vence. Mesmo que tenhamos uns oitenta anos, ainda seremos obrigados a fazer.

— Qualquer coisa? — pergunto.

— Qualquer coisa — Nat responde rápido.

— Ah! — eu digo. — Vocês não sabem que tortura posso inventar.

Harper ri, embora não seja uma grande piada. Observamos o fogo saltar e estalar.

— Sei que foi tudo invenção nossa — diz Harper. — Mas eu estava com medo — na caverna. Continuei vendo coisas — como imagens — como escritos no escuro. Sinto muito, Wilder. Foi tudo ideia minha — pensei que você gostasse de mim. — Ela está vermelha de vergonha agora. — Pensei que talvez esse fosse o segredo que você nos contaria. Então, eu apareceria lá de baixo, fingindo ser Rebecca, e beijaria você. Pensei que seria divertido. Não, não pensei.

— Não somos muito bons em armar pegadinhas — diz Nat. Parece engraçado para mim, porque realmente foi a pior brincadeira, e eu dou uma risadinha, discretamente.

— Quero lhe contar uma coisa. — Harper tira seu grande relógio do pulso e me entrega. — Não tenho cachorro — confessa ela.

— Harper, eu não posso aceitar…

— Eu não estou lhe dando, tonto. Olhe atrás.

A gravação na parte de trás do relógio masculino que ela usa diz *Samuel.*

— Sam, meu irmão — ela esclarece.

— Por que você deu a entender que era um cachorro?

— Gosto de falar sobre ele — explica Harper. — Mas é meio chato continuar falando sobre seu falecido irmão. É uma forma de falar sobre ele, sem falar dele, duas coisas ao mesmo tempo.

"Ele era só um pouco mais velho do que eu agora quando tudo aconteceu. Ele fez uma curva muito rápido com a moto dele. Talvez seja por isso que eu esteja me sentindo tão estranha este ano. Em breve, vou ser mais velha do que ele. Ele só comia batata frita com mostarda. Sempre sabia quando eu estava chateada."

Dou tapinhas nela sem jeito. Tenho que aprender algo melhor para fazer quando as mulheres choram. Parece que estou presenciando muitas situações dessas ultimamente.

— Não precisamos continuar falando sobre isso — diz Harper, alisando o cabelo. — Só pensei que, depois do que fizemos, sabe, na caverna, você merecia saber a verdade. — Ela suspira. — Às vezes, você consegue trazer pessoas mortas de volta, com bruxaria, sabe? Tentei trazê-lo de volta, mas não funcionou. — Ela hesita, observando algo que não enxergamos. Percebo que está bêbada de novo. — Qual era o segredo que você ia contar, Wilder?

— Eu não tinha nada para contar — minto. — E você, Nat? Alguma coisa que queira compartilhar?

— Hã… — Nat parece ansioso, como se não quisesse decepcionar. — Não sei?

— Natty — diz Harper, divertida. — O maior livro aberto do mundo.

— Não — ele diz, magoado. — Eu tenho coisas.

— Como o quê? — pergunto.

— Não importa o que é — diz ele após uma pausa, com alguma dignidade.

Nós dois olhamos para ele e sorrimos.

— O que foi? — A irritação em seu rosto bonito e sincero só piora as coisas. Uma das poucas coisas que irrita Nat é ser motivo de piada. Harper solta uma risadinha, o que me faz rir. No fim, Harper e eu estamos rolando na areia, tossindo.

— Por que é tão engraçado? — Nat continua dizendo. — Não entendo.

Não paramos por muito tempo.

Acho que é o tipo de risada que só acontece com as crianças. Os adultos estão bem acostumados com o absurdo do mundo.

Os dias seguintes são dourados e tranquilos. Saímos de barco de novo quando podemos, mas tomamos cuidado. Não entramos em nenhuma caverna e evitamos o mar aberto, abraçamos a costa com suas enseadas abrigadas. Não consigo parar de pensar em Christy Barham, que desapareceu enquanto nadava perto de Castine.

Cortei as pernas de uma calça *jeans* para fazer *shorts*. À medida que fico mais bronzeado e os cortes de cabelo se tornam uma vaga lembrança, gosto de como estou começando a me parecer com Nat. Imagino que as pessoas talvez achem que somos irmãos. Eu até começo a forçar um sotaque em meus "as" quando falo — antes que o olhar de Nat me diga que não estou fazendo certo.

Penso nos meus castigos. Quero escolher com cuidado. Enquanto isso, estou tentando pensar em algo que todos possamos fazer juntos e que seja um pouco perigoso, um pouco exagerado. Sinto que isso nos deixará iguais novamente.

Tenho uma grande ideia enquanto ajudo meu pai a limpar o galpão de ferramentas atrás da cabana e encontro embalagens de tinta em *spray*. Estão velhas e enferrujadas e me pergunto se funcionam. Mas quando pressiono o bocal, sai um jato verde brilhante, formando um círculo áspero na minha perna. Pisco de surpresa e então a ideia surge.

— Você pode pegar o barco hoje à noite? — pergunto a Nat. Estamos assando *marshmallows* nas brasas da nossa fogueira moribunda. Daqui a pouco, tenho que subir a trilha do penhasco para jantar com meus pais. Mas espero que este seja apenas o começo da noite.

— Sim — ele confirma. — Meu pai esteve na água o dia todo, ele vai dormir. Contanto que estejamos de volta ao nascer do sol? Que acontece às cinco e meia, caso vocês, pessoas da cidade grande, não saibam.

— Posso ir também — diz Harper. — Vou fingir que vou dormir cedo.

— Ah — digo —, você está achando que foi convidada?

Ela me dá um soco para me distrair e depois transforma seu *marshmallow* quente em um longo fio de gosma. Antes que eu perceba o que está acontecendo, ela o coloca delicadamente na minha cabeça, grudando-o no meu cabelo.

A janela se abre silenciosamente, deixando entrar o ar quente da noite e o canto das rochas abaixo. Eu passo por ela.

— Vamos um pouco para o sul — indico. A tinta em *spray* mexe dentro da caixa térmica onde a guardei. — Onde tem um penhasco grande em que o tráfego de barcos seja intenso?

— Acho que em Penobscot Point — diz Nat. — O que vamos fazer?

— Vocês vão ver.

O Point é um tigre adormecido durante a noite. A parede do penhasco aparece ao nosso lado. É bastante lisa, perfeita para o que quero fazer.

Fico em pé no barco, balançando com o movimento da água. Não quero me arriscar usando uma lanterna. Confiando no instinto, tiro a lata de tinta verde.

— Wilder — é a voz de Harper. — O que você está fazendo?

Escrevo minha mensagem no penhasco, no escuro. Só espero que fique legível. Escrevo em letras maiúsculas, balançando com o movimento do barco.

Uma onda me derruba e caio no colo de Harper dando um grito. Do topo do penhasco, há algo amarelo — uma luz aparecendo. Nat liga o motor externo do barco e aceleramos enquanto um homem grita coisas que não conseguimos entender, uma tocha varrendo as águas escuras ao nosso redor.

— O que você fez? — pergunta Nat, quando diminuímos a velocidade e desaparecemos de vista. — O que você escreveu, Wilder?

— Eu escrevi: "O HOMEM DA ADAGA ESTEVE AQUI".

— O quê? — diz Nat, numa inspiração profunda. — Por que você fez isso? Ah, merda. — Nat raramente fala palavrão.

— É da história — digo, surpreso com a intensidade dele. — Aquela em que vocês inventaram o Homem da Adaga. Que nem a história da caverna.

— Essa história não foi invenção — conta Harper, com calma. — É real. Wilder, você não deveria ter feito isso. — A escuridão revela muito. É mais difícil esconder coisas na sua voz. Harper está com medo. Não o tipo de arrepio dramático de que ela gosta, mas o tipo silencioso e real.

Eu fico desconfortável por um momento, mas controlo rapidamente a sensação.

— É só uma pichação, viu? — Mas eu queria ter ficado sabendo que era real antes. Que ele é real.

Há uma foto da minha pichação tremida na parede do penhasco no jornal do dia seguinte. Os barcos pesqueiros viram a mensagem ao amanhecer. Eu trouxe o Homem da Adaga de volta dos mortos. Harper traz o jornal para me mostrar. Ela sobe na árvore de bordo acima de mim enquanto conversamos. Ela nunca consegue ficar parada. Não é tão estranho, digo a mim mesmo. Mas não consigo evitar a sensação de que ela está como uma vigia lá em cima, procurando o perigo.

Fico encarando a manchete.

— Não tenha medo, Wilder — diz Harper lá de cima. — Quero dizer, foi muito idiota da sua parte. Mas as pessoas vão acabar se esquecendo disso.

— Não estou com medo — respondo, distraído. Não consigo parar de olhar para a foto. E é verdade, não estou com medo, estou apenas meio anestesiado.

Se eu tivesse prestado atenção no jornal local que meu pai recebia todos os dias, saberia que o Homem da Adaga era real. Se eu tivesse ouvido as conversas no armazém em Castine, em vez de me distrair e pensar em histórias, ou talvez na pele de Harper, talvez tivesse ouvido falar sobre os acontecimentos do verão passado. Talvez, se eu não estivesse tão desesperado para seguir em frente com o que aconteceu na caverna e tivesse feito perguntas a Nat e Harper, eu teria entendido o que era verdade e o que era ficção. Achei que fosse uma das histórias inventadas por eles, como a de Rebecca.

— Talvez devamos fazer coisas normais por um tempo — sugere Harper. — Coisas durante o dia... coisas que adolescentes normais fazem.

— Sem problemas. Nunca mais quero fazer algo assim de novo — afirmo. Estou um pouco enjoado, como se tivesse comido algo estragado.

— Olá, senhor Harlow! — As folhas estremecem quando Harper acena energicamente para meu pai, que está na janela aberta da cozinha. Ele acena de volta. Apesar das minhas dúvidas sobre deixar que eles a conhecessem, meus pais gostam de Harper. Demorei um pouco para entender que eles acham que ela é minha namorada. Eu deixo que eles a conheçam; faz eu me sentir bem. Eles não conhecem Nat tão bem, ainda mais porque ele não gosta de entrar. Acho que ele é tímido no quesito pais. Nunca conheci o pai dele, o senhor Pelletier.

Decido fazer um diário de hoje; nada de perder mais tempo com pegadinhas e saídas escondidas à noite. Vou escrever, ler um ótimo livro, pedir ao meu pai que me leve para andar de carro, treinar um pouco nessas estradas tranquilas, me preparar para minha prova no outono. Coisas normais, como Harper disse.

Eu me visto. Minha mãe está lá fora pendurando no varal a roupa que acabou de sair da máquina. Ela só faz que não com a cabeça quando pergunto onde papai está. Sua boca é uma linha estreita segurando o prendedor de roupa. Quando olho para o sopé da colina, vejo que o carro não está lá.

Vou colocar meu cérebro para agir com cafeína. Enquanto estou procurando o café, vejo que há alguma coisa encostada na janela, atrás da pequena babosa que mamãe deixa ali. Eu a puxo. É uma foto de Polaroid — uma imagem tremida, tirada com pouca luz, mas é claramente a vista do mar a partir da janela da cabana. Aparece o penhasco, com o bordo-açucareiro ao fundo. Há um caminho iluminado com luzes ao lado do mar. O céu está escuro, talvez uma tempestade estava chegando. Há também algo comprido e pálido na parte de baixo — acho que um dedo.

Isso desencadeia uma estranha linha de pensamento na minha cabeça. Quantas pessoas na região tem uma câmera Polaroid? A voz de Harper está na minha cabeça. *Homem-adaga.*

— Vernon adorava essa coisa — papai diz baixinho, e eu dou um pulo. Não o ouvi entrar. — Costumávamos fazer caminhadas juntos, encontrar coisas para fotografar. — Ele vê meu rosto. — Você está bem?

— Sim, só me fez pensar sobre a coisa com... com as crianças.

— Não se preocupe, mocinho. Toda aquela coisa do Homem da Adaga aconteceu no verão passado. Acabou agora. Apenas algum andarilho que seguiu em frente. Crianças da vizinhança brincando por aí, talvez.

Naquela tarde, tento ler no meu quarto. Em vez disso, penso em Harper. Um barulho nítido e ensurdecedor invade esses pensamentos. Batidas de martelo, vindas da lateral da casa.

Quando saio para investigar, encontro meu pai colocando travas limitadoras em todas as janelas, para que não abram mais do que alguns centímetros. Ele reforça a porta de entrada com fechaduras embutidas.

— Finalmente consegui fazer isso — ele me diz com alegria. — Só para que sua mãe não fique preocupada. É melhor prevenir do que remediar. — O jornal local está do lado dele, aberto na foto da minha obra no penhasco. De repente, percebo quão diferente é minha caligrafia — mesmo quando estou escrevendo com *spray* no escuro. Meus "M's" têm curvas suaves na parte de cima, em vez de pontas afiadas em formato de triângulo. Papai segue meu olhar; seus olhos pousam devagar na foto e depois em mim.

— Vândalos — diz ele com uma voz resignada. — Não pense mais nisso, Wilder. — Ele pega a furadeira e o último parafuso entra em seu lugar. Ele testa a janela, se certificando de que ela abra apenas um palmo.

— Estamos todos sãos e salvos agora — diz ele e pega a furadeira. Vai até a janela da sala. — Nada entra ou sai — assegura ele com a boca cheia de parafusos.

Eu o vejo pegar a furadeira, cantarolando uma velha canção francesa. Serge Gainsbourg, talvez. Ele gosta dessas coisas.

Minha mãe puxa a grande caixa de Polaroids do tio Vernon que está embaixo da escada. Estou entediado, então, sento com ela e dou uma olhada. Talvez eu não esteja entediado. Eu não admitiria, mas quero ficar sentado perto da mamãe por um tempinho.

— Você cresceu quase um metro neste verão — diz ela. — Opa, e mal consigo passar o braço em volta desses ombros largos!

— Qual é, mãe. — Mas fico surpreso ao descobrir, sentado ao lado dela, que ela tem razão. Ou eu estou mais alto ou ela ficou menor. Espero que seja o primeiro.

As fotos do tio Vernon na verdade são muito ruins. Tem um monte delas, também. As de natureza-morta são ainda piores que as de paisagens.

— O que você acha que é isso? — Mamãe segura algo rosa, listrado com linhas de luz.

Inclino a cabeça para o lado.

— É uma mão em cima da lente. Dedos, pelo menos.

Uma sacola cheia de compras; um pé embaçado caminhando pela calçada; uma mesa sem nada em cima com o título "minha caneta", que está tremido e foi escrito com uma caneta esferográfica. Há um som abafado ao meu lado. Minha mãe está com a mão na boca.

— Mãe? — Ela dá aquela pequena bufada abafada de novo. Então, ela tira a mão e solta uma risada curta.

— É *arte*, mãe — digo enquanto ela solta mais algumas risadas. — Respeite.

Ela grita e me dá um tapinha.

— O que está rolando, pessoal? — Meu pai sorri da porta.

— Ah, nada de mais — diz mamãe, enxugando os olhos. — Wilder estava me contando uma piada.

Ela sabe que papai não iria gostar que zombássemos do tio Vernon. Tirando sarro, como diria Harper.

Mas nos dias seguintes às vezes eu a pego com uma expressão radiante. Uma vez, na mesa de jantar, ela ri e sai purê de batata pelo seu nariz no meio de uma conversa aleatória. Ela me encara e sei que está pensando na "arte" do tio Vernon.

Por incrível que pareça, agosto chegou — e já está na metade. O verão está chegando ao fim.

É o dia mais quente do ano até agora, o período mais abafado. Meu pai e eu nos escondemos do calor embaixo da árvore de bordo. As folhas balançam em cima das nossas cabeças com a brisa suave. Uma ou duas folhas já estão mudando, ganhando um tom laranja profundo e queimado.

Meu pai está com o *The New York Times* cobrindo o rosto e respira normalmente. Eu estou inquieto. Falta apenas uma hora para o encontro com Nat e Harper no penhasco de pinheiros. O tempo que passo longe deles começou a parecer vazio e irreal. Meus últimos dias aqui se tornaram insuportavelmente preciosos.

A cabana vai ser colocada à venda no outono e nunca mais vou voltar para cá. Uma outra família vai morar aqui. Um outro adolescente vai ficar olhando as estrelas pela janela redonda como a de um navio, ouvindo o som das pedras cantando na baía abaixo. Para onde irão as fotos do tio Vernon? De certa maneira, não consigo imaginar que vamos levá-las conosco para a cidade. Talvez sejam descartadas. Por alguma razão, isso me incomoda muito. Provavelmente, o novo garoto vai ser bem legal, talvez tenha seu próprio carro. Nat e Harper vão gostar mais dele do que de mim.

O jornal se mexe de maneira suave com a respiração do meu pai. *Se ele morresse*, eu penso, *será que eu herdaria a cabana?* Ou mamãe herdaria, talvez. Tenho quase 17 anos; eles não poderiam me obrigar a voltar para a escola.

Eu começo. Meu pai está sentado, me observando. Há quanto tempo ele está acordado?

— O verão está quase acabando. Você está em dia com suas leituras de verão? O semestre escolar chegará antes que você perceba.

— Sim, estou cuidando disso. — Não estou. Pensar em Scottsboro revira minhas entranhas como uma facada. Às vezes, sinto que não estou apaixonado por Harper, mas por Harper e Nat como um par. Esse pensamento me deixa desconfortável e animado em igual medida. Outras vezes, fico me perguntando se é possível estar apaixonado por um lugar, assim como por uma pessoa — este trecho da costa, os dias longos e claros aqui em que você pode se perder. É especial, esta parte do mundo. Como se cada enseada ou bosque fosse um segredo.

— Sabe, o mercado de aluguel daqui não é ruim — comenta meu pai.

— Bom para o mercado de aluguel, imagino? — Estou com raiva por ele ser tão prático quando meu coração está partido.

— Você perdeu mesmo a timidez, Wilder. Esta vida faz bem para você.

— Faz, sim. — Fico esperando, o coração disparado. Não se pode apressar meu pai. Nunca. Eu já tentei.

— É um pequeno pé-de-meia também. Tio Vernon teve um bom retorno com isso. Então, o que estamos pensando é — ele coloca a mão grande e quente no meu ombro por um momento — que poderíamos ficar com ela. Não vendê-la. Poderíamos vir para cá todo mês de julho. Alugar pelo restante do tempo. O que me diz?

Meu coração está batendo forte. Então, eu só dou um abraço nele, rápido e forte.

Desço a trilha até o mar para contar aos meus amigos.

Parece que eu pisquei e meu último dia aqui chegou. Passamos o dia perto da água, como sempre. Depois, Nat começa a acender uma fogueira na praia, mas eu digo:

— Estou cansado de fogueiras na praia. — Quero uma fogueira de verdade, mas não consigo suportar o fato de que esta seja a última.

Harper e Nat olham para mim e vejo que me entendem. Isso torna tudo pior de certa maneira.

— Ugh, que chato — digo, virando de lado. Então, olhando para o chão: — Desculpem.

Harper coloca a mão fria no meu ombro queimado de sol.

— Vamos até o campo?

— Vamos — diz Nat —, também estou cansado da praia. — Eu amo demais os dois.

Está fresco e verde quando passamos sob as árvores; a luz do sol e a sombra perseguem nossos rostos.

O campo está lindo. Margaridas amarelas estão aparecendo na grama alta, que se mexe com a brisa do fim da tarde. O ar está repleto de borboletas, os pássaros cantam na plantação de faias perto dali. *Cuco, pintassilgo*, digo a mim mesmo, pensando no primeiro dia que viemos aqui. Eu não sabia os nomes desses pássaros ou dessas flores naquela época.

Mas uma coisa permanece a mesma. Eu odeio isso aqui, não importa quão bonito seja. Todas as vezes que estou para me sentar, uma vozinha na minha cabeça diz: *não, aí não*. Não quero dizer nada — é melhor não ir aos nossos lugares favoritos hoje. Melhor deixar a lembrança triste aqui, num lugar que não gosto.

Harper se senta em um tronco e tira uma garrafa de Havana Club da bolsa. Os pais dela não prestam atenção ao armário de bebidas. O que deveriam fazer de verdade. Enquanto bebo, ela me observa com uma mistura de interesse e curtição.

— O que há com você e este lugar, Wilder?

— Não sei — digo, mudando de posição e espantando os mosquitos que estão em cima da grama. A coceira que sinto vem deles ou de dentro de mim? — Sinto como se alguém tivesse morrido aqui ou algo assim.

— Alguém já morreu em quase todos os lugares — comenta Nat, pragmático.

— Estava pensando no castigo a que tenho direito — falo. — Mas não sei se é possível.

— Temos que fazê-lo — diz Nat. — Essa é a regra.

— Bem, este é para Harper, porque você mora aqui.

Harper levanta a cabeça e olha para mim. Seu cabelo ruivo está brilhante, da cor do fogo, sua pele é pálida e, por um segundo, parece que uma pessoa diferente está olhando de dentro dela.

— Fale — ela diz.

— Você tem que me prometer que vai vir para cá todo verão, mesmo quando formos adultos. Nós três temos que nos reunir.

— Claro — diz Nat, ansiosamente. — Claro.

— Como posso prometer isso? — Harper pergunta, desesperada.

— Não sei. Mas você jurou. Então, você tem que prometer.

— Faça isso — diz Nat.

— Mas… — Ela suspira. — Tudo bem. Talvez. Se é isso que você realmente quer, Wilder. Vocês dois têm que fazer exatamente o que eu disser. Mas primeiro preciso de algumas coisas. Só um minuto.

Cada hora um pega a garrafa para dar um gole enquanto esperamos por Harper. Estamos conversando alto sobre motos de trilha, então, não ouvimos quando ela surge de mansinho pelo campo.

— Vocês sabem o que é isso? — Nós nos assustamos. Ela segura uma planta, arrancada pela raiz, soltando terra. Está torta, parece uma cenoura branca e murcha, ou talvez uma raiz de gengibre. Harper segura o caule com um lenço, acredito que seja porque ela não quer se sujar.

Dizemos que não balançando a cabeça.

— Cicuta. Não toquem, nem por um instante. Então, vamos colocar isso no feitiço, para fazer com que a promessa dure até a morte e além.

Eu tremo.

— Isso é mesmo... legal, Harper?

Ela apenas balança a cabeça em negação como se estivesse ocupada demais para mim e examina o terreno. Vai para um lugar um pouco distante onde a água está formando uma espécie de bacia natural.

Nat coloca a mão quente nas minhas costas.

— Ela vai ficar bem — ele diz, com calma. — Ela fica assim às vezes.

Harper pega pedras e coloca dentro do buraco na terra, fazendo uma fogueira. Ela ergue um cone de galhos secos e gravetos. Então, coloca a cicuta no centro, com lenço e tudo.

— Sangue — diz ela, sem nos olhar. — Precisamos de sangue. De todos os três.

Nós dois damos um passo à frente e estendemos as mãos para ela. Não consigo nem ver o que ela segura para fazer isso, mas há uma sensação semelhante a um clique e, um momento depois, nossos dedos ficam vermelhos de sangue.

— Não desperdicem — alerta ela, impaciente. — Coloquem no fogo. — Então, estendemos nossas mãos pingando sangue sobre a lenha e os gravetos e observamos como ficam manchados de vermelho.

Harper acende um fósforo no fogo, que estala de imediato. Foi um verão seco. Ela nos tira de perto da fumaça.

— Não cheguem perto — ela adverte. — A cicuta está queimando. Não sei se é perigoso inalá-la.

— Talvez seja melhor não queimar se você não sabe dessas coisas? — digo, nervoso.

— Ah, fique quieto, Wilder. — Ela sorri e eu pisco. Por um segundo, parece que ela tem dentes demais. — Temos que ficar aqui até o fogo apagar — explica ela. — Para que o feitiço funcione.

— E para garantir que não colocaremos fogo no bosque — observa Nat. Ele fica cada vez mais confortável à medida que as coisas ficam mais estranhas, já percebi isso.

— Vou colocar uma coisa no feitiço que vai ajudá-lo na escola, Wilder — fala Harper. — Isso vai impedir que alguém o incomode. — Ela me abraça. É inesperado. Geralmente, ela foge do toque que nem um gato. Exceto o de Nat.

— Vou sentir saudade de vocês — digo. — Você pode incluir algo para ajudá-la a voltar para casa, deixando-a longe da escola?

Ela faz que não com a cabeça.

— Esse é o único problema da magia — ela diz. — Você não pode fazê-la para si mesmo. Só para outras pessoas.

— De onde você tira essas regras? — Nat passa para ela o Havana Club.

— Eu simplesmente sei delas. — Ela parece triste e bebe. Quando passa a garrafa para mim, ela está bem mais vazia do que antes. Harper quer tanto acreditar em algo. Em Rebecca, na caverna, em magia. Tudo o que estiver disponível. Eu a amo de fato agora e também quero sacudi-la e gritar com ela. Mas não faço nada disso. Ela pega minha mão e a aperta.

A pequena fogueira produz nuvens densas de fumaça. Ela se movimenta como um líquido espesso no ar parado da noite. Parte da madeira deve estar úmida. Espero que continue queimando por muito tempo. Não acredito de verdade que Harper possa impedir o que acontece em Scottsboro. Não acho que voltaremos para cá todo verão. Então, quero fazer com que dure — o fogo, este momento.

PEARL

A primeira lembrança que Pearl tem da mãe é de sua voz acima do vento, chamando-a. Elas estavam no topo de uma montanha, Pearl não sabe onde. Ela era pequena, suas pernas doíam, as orelhas também, porque o vento estava forte. Ela estava chorando, presa em um penhasco longe da mãe. Não sabia como descer e chegar até ela.

A mãe caminhava pelas rochas e saltava sobre as fendas como um cervo. Quando chegou perto de Pearl, abaixou-se e colocou as duas mãos em cima das orelhas da filha, aquecendo-as.

— Segure firme — disse ela.

Pearl passou os braços em volta do pescoço da mãe e a mãe a pegou no colo e a cobriu com seu casaco. Então, colocou Pearl no chão e a conduziu montanha abaixo. Parece que isso demorou horas.

— Você está bem, fique calma — ela se curvou e disse no ouvido da filha. — Calma como um patinho de boa na lagoa. — E Pearl deu uma risadinha e se sentiu melhor. Isso sempre a acalmava, essa frase da mãe.

Talvez não fosse uma montanha. Era mais provável que fosse um morro. Talvez tivesse demorado alguns minutos, não horas. Mas cada vez que Pearl pensa na mãe, ela se lembra de ter sido salva.

Ela recebeu o nome da joia favorita da mãe, Pearl, que em inglês significa pérola. Nunca se sentiu à altura disso — nunca se sentiu valiosa, desde que sua mãe se foi.

★ ★ ★

Não dá para conhecer as pessoas depois que elas se vão. Tudo o que lhe resta são lembranças, momentos, e isso não é suficiente para construir a imagem completa de alguém.

Pearl tinha 5 anos. Era uma manhã clara e brilhante. Eles estavam hospedados em Castine, na costa, e todos os dias iam à praia para fazer um piquenique. Já tinham um lugar preferido, uma pequena enseada onde as pedras faziam aquele barulho estranho quando o vento soprava do mar. O pai de Pearl explorava as piscinas naturais com ela, nadavam, construíam castelos de areia.

Enquanto faziam isso, a mãe de Pearl nadava por cerca de quarenta e cinco minutos. Havia uma enseada perto de uma caverna marinha, onde ela fazia uma parada, se alongava e depois começava a nadar de volta. Fazia isso todos os dias. Quando retornava, eles já tinham colocado o almoço em cima da toalha. Depois, entravam no carro e iam para casa, com um sentimento de admiração e fascínio pelo dia na praia.

Nada naquele dia foi diferente, a princípio. Eles dirigiram pelas estradas verdes até o mar. A mãe tocou uma das orelhas e disse:

— Ah, droga, perdi um dos meus brincos.

— Deve estar na pousada — disse o pai de Pearl. — Nós o encontraremos mais tarde.

Eles estacionaram, subiram o morro e desceram a trilha. A mãe era forte e alta, estava vestida com maiô e touca de natação pretos; ela parecia ter sido feita para o mar, como uma espécie de golfinho ou peixe. Eles haviam escolhido aquela praia em particular porque tinha areia fofa para Pearl brincar, diferente da maioria das praias rochosas na região.

— Vejo vocês no almoço. — A mãe de Pearl entrou na água, deu um salto e logo não passava de uma cabecinha preta balançando nas ondas.

Papai ficou na parte rasa do mar com Pearl, depois, com o calor, foram para a sombra dos penhascos. Ele cochilou por alguns minutos com um chapéu cobrindo a cabeça. Ela explorou as piscinas naturais mais distantes, fazendo anjos de areia na lama úmida perto da linha d'água. Mamãe voltaria logo, e eles almoçariam.

Pearl queria seu sanduíche. Papai acordou e começou a temperar a salada, cantarolando. Alho amassado, uma colher de mostarda, suco de limão, vinagre branco, azeite. Mamãe era muito exigente com o molho da salada. Papai o preparava antes de comerem, todos os dias, para que ficasse fresco.

Pearl caiu mais uma vez na areia úmida e balançou os braços e as pernas. De repente, uma dor agonizante apareceu no peito dela, no osso do meio, parecia fogo, a pior dor que ela já tinha sentido. Ela achou que estava morrendo. O grito dela veio de muito longe. Estava paralisada de dor.

Com a bochecha na areia úmida, o peito em chamas, ela viu os pés do pai correndo em sua direção, levantando areia. Ele a pegou no colo e a dor latejante piorou. Se olhasse para baixo, ela conseguia ver um vergão vermelho em seu peito, acima da linha do maiô.

Fazendo o formato de concha com as mãos, ele jogava punhados de água do mar sobre a marca vermelha, depois levou Pearl até a caixa térmica do piquenique e derramou vinagre branco sobre a menina. A onda de dor diminuiu e ele a abraçou com cuidado e a embalou. Pearl chorou ainda mais. De certa maneira, o consolo era pior do que a dor.

— Foi só uma água-viva — disse ele. Provavelmente, uma que estava morta e enterrada na areia. — Não se preocupe, filha, já passou.

Mas estava apenas começando.

Eles esperaram, mas mamãe estava demorando, então, papai deixou Pearl comer o sanduíche. Algo redondo e duro estava em sua boca. Ela o cuspiu e o pegou com cuidado do pão, da manteiga de amendoim e da geleia. Era um único brinco. Deve ter caído enquanto mamãe preparava os sanduíches.

Mamãe não voltou. O vergão vermelho no peito de Pearl foi cicatrizando e cada dia de melhora era mais um dia que a mamãe se fora. Papai manteve a esperança, mas Pearl sabia que não foi uma água-viva que ela sentira ali na areia. Foi a morte dela. Tinha apenas 5 anos, mas Pearl sabia. Rebecca havia se afogado, nadado para muito longe, e os deixado.

Às vezes, a mãe conversa com Pearl durante a noite. Ela sabe como ficar acordada para poder ouvi-la. Sempre acontece do mesmo jeito, Rebecca está chegando. Começa com o barulho do vento rugindo na cabeça de Pearl, como naquele dia na montanha. E, então, as mãos quentes de Rebecca cobrem as orelhas frias de Pearl. Em seguida, ela ouve a voz da mãe, abafada pelas mãos. Pearl adora o toque da mãe, mas sempre quis tirar as mãos para poder ouvi-la com clareza. Mas mamãe nunca faz isso. Ela sempre diz só uma coisa.

Fique calma, querida. Calma como um patinho de boa na lagoa.

Pearl guarda o brinco perdido em seu colar. Um dia, o outro vai aparecer, ela também sabe disso, assim como sabe que não será um dia bom quando isso acontecer.

[ ]

Aquém
Quem
Que

Ande
Onde

Meu
Eu

Testa
Testo
Testou
Estou

O Homem da Adaga da Baía do Assobio

Do livro de memórias não publicado de Wilder Harlow
Junho de 1990

Sou o primeiro a chegar à Baía do Assobio — pego o trem para Portland, depois um ônibus para Castine e um táxi até a cabana. Meus pais vão chegar amanhã, mas como eles tinham algumas coisas de adulto para fazer na cidade, concordamos que eu poderia vir direto para cá e passar a noite sozinho. Afinal, tenho quase 18 anos. Um adulto total.

Subo a colina carregando minha mala. Não trouxe muita coisa. Só preciso de *shorts* e camisetas, chinelos, tênis. Calção de banho. Harper chega na semana que vem. Nat vai vir para cá hoje à noite. Escrevi para ele semanas atrás pelo correio de Castine, como ele me falou para fazer, e avisei que estava vindo. Não tenho o endereço dele. Quando passei por Castine mais cedo, encontrei sua resposta me esperando, exatamente como ele prometeu que aconteceria, escrita à mão com uma letra cursiva caprichosa e infantil: *Tudo bem. Vou levar o jantar.*

Penso em todas as coisas que vamos fazer. Estou feliz que Nat e eu vamos conversar antes de encontrarmos com Harper. Isso vai me dar a chance de testar o terreno. Estou um pouco nervoso sobre o acordo que fizemos, se ainda está de pé. Um ano não é tempo suficiente para mudar tudo? Porque estou determinado a arranjar uma namorada neste verão, e parte de mim nutre a esperança, embora as chances sejam mínimas, de que possa ser Harper.

E, se o acordo ainda estiver de pé, vamos ter a oportunidade de conversar sozinhos de novo, Nat e eu, antes que ela chegue. Portanto, não vou ficar tentado a quebrar nosso pacto.

Espero que essa lógica seja correta. É tudo tão confuso.

Tem alguém à frente no caminho, a sombra de uma silhueta marcada pela luz do céu. Um homem alto. Ele chega ao topo da colina e para, está encostado no portão branco do jardim. Eu me pergunto quem é esse cara e o que ele quer — fico desanimado com a perspectiva de ter que lidar com algum tipo de assunto de adulto, quando tudo que quero fazer é largar minhas malas e estar pronto para quando Nat vier me buscar. Vou dizer a ele para voltar amanhã, depois que meus pais chegarem.

O homem se vira para o pôr do sol quente. Levanta a mão em saudação. É ainda mais bonito do que eu me lembrava. É o Nat.

Nós nos abraçamos rapidamente e depois nos afastamos, um examinando o outro.

— Você está, tipo, uns trinta centímetros mais alto — é tudo o que consigo dizer.

Ele sorri.

— Você também, Wilder — ele responde com educação.

Até este momento, eu estava muito orgulhoso dos oito centímetros e pouco que ganhei este ano.

Nat me cutuca.

— Venha — diz ele, impaciente. — Largue suas coisas e vamos para a água. Eu trouxe cerveja. — Suas maçãs do rosto parecem ainda mais evidentes sob a barba por fazer.

Deixo minha mala na cozinha. Me encosto na parede e respiro, sem acender as luzes. Pela janela da cozinha, o pôr do sol é uma linha esverdeada no horizonte sobre o mar. Sei que Nat está me esperando no portão — quase consigo sentir a impaciência dele pelas paredes. Ainda assim, gasto um tempo entrando em todos os cômodos da cabana. Por alguma razão, parece importante que eu preencha a casa com minha presença, minha respiração, tornando-a minha mais uma vez. É como magia, o tipo de coisa que Harper faria. Fico imaginando o quanto ela mudou no último ano.

A casa parece retribuir o gesto, um suspiro longo e lento de alívio.

Visto um calção de banho, pego um suéter e saio para o anoitecer. Estou em casa.

No caminho para o mar, Nat para.

— Espere — ele diz. — Venha comigo. — Ele sai da trilha, estremecendo com as pedras afiadas embaixo de seus pés descalços.

A grama alta do campo fica pálida ao luar. Uma lua brilhante e fragmentada brilha no mar lá embaixo. Ainda não gosto deste lugar.

— Qual é? — digo. — Por que a enrolação?

— Preciso pegar uma coisa. — Nat ilumina com uma lanterna um pedaço de pedra perto de uma pequena escarpa. Ele enfia a mão com cuidado em uma abertura escura e retira dali um engradado de seis cervejas. — Meu esconderijo secreto — diz ele. — Deixo coisas aqui, às vezes. Você pode beber quando quiser — acrescenta. — Só não beba tudo, está bem? Tenho que pagar cinco dólares àquele idiota do Sonny da oficina toda vez que ele compra para mim. Ou dar uma lagosta a ele.

Na praia, acendemos uma fogueira e Nat cutuca com um pedaço de pau as batatas embaixo das brasas cinzentas. Ele está orgulhoso de ter preparado o jantar sozinho, de ter feito algo para me receber de volta ao lar.

Ainda não nos soltamos completamente, ele e eu, estamos nos acostumando com tudo de novo. Porque é igual ao verão passado, mas também diferente, como olhar para duas exposições de uma fotografia.

— Você parece mais velho — comenta ele, pensando o mesmo que eu. — Quando vi você subindo a colina com aquele blazer, aquele sapato *oxford*. — Ele sorri para mim, hesitante. — Eu não reconheci você. E você me olhou como se eu fosse um estranho. Hora de comer. — Ele tira a faca de ostra do cinto e a enfia na casca carbonizada da batata. O vapor sai andando em direção ao céu noturno. — Batatas deixam tudo melhor — diz ele, com ar de aprovação.

As batatas estão muito quentes, então, nós as cortamos com a faca, furando o interior delas com os garfos que eu trouxe da cabana. Nat pega um pacotinho de alumínio da caixa térmica e o abre com cuidado. Um pedaço pequeno de manteiga de leite. Ele o manipula com atenção, divide entre as batatas com precisão. Sou invadido por uma leve culpa. Eu poderia ter comprado manteiga em Castine ou Bar Harbor, em qualquer uma das cidades por onde passei no caminho para cá, poderíamos ter banhado as batatas nela até que ficassem completamente douradas. Mas ele queria fazer isso por nós. Nem sempre sei dizer o que se passa na cabeça das pessoas, mas tenho bom senso suficiente para não tentar ajudar.

Nat termina de preparar as batatas e começa a comer a casca de uma delas, então faço o mesmo. Tem um gosto de queimado e é difícil de mastigar.

Levanto os olhos e sinto um arrepio percorrer meu corpo inteiro. Uma garota está em pé parada ao lado da luz do fogo, pálida como um lírio; os olhos, dois buracos engolidos pela sombra.

— Achei que fôssemos nos encontrar no local combinado — ela diz a Nat. — Fiquei lá, esperando por uma hora.

— Eu esqueci. — Os ombros de Nat se curvam de culpa ou talvez de ressentimento. Ele coloca o restante da batata assada em cima da folha de papel-alumínio que ficou preta. — Está com fome?

Ela pega a batata e se senta, tirando pedaços com os dedos longos e delicados.

— Quem é esse aí?

Nat diz:

— Wilder. Wilder, esta é Betty.

— Oi — eu a cumprimento.

Betty olha para mim por um instante antes de voltar sua atenção para a casca da batata.

— Vamos — ela diz para Nat quando termina.

— Ei — diz Nat. — O Wilder acabou de chegar.

Ela passa as costas da mão na boca e depois a lambe. Seus lábios ainda estão brilhando da manteiga.

— Vamos.

Nat se vira para mim e dá de ombros como se dissesse: *O que se pode fazer?*

— Vão vocês — digo. — Foi bom ver você, cara.

— Vou passar lá amanhã — diz ele.

Nat e Betty desaparecem na escuridão. Ela passa um braço em volta da cintura dele. Enquanto estão indo, eu a vejo levantar a camiseta de Nat e passar o dedo indicador na parte inferior das costas dele. Fico corado e desvio o olhar.

Recolho as garrafas, nosso lixo, depois encho a caixa térmica de Nat com água do mar e despejo sobre os restos do fogo. O vapor assobia, o fedor de madeira molhada e queimada pesa no ar limpo da noite. Volto para a cabana e seco a caixa térmica, a deixo perto da porta, para me lembrar de devolvê-la a Nat no dia seguinte. Visto o pijama, escovo os dentes e uso aquele sabonete facial que serve para prevenir espinhas. Eu me sento na cama com *O Coração é um Caçador Solitário* aberto à minha frente. Não consigo entender uma única palavra. Depois de um tempo, desligo a luminária e fico deitado no escuro, o som do mar entrando junto com o luar. Mas não durmo. Desde que Betty apareceu da escuridão na praia, meu coração está batendo tão forte e descompassado que consigo senti-lo nos meus ouvidos. Nat tem uma namorada agora. Ele não está mais apaixonado por Harper.

A distância, lá embaixo, na baía, uma nota aguda, longa e discreta ressoa — e depois outra. As pedras começam a cantar. O vento deve ter mudado.

No dia seguinte, meus pais chegam pouco depois das dez da manhã. Eles entram sem fazer barulho e parecem surpresos ao me encontrar acordado e lendo na cozinha, com a casa limpa e arrumada.

— Estávamos com receio de que você estivesse recebendo alguns amigos — diz meu pai. — Dando uma festa.

Dou de ombros.

— Acabei de ver o Nat. Fomos nadar.

— Você é um garoto responsável, Wilder — diz minha mãe. Talvez seja coisa da minha cabeça, mas acho que ela parece um pouco desapontada.

★ ★ ★

Uma semana depois, estou sentado numa curva baixa do bordo, de frente para o mar, tentando ficar envolvido com o livro de Carson McCullers. Deixo um lápis atrás da orelha, mas não faço anotações. Li a mesma frase centenas de vezes, é a sensação que tenho.

De repente, tudo fica escuro. Há mãos tampando meus olhos, dedos frios apertam minhas pálpebras. Meu coração martela no peito. Fico imóvel, que é como às vezes lido com o perigo.

— É assim que você morre — uma voz sussurra no meu ouvido. Alguma coisa fina desliza pelo meu pescoço. Sei que é o lápis, sinto-o escorregar de trás da minha orelha, mas ainda assim minha respiração falha e minha garganta fica seca.

Agarro um pulso fino. Percebo que tem uma pulseira grossa de metal ao redor dele. As mãos são pequenas, dá para notar agora. Coloco a língua para fora e, fazendo força, consigo lamber a palma de uma das mãos que está na minha bochecha.

Harper se afasta, assustada.

— Ai, que nojo — ela diz. — Eca. — Então, ela pega meu livro e o lambe, passando a língua pela página que estou lendo, olhando para mim enquanto faz isso. — Agora estamos quites. — A página fica dividida por uma faixa molhada, como se uma lesma tivesse rastejado por ela.

— Bem-vinda de volta, Harper — digo.

— Obrigada. — Ela joga meu lápis colina abaixo.

— Eu preciso dele — aponto.

— Não, não precisa. Você está entediado de ler. Você quer ir nadar comigo.

Ao contrário de Nat e de mim, Harper não parece ter mudado nada. Ela está igual — aquele olhar arregalado, aquele cabelo quase vermelho-sangue, inacreditável. Ela não parece mais velha ou mais alta. Talvez seja mesmo uma fada. O amor me preenche quando olho pra ela. Ela não é uma fada. É apenas ela mesma.

Deixo *O Coração é um Caçador Solitário* aberto com pedras em cima para secar ao sol e descemos para a praia.

Primeiro, subimos até o campo, que me deixa com medo de morrer, para pegar uma cerveja no esconderijo secreto de Nat na rocha. Quando enfio minha mão ali, o buraco está quente e úmido como uma boca grande. Espero que o maxilar agarre meu braço e o tiro. Quase consigo escutar o barulho dos ossos quebrando, sentir o sangue quente escorrendo do meu ombro.

Há quatro garrafas no buraco. Ofereço uma a Harper, mas ela balança a cabeça em negação.

— Não vou querer.

Ela parece diferente. Seus olhos estão claros.

Entramos no mar e estamos boiando de boa na água. Estou tão feliz em ver Harper que não consigo tirar os olhos do rosto dela.

— Como está a escola nova? — pergunto.

— Uma droga. Não vou voltar. Perdi muitas aulas este ano.

— Você vai...

— Aham — ela confirma. — Vou pra Fairview.

— Achei que fosse só uma piada — digo.

— Como de costume, essa piada virou minha vida. — Estou prestes a ficar chateado por ela, mas ela sorri. — Está tudo bem, Wilder.

— Você parece mesmo... bem.

— Sim. Faltei à escola porque estava... bem, num lugar para garotas problemáticas que se automedicam. Um lugar muito caro, claro. Não quero falar sobre isso, Wilder. Funcionou, só isso.

— Tudo bem — digo. — Você sente falta? É difícil... não?

— Beber? Na verdade, é um alívio. Quer dizer, é chato, mas é muito menos estressante. Tenho mecanismos de enfrentamento. Eles ensinam isso a você.

— Tipo o quê?

— *Hobbies* — diz ela, ficando tímida de repente. — Eles nos encorajam a desenvolver interesses — tricô, cestaria.

Estou tentando interromper meu sorriso, mas ele simplesmente aparece.

— Que foi?

— Estou imaginando eles tentando fazer com que você goste de tricô.

— Pois é! — Ela ri. — Eu disse a eles que já tinha um *hobby*: bruxaria. É muito interessante, sabe. Mais como psicologia do que qualquer outra coisa. — Ela passa os dedos pela água com delicadeza. — Sinto menos falta dele quando estou com você. Meu irmão. Samuel.

— Que bom. — Quero muito, muito mesmo, que ela fique bem.

— Acho que você lembra ele.

E, de repente, não estou curtindo mais. Engulo em seco para livrar minha boca do gosto amargo inesperado.

— Vamos tirar Natty de casa hoje à noite — diz Harper, sacudindo a água com a ponta dos dedos. — Ainda não me encontrei com ele. Ele deve estar ocupado com o pai. Na maioria das vezes, ele dá um jeito de dizer oi no dia em que chego. — Ela morde uma unha. — Cheguei aqui ontem; ele não deu as caras.

— É, ele parece estar ocupado mesmo. — Não tenho certeza se devo contar da namorada dele. *Não, não conta*, penso, porque parece uma violação do acordo, não sei por que razão, e então o momento passou, esperei demais e o perdi. — Passa lá em casa hoje à noite — sugiro. — Vamos nos encontrar só nós três, colocar a conversa em dia.

Harper volta o olhar para mim agora, mais uma vez com aquele foco intenso. Eu tinha me esquecido de como é a sensação, a plenitude da atenção dela — é quase entorpecente.

— Como você está, Wilder?

— Bem — respondo, surpreso ao descobrir que estou sendo sincero. — Foi... um ano bom. — E foi. Sozinho. Solitário, até. Mas tranquilo. Estudei, li, escrevi. Os caras que deixaram o ano anterior tão terrível parecem ter esquecido que existo neste ano.

— Sim, eu sei — diz Harper. — Você está em dívida comigo. Uma baita dívida.

— Sério?

— Fiz um feitiço para impedir que fizessem *bullying* com você, Wilder.

— Ótimo, obrigado. — Coloco as mãos em concha e jogo água na cabeça dela.

Ela escapa, sem esforço.

— Boa tentativa.

— Quer me ver tentando de verdade? — Eu saio em direção a ela.

Eu queria que Harper pegasse leve nessa coisa de magia — isso me deixa desconfortável. É como um pequeno resquício da antiga Harper, que está tão desesperada para sentir, que bebe de manhã, que faz Nat pregar peças em mim em uma caverna escura que quase mata a gente.

Nat aparece logo depois que ela vai embora.

— Como a Harper está? — Eles continuam se desencontrando; como acontece naquelas velhas farsas teatrais britânicas — em que um entra por uma porta e o outro sai pela outra. Além disso, me ocorre que não falei que ela estava aqui — como ele sabe? Ele estava observando a gente?

— Você ainda não encontrou com ela?

Ele balança a cabeça, dizendo que não.

Tenho a sensação de que a vida está um pouco fora de sincronia. É preocupante, mas também emocionante — no passado, Nat e Harper eram o núcleo da nossa amizade, uma unidade, um par indivisível. Agora, eles parecem separados, à deriva. Tudo está se reorientando — comigo no centro.

— Volta aqui à noite — digo a ele. — Aí, todos vão estar aqui.

Meus pais vão jantar fora, por isso Nat, Harper e eu vamos ficar em casa. Tiro refrigerante da geladeira e encho uma caixa térmica com as latas para mostrar que é isso que a gente vai beber. E a gente vai, digo a mim mesmo, ou pelo menos Harper vai, então, apenas dois terços são mentira.

Meu pai está usando aquelas abotoaduras idiotas feitas de tampas de garrafa de Coca-Cola com um alfinete colado na parte de trás. Tio Vernon as fez para ele como uma espécie de brincadeira quando eram pequenos.

— Pai, você tem mesmo que usar isso? São *tão* constrangedoras. — Tenho receio de que talvez meus amigos as vejam.

— Acho que ficam bacana — diz ele, fazendo uma pose.

Estou quase morrendo de pavor.

— Vão logo *de uma vez* — digo. Eu os acompanho até o portão.

— Oi. — Nat surge quase desaparecendo sob a luz do pôr do sol. Sinto mais uma vez aquele rápido momento de estranheza. Quem é esse homem alto? Parece que Nat estava correndo. A camisa dele está meio desabotoada, ele tem uma fina camada de suor no rosto, embora a noite não esteja tão quente.

— Oi — eu o cumprimento. — Mãe, pai, vocês se lembram do Nat.

— Claro — meu pai diz, simpático, estendendo a mão para cumprimentar Nat. No ano passado, Nat era um garoto; agora, é um cara que aperta a mão do meu pai.

Nat fica ali parado, parecendo confuso. Ele encara a mão do meu pai como se nunca tivesse visto uma mão antes. Então, percebo que os olhos dele estão fixos nas abotoaduras. Eu tinha razão, ele está horrorizado; elas são tão idiotas.

— Nat — digo, e ele se assusta.

— Que foi? — ele pergunta. — Wilder? — Então, ele se sacode como um cachorro e aperta a mão do meu pai. — É bom vê-lo de novo, senhor.

Harper surge no caminho. Minha mãe dá um abraço nela, e Harper fica vermelha. Seus olhos estão fixos em Nat o tempo todo.

— Divirtam-se, crianças — diz minha mãe, sem fôlego. Ela coloca uma mecha de cabelo imaginária atrás da orelha, embora não haja vento. Está animada com o jantar.

— Vocês também! — digo. — Suas crianças *malucas*.

Eles continuam descendo o caminho. Ouvimos o carro ligar e partir.

— Olá, Natty — diz Harper.

Nat a ignora, franzindo a testa — e vejo com surpresa que ele está tremendo um pouquinho. Harper se senta como se desmoronasse e coloca a mão na bochecha como se estivesse quente.

— Você se queimou no sol hoje? — pergunto a ela. Ela não parece estar queimada, mas o dia está escurecendo, então, não posso ter certeza.

Ela balança a cabeça, negando.

— Você está bem, Natty?

— Claro. — Nat estala as unhas do polegar e do indicador uma na outra. Já percebi que ele faz isso quando está mentindo.

Nat tira uma cerveja de cada bolso e oferece uma a Harper.

— Não — diz Harper com um tom áspero na voz. — Natty. Eu escrevi para você. Não faço mais isso.

— Ah, para. — Há algo estranho na voz dele. — Wilder vai beber uma. — Embora eu não tenha dito nada.

— Não — ela fala. — Para com isso.

Nat me entrega a cerveja, mas eu não aceito, negando com a cabeça. Não quero dificultar as coisas para Harper.

— Beleza — diz ele, inclinando a cabeça para trás e tomando tudo de uma vez. Então, levanta a segunda cerveja e a toma também. Seu pescoço bronzeado se mexe enquanto ele engole. Ele limpa a boca. — Vamos girar a garrafa?

Eu o encaro.

— Pensei que…

— O que, Wilder?

Dá para ver que ele sabe que estou prestes a mencionar a garota pálida. Então, não menciono.

— Nada de girar a garrafa para mim — digo. — Você tem que me levar para jantar antes de as coisas esquentarem entre nós.

Ele olha para mim, contrariado.

— Você pegou todas as minhas cervejas, Wilder. Tive que comprar mais no posto de gasolina. Não era para você me deixar sem nenhuma.

— Não fiz isso — digo, assustado. — Peguei uma garrafa hoje à tarde, só isso.

— Não seja mau, Nat — comenta Harper.

— Ah, que fofo, vão lá, vão — diz Nat.

— O que significa isso? — pergunto.

— Sim, o quê? — Harper diz. — Você quis dizer vão se danar, Natty? Ou talvez vão à merda?

Ele diz, confuso:

— Vão lá. É uma expressão.

— Não — eu digo.

— Não — fala Harper.

— Calem a boca — Nat diz, mas está sorrindo.

E parece que as coisas vão ficar mais fáceis daqui em diante, mas logo em seguida Harper dá um grito. Uma pessoa pálida paira atrás do portão, alta e magra como a chama de uma vela.

— O que você está fazendo aqui? — Nat diz, irritado. — Não fica me seguindo.

— Eu estava entediada — argumenta Betty, caminhando na direção da luz.

— Oi — cumprimenta Harper.

Betty olha para ela, mas não diz nada. Só fica parada lá. Nat se levanta de maneira abrupta.

— Vejo vocês amanhã.

Os passos dele desaparecem no caminho.

— Qual é o problema dele? — pergunto. — Ele estava *muito* estranho.

Harper dá de ombros.

— Pega o tabuleiro de gamão — ela diz. — Vai ser legal… nós dois.

Meu coração dá um salto doloroso e forte dentro do peito.

Harper fica por duas partidas e depois diz que está cansada. Eu a acompanho até determinado ponto. Ela fica quieta enquanto caminhamos, mas eu a sinto, como sempre, como um sol quente ao meu lado. Penso em como seria pegar sua mão, tocá-la de algum jeito, mas parece impossível. Ela está envolta em seu próprio isolamento. Quando avistamos a casa dela, ela para.

— Daqui em diante, vou sozinha.

— Mas eu deveria levar você até o fim… — Não quero deixá-la. Quero encontrar uma coisa qualquer que chame a atenção dela para que ela me note.

— Quanto menos os pais souberem, melhor — diz ela. — Os meus são meio desconfiados. Talvez — acrescenta ela com sinceridade —, eu tenha dado a eles muitos motivos para serem assim.

Não consigo deixar de sentir que ela está apenas aproveitando a primeira oportunidade que pode para ficar sozinha. Para se livrar da minha companhia.

Volto pelo penhasco, sob a lua, com a lanterna apagada. Está sendo uma noite estranha e me sinto repleto de uma energia ruim. Estou prestes a desejar que um acidente aconteça; quero que algum tipo de dano seja causado a algo ou alguém, mesmo que seja a mim mesmo.

A Cabana do Assobio surge da escuridão. O carro dos meus pais ainda não está lá. Ao virar a esquina, vejo que tem uma luz saindo pela janela da sala, emitindo um brilho vermelho pelas cortinas. Tem alguém na minha casa.

O Homem da Adaga me vem à mente. Afasto a ideia, é burrice. Mas tem alguém na minha casa, alguém que não deveria estar lá.

Desço em silêncio pela lateral da casa e pego o ancinho que está encostado na parede. Prendendo a respiração, abro a porta e entro pela cozinha escura. Alguém está sentado no sofá; consigo apenas ver a parte de cima de uma cabeça com cabelo escuro. Levanto o ancinho. É do tipo pesado e com dentes.

A cabeça começa a virar e fico em posição de ataque, a arma pronta para ser usada. Eu me preparo para o golpe, para o sangue.

Minha mãe grita. Seu rosto pálido está assustado.

— Meu Deus, Wilder! — ela diz. — O que você está fazendo?

E, no último segundo, consigo desviar o ancinho para que atinja o sofá, sem causar danos. Mas estou quase chorando de pânico ao ver quão perto estive de acertar a cabeça dela com as terríveis mandíbulas de metal.

— Por que você está sentada no escuro? — questiono.

— Eu estava esperando pelo seu pai — ela responde.

Depois de colocar o ancinho de volta lá fora, encontro minha mãe na cozinha.

— Deixa eu fazer um chá pra você — ofereço. — Sei que você gosta daquele de folha de framboesa. — Levamos as canecas para a sala.

— Estava me perguntando para onde você tinha ido — ela diz. — Todas as luzes estavam apagadas.

— Fui levar Harper para casa. Onde está o papai?

— Ele teve uma leve indigestão. Acho que foi o rolinho de lagosta. Ele sempre pede, mesmo sabendo o que isso faz com o intestino dele. Ele me deixou aqui e foi procurar uma farmácia.

— Uma aberta? Por aqui?

— O dono da farmácia de Castine mora em cima da loja. Ao que parece, ele abre se estiver de bom humor e se você pedir com educação. — Ela sorri; dá para ver que está cansada.

Sendo homem, você não deveria pensar em coisas como quando sua mãe está menstruada e coisas do tipo, mas não é como se eu conseguisse ignorar isso; ela está quieta e pálida e tem ficado muito deitada.

Meu sono é povoado de visões inquietantes e do cheiro de cerveja velha.

Meus pais ainda estão dormindo quando acordo.

O dia já está quente, embora sejam apenas oito da manhã. Como um biscoito recheado enquanto desço a colina. Estou indo em direção ao bosque para variar. É bom estar sozinho. Na cidade e na escola, me sinto sozinho, embora, nesses locais, eu esteja sempre rodeado de gente. Mas, aqui, estar sozinho parece apropriado.

Na rua abaixo de casa vejo que tem algo branco — alguma coisa de papel ou plástico, não sei dizer —, largado no meio dela. Lixo jogado por alguém ou trazido até aqui pelo vento. Fico com um sentimento de indignação. Este é o meu lugar, as pessoas não podem deixar lixo espalhado por aí. Desço correndo para recolhê-lo.

A brisa levanta uma ponta e o vira. O negócio rola alguns metros pela rua. Corro para pegá-lo. À medida que me aproximo, vejo o que de fato é. O quadrado esvoaçante é uma fotografia, uma Polaroid, virada para baixo. Minha mãe andou fuçando a "arte" do tio Vernon de novo, eu acho — uma delas deve ter sido levada pelo vento.

Eu a pego, curioso para ver qual das tentativas frustrantes de fotografia do tio Vernon tentou a liberdade. Aquela do pinheiro onde a árvore está inclinada como se tivesse sido tirada por um bêbado? Aquela do mar onde um polegar grande tapa o canto esquerdo da foto? Aquele com uma pessoa na mais completa escuridão, exceto por um ponto brilhante como uma estrela? Mamãe e eu acreditamos que seja um autorretrato tirado no espelho, mas o *flash* ficou confuso com seu próprio reflexo e não disparou.

Mas não é nenhuma delas.

O rosto está branco, desbotado pelo *flash*, tão pálido como se estivesse na mesa de um necrotério. É difícil dizer se é menino ou menina. A criança está encolhida com o punho fechado sob o queixo; uma mecha de cabelo, louro ou castanho, está sobre sua bochecha. A curva da sua pequena orelha é perfeita.

O lençol tem estampa de ursinhos de pelúcia. O pijama é amarelo com foguetes, o que pode sugerir que seja um menino — ou não. Meninas também gostam de foguetes. Não há nenhum cobertor em cima da pequena criança, o que me faz sentir um medo inesperado. Acho que é recente. Na semana passada, fez muito calor para dormir de coberta.

E acho que não é sempre que ele coloca a faca na garganta delas, nem sempre. Nesta foto, a lâmina longa e brilhante está perto daquela pequena orelha rosa, perpendicular a ela. Quase encosta no lóbulo, bem no local onde a orelha se junta ao crânio. Um leve movimento, uma contração rápida e a arrancaria. Imagino a orelha se soltando como um pedaço de algodão-doce cor-de-rosa puxado do palito.

Talvez seja uma foto antiga, digo a mim mesmo. Talvez estivesse caída em uma vala ou presa em uma árvore há meses e o vento a jogou na rua ontem.

Mas a foto tirada pela Polaroid não é velha. A superfície brilhante dela está intacta e a imagem, nítida e sem desbotar. A faixa branca na parte de baixo não tem manchas. Eu sabia que era uma esperança vã.

Jogo a foto no chão sem nem pensar. Mas ainda consigo sentir o toque dela em mim. Pensando rápido, pego uma pequena pedra e a deixo em cima da foto. A borda ainda se mexe um pouco com a brisa forte, mas a pedra permanece firme.

Subo a colina correndo para chegar em casa, gritando por meu pai, minha mãe e apenas "socorro, socorro!".

Eles correm na minha direção, os rostos pálidos.

— Uma foto — digo, sem fôlego. — Uma foto do Homem da Adaga. Estava caída ali na rua. Ele deve ter passado por aqui!

A boca da minha mãe se contrai numa linha sinistra.

— Se isso for uma piada, Wilder… — ela diz. Mas o tom de sua voz mostra que está preocupada.

— Tem certeza, rapazinho? — meu pai pergunta.

— Por favor, vem rápido — digo, angustiado. — Por favor.

— Tenho que respeitar o ritmo dos meus joelhos em descidas, Wilder — diz papai, me reprovando. — Você sabe.

À medida que nos aproximamos do fim da colina, vejo o pequeno quadrado branco, ainda preso embaixo da pedra. Corro o restante do caminho.

Tenho aquela sensação desagradável nas pontas dos dedos enquanto viro a Polaroid, devagar. Atrás de mim ouço a respiração profunda da minha mãe.

Ursinhos de pelúcia, foguetes, uma faca brilhando.

Papai me acompanha até a pequena delegacia de polícia em Castine.

— Mas eu acabei de encontrá-la na rua — digo várias vezes. Minhas impressões digitais estão nela, é claro, então eles vão ter que eliminá-las para fazer a investigação. Eles perguntam ao meu pai se ele tocou na foto. Ele tenta se lembrar.

— Será que toquei? — ele continua me perguntando, perplexo. — Eu toquei, Wilder?

Não lembro se ele tocou ou não. Minhas lembranças de tudo o que aconteceu desde então são cenas estáticas e únicas. Uma pilha de momentos brilhantes e congelados, sem narrativa. Como uma pilha de Polaroids.

Eles também tiram as impressões digitais do meu pai, para eliminação.

Achei que poderia ser emocionante estar em uma delegacia de polícia e envolvido em um crime real, mas depois da primeira onda de novidades, não é. É muito demorado e chato e assustador, tudo ao mesmo tempo. Durante as perguntas, o registro dos depoimentos e a obtenção das impressões digitais, tudo em que consigo pensar é naquele garoto da foto. Há três ou talvez quatro policiais na delegacia, dois homens velhos, uma mulher. Não consigo guardar seus nomes na cabeça.

— É a garota Abbott? — ouço um deles perguntar. — A mais nova. Os Abbott que ficaram na casa dos Salter neste verão?

— É o que parece.

— Ayuh — diz o homem mais velho.

O bloco de notas da mulher fica aberto o tempo todo e, de vez em quando ela escreve algo nele muito, muito rápido. Não pode ser mais do que uma ou duas palavras. Nunca parece ser uma resposta a algo particularmente significativo que nós ou eles dizem. Talvez ela esteja fazendo uma lista de compras. Acho que os policiais têm suas próprias vidas como qualquer outra pessoa. Devem comprar leite no mercado da cidade, como todo mundo. Assistir à TV à noite, beijar suas famílias. Coisas normais.

Mas vejo a policial mordendo o lábio. Seus olhos têm quilômetros de profundidade. Nada é normal, ou nunca mais será. Não para nós, porque vimos a garota Abbott dormindo. Vimos aqueles cílios longos, o lençol de ursinhos de pelúcia, o punho enrolado com tanta confiança sob o queixo. Ele nos fez ver pelos seus olhos e nunca conseguiremos nos esquecer disso. Deste dia em diante, eu não consigo.

Quando saímos, olhei de relance a página do bloco de notas em que a policial estava escrevendo. A página estava rabiscada com *fique calma, fique calma, fique calma*, repetidamente.

Só quero que minha mãe me abrace agora, e não tenho nem vergonha disso. Já estou cansado de coisas de adulto — até eles estão, pelo jeito.

No dia seguinte, a policial está na estrada de terra atrás da minha casa. Ela coloca com firmeza sinalizadores amarelos em certos pontos. Um fotógrafo chega. Outra pessoa com uma roupa de encapsulamento branca também. Mas eles não encontram nada de relevante. Consigo atestar pela postura de desânimo evidenciada pelos seus ombros caídos. Meus pais e eu assistimos pela janela. O lugar não parece mais nosso.

A policial segura um objeto com as mãos enluvadas, pega um saco plástico Ziploc e deposita o material em seu interior. Parece uma bituca de cigarro. A realidade e a imaginação ficam confusas e causam arrepios. Será que *ele* a abandonou ali? Acho que estou louco, porque imaginei o Homem da Adaga fumando exatamente naquele lugar, e isso faz eu me sentir responsável, como se de alguma maneira eu o tivesse criado ou o estivesse controlando ou algo assim.

— Vou lá embaixo — informo.

— Como assim? — pergunta meu pai. A barba dele está bem rebelde hoje, um bom indício de que está chateado. — Deixe as autoridades fazerem o trabalho delas, Wilder. Não há necessidade de interferir. Fizemos a nossa parte.

— Eu só... — Olho em volta em busca de inspiração. — Aposto que ela gostaria de uma caneca de café.

Desço a colina levando o café fumegante com cuidado até onde ela está, com os lábios franzidos em um beicinho indicando que está pensativa. O rosto dela é largo, os olhos também, pretos como botões. Ela parece uma daquelas bonecas antigas feitas de lã.

— Hum? — ela diz, pensativa, pegando a caneca de café da minha mão. Então, ela parece despertar. — Oh. Oi de novo. Obrigada. Você colocou açúcar?

— Não.

— Ótimo. — Ela bebe o café em dois goles. Deve estar muito quente, mas ela não se preocupa com isso, apenas limpa a boca com as costas da mão e me devolve a caneca.

— Vocês acham que conseguem pegá-lo? — pergunto.

— Como sabemos que é um homem?

Dou de ombros.

— Eu acho que é um homem.

Ela suspira.

— Eu também. — Ainda não consigo me lembrar do nome dela, por isso, olho para seu crachá, onde se lê *Policial Harden*[1]. Faço isso discretamente, mas seus olhos brilhantes seguem meu olhar.

---

[1] Em inglês, "enrijecer-se". (N. da T.)

— Sim, já ouvi todas as piadas possíveis — diz ela. — Pode me chamar de Policial.

— Hum, está bem. — No mesmo instante, não consigo parar de imaginar algumas dessas piadas e sinto que estou ficando vermelho de vergonha.

— Você está surtando — ela diz com certeza. — Eu entendo.

— Por favor, você pode me contar a verdade? — eu peço. — Eu preciso saber. Ele receberia uma sentença grande se o pegassem? Eu surtaria menos se soubesse de alguns fatos. Ninguém vai me dizer nada.

— Você é um menino — ela diz. — Não precisa se preocupar com essas coisas.

— Tenho 17 anos. — Respiro fundo. — Eu poderia ser julgado como adulto, por exemplo.

Ela me encara com seus olhos pretos e redondos.

— Poderia mesmo — ela diz. — Está bem, então. Fatos. Eles estão escassos no momento. Mas tudo bem. Arrombar e invadir são crimes um pouco graves — se conseguirmos comprová-los. Em seguida, nós chegamos até ele porque ele tirou uma foto de uma criança, e isso é — o quê? Abuso infantil, claro. Violação de privacidade? Provavelmente. E tem a faca. Ele pode pegar dezoito meses. Quando na verdade deveria ficar preso para sempre.

"Então, mesmo que descubramos quem está fazendo isso... talvez nada aconteça. Mas temos que tentar mesmo assim. Nós *estamos* tentando. Não podemos esperar até que ele faça algo pior. Porque ele vai fazer. No fim. Isso tudo é fato suficiente para você?"

Ela tira um cartão do bolso e me entrega.

— Você nos deu um desse ontem à noite — digo a ela. — Um cartão.

— E estou lhe dando outro agora. Deixe um perto do telefone, guarde o outro com você. Ligue-nos se vir mais alguma coisa. Estou falando sério, qualquer coisa.

— Você acha que ele vai voltar aqui? Tipo, refazer o caminho para tentar encontrar a foto?

— Talvez. Mas vamos tomar conta de vocês. Arranjar um carro de patrulha para fazer a ronda à noite. Vocês não são o alvo habitual dele, graças a Deus. Ainda bem que vocês não têm crianças em casa. — Ela bate no coração com o punho cerrado. — Opa. Bebi aquele café rápido demais. Não consegui dormir ontem à noite, estava precisando de cafeína. De qualquer maneira, estou estacionada ali perto.

Eu a vejo ir embora, sentindo-me abandonado de um modo estranho.

Ele deve ter deixado a Polaroid cair durante a noite ou de manhã cedo, não muito antes de eu encontrá-la. Essa foto não estava na estrada ontem à noite.

Será que ele vai voltar para pegá-la?

★ ★ ★

Naquela noite, fico deitado na cama ouvindo o mar, os grilos, algum pássaro noturno cantando no escuro. Por fim, ouço, fraco, o som de um carro se aproximando da estrada abaixo. Isso é incomum; a estrada é muito tranquila. *É o carro de patrulha*, penso, *eles estão nos protegendo.* Imagino o rosto sério da Policial Harden ao volante, seus olhos redondos examinando o bosque em busca de sombras estranhas. Até o fato de me lembrar dela faz com que eu me sinta mais seguro. Penso em me levantar da cama e ir à janela da cozinha, que dá para a estrada, para vê-la passar. Mas não o faço.

Porque pode não ser a Policial Harden. E se for ele?

— Cuidado onde pisa — alguém diz e eu pisco, assustado, deixando de lado meus pensamentos. Estou caminhando na corda bamba ao longo de um quebra-mar, que está afundado em amontoados de alcatrão, na praia cheia de óleo que contorna Castine como uma unha suja.

Minha mãe está resolvendo algumas coisas na cidade e eu vim à praia. Não há muito o que fazer aqui. É um lugar para trabalhar — cascos enferrujados de navios aparecem em cima de obstáculos, redes imensas enfeitam os pontões. Cheira a gasolina e a peixe sangrando. Não é como Rehoboth ou Coney Island, não foi construída para lazer.

— Cuidado — diz a voz novamente, com mais urgência, mas já perdi o equilíbrio. Meu pé afunda em uma pilha de algas viscosas. O chão tem uma textura esponjosa e inchada e eu afundo cada vez mais. Eu grito; todas as lembranças de filmes antigos em preto e branco e livros de Sherlock Holmes passam pela minha mente como uma fita de telégrafo, todas aquelas histórias que já ouvi sobre areia movediça. A luta me faz afundar ainda mais e caio de frente. Minhas mãos afundam naquela coisa macia e fedorenta; não consigo deixar de pensar nisso como uma fruta podre. Estou ofegante; cada respiração de pânico parece me enterrar cada vez mais fundo; a coisa me agarra e me suga.

Uma mão firme segura meu ombro e me puxa.

— Você está bem? — É o pescador de olhos azuis que pegou o lenço de papel. — Ficou meio preso aí?

Eu sorrio, envergonhado.

— Suba no barco e tome um refrigerante — oferece ele.

O barco dele balança no pequeno cais.

A embarcação cheira a gasolina, mas também a sabão carbólico. É muito limpa. Minha mãe aprovaria.

— É como uma casa — digo. O barco me lembra a Cabana do Assobio: tão arrumada, tudo no lugar. Fico imaginando como é viver aqui, nunca mais voltar à costa, apenas viver rodeado de um azul tranquilo, sem seres humanos, sem preocupações. Nada de escola.

— Uma casa flutuante — ele concorda, satisfeito.

Duas latas de metal estão na bancada da pequena cozinha. Uma diz *chá*, a outra *café*. Ele pega o refrigerante na caixa térmica. As garrafas ainda estão congeladas. Ele as destampa com um estalo. É maravilhoso observar a precisão de seus dedos negros e delicados.

— Wilder — falo. — Desculpe, eu deveria ter me apresentado antes.

— E eu sou o sr. Pelletier, eu acho, mas só o banco me chama assim. Alton, ou Al, para meus amigos. — Ele estuda meu rosto. — Você conhece meu filho. É amigo do Nathaniel.

— Sim — confirmo. — Desculpe, eu não me dei conta.

— Ele não tem orgulho de mim — diz Pelletier. — Bem, os filhos deveriam querer ser mais do que os pais. É o certo.

Não tenho uma resposta para isso. Para disfarçar o silêncio, tomo um grande gole de refrigerante. Engasgo e o líquido escorre pelo meu nariz.

— Você deixa eu ficar com as tampas das garrafas? — pergunto quando consigo respirar de novo. Elas me fazem pensar no meu pai e naquelas abotoaduras idiotas. Talvez eu pudesse fazer outro par para meu pai; o dele desapareceu.

— Claro — ele diz. — Por quê?

— É meio difícil de explicar, mas é um presente para meu pai.

— Que bom — diz ele, em tom de aprovação. — Amor na família. Isso é bom.

As tampas viram pequenas pedras de gelo na minha mão.

— Você quer ver o equipamento de capturar tubarão?

Quero.

O equipamento é uma polia hidráulica, a linha brilha com ganchos poderosos. Estremeço quando olho para ela.

— Eu sei — diz ele. — Tem uma aparência cruel. Para ser sincero, estou perdendo o gosto pela pesca de tubarão ultimamente. Eles têm olhos inteligentes, os tubarões. Da última vez que peguei um galha-branca, o devolvi ao mar. Eu conseguia enxergar a dor dele. Agora, um atum-rabilho. A história é outra. Eles são uns filhos da puta. Vou arrastar um atum-rabilho na linha pelo tempo que for necessário, sem arrependimentos.

Eu rio. Ele me mostra potes de lagosta, além do dente de tubarão-branco, que ele deixa em um colar no pescoço.

— Nathaniel me deu isso — conta ele. — Ele é um bom garoto. Não o capturou, encontrou-o na praia. Mas não conte a ele que eu lhe disse isso. — Seu polegar acaricia o dente. — Ele é um garoto muito bom. Está crescendo. Não tenho ficado muito em casa ultimamente. — Ele se anima. — Tenho uns biscoitos daqueles que parecem ter moscas esmagadas dentro — diz ele. — Só que estes são feitos com moscas de verdade. Vou pegar uns para você. — Mas vejo um lampejo de tristeza em seu rosto. Algumas expressões são inconfundíveis, por mais rápidas que se manifestem. O pai de Nat se sente solitário. Penso em como meu pai parece não querer ficar conosco e como isso é um desperdício.

Os biscoitos de mosca esmagada são amanteigados e esfarelam quando encostamos neles. As "moscas" são passas bem grandes.

— Trabalho como padeiro desde que minha esposa foi embora — conta o sr. Pelletier. — Esta receita é da minha avó. Alguém deveria dar continuidade a isso, pensei. Não posso deixar que uma coisa boa seja esquecida.

— Quando a mãe do Nat foi embora? — Então, eu me apresso a dizer: — Desculpe.

— Está tudo bem. — O sr. Pelletier esfarela outro biscoito entre os dedos finos. — Dezessete anos atrás, bastante tempo, não é? Arlene tinha acabado de dar à luz Nathaniel. Que tipo de mulher abandona o filho recém-nascido? "Eu não vou voltar", ela me falou, e eu disse: "Ótimo. Deixe-me ficar com o bebê. Criá-lo direito". — Ele para. — Ela voltou a ter alguns hábitos ruins... coisas que jurou que abandonaria quando nos casamos. Então, eu a deixei ir e Nathaniel ficou comigo, e estamos bem, nós dois, desde então. — Mais uma vez aquela expressão cruza seu rosto. — Eu só queria que ele passasse mais tempo em casa.

Eu olho para meu relógio.

— Droga — digo, com a boca cheia de farelo. — Desculpe, sr. Pelletier. Tenho que ir.

Mas quando volto para a rua principal, o carro da minha mãe sumiu.

Ando na carroceria da caminhonete, o que é ótimo, e o sr. Pelletier me deixa no sopé da colina.

Minha mãe está tomando chá de folha de framboesa no sofá quando entro.

— Onde diabos você estava, Wilder? Esperei por uma hora na cidade.

— Desculpe — digo. — Encontrei um amigo.

— Nunca mais faça isso comigo, ouviu? Fiquei muito preocupada. *Muito.* Seu menino ingrato. — A voz dela passa de um grito para um sussurro e ela se recosta no sofá, pálida.

— Você está bem, mãe?

— Sim — ela diz. — Fiz sanduíches para o almoço, mas não sobrou nenhum. Tem cereal, se estiver com fome. Mas não tem leite, seu pai saiu para comprar.

— Claro que ele saiu — digo.

Pego um punhado de cereal puro. Eu meio que gosto do cereal assim. E estou cheio de biscoitos de mosca esmagada.

— Não coma assim — repreende minha mãe, irritada. — E não use esse tom para falar do seu pai. Tenha respeito.

— Está bem — grito. Bato a porta ao sair.

Saio pisando firme pelo caminho do penhasco. O vento sopra forte, está um frio miserável. Tudo está uma *porcaria*.

À minha frente, uma pessoa com uma roupa amarelo-neon está andando. O vento está contra ela, ela não me ouve. Dá para perceber, só pela posição relaxada de suas costas, uma parte de seu perfil quando se vira para olhar o mar, que pensa que está sozinha.

Eu poderia correr até ele, penso. *Pegá-lo desprevenido. Poderia empurrá-lo penhasco abaixo — observar como bate nas pedras, transformando-se em um pequeno contorno amarelo e murcho, e depois desaparecendo nas ondas agitadas do fundo. É isso aí, porra!*

Ainda não sei dizer se é homem ou mulher. Acelero, diminuo a distância entre nós, meus pés dentro dos tênis pousam delicadamente nas pedras. *Se for uma mulher*, penso, *vou deixá-la viver. Se for um homem...*

A pessoa volta-se novamente para o mar. Desta vez, um rabo de cavalo sai da gola da jaqueta e voa livre ao vento.

Ah, ela está viva.

Estou no trecho do caminho que passa debaixo do campo, consigo perceber, porque tenho um mau pressentimento. Argh. Eu realmente odeio aquele lugar. Mas vou aguentar; quero pegar uma cerveja no esconderijo de Nat. Ele continua me acusando de roubá-las — então, vou fazer isso de todo jeito.

Ouço algo parecido com um pio no campo acima. À medida que passo pelas árvores, vejo algo na grama alta à frente que não faz sentido. Parece um monstro. Membros, olhos. Aperto os olhos e me aproximo. Com o mesmo andar silencioso que usei para me aproximar discretamente da pessoa que estava andando.

O monstro se contorce. O barulho vem dele. São sons de respiração ofegante. Então, é por isso que tenho uma sensação ruim aqui. Eu sabia, de alguma maneira, que algo terrível aconteceria no campo.

Fico encarando-o, mas minha mente só capta detalhes isolados. Cabelos ruivos como um alarme, a bainha desfiada do *shorts jeans*. A mão dele nas costas dela, o tom de pele moreno sobre o tom branco. A blusa dela caiu do ombro.

Os olhos de Nat encontram os meus por cima do ombro dela. O olhar dele está disperso, depois focado. Ela está de costas para mim, não me vê. Nat e eu nos entreolhamos por um momento e então me viro e desço a colina. Nat quebrou nosso acordo.

★ ★ ★

Subo na árvore de bordo e olho fixo para o mar. O mar não se importa com coisas como o amor, não é? O mar sequer sabe das promessas, por isso não pode quebrá-las.

Não ouço minha mãe me chamando para jantar. Tomo um susto e grito quando ela puxa a ponta do meu tênis. Meu pai não está em casa de novo. Comemos macarrão com queijo direto da embalagem. Não consigo terminar, apesar de ser minha comida favorita.

Sei o que Harper diria se soubesse do acordo que Nat e eu fizemos. Sei que odiaria esse combinado. Será que ela odiaria o suficiente para impedir o que quer que esteja acontecendo entre eles? Eu poderia descobrir. E sei que ele ainda está com Betty. Posso estragar tudo com uma palavra.

Tenho o poder agora, digo a mim mesmo. Mas a sensação que tenho não é essa.

Fico acordado com a janela do quarto aberta o máximo que as travas limitadoras deixam. O Homem da Adaga não pode entrar aqui com a janela desse jeito — estou começando a suspeitar de que ele nem precisa.

O motor do barco está no ponto morto, o mar acena. Vamos para uma das pequenas ilhas rochosas. Harper quer ver as focas.

A vida útil do *shorts* de Nat está acabando; o desgaste chega até quase a metade da coxa. Engulo em seco ao me lembrar da grama alta fazendo cócegas neles, dos sons estranhos.

— Não — digo. — Não vamos para a ilha. Quero ir de novo para o divino.

— O quê?

— Tenho um segredo para contar.

— Wilder... — diz Harper, irritada. Ela quer mesmo ver as focas.

— É o castigo a que tenho direito — digo. — Estou cobrando.

— Precisamos fazer isso, Harper — diz Nat.

O barco avança rápido, saindo da baía.

— Você está bem, Nat? — pergunta Harper.

— Claro. — Mas ele está mentindo, porque faz aquela coisa de bater as unhas do polegar e do indicador. Um tique, pode-se dizer.

— O que está acontecendo? — Harper me pergunta. Levanto as sobrancelhas e coloco a mão no ouvido, como se o motor estivesse barulhento demais, embora normalmente gritemos acima dele. Harper se recosta, me olhando com os olhos semicerrados.

O barco balança nas ondas como se fossem matéria sólida, o sol fica quente. O dia que está surgindo se recusa a refletir meu humor, está pronto para brilhar intensamente.

A maré está na metade; a entrada da caverna, visível, como lábios entreabertos de maneira educada. Nadamos na escuridão. Seguro com cuidado a lâmina longa e brilhante da faca de ostra. Atrás, a meia-lua da luz do dia acena. Seria tão fácil dar meia-volta e nadar de volta para o ar quente, para a luz.

— Vamos, preguiçosos — falo. — Depressa. — O sal frio entra na minha boca e eu tusso.

Na cavidade maior, a água escorre pelas paredes da caverna, brilhando. Aqui está quieto hoje, parado como um espelho.

— Me segure — digo a Nat. — Tenho algo para dizer à água. Um segredo.

— Por favor, Wilder — ele pede. — Por favor, não.

— Meu castigo, lembra?

Ele sobe atrás de mim e pega meus braços.

Nat me abaixa, cada vez mais, até que estou quase beijando a água. Sinto a dor nos meus braços, nas minhas costas. Acho que vou chorar.

Respiro fundo. Vou estragar tudo com ele. Com os dois. Eles merecem isso.

— Acho que meu pai é o Homem da Adaga — ouço minha voz dizer. Não é o segredo que eu queria contar; mas é isso que sai. Estou tão cansado e estressado.

Harper diz:

— O quê?

Nat engasga e cambaleia. Um dos meus braços escorrega das mãos dele, desliza como borracha molhada e então ele me segura só com uma mão. Nós dois balançamos perigosamente em cima do mar. Então, a mão de Nat escorrega, ele me solta e eu caio de cabeça.

Abaixo de mim, sob a superfície da água, algo gira e vem na minha direção, rompendo a pele brilhante e gritando na minha cara. O som ecoa pela caverna, alto e ensurdecedor. Vejo o braço dela se estender.

Alguém está batendo no meu rosto e estrelas aparecem atrás dos meus olhos. *Pare*, tento dizer, *pare*, e a empurro para longe, mas ela continua vindo. Nat está gritando, ele tenta se colocar entre nós. Eu ando para trás na água e de repente sinto um cheiro de lata de alumínio. Não estou mais segurando a faca — onde ela está? Em algum lugar Nat está gemendo, um som ruim que vem da água, nas paredes de pedra.

Damos um jeito e conseguimos tirar Nat da caverna. A luz está ofuscante, um golpe nos nossos olhos. Há um rastro vermelho na água atrás de nós, na direção da escuridão. Parece um pano vermelho dando voltas sob a superfície.

— Tubarões? — sussurra Harper.

Não quero pensar nessa possibilidade.

— Está muito ruim? — pergunto.

Nat geme e levanta a mão. A faca o atravessou, prateada como um raio de luz.

Subo no barco e Harper empurra Nat enquanto eu o puxo. Tentamos não mexer na faca, deixando-a no lugar onde parou, mas estamos assustados e atrapalhados. Nat está chorando compulsivamente agora, o que é difícil de aceitar. Por fim, estamos todos dentro do barco e eu ligo o motor. Nat está extremamente pálido. Gotas de sangue vermelho-escuro continuam saindo do ferimento. A faca está no fim da palma da mão dele, quase no punho, e de repente penso em pulsos e veias — quão perto a faca está dessas coisas?

— Faça um torniquete no punho dele — digo a Harper. — Tente estancar o sangramento. — Estou apenas repetindo palavras que vi em programas de TV, é a única coisa que sei.

Harper rasga a barra de sua camiseta, e Nat geme e tenta afastá-la. Ela amarra com força e o sangramento diminui um pouco. Mas talvez fazer essa amarração também seja ruim? Talvez a mão fique sem circulação? Não sei o que fazer.

— Para onde vamos? — grito para Harper. — Onde fica o hospital mais próximo, ou telefone, ou qualquer outra coisa?

— Não sei! — A voz dela soa tão aguda que é quase inumana. — Apenas siga o continente de volta a Castine e pare na primeira casa que encontrarmos!

Não sei pilotar um barco, então nosso progresso é lento e oscilante. É incrível como não prestamos atenção nas casas durante o caminho até aqui. Não parecia importante. Agora, a costa vazia leva minutos intermináveis e agoniantes para acabar. Por um instante acredito que todos no mundo se foram e que somos os últimos três remanescentes, que continuaremos para sempre, Nat chorando, Harper o segurando e sussurrando: "Sinto muito, Natty, sinto muito". Então, ela murmura: "Eu te amo". Ele não responde. Vejo que desmaiou. Ela o embala com cuidado, tentando proteger o ferimento dele da agitação do mar. Vazia, a costa se arrasta por nós.

Finalmente, aparece um brilho distante à frente na costa, talvez uns sessenta metros adentro. À medida que nos aproximamos, vejo que é uma casa grande e moderna, feita principalmente de vidro. Um longo calçadão leva até lá, rodeado por uma cerca branca. Puxo a *Sereia* para a praia de cascalho e saio do barco. Correr pela praia é como correr num pesadelo; volta e meia eu afundo e fico com o tornozelo enterrado na areia. Penso em Rebecca, nadando para sempre em direção à luz azul. Mas por fim chego ao calçadão. As tábuas estão firmes sob meus pés. Vou a todo vapor, mas ainda assim parece levar uma eternidade, o mundo mergulhando e balançando como se eu ainda estivesse nas ondas.

Um casal assustado está tomando os primeiros coquetéis do dia quando apareço no deque da piscina, molhado, ensanguentado e com os olhos arregalados, como se tivesse acabado de nascer do mar.

Harper e eu ficamos esperando enquanto cuidam do Nat. O centro de atendimento de urgência de Castine é um prédio pequeno, usado principalmente para tirar coisas dos ouvidos de crianças e aplicar vacinas de tétano. Mas Nat precisa de sangue, não há tempo para levá-lo a Belfast ou a qualquer outro lugar.

Ficamos enrolados em algumas cadeiras duras de plástico laranja. De vez em quando, alguém sai para tomar um café ou a recepcionista vai até o estacionamento para fumar e as portas abrem e fecham com um chiado, como se fossem pulmões doentes.

— Por que você acha que seu pai é o Homem da Adaga? — Harper pergunta. Os olhos dela estão arregalados em seu rosto pálido.

— Coisas pequenas — digo. — Mas quando se junta tudo, dá a sensação de que é — muito. Encontrei uma coisa. Uma foto da menina Abbott, uma Polaroid.

— Onde? — ela pergunta bruscamente.

— Bem perto da nossa casa, na estrada. Não há mais ninguém num raio de quilômetros — por que alguém estaria lá fora? Meu pai vinha aqui todos os verões sem a gente para visitar tio Vernon — lembro. — Então, ele estava aqui nas épocas certas. Além disso, ele desaparece à noite. Sempre tem uma desculpa: está procurando uma farmácia ou o leite acabou, mas é uma baita de uma coincidência. — Raspo a garganta. É estranho como mesmo agora isso é constrangedor. — Além disso, as coisas com o Homem da Adaga acontecem em uma determinada época do mês. Tipo, a menstruação da minha mãe. Não sei...

— Às vezes, os assassinos em série operam de acordo com o ciclo da lua — diz Harper. — Eu li isso.

— Ele não é um assassino em série. — É horrível ouvir isso em voz alta. — Mas tio Vernon gostava de tirar fotos com a Polaroid. Talvez eles agissem juntos, papai e tio Vernon. Talvez ele tenha matado o tio Vernon. — Coloco a cabeça entre as mãos. — Ah, Deus, talvez ele seja um assassino em série. Tem algo de ruim acontecendo, Harper.

— Você acha mesmo que é ele? — Há uma entonação estranha na voz dela. Parece — mas pode não ser certeza — alívio. Mas ela também está com medo. Passei muito tempo fingindo não ter medo — em casa, na escola, então sei dizer quando as pessoas estão fazendo isso.

— Não sei. Estou enlouquecendo.

— Você acha que Nat vai ficar bem? — ela sussurra em meu ombro.

— Claro que vai. — Mas eu não sei. A pele dele não estava da cor normal quando a ambulância chegou. No momento em que o trouxeram para cá, era como se não tivesse mais ninguém em seu corpo.

As portas de vidro se abrem com um chiado. Lá fora, o sol lança uma luz fraca e pálida sobre o estacionamento. *O sol está nascendo*, penso, então percebo, *não, o sol está se pondo*. Não parece possível, mas ainda é o mesmo dia.

— Ei, vocês dois — chama a Policial Harden. Ela está segurando um café maior que sua cabeça. — Dia difícil? Fiquem aqui um momento. Vou precisar conversar com vocês para o relatório. Depois levo vocês de volta para seus pais. — Ela passa pelas portas de vaivém da enfermaria, assobiando alguma coisa.

— Temos que contar a ela — diz Harper. — Sobre seu pai.

Começo a falar, mas ela coloca um dedo na minha boca.

— Pare — ela diz. — Este é um momento muito importante. O que quer que você vá dizer... pense antes de falar. Essas palavras ficarão soltas para sempre, você não será capaz de esquecê-las. Portanto, tenha certeza de que não sejam motivo de arrependimento no futuro.

É como se ela conseguisse ver meu interior. Eu estava prestes a dizer: *você não pode contar a ninguém*. Mas isso seria errado. Já vi a orelhinha rosada, o punho enrolado sob o queixo, o lençol de ursinhos de pelúcia. Seja lá o que meu pai for, ele é perigoso. Não posso deixar isso continuar.

Respiro fundo.

— Está certo. Você tem razão. Vou contar a ela. — O pânico aumenta. — Quer dizer, não tenho nenhuma prova nem nada, mas...

As portas da enfermaria se abrem e a Policial Harden sai. Ela está diferente. Os olhos dela estão pesados e fundos. Eles parecem ter deixado de serem redondos, mas foram reduzidos a pontos cruéis.

Começo a me levantar para falar com ela. É agora ou nunca. Sei que se pensar sobre isso encontrarei uma razão para não o fazer.

A Policial Harden aponta para mim com um dedo afiado. Tudo nela fica afiado de uma hora para outra.

— Sente-se aí agora mesmo — ela diz. — Nenhum de vocês mova um músculo até que eu deixe.

Eu me sento. Ela murmura algo no rádio, nos observando o tempo todo com aqueles olhos penetrantes.

— O que está acontecendo? — sussurro para Harper. — Ainda falo com ela sobre meu pai?

— Não, Wilder — ela diz. — Você não precisa falar. — O rosto de Harper é deturpado por um pressentimento.

É a faca de ostra enfiada na mão de Nat que faz isso. A Policial Harden a reconhece pelas Polaroids. A foto que encontrei na estrada, da menina Abbott — não mostra o cabo. As Polaroids de outras crianças nunca foram divulgadas pela polícia, mas nelas a faca fica bem visível. O cabo é específico; foi esculpido à mão pelo pai de Nat, Alton Pelletier, com nogueira da região.

Há apenas um milímetro microscópico de cabelo preso na faca entre o cabo e a lâmina. É o cabelo da garota Abbott. Deve ter ficado preso lá quando ele entrou pé ante pé no quarto dela. Eles acham que talvez o Homem da Adaga corte o cabelo de algumas crianças enquanto estão dormindo.

Usávamos a faca do Homem da Adaga para abrir ostras e arrancar as tampas das latas.

A polícia revista a propriedade de Pelletier à beira-mar. O que encontram lá faz com que todos se esqueçam do Homem da Adaga, porque é pior, muito pior do que qualquer um poderia imaginar. O mundo se desintegra e nós ficamos despedaçados, todos os três. Não acho que eu tenha me recomposto desde então.

A maré nunca foi perigo para os banhistas da região.

Na casa de Pelletier, tem um porão. As paredes desse porão são forradas com carpete, que está manchado de sangue velho e escuro. Enterrado num canto, numa caixa de charutos, a polícia encontra um tesouro. Uma carteira de motorista com o nome de Christy Barham, embrulhada em um lenço de papel, duro por causa das lágrimas que secou. Uma presilha de plástico com estampa de tartaruga. Um chaveiro com a palavra *Daytona*. Uma foto três por quatro de uma jovem com cabelo roxo. Um único brinco de pérola que é identificado como sendo de uma mulher que desapareceu, possivelmente afogada, há dez anos. O nome dela era Rebecca Boone. Todos esses objetos estão enferrujados ou manchados de sangue. As impressões digitais de Alton Pelletier estão por toda parte.

Eles encontram a corda do equipamento de capturar tubarão, quilômetros e quilômetros de linha, pontas com ganchos brilhantes e poderosos. Encontram a caixa de alumínio para peixes de Alton, com quase dois metros de comprimento e sessenta de largura. Alton mesmo a construiu. Está bem fechada com clipes de metal. Existem vestígios de sangue humano dentro dela.

A caixa de peixe era como as mulheres eram retiradas de casa após o término. Pelo menos é assim que a polícia acredita que acontecia. Ninguém jamais saberá de fato. Deve ter sido um alívio para elas — o desfecho.

Às vezes, eu me pergunto sobre aquela vez em que tomei refrigerante com ele — a caixa de peixe estava a bordo naquele dia? Será que estava vazia? Será que estava cheia?

Alton Pelletier é preso.

As impressões digitais tanto de Nat quanto de Alton estão na faca de ostra. Os dois a utilizavam às vezes. *Para quê?*, minha mente fica repetindo indefinidamente. *Para quê?*, a voz de Nat se repete no meu ouvido à noite — *prendê-la no equipamento de capturar tubarão e deixá-la ao lado do barco por um tempo até que ela esteja pronta para fazer o que você quiser.*

Harper e eu passamos o dia seguinte no banco estreito da delegacia enquanto nos interrogam — juntos, separados e depois mais uma vez separados. As pequenas salas ficam bem quentes no fim do verão. Queremos ir para casa, mas não podemos. Contamos a eles repetidas vezes sobre nossa caverna e por que fomos lá, tudo o que vimos Alton Pelletier dizer ou fazer, tudo o que Nat disse ou fez. Estou tão cansado que o mundo parece girar diante dos meus olhos.

Quando olho para cima, um fantasma está passando. Mas é Betty, com o rosto pálido com marcas de lágrimas. Da próxima vez que olho para cima, Harper já não está mais do meu lado.

Cambaleio para a luz ofuscante da rua, olhando em volta de maneira frenética.

— Tomando um pouco de ar — digo vagamente quando alguém tenta me impedir.

Harper e Betty estão paradas na calçada, muito perto uma da outra.

— O que você disse a eles? — Vejo que Harper está segurando o dedo mindinho de Betty de uma maneira que parece carinhosa. Mas a ponta do dedo está ficando roxa.

— O que você disse a eles? — Harper pergunta novamente.

— Eu contei a verdade a eles — diz Betty. — Onde procurar: atrás do rodapé da sala de estar. Agora me solte ou eu arranco seus olhos do crânio.

Harper respira rápido, seu rosto está com manchas vermelhas. Ela solta o dedo de Betty.

— Nat me disse que você era uma bisbilhoteira — diz ela. — Ele me contou que você viu o pai dele escondendo essas coisas. Não minta. Você sabe que não eram do Nat.

Betty olha para ela.

— Sim — ela diz, devagar. — É por isso que ele escolheu você. Você ainda acredita nas mentiras dele. Eu não consigo acreditar mais. Se cuida. — Betty vai embora, segurando delicadamente o dedo dolorido.

— A mentirosa é ela — diz Harper. Seus olhos seguem Betty pela rua principal. — Ah, meu Deus. — Sua boca se abre cada vez mais como se fosse rir, uma risada invertida. Lágrimas brilham em seu rosto. — Só passamos alguns meses juntos — ela sussurra. — Eu e Nat. Não pode ser assim que tudo termina.

Coloco um braço em volta dela, timidamente.

— Não me toque, Wilder — diz Harper, bruta. — Nunca mais quero que ninguém me toque. — Então, ela se abaixa e vomita com cuidado na grade do esgoto.

Na sala da casa de Pelletier, em um buraco atrás do rodapé, eles encontram diversos itens. Um tênis pequeno, um caroço marrom de maçã mordido por dentes de leite. Um anel feito de doce, uma camiseta com estampa do Papa-léguas, ainda manchada com o ovo do café da manhã de muito tempo atrás. Cada objeto está meticulosamente colado com fita adesiva em uma fotografia Polaroid de uma criança dormindo. Não há impressões digitais em nenhum desses itens — como se tivessem sido manuseados com luvas.

No mesmo esconderijo, encontram as abotoaduras de garrafa de Coca-Cola do meu pai. Como chegaram lá, se Nat ou Alton as levaram, ninguém sabe.

Nat fica, inconsciente, entre a vida e a morte. Eles não o levam para fora de Castine. Perdeu sangue demais. Acham que vai perder a mão direita. Não temos permissão para vê-lo; não sabemos se ele vai sobreviver ou não.

Não sei o que esperar.

Os jornais locais dão a notícia, depois os nacionais. Alton Pelletier, Nathaniel Pelletier. Os nomes estão por todo lado. O som deles, a maneira como aparecem na página, é lindo. Me lembra a costa daqui, subindo e descendo, subindo e descendo.

Eu não diria que poderia piorar, mas fica muito, muito pior.

Três dias depois, estou no topo do penhasco ao entardecer e observo os barcos passando pela baía, com suas luzes azuis fracas e cintilantes. Estão vasculhando as cavernas ao longo da costa com equipes de mergulho.

Eles fazem buscas a noite toda. Não durmo. Fico olhando para o teto, ouvindo os motores dos barcos percorrendo a costa de fora a fora, às vezes um zumbido distante, depois um roncado próximo na baía de baixo. Então, à medida que a luz rosada entra pela janela, eles desaparecem pelo oeste e não retornam. Encontraram algo.

Eu me levanto e saio de madrugada. Corro na direção oeste pela parte mais alta até ver os barcos da guarda costeira. Eles estão no canal estreito que leva à entrada da caverna. O obelisco brilha escuro à luz da manhã. Eu sabia que, de alguma maneira, estaria aqui.

Observo, escondido atrás das rochas irregulares do promontório. Dois mergulhadores entram na água. Pergunto-me se o divino vai comê-los.

Os dois mergulhadores sobem até a superfície e voltam a mergulhar, sobem até a superfície e voltam a mergulhar. Trazem detritos do chão da caverna, coisas irreconhecíveis enfeitadas com algas marinhas. Depois, por volta das onze da manhã, os dois emergem ao mesmo tempo. Cada um segura um lado de uma coisa. Um cara a bordo abaixa um guincho com uma plataforma. Eles descem a plataforma na água e os homens-rãs fazem alguma coisa com as correntes. Um motor gira, as correntes são esticadas e uma coisa começa a sair da água. É um barril de metal — um tambor de petróleo. Laranja enferrujado, laterais corroídas pelo sal e pelo tempo. Um dos caras com roupa de mergulho pega um pé de cabra.

— Não — eu sussurro em voz alta. — Não abra. — Sei que ele precisa fazer isso, mas sei que não deveria — tenho um pressentimento, aquele que surge como um mal-estar, aquele que às vezes sinto no belo campo acima da Cabana do Assobio. Minha respiração fica curta, há flores negras por toda a minha visão.

O cara insere cuidadosamente o pé de cabra na borda e abre a parte de cima do tambor. A tampa de metal se solta devagar, pegajosa e com dificuldade. Ele olha para o conteúdo, coloca lentamente a mão na boca, caminha até a lateral do barco e vomita no mar.

Depois de vinte minutos, outro tambor é retirado das profundezas. Os mergulhadores o arrastam para ficar ao lado do primeiro no convés. Os tambores estão cobertos de algas e mariscos; estão lá há algum tempo. Mas sinto que de todo jeito consigo sentir o cheiro do que tem dentro, mesmo daqui.

E outro barril sai da água, e mais um, um atrás do outro. Então, não tem mais espaço e chega um segundo barco. Eles colocam todos os novos tambores nele. Oito ao todo. Soube mais tarde que a polícia acha que havia mais um tambor; eles encontraram a ponta quebrada da corrente dele. De alguma maneira, o mais antigo, o primeiro tambor, se soltou, foi levado com delicadeza para o mar pela maré, despencou da borda funda da plataforma marítima e mergulhou na escuridão mais profunda.

No fim do dia, os dois barcos estão na água, carregados com os tambores repletos de mulheres mortas.

Rebecca Boone finalmente voltou para casa.

Li que o tambor dela foi o primeiro a ser encontrado, cravado numa fenda de uma piscina funda, escondido por algas flutuantes. A faca de ostra corresponde às marcas nos ossos dela. Ela também foi a primeira a morrer, há mais de uma década.

Depois seguiram a corrente e encontraram o próximo tambor, e em seguida o próximo. Os corpos estão intactos — alguns dos tambores ainda estão vedados. Essas mulheres têm diversas marcas nos ossos — de um cutelo ou de um machado, conjecturam.

Mais duas mulheres mortas recentemente são "desluvadas" ao serem retiradas dos tambores. A princípio, não sei o que isso significa; digo isso a mim mesmo algumas vezes. É uma palavra bonita, algo que uma senhora vitoriana poderia fazer ao voltar de um passeio à tarde.

É quando a pele se desprende da carne e do tecido logo abaixo — acontece com vítimas de afogamento ou com corpos que ficaram submersos por um tempo. As duas mulheres escorregam de suas peles soltas ao serem retiradas dos tambores.

A polícia acredita que muitas das mulheres dos tambores de petróleo eram visitantes de verão, dadas como desaparecidas ao longo dos anos, provavelmente afogadas, levadas pela maré. Mas a maré não é o perigo da região, ao que parece. Todas apresentam traumatismo craniano. A teoria é que Alton se aproximava delas enquanto nadavam, as surpreendia e as levava para a casa dos Pelletier. Quando terminava, guardava-as nos tambores, na caverna.

Eles identificam duas das mulheres rapidamente. A primeira é Rebecca Boone. Christy Barham está no último tambor. Eu a vi chorando, uma vez. Seu assassino pegou o lenço de papel que ela usou. Queria saber por que ela estava chorando em frente à loja naquele dia, mas nunca saberei. Ninguém o saberá, porque Christy Barham se foi.

Às vezes sonho com isso. A pele cinzenta e encharcada delas escorregava em uma piscina rodeada por um chão de azulejos brancos de algum lugar. Mas nos meus sonhos as mulheres se levantam das suas peles antigas. Nos meus sonhos, são novas e rosadas, macias como uma mão jovem recém-saída de uma luva de cetim. Elas vão embora, deixando seu velho eu para trás. Não sei para onde vão, o sonho sempre termina aí. Espero que seja um lugar bom.

Quando pegamos o jornal na cidade, lá está ela na primeira página — Rebecca. Ela é real — não é um monstro ou uma história. Levo o jornal para ler no jardim; de certo modo parece melhor fazer essa leitura lá fora. Não consigo parar de olhar para a foto de Rebecca.

Rebecca apoia-se no parapeito de uma janela em um jardim em um dia ensolarado. Flores vermelhas, tulipas, acho, crescem na floreira da janela atrás dela. Uma mão protege os olhos do sol e seus braços são bronzeados e musculosos. Uma nadadora, sem dúvida. Ela é pequena, atlética, mais magra do que eu esperava, o rosto fino com uma expressão séria. Tem olhos grandes e escuros e cabelo cacheado da cor de palha madura. Tingido, talvez. Ele forma uma auréola em seu rosto como um dente-de-leão ou os raios do sol. Há uma expressão em seus olhos como se ela soubesse, em algum lugar lá no fundo, que seu tempo será abreviado. Descobri que isso é estranhamente comum em fotografias de pessoas falecidas. Está na cara delas — o que está por vir. Mas é claro que isso não pode ser verdade. Somos nós, os que ficaram para trás, que vemos isso. Que colocamos isso lá.

Penso na família de Rebecca e no que eles devem estar sentindo. Imaginaram que ela havia se afogado e provavelmente ficaram de luto por ela. Sua filha teria mais ou menos a minha idade. O passado deles foi reescrito agora. Viagem no tempo existe de fato. Certos tipos de conhecimento podem mudar tudo, mesmo que já tenha acontecido.

Penso na minha mãe, em como ela arruma o cabelo quando está animada, mesmo que já esteja perfeitamente arrumado. Eu me lembro de quando eu era pequeno, sempre que ela ia a algum lugar chique, embrulhava palitos de pão em um guardanapo e trazia-os para mim. Eu acordava com a sombra dela, abria a boca e ela me dava os pedacinhos, sussurrando o tempo todo o quanto ela tinha sentido minha falta.

Duas semanas depois, chega a notícia de que Nat despertou. Estou ajudando meu pai a pintar a cerca branca. O telefone toca lá dentro.

— Eu atendo — digo e entro. — Alô? Residência dos Harlow. — Minha mãe me ensinou esse jeito idiota de atender o telefone quando eu era pequeno, acho que ela achava fofo, e não consigo me livrar disso agora, é automático.

— Ele está consciente — diz uma voz. A pessoa inspira rápido. Um cigarro.

— O quê? — Nunca ouvi sua voz ao telefone antes, levo um minuto para me dar conta.

— Nat, Wilder. — Ela está impaciente. — Nat está acordado. Deveríamos ir vê-lo juntos.

— Harper, quando você começou a fumar?

— Amanhã, às duas da tarde — ela diz, e consigo perceber pela sua voz que está muito perto de entrar em colapso. — É quando começa o horário de visita.

— Está bem.

Ela desliga sem se despedir, me deixando com o telefone mudo na mão.

Saio e pego o pincel novamente, mergulho-o na lata.

— Está tudo bem, rapazinho? — A preocupação do meu pai é quase insuportável; a mão quente dele nas minhas costas me dá vontade de chorar. É tão bom poder amá-lo de novo.

— Hã, sim, pai. — Ignoro o toque dele. Traço uma linha comprida e fina de tinta ao longo da madeira arranhada. Ela brilha branca ao sol.

Estou no hospital no dia seguinte às duas. Harper está atrasada. Espero por ela dez minutos do lado de fora, mas depois entro sozinho. Eu me preocupo que tudo isso a tenha feito voltar a beber. Mas não há nada que eu possa fazer quanto a isso neste instante.

Há um policial civil em frente ao quarto de Nat.

Não sei o que esperar. Nat parece doente, mas normal. Está abatido, magro. O cabelo dele cai solto em volta do rosto pálido. Ele perdeu todo aquele brilho dourado. Percebo neste momento que nunca estive apaixonado por Harper, não de verdade. Era uma maneira de me comparar com ele.

Dou a Nat o livro sobre peixes raros de coral que minha mãe me deu no Natal. Acho que, por gostar do mar, Nat vai adorar o livro. Ele olha para a capa e estremece. Coloco-o de volta na sacola imediatamente, cheio de remorso. Que ideia idiota.

Acho que Nat está sentindo algo parecido, ou talvez veja meus pensamentos estampados na minha cara porque diz:

— Desculpe, cara. Sinto muito.

— Não importa — digo. — Sinto muito pela sua mão.

O coto está enrolado e branco no curativo. Parece inacabado e é perturbador tal como as coisas inacabadas. Eu me pergunto o que fizeram com a mão depois que a tiraram. Queimaram-na?

— Vai ser difícil jogar as redes com uma mão. Mas talvez isso não seja um problema. Talvez eu vá para a cadeia.

— Você não sabia de nada, sabia, Nat? — digo afobado. Mais uma vez, vejo os olhos de Alton Pelletier, calorosos e azuis, enquanto ele pega um lenço de papel usado do chão. Ouço a voz dele. *Biscoitos de mosca esmagada.*

— Não posso falar sobre isso — diz Nat. — Não me pergunte isso. — Lágrimas escorrem dos cantos de seus olhos. — Prefiro morrer a ir para a cadeia — sempre do lado de dentro, sempre trancafiado num cubículo, sem mar, sem céu. Como este lugar, mas pior. — Nat fecha os olhos, cansado como a morte, e vira a cabeça para a parede. — Sempre achei que era uma história estranha aquela que me contava sobre espancar uma foca e prendê-la no equipamento de capturar tubarão. — Ele está chorando agora. — Ele me dizia para nunca descer até o porão, Wilder, porque não era seguro.

Penso em como a casa dos Pelletier é pequena. O porão não é fundo. Penso em como o som viaja, mesmo através de paredes acarpetadas manchadas de sangue.

— Ele lhe disse que a caverna era especial — lembro.

— Eu não sabia por quê. *É um lugar de reflexão*, ele dizia.

— Nadamos bem em cima deles — digo. Uma fileira de tambores, conectados como uma guirlanda de margaridas, bem no fundo da água.

Nat geme baixinho. Tenho tantas perguntas para ele, mas todas fazem eu me sentir enjoado. Imagino-o no escuro da Cabana do Assobio, pegando as abotoaduras do meu pai na mesa de cabeceira enquanto todos dormem, respirando com delicadeza. Foi assim que aconteceu? Eu me pergunto por que elas foram encontradas com todas aquelas coisas de criança.

Eu me levanto rápido, cambaleando, fazendo a cadeira de plástico voar.

— Espere, Wilder — grita Nat. — Volte! Preciso lhe contar uma coisa! — Corro pelo corredor de linóleo.

Às vezes, quando estou quase pegando no sono, ainda ouço — a voz do meu amigo me pedindo para voltar. Não consigo parar de me perguntar o que ele queria me dizer — acho que é melhor não saber.

Eu me agacho na calçada em frente às portas de correr do pequeno centro de atendimento de urgência de Castine. Meu coração está se expandindo e se contraindo, grande demais e depois pequeno demais para o meu peito. Suspiro. A dor sobe e desce pelas minhas costelas. Sei que estou morrendo.

Alguém agarra meu bíceps e me puxa.

— Respire — diz Harper. — Apenas respire fundo, certo? — Ela tira alguma coisa de um saco de papel e o entrega para mim. — Tome. Use isto. Já vi isso na TV. — O papel pardo amassa sem utilidade na minha mão. — Respire dentro dele — ela instrui com desdém enquanto estou atrapalhado com ele. Desistindo, ela pega o saco e o segura na minha boca. — Aqui. Inspire, expire. Inspire, expire. Devagar, viu?

Faço o que ela diz e o procedimento parece me ajudar por mais estranho que seja.

— Não sei o que está acontecendo comigo — digo quando parece que tudo passou.

— Você teve um ataque de pânico — diz ela, acendendo um cigarro. — Tive alguns nessas últimas semanas. — Ela dá uma tragada profunda e uma mulher que sai da porta do hospital franze a testa e balança a mão em desaprovação diante da nuvem de fumaça.

— Você está bem? — pergunto.

— Você realmente estragou tudo — diz Harper. — Estava tudo bem até você chegar aqui. Estava tudo sob controle.

Tremo de novo, desta vez de raiva. Estou inundado de uma fúria intensa.

— Aquilo que Betty disse outro dia. Você sabia? Caramba, você sabia daquelas coisas que estavam atrás do rodapé? As fotos.

— Como pode me perguntar isso? — ela diz, encostando-se no tijolo desgastado do hospital. — Eu não sabia.

— Mas você suspeitava. — Posso ver que ela está chateada, mas estou com tanta raiva que tenho que colocar a culpa em alguém.

— Talvez — ela diz, e agora está chorando, e eu me sinto um ser desprezível.

— Sinto muito — sussurro.

— Temos que ficar juntos, Wilder.

Eu me sinto meio esquisito e me encosto na parede ao lado dela. Nós dois escorregamos para sentar na calçada quente. Harper morde o lábio.

— Eu não *sabia*. Mas havia algumas coisas estranhas. Nat não podia voltar para casa em certas noites. Ele tinha todo aquele estoque de cobertor, cerveja e comida no penhasco para as noites em que tinha que dormir fora. Certa manhã, acordei cedo e o encontrei dormindo na varanda da minha casa. — Ela sorri em meio às lágrimas. — Achei romântico, mas talvez estivesse apenas chovendo. Ele parecia achar que era normal. "Meu pai precisa de espaço", era tudo o que ele dizia sobre a situação.

— Aquelas fotos, as Polaroids das crianças — eu disse. — Foi Nat quem as tirou?

— Alton é o assassino — diz Harper. — Ele deve ter tirado as fotos, também.

— Parecem duas coisas diferentes — digo. — As fotografias das crianças e os assassinatos. Os policiais acreditam nessa versão. Tem um lá em cima, em frente ao quarto dele.

Ela balança a cabeça em negação.

— Cale a boca, Wilder.

— Aquela história que você contou, a luz azul, o monstro...

— É só uma história. Nós as inventamos todas as vezes.

— Mas Nat *sabia* que ela estava lá, Harper. Ele sabia que ela estava na caverna. — A voz de Nat, o orgulho nela contido. — *Meu pai me mostrou esta caverna quando eu era criança.*

— Sim, ele era uma criança. Ele era criança quando aquela mulher foi morta, Wilder.

— Sei que ele não poderia ter feito... aquilo.

— Você deveria sentir pena dele, por ter sido criado por um... você sabe.

— O que isso fez com ele, ter sido criado daquele jeito? Talvez Alton estivesse treinando seu substituto.

Harper apaga o cigarro, me segura pela gola da camiseta e deixa nossos rostos mais perto um do outro. Acho que, embora seja uma loucura, *ela vai me beijar*.

Em vez disso, diz com os dentes à mostra:

— Não foi assim que aconteceu, Wilder. Você não vai contar isso às pessoas, vai?

— Não — asseguro. Meu estômago se contorce.

— Ótimo — ela diz. — Lembre-se disso. — Ela suspira. — Adeus. Acho que não nos veremos novamente. — Agora ela me beija mesmo — rapidamente, na bochecha. — Você é um garoto doce. Mas é estranho. — Ela pega o saco de papel da minha mão e coloca o objeto de volta nele. A folha de alumínio brilha ao sol da tarde. Algo para Nat. *É um lanche*, penso do nada, antes que suas palavras sejam absorvidas.

— O que quer dizer?

— Meus pais não querem voltar para cá — diz ela. — É compreensível. E eu também não.

— Harper…

— É a melhor coisa a fazer. Nat está em todos os lugares que eu vou, aqui. — Ela entra no hospital e as portas se fecham atrás dela.

Harper está certa, não vou voltar a vê-la — a família dela vai embora no dia seguinte. Ninguém me diz para onde eles vão. Às vezes, eu me pergunto se Harper acabou indo para Fairview ou não.

Mais tarde fico imaginando o que ela estava levando para Nat — o objeto embrulhado no papel-alumínio. Um formato comprido como um charuto, mas cônico, mais parecido com uma cenoura.

Talvez o modo como nós três nos amamos nestes dois verões nunca mais aconteça comigo. Talvez eu tenha atingido minha cota de amor.

Depois de chegar em casa, sento-me no penhasco. O vento está forte e o assobio das pedras lá embaixo é alto e toma conta da minha cabeça.

De repente, percebo como isso é horrível, como é o som do vento numa caverna, o som de um tambor de metal se arrastando pelo fundo do mar.

Eu me tranco no quarto para fugir disso. Meus pais estão fazendo as malas para nossa partida no dia seguinte. Suas vozes estão bem altas no quarto, reclamando. Eles me deixaram em paz. Todo mundo quer sair daqui. A ideia de assassinato paira sobre a baía como o cheiro de decomposição. Arrumo minhas coisas em dez minutos, deixando o pequeno quarto da casa tão vazio e arrumado quanto o encontrei.

Está tudo acabado, aqui. A cidade me espera, e depois a escola. Eu me pergunto se consigo sobreviver a isso. Mas pelo menos vou estar longe do assobio e do mar.

Acho que ainda não me dei conta de que você nunca escapa desse tipo de coisa.

O ar-condicionado ruge. Estou no meu quarto, olhando para a parede. Lá fora, Nova York ferve. O rádio continua ligado. Por volta do meio-dia, as calçadas estarão tão quentes que você conseguiria fritar um ovo nelas. Algum time vai jogar beisebol esta noite.

Meu pai está na porta. Eu me assusto. Ele nunca vem ao meu quarto e meu primeiro pensamento é que deve ter acontecido um desastre, a morte de alguém.

— Mamãe está bem?

— Achei que você deveria saber disso pela minha boca — diz ele. — Nathaniel Pelletier morreu alguns dias atrás. — Os primeiros pensamentos muitas vezes estão corretos, como se confirmou.

Sinto aquela reorganização peculiar de tempo e espaço que acontece quando se ouve falar da morte.

— Quem o matou? — O rosto de Harper está diante de mim, uma criança inteligente e esperta.

— Ninguém o matou. Ele teve uma parada cardíaca. Acontece. O ferimento dele estava infeccionado, ele teve sepse. Se você tem uma febre alta o suficiente — o coração simplesmente para. Talvez seja melhor assim — diz ele, colocando a mão no meu ombro. — Eles ainda estão encontrando coisas naquela casa, no porão. Acham que os dois podem ter cometido os assassinatos juntos. Pai e filho.

Sua mão aperta meu ombro. Desse ângulo, eu poderia arrancar o dedo indicador do meu pai com uma mordida. Por um momento, eu realmente sinto, o ranger do osso entre meus dentes.

Eu me viro para a parede, tremendo. Sinto a cama ceder quando meu pai se senta ao meu lado.

— Sei que ele era seu amigo, Wilder.

— Nat não teria machucado ninguém — digo. — Não teria. — Se eu continuar dizendo isso, pode parecer verdade.

Meu pai suspira.

— Talvez no fundo ele fosse um bom garoto. Mas parece que havia outras partes que eram... mais sombrias. — Consigo senti-lo pensando. — Não vejo nenhuma razão para que você não saiba disso — diz ele — e talvez isso ajude. Alton Pelletier não era o pai de Nathaniel, sabe? Não poderia ter sido, por causa dos tipos sanguíneos. Sequer eram parentes. Em Castine, dizem que a mãe dele fugiu para a cidade num verão. Alton foi atrás e voltou com a criança. Ele disse que o menino era dele; que ela não era flor que se cheire e ele o tirou dela. Ninguém tinha motivos para duvidar dele. Ela era uma mulher problemática. Mas não, acontece que, independentemente de onde Alton tenha encontrado o menino, ele não era seu filho.

— Então, Nat foi... o quê? Sequestrado? A mãe dele talvez o estivesse procurando esse tempo todo?

— Talvez, rapazinho. — Meu pai me abraça e isso me faz realmente sentir como é terrível que meu amigo tenha partido. Penso em como Nat era, gentil e dourado como um jovem leão. Ou como pensei que Nat fosse. Seja qual for a verdade sobre ele, tudo acabou agora.

— Pensei que fosse você, sabe — digo, encostado no ombro do meu pai. — O Homem da Adaga.

— O quê? — ele diz calmamente. — Por que diabos você pensaria isso, Wilder?

— Você saía em horários estranhos durante a noite, agindo como se tivesse culpa, contando mentiras. Você ficou diferente nos últimos dois anos. A princípio, pensei que era porque eu tinha crescido... mas não fui só eu que mudei.

Seu rosto desmorona.

— Sinto muito que você tenha ficado preocupado, rapazinho.

Não consigo parar de pensar em Nat. Ele sabia que era um garoto roubado? Ele pensou em fugir, encontrar sua família? Eu me sinto tão mal por ele. Então, sinto frio porque acho que *coisas ruins geram coisas ruins*, e muitas vezes são do mesmo tipo. Crianças que foram roubadas podem pensar em roubar crianças. Então, Nat pode ter pensado nisso, ou pelo menos em entrar discretamente nos quartos das crianças e olhar para elas enquanto dormiam, como talvez alguém tenha feito com ele um dia. Talvez ele tenha pensado em pegá-las.

Talvez ele só quisesse o que elas tinham, aquelas crianças. Um lar, uma cama com luz noturna em uma casa onde dormiam em segurança com a família. Consigo entender isso. Quase consigo sentir isso, revirando minhas entranhas — o anseio que ele deve ter sentido. O anseio pode virar vontade de punir, mesmo aos 17 anos, sei que pode. Nat pensou em punir aquelas crianças?

Ou talvez tudo que estou pensando esteja errado e tenha tudo sido obra de Alton.

Ouço o clique da porta da frente. Meu pai saindo. Hoje é aniversário dele. Nenhum de nós está no clima de comemoração, mas tenho um presente surpresa que fiz para ele.

Encontrei uma nova maneira de lidar com meu pânico. O apartamento está quieto. Minha mãe deve estar cochilando. Vou até a cozinha e procuro algo que será útil. Pego uma tábua de cortar. Sinto o peso dela, a densidade. Então, parece normal levantá-la bem alto e batê-la nos meus joelhos. A dor irradia pela minha coxa, pelas panturrilhas, um fluxo quente e acelerado, e isso ajuda tanto, parece tão certo, que faço de novo. Lembro a mim mesmo de ter cuidado. *Meus pais vão me encher de perguntas se eu não conseguir andar amanhã.* Ouço o estalo quando a tábua atinge minha perna como se viesse de muito longe. Flores negras brotam diante dos meus olhos. *De novo*, penso, *só mais uma.* Há um assobio por toda parte, e reconheço-o como o canto das rochas, na baía, quando o vento sopra do leste. Ouço a voz de Nat na minha cabeça latejante. *Boa briga.*

Quando olho para cima, minha mãe está parada na porta me observando, e seu rosto está branco como farinha, inexpressivo como se não houvesse ninguém por trás dele. Ou um estranho estivesse por trás dele. Ela segura a garrafa de vermute doce pelo gargalo. Sua unha arranha insistentemente o rótulo.

— Você está bem? — pergunto.

— Não posso fazer isso — diz ela, sua voz aguda e fraca. — Não posso ficar responsável por isso. Não está certo me deixar sozinha para lidar com esses problemas. — Ela toma um golinho direto da garrafa.

— Mãe? — sussurro. Eu me levanto com as pernas doloridas e tropeço na direção dela.

— Não! — ela diz. — Eu não posso ajudá-lo. Você não deveria me pedir isso.

— Ninguém vai deixar você sozinha. — Ela está transtornada, é terrível.

— Ah, sim, ele vai — diz a estranha que está usando o rosto da minha mãe. — Seu pai está nos trocando por uma mulher no Canadá. Ele está lá fora no fim do quarteirão agora mesmo ligando para ela de um orelhão. Eles se conheceram no Maine durante um daqueles verões que ele passou com Vernon. Ela não é a primeira e não será a última.

A porta da frente se abre.

— Ei, rapazinho — meu pai chama. — Vamos sair para comer uma pizza? Afinal, é meu aniversário.

Minha mãe joga a garrafa de vermute na parede, onde ela se estilhaça em uma explosão de vidro.

— Concordamos que não contaríamos a ele — diz meu pai. — Não agora. Ele já passou por tanta coisa. — Minha mãe se encolheu o máximo possível na grande poltrona perto da janela.

— Não vou mais mentir por você — diz ela. Ela cobre os olhos com uma das mãos. Só consigo ver sua boca, que está retorcida num formato horrível, um formato que nenhuma boca deveria ter, um canto absurdamente alto, lábios brancos e desbotados no rosto pálido. O vermute pinta a parede com uma faixa úmida comprida e o aroma doce paira forte no ar.

— Pai — digo. — Não é verdade, é?

— Eu... não era para ser assim — diz ele, impotente.

— Qual é o nome dela? — pergunto. Não sei que diferença isso faz, mas parece importante.

— Edith — diz meu pai, então, com uma ponta de orgulho: — Ela recebeu o nome de Edith Piaf. Aquela cantora francesa chique. A mãe dela tem descendência francesa. — No fim das contas, não é Serge Gainsbourg que ele tem cantarolado durante todo o verão.

— Sinto muito, Wilder — diz minha mãe. — Sinto muito. — Ela tira a mão dos olhos e eu queria que não tivesse feito isso; a boca estava ruim, mas os olhos estão piores. — Você sempre vai ter uma recaída — minha mãe diz ao meu pai, agora implorando. — Você vai ficar entediado com ela como ficou com as outras.

Meu pai começa a chorar.

— Edith é diferente.

— Está tudo bem — digo, no automático. — Está tudo bem.

— Se você vai embora — grita minha mãe —, então vá de uma vez! Pare de adiar isso!

— Por favor, Sandra — diz meu pai. — Por favor, não desse jeito.

Tiro do bolso as abotoaduras de garrafa de Coca-Cola. Tentei reproduzi-las exatamente como Vernon tinha feito. Até recriei um pequeno amassado em uma delas, que nem as que foram parar na casa dos Pelletier.

— Tome — eu ofereço. — Feliz aniversário.

Ele não as pega, então, vou até a cozinha e as jogo no triturador de lixo. A máquina range e grita. Algo está acontecendo com o cômodo. O mundo fica muito lento e escuro, estreitando-se até um ponto de luz que desaparece na distância.

— Wilder? — ouço meu pai dizer em algum lugar. O buraco escuro do triturador de lixo é como a boca de uma caverna.

— Sabe de uma coisa — digo —, acho que teria preferido que você fosse um assassino em série. — E então tudo desaparece.

Esse é o meu primeiro episódio. Respirar fundo pode diminuir a ansiedade, e a medicação reduz tudo a um cinza neutro. Mas nada impede os episódios completamente. O estresse os trazem à tona, assim como os lugares escuros e fechados — e qualquer coisa que se pareça com uma janela iluminada à noite ou com a luz do dia saindo da boca de uma caverna.

Meu pai vai embora no dia seguinte e só o vejo de novo depois que ele se casa.

Volto para a escola e agora me parece tão óbvio que esta vida é tudo que existe. Vou terminar Scottsboro e depois me tornar professor.

Faço o que faço de melhor no ano seguinte — passar despercebido e sobreviver. Tiro boas notas. Recebi uma bolsa integral para a faculdade de artes liberais onde sempre quis estudar.

Meu pai não vende a Cabana do Assobio. Ele a deixa para minha mãe no divórcio. Vai morar no Canadá. Eu não o visito. Ele escreve.

Sua nova esposa, Edith, tem dois filhos adolescentes que o culpam pelo fim do casamento dela. Ele parece não conseguir continuar lecionando, permanece sendo vítima de cortes no orçamento. Não se sente em casa em Ottawa, sente falta de Nova York. Acho que também sente nossa falta, mas não vai admitir isso de jeito nenhum. Quando conversamos vez ou outra pelo telefone, ele parece tão cansado que quase sinto pena dele.

O salário da minha mãe mais o aluguel da Cabana do Assobio dá para nos sustentar. A baía se torna uma atração para quem curte toda essa coisa — assassinato. Turismo macabro, é como chamam. A casa sempre é alugada com bastante antecedência. Então, estamos nos saindo bem com ela. Minha mãe começa a fazer *scrapbooking* e fico feliz que ela tenha um *hobby*, mas me preocupo com isso. Ela recorta inúmeras fotos de pássaros e flores de revistas. Nenhuma pessoa.

Não acho que as pessoas devam morar perto do mar. É grande demais para compreender.

Penso nela, às vezes, na casa vazia dos Pelletier — o porão fundo, as paredes forradas com carpete ensanguentado, portas tampadas com uma fita amarela colocada em formato de x, poeira acumulada nas tábuas. Que fantasmas andam por lá? Espero que nenhum. Eles merecem descanso.

Penso na bondade de Nat comigo, um garoto estranho e solitário. Ele foi meu primeiro, meu melhor amigo, e agora se foi. Nunca vou saber quem ele era de fato. E não consigo me desfazer da sensação de que a Baía do Assobio ainda não terminou comigo.

[ ]

Soa
São
Não

Peixe
Deixe

Seita
Seta
Meta
Mela
Ela

Conheceram
Conhecerá
Conhecer

Raça
Graça
Grace

Wilder e Sky

1991

Meu pai me deixa na entrada do dormitório, tira minha mala e outras coisas do porta-malas. Minhas coisas ficam largadas ali, numa pilha bagunçada. Mamãe saberia como embalar as coisas de modo que o fio da luminária não ficasse embaraçado, nem as capas dos livros amassadas. Espero que ela esteja bem. Espero que a estejam tratando bem. Lugares novos a deixam com medo.

Papai me dá um tapinha nas costas.

— Estou orgulhoso de você, rapazinho — diz ele.

— Obrigado — respondo. — Posso ir sozinho daqui em diante. Você tem uma longa viagem.

Aceitei a carona dele — tive que aceitar, mamãe estava tendo um dia ruim —, mas não quero que ele pense que está perdoado.

Quando ele pagou a gasolina logo depois de Allentown, uma foto caiu de sua carteira. Uma mulher de aparência confusa, com cabelo grisalho e cachos fechados. Ela está sorrindo e vestida de branco. Edith, no dia do casamento. Devolvi a foto a ele sem comentar nada.

Agora ele parece triste e fica ali por um instante.

— Vou ajudá-lo a levar tudo para o quarto.

— Não precisa, sério — protesto. — Posso fazer isso sozinho.

Ele assente, dá um tapinha nas minhas costas mais uma vez e entra no carro. Quero vê-lo sair pelos portões, mas não o faço. Estou sozinho. Tenho que aprender a lidar com isso.

Olho em volta. Esquilos cinzentos batem papo uns com os outros nas árvores nuas. Há um som de água vindo de algum lugar. O céu está claro e limpo. A sensação que tenho é que dá para sentir o cheiro das montanhas ao redor. Eu queria sair da cidade para fazer faculdade. E queria vir para o interior, ficar o mais longe possível do mar. Há apenas um pequeno trecho de areia do lago na Pensilvânia, e acho isso reconfortante.

Respiro fundo e começo a puxar minha mala escada acima, um degrau de cada vez. Alguém esbarra no meu ombro.

— Desculpe — diz o cara. Ele tem a minha idade, mas é alto, magro e tem o cabelo castanho e bagunçado. Tem um nariz grande e enormes olhos escuros como os de um cavalo. Ele arrasta um baú antigo pela alça, subindo as escadas.

— Ele é tão desajeitado! — diz seu pai. O homem tem uma boa aparência, com um farto bigode grisalho e suspensórios. — Ajude seu colega, Sky — ele diz ao cara, que larga o baú no alto da escada e volta a descer.

— Ah, já vou. — Ele levanta o outro lado da minha mala.

— Está tudo bem — digo.

— Não tem problema.

Subimos as escadas em poucos minutos.

— Preparado? — pergunta o cara de cabelo bagunçado, limpando as mãos. Há um fluxo grande de pessoas a nossa volta no corredor; somos uma rocha que parte um riacho ao meio.

— Totalmente — respondo, sorrindo, um tanto alarmado, e eles já se foram.

Os corredores são muito barulhentos, cheios de gritos e de gente arrastando malas e carregando vasos de plantas. Quando finalmente consigo abrir caminho para chegar ao quadro de avisos, encontro a localização do meu quarto e me perco duas vezes no labirinto de corredores, meu coração está acelerado.

Olho meu relógio. São apenas onze da manhã e eu deveria ingeri-lo com alguma comida, mas tomo meu ansiolítico assim mesmo. Faço a respiração profunda que o conselheiro de Scottsboro me ensinou.

Grande parte do colégio é construída com pedras lisas e antigas. Meu quarto está na ala nova, uma rede de blocos de concreto e linóleo marrom e verde. O ar está com o cheiro forte de macarrão instantâneo, misturado com o de bolo de carne do refeitório. Encontro o quarto dezesseis passando por uma porta corta-fogo grossa que bate com força atrás de mim, subindo uma escada íngreme, no fim de um corredor comprido. Não pode ser verdade, mas sinto que o corredor se estreita, que as paredes convergem para um ponto. A maçaneta do dezesseis balança; está solta e há um amassado na parte inferior da porta, como se alguém tivesse tentado arrombá-la com um chute.

Entro e me assusto logo de cara, porque uma pessoa já está aqui — tem um cara deitado na cama perto da janela, jogando uma bola de tênis para cima e a pegando em seguida. Ele fica olhando enquanto arrasto minha mala para dentro, ofegante. A janela dá para o fundo das cozinhas. Ela deixa entrar uma meia-luz cinzenta. O cheiro de macarrão aqui é quase insuportável.

— Sou Wilder — me apresento.

— Doug — ele diz. É rosado, pesado. Um atleta, eu apostaria. Futebol americano talvez.

— Uma merda este quarto — comenta Doug. — Não acha?

— Ah, está bom — digo, suspeitando de algum tipo de armadilha.

— É aqui que colocam os alunos com bolsa integral — conta Doug, mal-humorado. Ele joga a bola de tênis com força contra a parede. *Plof.* O cabelo dele é crespo e tem cor de areia. *Talvez nos coloquem juntos por causa da aparência*, penso. Aqueles com a aparência mais bizarra ficam juntos.

— Alguém chutou nossa porta com uma biqueira de aço — diz Doug. — Você viu?

— Acho que nós, bolsistas, somos do tipo raivoso.

Doug me encara, com o rosto imóvel. Então, solta um rápido *aha*.

— Certo, você é engraçado.

— Obrigado — digo.

— Talvez a gente se dê bem — diz Doug. — Gosto de caras engraçados.

Coloco as mãos fechadas ao lado do quadril e faço uma cara de Groucho Marx, danço uns passinhos de sapateado. Sinto pena de mim e Doug — por nós dois termos achado graça da minha piada ruim.

Naquela noite, enquanto estou deitado na cama, com o cheiro de maconha subindo do jardim abaixo, ouvindo o pessoal da cozinha rindo e relaxando após o turno, penso: *bem, eu sobrevivi a Scottsboro. Só tenho que ficar quatro anos aqui. Passo nas disciplinas e então estarei livre.*

Eu me pergunto quando você para de contar o tempo, como adulto — quando a vida começa. O que eu faria com isso se tivesse liberdade — viver?

Acontece mais cedo do que nas minhas piores expectativas — como no dia seguinte, no meio da minha primeira aula. Tudo está normal no começo. Tive uma conversa ruim ao telefone com minha mãe depois do café da manhã — ela está em uma fase maníaca —, mas ainda estou animado para a aula de Introdução à Arquitetura Gótica. Quero estudar algo real e sólido, como edifícios. Não histórias ou livros.

Encontro a sala, um assento; estou com os livros corretos. Acertar essas coisas parece uma vitória tão grande que talvez eu esteja relaxado além da conta.

O professor tem alguma coisa na gravata, talvez mingau de aveia, há um cheiro forte de café e mau hálito na sala. Mas ele é um bom professor. Estamos falando do gótico, da arquitetura e do sublime; é tudo muito interessante. Ele puxa a tela sobre o quadro branco.

Pega um projetor e mesmo assim eu não percebo, não me preocupo. *Estou bem*, penso, satisfeito.

Meu primeiro indício de pânico surge quando ele vai até o interruptor de luz e a sala fica escura. Mas não, são apenas recursos visuais, certamente isso não é um problema. Respiro fundo. A garota sentada ao meu lado lança um rápido olhar na minha direção e se afasta alguns centímetros.

O projetor reflete a imagem na tela — um arco esculpido de forma elaborada, com a luz do dia por trás. A construção brilha como uma porta iluminada ou a entrada de uma caverna.

Essa é a última coisa que lembro; a escuridão me engole como um cobertor macio, como a noite caindo repentinamente sobre o mar.

Seu rosto é o primeiro que vejo quando acordo. Estamos num banco, lá fora, sob o ar frio e o sol misericordioso. De algum lugar atrás de nós vem o som do rio correndo.

Ele não está olhando para mim, está franzindo a testa, concentrado num livro de bolso. Ele não me é estranho, embora neste momento eu não consiga lembrar por quê — cabelos bagunçados, da cor de folhas de faia, ruivo-escuro. Seus olhos são grandes e escuros. *É bem marcante, esse tom de cor*, penso de maneira vaga, e a palavra marcante deve desencadear algum tipo de associação de palavras na minha cabeça, porque agora me lembro de onde o conheço.

— Você de novo — digo. — Da escada em frente ao dormitório ontem.

— Isso mesmo — confirma ele, tranquilizador. — Oi. Você está de volta. — Ele olha mais atentamente. — Você voltou? De verdade, quero dizer.

— Sim.

Ele olha nos meus olhos por mais um instante.

— Certo. Porque você continuou dizendo que estava bem antes, quando eu percebi que não estava.

Não quero saber, mas é claro que preciso perguntar.

— O que aconteceu? O que eu fiz?

— Você se levantou e saiu da aula. Parecia meio confuso, então, eu o segui.

— Ah. — Estou aliviado. — Isso não é tão ruim. Às vezes, eu começo a... — Raspo a garganta. Está arranhando e dolorida, como se eu tivesse gritado.

— Às vezes, quando sofro algum aborrecimento, tenho lapsos de memória.

Ele ainda está me olhando atentamente.

— Deve ser algo assustador.

— Constrangedor — corrijo, e começo a me levantar do banco. — É melhor eu ir.

— Opa, calma lá — diz ele, estendendo a mão que parece me apoiar e me frear ao mesmo tempo. — Espere um minuto. A aula acabou; na verdade, já acabou faz um tempo.

— Quanto tempo?

— Sei lá, mais ou menos uma hora?

— E você ficou comigo esse tempo todo?

— Claro — ele diz.

— Você não precisava fazer isso, eu teria ficado bem. — Não suporto que ele sinta pena de mim.

— Entendi direitinho o que o cara estava querendo passar — diz ele. — Arcos góticos. Muito góticos. Arcos. Completamente arqueados. Não havia motivo para prolongar aquilo.

— Achei legal da sua parte.

— Achei que alguém deveria ficar com você. Então, eu disse ao professor que conhecia você. Que éramos amigos de infância.

— Esperto você.

— Esse é meu jeito. Consegue andar? Nós deveríamos passar na enfermaria.

— Por favor, não — digo. A ideia de tetos, paredes e espaços fechados é suficiente para acelerar minha respiração mais uma vez. — Não aguento ficar dentro de nenhum lugar agora. Eu... simplesmente não consigo. Por favor, não me peça para explicar.

Ele assente e não diz nada, retorna à leitura de seu livro, o que é ótimo. A presença dele é relaxante. Os pensamentos da maioria das pessoas emergem delas, mesmo quando não estão falando, quando estão tentando não incomodar você. Talvez ainda mais nessa hora. Os dele, não.

Encontro meu porta-comprimidos no bolso da calça *jeans* e tomo meu remédio da tarde mais cedo. Depois de pensar um pouco, pego outro.

— Sou Sky — ele se apresenta. — Bem, na verdade não. Meu nome é Pierce. Mas decidi recomeçar na faculdade.

— Meu nome é Wilder.

— Como Thornton Wilder.

— Sim.

— Sinto que o meu papel como cidadão consciente é conduzi-lo a um profissional de saúde.

— Só quero ficar ao ar livre — insisto. — Por favor.

Ele olha para mim, avaliando a possibilidade.

— Tudo bem — ele cede. — Vamos jogar um jogo. Meu pai costumava me obrigar a fazer isso quando eu chegava tarde em casa, para que ele pudesse me pegar no flagra se eu estivesse bêbado. Se você se sair bem, podemos ir para o rio e esquecer a enfermaria. Caso contrário, terá que ir ao médico, sem reclamar, sem questionar. Combinado?

Penso a respeito.

— Qual é o jogo?

— Vou lhe dar uma palavra, e você tem que trocar uma letra, para transformá-la em outra palavra. Você pode substituir, mudar, excluir e acrescentar. Mas somente uma letra. Entendeu?

— Entendi.

Ele faz uma pausa.

— Indicar. Então, veja, o que você tem que fazer agora é…

— Indiciar — eu o interrompo.

— Muito bom, aprendeu rápido! Hum. Amigo.

Sorrio.

— Amido.

— Ah, sim, inteligente. Mas posso continuar. — Ele retribui o sorriso. — Miado. Está bem para caminhar?

Estou.

O rio é frio, marrom-escuro e caudaloso, as árvores nuas e irreais com algumas folhas vermelhas penduradas. O outono está chegando mais cedo este ano. Os corvos estão como sentinelas nos galhos, negros contra o céu azul de doer. Parece que há muitos deles. Por que existem tantos — e por que estão tão parados, tão silenciosos? Eu estremeço.

Sky tira a jaqueta e a estende na minha direção, esperando.

— Você precisa se manter aquecido, está em estado de choque.

Penso em argumentar, mas no fim simplesmente me viro e coloco meus braços dentro das mangas porque ele está certo, estou mesmo com frio. É de *tweed*, coisa cara. O tecido tem o cheiro dele, parece ser bergamota e limão, como uma xícara perfumada de chá quente. *Earl Grey*, talvez.

— Wilder — Sky diz. — Que nome diferente. Onde foi que eu o ouvi recentemente?

Eu gelo por completo. Dou de ombros.

— Não faço ideia.

Nossos nomes estavam nos jornais — o meu e o da Harper. Minha mãe ficou brava, mas não tinha nada a fazer porque eu tinha mais de 16 anos. Fico torcendo muito para que Sky não se lembre de onde o reconhece.

— Devemos ter nos conhecido em outra vida — diz Sky. — Ou em um sonho.

— Ponho — digo, distraído.

— Pinho — Sky prossegue. — Gosto de você, Wilder, deveríamos ser colegas de quarto.

— Você não me conhece de verdade — argumento. — Além disso, já tenho um colega de quarto.

— Você gosta dele?

— Não muito.

— O meu come sanduíche de salada de ovo na cama. É horrível, quero ficar livre dele de todo jeito. Então, está resolvido.

Asas negras aparecem de uma árvore nua, as sentinelas escuras que estavam imóveis se transformam em uma nuvem irregular de grasnados. Uma pena negra paira no ar, andando para baixo, sendo levada pelos redemoinhos do dia frio.

Tomo um susto.

— O que os assustou?

— Um gato? Uma raposa? Ou nada, provavelmente — diz Sky, tranquilizador. — São só uns corvos velhos e idiotas sendo melodramáticos.

Um contorno preto gigante dá voltas em uma corrente térmica acima de nossas cabeças. Os pássaros menores fogem do seu caminho.

— Ah, espere, aquilo não é um corvo — diz Sky.

— Gralha — sussurro.

— Tralha. — Posso ouvir um sorriso em sua voz. — Você precisa de alguém para cuidar de você. Tenho certeza de que você não deveria tomar dois comprimidos desses juntos.

Sei que ele está apenas brincando, e pode ser algo estranho um cara dizer isso a outro, mas a ideia de alguém cuidando de mim é sedutora por si mesma.

Mas não consigo conceber a ideia de depender de alguém. Minha mãe ficou dependente do meu pai e veja só o que aconteceu.

— Acho que não podemos mudar nossos colegas de quarto agora — digo com frieza. — É tarde demais.

Vou embora rápido e não olho para trás.

Meu colega de quarto, Doug, está falando ao orelhão no fim do corredor. Reconheço suas costas curvadas, os cabelos ondulados.

— Ele tem uma aparência esquisita, também — diz Doug quando me aproximo. — Olhos esbugalhados. É assustador.

Fico corado e passo correndo antes que ele me veja.

Tenho o mesmo sonho novamente naquela noite.

É assim que acontece: estou nadando no mar. Percebo que algo está puxando minha perna. Não estou com medo; é uma brincadeira que Harper e eu estamos fazendo. Ela nada e puxa minha perna, depois sai nadando antes que eu consiga alcançá-la. É como um pega-pega subaquático, suponho. Não sei de onde viemos, no sonho, ou o que estamos fazendo lá. Não há terra à vista, apenas água azul-marinho que se estende em todas as direções. Nenhum barco. Ninguém mais.

Sinto de novo o puxão no meu tornozelo e mergulho para tentar pegar Harper.

Mas eu estava errado, Harper não está aqui. Vejo, no entanto, que não estou sozinho. A coisa que me puxa é uma corrente presa no meu tornozelo. Ela leva às profundezas. Sigo a corrente mais ao fundo, respirando com facilidade na profundidade cristalina.

O primeiro tambor de óleo surge do nada, é rápido demais para que eu recue. É o de Rebecca, este aqui, com certeza, com seu cabelo louro dente-de-leão flutuando, tão belo e branco na água turva.

Continuo acompanhando a corrente, não tenho saída, é a lógica do sonho. Aqui está a mulher número cinco. Seu crânio está careca, ela não tinha mais cabelo quando foi encontrada — nunca souberam exatamente o motivo. Acreditam que talvez tenha sido queimado.

Estou ofegante enquanto tento nadar, os músculos queimando, mas toda vez que me afasto a corrente me puxa de volta, a terrível cadeia de tambores de óleo pendurados ali, recortados contra a luz da água. São nove tambores, é claro, não apenas os oito que encontraram. O último é de Harper. A pele dela descolou da própria carne. Ela flutua ao redor de Harper como um vestido ondulando na corrente. Desenluvada.

Acordo gritando.

Meu colega de quarto Doug resmunga:

— Que foi isso, porra?

— Desculpe — digo. — Pesadelo.

— Fala sério — ele reclama, batendo o punho no travesseiro. — É a terceira vez em uma semana, cara. Fala sério.

As meninas do quarto ao lado estão batendo nas paredes com alguma coisa, talvez um sapato. Elas também estão cansadas de mim. São francesas, estudantes estrangeiras em busca da experiência universitária americana. Não creio que esperavam serem acordadas por tantos gritos durante a primeira semana da estadia delas nos EUA.

Procuro o papel e a caneta que guardo ao lado da cama. Pego minha pasta de recortes no armário. Levo tudo para o corredor. Os corredores deste edifício estão sempre iluminados de modo reconfortante, seja noite ou dia.

Folheio os recortes, examinando-os. Por fim, tenho o que preciso e procuro uma página em branco no caderno. Começo escrevendo uma lista, com as mãos tremendo.

Rebecca Boone adorava pedras semipreciosas. Turquesa, lápis-lazúli, pérolas.

A mulher número dois tinha uma marca de sol no dedo, onde provavelmente um dia esteve uma aliança de casamento.

Louise Dominguez tinha cinco filhos.

Elaine Bishop era muito baixa. Seu cabelo estava tingido de roxo.

A mulher número cinco tinha uma prótese de quadril, mas como a cirurgia foi feita no México eles não conseguem identificá-la.

Carla Yap tinha removido uma pequena tatuagem do quadril recentemente. Nela, lia-se adam.

Maryanne Smith tinha dentes incrivelmente brancos e saudáveis, sem obturações.

Christy Barham tinha uma peixaria em Castine. Sua cidade favorita era Paris, embora ela nunca a tenha visitado.

Nunca encontraram a mulher número nove, embora acreditem que ela tenha sido a primeira que morreu. Seu barril foi levado pelas águas.

Consulto os artigos de jornal enquanto escrevo, para ter certeza de que entendi tudo corretamente.

Aos poucos, conforme a lista avança, minha respiração volta ao normal, minhas mãos param de tremer. Esta é a única forma de evitar que o sonho me consuma: ficando preso aos fatos. Eu as transformo em pessoas quentes mais uma vez. Minha mãe odiava meu hábito de recortar do jornal todas as histórias de cada vítima e guardá-las. Eu as acumulo e trato cada uma como uma joia de valor inestimável. Tenho que fazer isso; cada informação sobre as mulheres nos tambores de óleo é um fio delicado que me prende à sanidade.

Agora devolvo todos os recortes à pasta. Gosto deste fichário, ele tem uma imagem de Afrodite saindo das ondas. Guardo os artigos em envelopes de plástico para conservá-los, mas ainda assim o papel de jornal fica borrado com o uso. Irei à biblioteca amanhã e procurarei por artigos recentes nos microfilmes. Pode haver algo que não tenho, algum pequeno detalhe humano. Novas informações ainda são publicadas, embora a conta-gotas agora. Eles identificaram de imediato Rebecca Boone e Christy Barham, mas só descobriram que se tratava de Carla Yap alguns meses atrás.

Eu me preocupo com a mulher número nove. Será que ainda está abandonada sozinha no fundo do mar, entra ano e sai ano, sem que ninguém a transforme em realidade? Penso em como deve se sentir cada família cuja mãe, filha, esposa ou irmã desapareceu perto de Castine. Talvez nunca saibam se ela ainda está lá embaixo ou não, nas profundezas, bem enrolada em seu próprio tambor.

Nunca sonho com Nat.

No dia seguinte, volto da aula muito cansado. Não voltei a dormir ontem à noite, apenas observei o amanhecer entrar pela janela, nascendo cinzento nos fundos das cozinhas. Tudo o que quero fazer é desabar na cama e nunca mais me levantar. Posso perder a aula de história da arte à tarde, digo a mim mesmo. Posso copiar as anotações de alguém depois.

As coisas de Doug sumiram. Um enorme baú está ao pé da cama. Em vez de seu edredom xadrez preto e branco sem graça nenhuma, a cama está coberta com uma manta de lã clara. Dá para ver que é cara.

Um exemplar de *Em Busca do Tempo Perdido* está aberto na mesa de cabeceira. Uma caneta-tinteiro verde com ponta dourada está em cima da mesa. Consigo ver que na página tem anotações e trechos sublinhados com tinta verde-esmeralda. Olho mais de perto.

— Fala, colega de quarto — alguém diz da porta. É Sky.

— Caramba! Cadê o Doug?

— Eu falei que resolveria isso. Não foi difícil. Doug estava de saco cheio de você, para ser sincero. Não foi difícil convencê-lo. Além disso, o quarto que me deram é excelente, com vista para o pátio principal; ele ficou muito feliz em trocar. Mesmo depois de eu ter contado a ele sobre os sanduíches de salada de ovo.

— Você não tinha o direito de fazer isso sem me consultar antes — digo.

— Imaginei que nenhum de nós estava feliz com o colega de quarto que nos foi designado...

— É assustador... mudar-se para o quatro de alguém sem perguntar.

— Achei que você ficaria feliz...

— Feliz por você abrir mão do seu quarto enorme com vista para o pátio para se mudar para cá, acima das cozinhas.

— Bem...

— Qual é mesmo seu nome? Sky? É uma verdadeira novidade para você, certo? Uma grande piada. Você vai gostar de ficar aqui com os bolsistas até ficar entediado e então vai subornar Doug para ter seu antigo quarto de volta. Vai se sentir todo ousado e contar aos seus amigos a aventura que teve com os alunos pobres, a porta arrombada, talvez dizer algo sobre como você não *vê* de fato coisas como classe ou raça. *Eu não sou rico, meus pais que são.* — A raiva desperta partes minhas que eu nem sabia que existiam.

— Eu não sou assim — assegura ele.

Eu me aproximo dele, olho bem na sua cara.

— Você é exatamente assim. Sei qual é a sua. Estudei em uma escola com centenas de pessoas do seu tipo. E não pretendo passar a faculdade sendo tratado com arrogância por você.

— Desculpe — ele diz. — Você tem razão. Eu não deveria ter... desculpe. — Ele abre o baú e guarda as cobertas de volta. — Vou falar com Doug. Amanhã de manhã irei embora logo cedo. — Seus olhos escuros e grandes estão magoados.

— Ótimo — digo, seco.

A água é profunda e escura. Eu cuspo, minha boca está cheia de algas frias, e pequenos caracóis rastejam pelo meu rosto. Minha mão em processo de putrefação alcança o círculo de luz, o topo do barril. Preso, grito e a água entra. Minha pele começa a escorregar do meu corpo enquanto luto para sair do barril em que estou.

— Calma — alguém diz; um braço quente me envolve na água gelada. Eu grito de novo e acordo ofegante.

Estou no meu quarto, tremendo, encharcado de suor; que está acumulado em todos os lugares. Sky está me segurando, branco por causa do susto.

— Saia de cima de mim — vocifero —, saia! — Minha garganta está arranhando. Quanto tempo fiquei gritando? Ele se levanta. Eu me viro e tento mexer na mesinha de cabeceira, mas meus dedos não conseguem pegar nada. Não consigo abri-la.

Sky estica o braço e abre a gaveta.

— Do que você precisa? — ele pergunta.

Aponto para os comprimidos no frasco de plástico. Ele tira a tampa e pega um comprimido. Minhas mãos ainda estão tremendo, então, ele coloca o comprimido na minha boca e segura o copo para mim. Meus dentes batem na borda.

— Eu tenho que… tenho que… — digo. Aponto para o caderno, a pasta de recortes de notícias com Afrodite na capa. Não tenho ideia de como explicaria o que tenho que fazer agora, então é uma sorte Sky não perguntar.

Ele coloca o fichário na cama, abre-o.

— Vou deixá-lo em paz.

— Não vá — peço. — Por favor.

— Está bem. — Ele volta para a cama, pega *Em Busca do Tempo Perdido* e começa a ler, a caneta verde na mão, realizando anotações esporádicas na margem. Parece focado, não aparenta mesmo estar prestando atenção em mim.

Rebecca Boone adorava pedras semipreciosas. Turquesa, lápis-lazúli, pérolas…

Por fim, volto a ficar calmo, ou o mais próximo que chego disso atualmente.

— O que é isso? — ele pergunta. — Os recortes.

— Nada — respondo. — Só pesquisa para um projeto. — Então, temendo o pior. — Pode apagar a luz agora.

— Que tal — sugere Sky — deixarmos a luz acesa? Tenho que fazer algumas leituras.

— Claro, tanto faz. — O alívio inunda meu corpo. — Olha, sobre mais cedo…

— Você estava certo — reconhece ele. — Simples assim.

Sky não dorme. Ouço sua respiração tranquila. É regular e profunda. Isso e o arranhar da caneta parecem…

— Como um estábulo à noite — digo, envolvido em uma névoa.

— Hm? — questiona ele, baixinho.

Mas estou divagando.

Acordo com o som do alarme. Fico deitado, piscando confuso. Foi o máximo que consegui dormir em dias.

Sky está penteando o cabelo em silêncio diante do espelho. Os cachos retornam de imediato ao formato original.

— Vejo você hoje à noite, cara — digo, e me viro.

— Vejo você hoje à noite — ele fala após uma pausa.

Então, Sky fica.

Recebo um envelope da minha mãe na manhã seguinte. Dentro dele, há vinte ou trinta fotos de flores de revistas cuidadosamente recortadas. A medicação dela é bem pesada, mas deixaram-na manusear uma tesoura sem pontas.

Sei o que está querendo me dizer, embora não haja nenhuma carta.

O orelhão no fim do corredor está livre e o lugar está deserto pela primeira vez. Levanto o telefone devagar. Há um sinal sonoro de urgência. Vejo que o interruptor da base está preso para cima, o que significa que o telefone está fora do gancho. Alguém o pregou lá com chiclete rosa. Faço uma careta e tiro o chiclete fazendo fios pegajosos com a ponta de um lápis.

Isso me faz pensar em *marshmallow* no meu cabelo, quente do fogo, cabelo vermelho como um alarme. Sei que ela disse que não voltaria para lá, mas posso tentar, não posso? Só quero ouvir sua voz.

Ainda o tenho anotado na minha agenda, o número de telefone da casa de Harper na baía, a grande casa branca na colina. Estou nervoso, meus dedos estão desajeitados e continuo discando errado. Até que acerto.

Nas primeiras dez vezes mais ou menos que o telefone chama, acho que talvez alguém possa atender. Mas ninguém atende. Toca, toca e ninguém responde. Mesmo após umas quarenta chamadas, não consigo desligar. Não sei o que pensei que aconteceria. Imagino o barulho ecoando pelos cômodos vazios. Que pensamento solitário esse, um telefone tocando em uma casa vazia.

Quebramos a promessa que fizemos juntos. Nat, Harper e eu nunca mais nos reuniremos na Baía do Assobio.

Coloco o telefone de volta no gancho com as mãos trêmulas e faço minha respiração. Não ajuda desta vez. Ninguém me disse que o luto era tão parecido com o medo.

Espero até estar pronto, respiro fundo, e pego o telefone para ligar para minha mãe.

Há um toco de árvore oco em cima de Pursing Hill. Sky e eu nos encontramos lá quase todos os dias depois da aula. Deste ponto, dá para ver apenas o sopé dos Apalaches ao sul, azul contra nuvens cinzentas.

— Por que você escolheu vir para cá? — pergunto a Sky. — Provavelmente, poderia ter ido para onde quisesse.

Ele não responde, e vejo que um raro rubor está se espalhando por seu pescoço.

— Quero fazer o programa de escrita quando terminar a graduação — explica ele. — Mestrado em Belas-Artes. Dizem que você tem mais chances de entrar se fizer o bacharelado aqui — ainda mais se você se formar em literatura inglesa. Então, esse é o meu plano.

A faculdade tem um programa de pós-graduação em escrita. De vez em quando, ensaístas ou um romancista saem dele. É muito intelectual e restrito. Não temos muito contato com eles, mas às vezes vemos estudantes de escrita perambulando pelo *campus*. Parecem sempre estressados e precisando de um banho.

— Ah. — Estou surpreso. Porque Sky não parece muito interessado nos seminários de literatura inglesa. Ele sempre quer que as coisas sejam objetivas. Ainda está lendo *Em Busca do Tempo Perdido* depois de dois meses. *Talvez ele goste de verdade*, digo a mim mesmo. *Talvez o esteja relendo.*

— Às vezes, escrevo contos — comenta Sky. — Quero escrever livros. — Seu rosto está quase da cor de um pimentão. Ele se vira em direção ao vento, que é revigorante; típico de novembro. Desvio o olhar também, deixo que ele tenha privacidade. Somos bons nisso, ele e eu.

— Colocar as coisas no papel as purifica — prossegue ele. — Este mundo é tão difícil. Precisamos de algo melhor. Precisamos de livros. — Ele arrasta o pé na grama seca. — Mas não sei se sou eu quem deve escrevê-los.

— Aposto que você escreve bem — digo com lealdade.

Ele diz que não com a cabeça, balançando-a.

— Não. Não escrevo. É como se… quando coloco a caneta na folha, tudo que consigo guardar na cabeça é uma única palavra por vez. Não há nenhum… não há elaboração de frases. Droga. Estou tão bloqueado que nem consigo descrever meu próprio bloqueio. Deixe para lá. Vamos conversar sobre outra coisa.

— Acho que você encontrou algo que o dinheiro não pode comprar, riquinho.

— Seu *babaca* — ele diz, satisfeito, e me agarra numa chave de braço.

Nas refeições, Sky mal consegue manter os olhos abertos. Ele boceja. Todos os seus sons são suaves. Mas ele parece estar sempre cansado, o nariz parece ter uma curva acentuada em contraste com o rosto tenso. Sei que ele não dorme bem, por minha causa.

— Oi, Sky — diz uma garota, passando. — Como foi seu fim de semana?

— Oi — ele retribui, tranquilo. — Foi bom. — Percebi que todo mundo já parece conhecer Sky; as pessoas tendem a dizer oi como se ele fosse um velho amigo.

Quando voltamos para o nosso dormitório, começo a colocar as coisas numa mochila.

— O que você está fazendo? — ele pergunta.

— Pode ficar com o quarto só para você esta noite.

— Você não precisa fazer isso...

— Eu acordo você quase todas as noites. Aí, eu volto a dormir, mas você não. Não é justo, você vai ser reprovado nas aulas. — Respiro fundo. — Talvez você conseguisse escrever se descansasse direito.

— Wilder, eu estou b... — Sua frase é interrompida por outro longo bocejo. — Mas para onde você vai?

— Isso não é problema seu — respondo. — Talvez eu transe.

— Quem é a sortuda? — ele pergunta, sorrindo.

— Durma bem — digo.

Fecho a porta para o restante de seus protestos.

Na verdade, eu não tenho um plano, então, fico sentado na biblioteca até fechar e depois vou ao cinema da cidade. Tenho um ingresso para a exibição de *A Última Sessão de Cinema*, à uma da madrugada. Eu assisto ao filme, assentindo suavemente. Está escuro e sou o único na plateia, mas as pessoas na tela parecem me fazer companhia, então, durmo um pouco.

Depois que o filme termina, volto para o *campus*. Algumas janelas estão iluminadas no alto do pátio principal. Uma se abre enquanto eu estou observando, liberando uma explosão de risadas. A bituca de um cigarro brilha intensamente. A sombra de um longo rabo de cavalo balança, uma música do Pearl Jam toca bem alto preenchendo o ar frio, antes que todos digam *shhh*. O cigarro forma um arco e cai como uma estrela vermelha na escuridão, a janela se fecha com força, interrompendo as risadas, me isolando na noite mais uma vez.

Eu me pergunto o que aconteceria se eu batesse na porta deles. *Parece uma festa.*

Mas não vou bater, sei que não vou.

As cabeças escuras ficam silenciosas atrás do vidro, mexem-se num teatro de sombras mudo. Permaneço por mais alguns instantes para assistir. Há um poder nisso, observá-los assim. Eu me pergunto se foi isso que ele sentiu — o Homem da Adaga.

Há um galpão atrás do refeitório e vi o lugar em que a fechadura está solta — então, arrebento-a com uma pedra. Prendo a respiração após cada golpe, mas a noite permanece tranquila, ninguém aparece.

Rastejo para o interior que está coberto de serragem. Bosques e florestas surgem da escuridão, pintados em painéis. Deve ser aqui que guardam os adereços do departamento de teatro. Eu me sento em um empoeirado trono dourado estofado com pelúcia vermelha. A tinta dourada suja um pouco minhas roupas e meu cabelo. Os ponteiros do meu relógio rastejam devagar ao redor do mostrador.

Entro de fininho por volta das seis da manhã.

Sky está lendo na cama, o livro de cabeça para baixo. Ele está com um pijama listrado. Sua pele está vermelha, o cabelo úmido. Será que acabou de tomar banho? Ele não parece surpreso em me ver; deve ter ouvido a porta corta-fogo pesada na base da escada se abrir.

— Oi, Wilder — ele diz, virando *Em Busca do Tempo Perdido* de volta para a posição correta.

— Você dormiu?

— Dormi — diz ele. — Mas foi estranho ficar aqui sozinho. Senti sua falta. Amigão — ele se apressa em acrescentar.

Vou para a cama e adormeço de cara — na verdade, durmo durante a minha primeira aula de economia. Acordo tarde e em pânico. Meu travesseiro está coberto de serragem e lascas de tinta que caíram do meu cabelo durante a noite.

Compro um cadeado para o galpão e guardo a chave. Agora, pelo menos tenho um lugar quente para ficar naquelas noites.

À primeira vista, a porta do galpão parece intacta. Se alguém tentar abrir o cadeado com a chave antiga, obviamente terá problema. Mas acho que vai ficar tudo bem; a peça neste semestre é *Esperando Godot*. O diretor mudou a ambientação para um regimento de fuzileiros navais dos EUA enviado para o Vietnã. Eles não estão usando muito o cenário, é apenas um fundo azul e um pouco de areia.

No geral, ainda estou dormindo mais do que dormi desde aquele péssimo verão, então, não me importo. Acho que ter uma noite ou outra nesse lugar é uma troca justa.

Não consigo encontrar uma caneta em nenhum lugar, então, sem pensar, abro o móvel de cabeceira de Sky. Um par de olhinhos me encara no escuro e eu fico ofegante, com o coração batendo forte.

É uma pequena boneca, feita de algo escuro e duro. Cabelos. Crina de cavalo? É de uma qualidade melhor do que isso. Os olhos parecem feitos de osso — quando olho mais de perto vejo que são dois pequenos dentes humanos. Eu a pego. Tem um peso estranho.

— O que você está fazendo? — Sky está branco, com os olhos arregalados. Devolvo a boneca ao móvel e limpo as mãos na calça. Estou envergonhado, como se estivesse fazendo algo íntimo.

— Eu não queria… estava procurando uma caneta.

Ele dá um sorriso sem graça e me entrega uma caneta esferográfica que tinha no bolso.

— O que é aquilo? — pergunto. — A boneca?

A princípio, acho que ele não vai responder.

— É magia — diz ele. — Para destruir meus inimigos. — Não consigo deixar de rir, as palavras soam tão estranhas em sua voz simpática. Então, vejo seu rosto.

— O que é aquilo, Sky?

Sky se senta na cama, com vontade.

— Aconteceu uma coisa comigo quando eu era criança. Não lembro bem, mas meus pais ficaram muito assustados. E minha mãe jura que esse acontecimento me transformou. Que eu fiquei diferente depois. Meus pais são pessoas muito religiosas, sabe? Não há espaço para o diferente de qualquer tipo que seja em nossa casa. Então, quando eu tinha 13 anos, meus pais me mandaram para esse lugar. Um acampamento. Era para me consertar. — Ele estremece. — Chama-se terapia reparadora, tipo: *ah, estou quebrado, preciso ser consertado.*

Já ouvi falar desses lugares. Li em um artigo da *New Yorker*.

— O que eles… fizeram com você?

— Eles costumavam… não, não importa. Essa não é a história. Era inverno e tínhamos que dormir nessas cabanas de madeira, eu e os outros meninos. Estava muito frio. De manhã, deixavam-nos entrar no barracão onde dormiam os conselheiros, para fazermos tarefas — arrumar as camas e assim por diante. Lá era aquecido, então, nós todos demorávamos o máximo possível para arrumar cada cama, para tirar a dormência dos dedos.

"Lembro-me de ter pensado, se é possível que a vida seja cheia de culpa, dificuldade e tristeza, então deve ser possível que o oposto exista. Possibilidade. Magia, digo. Então, decidi que iria crescer, aprender a fazer magia e punir todos eles. Comecei a tirar os cabelos dos travesseiros dos conselheiros e a trançá-los. Na verdade, as pessoas perdem muito cabelo ao longo de três meses. — Ele pega a boneca. — E eu fiz isso. Os dentes são meus, guardei dois dentes de leite. — Ele coloca a boneca de volta com delicadeza no pequeno móvel. Mesmo depois de fechar a porta, ainda consigo sentir os olhos de dente me observando. — Não sei por que guardo isso. Consolo para uma criança solitária e triste".

— Conheço alguém que costumava fazer magia assim — digo devagar. — Ou pelo menos dizia que fazia. Nunca funcionou para ela. — Penso na boneca, nos seus olhos de dente, no seu horrível corpo de cabelo. — Deu certo para você?

— Por enquanto, não — diz Sky. — Vem, vamos sair daqui. — Seu jeito voltou ao normal; o rosto mostra de novo uma expressão de agradável confusão. — Vamos para a floresta. Acho que vai nevar. — Ele faz uma pausa. — Talvez eles tenham me feito um favor, de certa forma — pondera ele. — Aquele lugar me forçou a saber quem eu sou. E jurei que nunca mais deixaria ninguém me machucar daquele jeito. — Ele aperta meu ombro. — Seja fodido, seja livre. Certo?

Subimos até Pursing Hill no frio, e neva mesmo, flocos em formato de estrela pousam em seus cabelos e cílios. Minutos depois, não estavam mais lá, desapareceram com seu calor.

A lanterna brilha na escuridão, as ondas batem, lambem as paredes da caverna. A mão de Harper sai do tambor de óleo.

Não, eu digo. *Por favor.*

Está tudo bem, Wilder, diz Harper. *É seguro. Estamos todos desenluvados agora.*

Eu me transformo em uma luz ofuscante. Há cheiro de serragem, de tinta. Não estou de volta à caverna, estou no galpão — e alguém está apontando uma lanterna para o meu rosto. Atrás dela, posso ver apenas um contorno escuro.

— Que é isso, caramba? — Uma voz masculina. O segurança por fim notou a nova fechadura.

Dou um pulo e recuo de forma desajeitada sobre algumas ameias descascadas. A sombra acompanha, o feixe da lanterna dança freneticamente. Deixei um caminho livre pelas fachadas de casas antigas, das florestas e dos horizontes da cidade feitos em madeira compensada, caso isso acontecesse. Estou acostumado a fazer isso, consigo abrir caminho numa escuridão considerável. O segurança não consegue, ao que parece. Ouço o barulho de osso na madeira e um gemido de dor. Tropeço atrás dele, atravesso as pirâmides egípcias e saio noite adentro.

Consigo ouvir cenários desabando atrás de mim enquanto corro pelo pátio principal, contornando a parte de trás das cozinhas e subindo em direção ao meu corredor. Eu me escondo em alguns arbustos, fora da vista do pátio, e paro para recuperar o fôlego. Estou curvado, rindo e ofegante, tentando fazer isso em silêncio. Mal posso esperar para contar a Sky, é o tipo de coisa que ele vai gostar.

A porta corta-fogo pesada se abre. Alguém desce as escadas que levam ao quarto dezesseis. Tem um rosto gentil, um bigode grisalho. O desconforto rasteja por mim. Eu o conheço, reconheço-o de imediato. Há apenas um dormitório naquela escada.

Por que o pai de Sky está aqui — saindo do nosso prédio no meio da noite?

Os cabelos de Sky estão arrepiados em uma crista avermelhada; está parecido com uma criança, assustado.

— Ele tem uns problemas legais, ele foi meio que... um péssimo pai. Minha mãe não me quer perto dele. Quando ela descobriu que ele me deixou aqui no início do semestre, conseguiu uma ordem de restrição. Ele não tem permissão para ficar perto de mim. Eles o mandariam de volta para a prisão se soubessem que ele viria para cá. Mas não posso deixar de ver meu pai, posso? Mesmo que ele seja péssimo?

— Mas vocês poderiam se encontrar em qualquer lugar, Sky...

— Você não vai contar, não é, Wilder? Jure que não vai. — A expressão em seu rosto é triste. Mesmo sabendo que Sky está mentindo sobre o pai, não digo nada. A história não faz sentido. É um tanto reconfortante saber que ele é tão ruim em fingir. Respeitamos a privacidade um do outro.

Eu me sento na cama.

— Tive o sonho — conto.

Sky vem se sentar ao meu lado.

— De novo?

— De novo.

Ele faz uma pausa e consigo perceber que está pensando. Então, ele diz:

— Wilder, quer me contar o que aconteceu?

— Não posso.

— Você me ouviu ontem. Agora é sua vez. Isso vai ajudar, eu prometo.

— Tudo bem. — Respiro fundo e vou até o fichário da Afrodite. Na parte de trás, há uma pasta especial. Pego as páginas. Estou trabalhando nisso de tempos em tempos nas horas vagas entre as aulas e os estudos.

— Sabe — digo —, eu costumava escrever um pouco de ficção. Contos, na maioria das vezes. Mas parei depois de...

Tambores de óleo em cadeia. Uma mão esticando-se.

Respiro fundo.

— Depois de algo que aconteceu comigo no ano passado. Aquilo zoou de verdade com a minha cabeça. Foi quando tudo começou. Os sonhos e assim por diante.

"Mas tive a ideia de começar a escrever isso depois de algo que você disse outro dia. Colocar as coisas no papel as purifica. Pensei em tentar. Então, isso não é ficção, é... bem, você verá o que é. Tome."

Ele pega as páginas das minhas mãos, pensativo, examina o título.

— *O Homem da Adaga da Baía do Assobio*, um livro de memórias de Wilder Harlow.

Ele lê. Folheio um livro em silêncio, tentando não observá-lo. Penso em sair do quarto, mas isso de alguma maneira parece pior. Não há nada que eu possa fazer agora, está fora do meu alcance.

Dá para perceber quando está perto do fim; é como se eu conseguisse sentir a história se mexendo dentro dele enquanto ele lê.

Como era de se esperar, ele está na última página quando me viro. Ele a coloca delicadamente na pilha. Está olhando para baixo, não consigo ver seu rosto.

— Então, é por isso que sou tão estranho — digo em meio ao silêncio. Embalado na sinceridade, acrescento: — Na verdade, sempre fui estranho. Mas estou muito mais estranho agora. Não no bom sentido.

— Eu já tinha ouvido seu nome — diz Sky. — Eu sabia. Você era um daqueles garotos.

— Sim.

— Para que servem? — pergunta ele, apontando para os artigos de jornal.

— É tudo o que consegui descobrir sobre elas — digo. — As mulheres.

— Você sempre os lê depois de ter pesadelos.

— Isso ajuda, não sei por quê. Isso as torna reais. Me ajuda a lembrar que eram pessoas. Não só pesadelos.

— Ah, Wilder — ele diz, e quando Sky olha para cima vejo que sua boca está curvada para baixo. Ele passa as costas da mão no nariz. Está chorando muito, um choro muito intenso.

— Está tudo bem — digo, desesperado. — Sky, por favor, não chore.

Coloco um braço ao redor de seus ombros. Ele joga os braços em volta de mim como uma criança e me abraça com força.

— Sinto muito — ele diz no meu ouvido. — Que todas essas coisas aconteceram com elas. Com você. — Ficamos assim por um momento, posso sentir seu coração batendo contra meu peito. Acredito que ele também possa sentir o meu.

Sky se afasta e coloca a mão atrás da minha cabeça. Seu olhar está em mim, estamos a centímetros de distância; é como estar sob um raio de sol. Posso sentir o cheiro de suas lágrimas, minerais em sua pele.

— Ler isso foi como estar dentro de você — diz ele. Tento sair do foco de seu olhar, mas ele coloca a mão na minha perna, me prendendo no lugar. Ele é forte.

— Era verdade aquele segredo que você ia contar a eles na caverna? — ele pergunta. — Quando Harper e Nat o enganaram.

— Não sei — digo.

— Acho que sabe — ele diz gentilmente.

Então, olho de volta para ele e relaxo sob a pressão de sua mão. Eu me entrego ao que vai acontecer. Ele deve ser capaz de ouvir meu coração agora; é ensurdecedor, meu pulso dispara como uma série de explosões em meus ouvidos. *Sei como vai ser a sensação disso*, penso de maneira vaga — mas o que é "isso"?

Seus olhos ficam fixos nos meus durante batimentos cardíacos intermináveis. Então, Sky dá tapinhas no meu braço.

— Obrigado por me mostrar isso, Wilder. Você deveria continuar escrevendo.

Ele se levanta e atravessa o quarto até sua cama. Observo, hipnotizado, enquanto ele se esconde debaixo das cobertas e estende a mão para o interruptor. Os lugares onde ele me tocou parecem frios agora, marcas de mãos geladas em minha carne.

— Wilder?

Percebo que Sky está me perguntando algo e acordo do meu devaneio.

— Sim — respondo. — O que foi?

— Você consegue dormir sem luz esta noite?

Concordo com a cabeça.

Com um clique, somos mergulhados na escuridão.

— Nunca — sussurro no escuro. Aguardo. — Sky? Nunca.

— Esta noite não — Sky murmura.

— Está bem, eu vou de novo. Nunca. Nuca. Neca.

— Ssghnn — Sky resmunga e se vira. — Dá para calar a boca, por favor?

Ele fica quieto depois disso, não sei se está dormindo.

Demoro para pegar no sono. Fico encarando o escuro. Repito a cena várias vezes na minha cabeça. Sinto o leve toque sussurrante do medo — do medo ou de alguma outra coisa.

Medo. Cedo. Cego.

Sinto como se ele estivesse dentro de mim também.

No dia seguinte, estou ocupado. Estou atrasado na aula e tenho coisas para entregar. À luz do dia, o que aconteceu ontem à noite parece ainda mais perturbador e não sei o que sentir. Fico até tarde na biblioteca, o máximo permitido, até apagarem as luzes à meia-noite. Não vou admitir para mim mesmo que estou evitando Sky, ficando fora até quando eu achar que ele já esteja dormindo.

Quando volto para o dormitório, ele não está lá. Há uma folha de papel sobre a minha cama. É uma cópia da homenagem a Christy Barham, extraída de uma coluna de um pequeno jornal local. Nunca vi isso antes. Foi escrito por alguém que a ama, dá para perceber. Isso realmente a traz de volta à vida — descobri que o girassol era sua flor favorita, li sobre sua proximidade com as irmãs. Eu me lembro dela, de como todos dizem que ela era gentil, de como ela parecia viva naquele dia em que a vi, no dia em que Alton Pelletier pegou o lenço de papel dela e o colocou no bolso. Mesmo essa lembrança parece útil, como se estivesse unindo minhas recordações, minha mente de volta a um todo, em vez de mantê-las separadas, como as Polaroids.

Seguro a cópia em cima do peito por um momento, aliviado. Em seguida, coloco-a com cuidado em um novo envelope plástico e prendo--o na pasta, está em segurança junto com os outros.

Sky não retorna e meu sono é leve. Acordo com o clique da porta quando ele entra. Deve ser tarde. Será que está me evitando também?

Escuto enquanto ele troca de roupa em silêncio no escuro. Penso em dizer algo sobre o artigo, em agradecer, mas não consigo reunir palavras. Ele vai para a cama, mas não está dormindo, dá para ver. Ficamos ali, ouvindo a respiração um do outro.

★ ★ ★

Estou tremendo no pátio, esperando a agência de hospedagem abrir para me inscrever na residência de férias. Chego cedo, mas não sou o primeiro. As francesas estão aqui. Alguns outros estudantes de intercâmbio e uns garotos de aparência tímida que nunca vi antes. Todos que não podem voltar para casa durante as férias e todos que não querem. A neve cai em montes sujos nas paredes de pedra. Todos nós alternamos de um pé para o outro, ora deixando o peso numa perna ora em outra, enfiamos as mãos nos bolsos para nos aquecer.

— Acho que você deveria ir vê-lo — diz Sky.

Levanto o olhar. Sky e eu não nos vimos muito nas últimas semanas. Primeiro, era o Dia de Ação de Graças e voltei para o apartamento vazio em Nova York. Passei o feriado assistindo ao desfile na TV e comendo sanduíches de mortadela. Ele foi para a casa da mãe em Connecticut.

Desde nosso retorno ao *campus*, temos nos desencontrado, evitando longas conversas. Na verdade, foi surpreendentemente fácil. Acredito que seja assim que a maioria das pessoas age com seus colegas de quarto. Mas eu me sinto solitário; vejo o quanto passei a confiar nele, mesmo neste curto espaço de tempo.

— Do que você está falando?

Ele olha para a fila com impaciência, depois me agarra pelo cotovelo e tenta me puxar para fora.

— Sky — digo, permanecendo firme. — Estou na fila, vou perder meu lugar quando eles abrirem.

Sky dá um tapinha no ombro da garota francesa na minha frente.

— Perdão — ele diz com doçura. — *Est-ce-que vous pouvez garder sa place en ligne? Pour un instant, seulement.* — Ele sorri.

Ela retribui o sorriso.

— Tudo bem — ela diz. O sotaque dela é adorável; sinto que a amo por um segundo. Mas quando ela olha para mim, o calor desaparece. Entendo. Eu atrapalhei muito o sono dela.

Sky me arrasta pelo pátio, subindo os degraus a oeste e entrando no corredor que leva ao refeitório. Está deserto, o café da manhã terminou há uma hora.

— Então, estou pensando nisso há um tempo — diz Sky. — Que você deveria ir vê-lo na prisão.

— Quem? — Mas eu sei de quem ele está falando.

— Alton.

— Por quê? — Sinto o mundo girando ao meu redor.

— Para perguntar por que ele fez isso. Quem Nat realmente era. Para *entendê-lo*.

— Por que ele me contaria todas essas coisas?

— Talvez ele não conte — diz Sky. — Mas é a única chance que você tem. E, pelo menos, assim você saberá que tentou. Você conseguiria terminar aquele livro de memórias que começou a escrever. Dê a si mesmo um desfecho. Desfechos nem sempre são uma coisa ruim. Desfechos ajudam você a seguir em frente.

— Eu nem saberia como… como as pessoas entram em contato com os prisioneiros? Em que prisão ele está?

— Não sei, Wilder — diz Sky. — Mas deve haver uma maneira. O que eu sei é que você não pode continuar assim. O que você está vivendo não é vida.

Está no noticiário mais tarde naquela noite. Assistimos na sala de TV suja; Sky segura o controle remoto com firmeza fora do alcance do cara que quer assistir a um torneio de sinuca.

— Ei, cara — ele diz —, só um minuto, está bem?

O cara diz "huh" uma vez, depois parece relaxar e decide ser simpático. Ele levanta as mãos, tipo, *o que se pode fazer?* Percebi que Sky tem esse efeito nas pessoas.

Quando olho para a tela, ele está olhando para mim — Alton Pelletier. Tenho um choque frio porque ele parece o mesmo, gentil e calmo. Não sei o que esperava — que o seu interior transparecesse do lado de fora de alguma maneira.

"A mãe enlutada de Christy Barham implorou a Pelletier que se encontrasse com ela, que revelasse a identidade das vítimas restantes ou que revelasse a localização de quaisquer outros corpos. Pelletier concordou em se encontrar com ela, mas hoje mudou de ideia e retirou a permissão de visita. A sra. Barham foi embora da prisão, de cabeça baixa. E Alton Pelletier mantém o silêncio." Então, a foto da prisão aparece mais uma vez. O sr. Pelletier olha para mim. Seus olhos, a bondade que eles carregam.

— Ele está entediado — Sky murmura. Seus olhos estão fixos na tela. Não acho que ele esteja falando comigo. — Ele está entediado. Foi por isso que ele mudou de ideia sobre vê-la.

— Se ele está entediado, por que não ver a mãe?

— Ele quer que ela sinta o poder que ele tem — diz Sky, absorto. Seus olhos estão brilhantes e fixos na TV. — Ele oferece esperança a ela, faz com que ela tome a terrível decisão de visitá-lo... e, depois de tudo isso, ele a rejeita no último minuto. Imagina ela implorando. — De repente, ele se vira para mim. — Acho que vale a pena tentar. Acho que você deveria escrever para ele.

Alguém colou chiclete no orelhão de novo, e eu, resignado, tiro um lápis do bolso e raspo o chiclete. Por fim, quando vejo que o telefone está funcionando, tiro o cartão da carteira. Tinha me esquecido dele até hoje. As bordas estão tão afiadas quanto no dia em que ela me deu. Se eu tivesse me lembrado do cartão, provavelmente o teria jogado fora. Passei por uma fase de jogar fora tudo que me lembrava daquela época, inclusive todos os meus diários e anotações. Eu estava com medo de que fosse difícil relembrar eventos para meu livro de memórias, mas, ao contrário, eles estão fluindo para fora de mim, como se tudo que eu precisasse fosse abrir a porta (*abrir a tampa com um pé de cabra, o rosto do mergulhador, o vômito flutuando nas ondas*).

Sky paira ao meu lado.

— Tudo bem, Wilder? — Ele coloca a mão no meu ombro. É a primeira vez que ele me toca desde aquela noite, e mesmo no meio disso tudo eu sinto de novo, aquela estranha revirada no estômago. *Pode ser medo*, digo a mim mesmo. *Pode ser.*

Talvez ela tenha se mudado ou sido promovida, penso. Talvez ela esteja de férias.

— Alô? — A voz da policial Harden também é a mesma. Ouço-a tomar um gole de alguma coisa, imagino a caneca fumegante em sua mão. Ela parece genuinamente satisfeita em ouvir minha voz.

— Oi, Wilder!

Ela surge com uma clareza quase dolorosa, a lembrança da primeira vez que ouvi meu nome ser pronunciado com aquele sotaque. A voz que o pronunciou. Isso é um pouco demais para mim e tenho que me concentrar, muito, para reunir as palavras, para explicar o que quero.

— Não é uma boa ideia — diz ela. — Sabe disso, certo?

— Não tem... não existe algum programa que organize encontros como este? Como eles chamam isso, reconciliação? — Sky murmura as palavras e eu as repito ao telefone. — Diálogos vítima-infrator.

— Não para você — ela diz. — Isso é para as famílias das vítimas.

— Não tem outro jeito?

Ela respira fundo.

— Você poderia escrever para ele — ela sugere. — Ele recebe muitas cartas. Talvez leia, talvez não. Talvez responda, talvez não. Talvez lhe conceda uma visita, talvez não.

— Tudo bem — digo. — Para onde escrevo?

— Não vou fazer isso por você, Wilder — diz ela, subitamente decidida. — Se você quer entrar nesse carrossel — você consegue. Todas essas informações estão disponíveis, se você quiser. Eu não acho que você deva. Ajudei a revistar aquela casa depois da prisão dele. Eu vi o que estava lá. Esse tipo de conhecimento fica dentro de você.

— Está bem, policial — admito. — Entendo.

— Pode me chamar de sargento agora.

— Fico feliz — digo. — Você merece. — Por capricho, acrescento: — Qual é o seu primeiro nome?

— Nossa — ela diz, divertida. — Certo, tudo bem. É Karen.

— É... um nome bonito.

— Não é, e nós dois sabemos disso. Escute, estou subindo na vida, vou para homicídios. Então, não ficarei aqui por muito mais tempo. — Ela faz uma pausa. — Aquele caso me esgotou. Preciso de uma mudança de cenário.

— Para onde você vai?

— Oeste. Estado de Washington. O tempo ainda está friozinho por lá, eu gosto.

— Quem me dera uma mudança também — digo. — Não posso deixar isso para trás.

— Você é apenas um garoto — ela diz. — Vá ser um garoto.

— Tarde demais para isso.

— Espero que não. Se cuide, Wilder. — E a linha fica muda. Coloquei o telefone de volta no gancho, com tanta delicadeza como se fosse um pequeno animal adormecido.

— Ela não vai me ajudar — digo.

— Valente — diz Sky, apertando meu ombro de novo.

— Alente — eu respondo.

— Atente — ele diz com calma. — Não se preocupe, podemos fazer isso sem ela. Vou cuidar de tudo. Eu prometo, isso será bom para você.

Sky descobre o nome da prisão, preenche o formulário de solicitação de visita e escreve a carta. A coisa toda parece estar cada vez mais fora do meu controle, mas permito porque sei que Sky está certo. Não estou mesmo vivendo, não vivo há algum tempo, desde o acontecido — e quero me sentir vivo novamente.

Ele me dá a carta para ler, mas não quero olhar para ela mais do que o necessário. Assino no fim da página e Sky a leva.

★ ★ ★

Verifico meu escaninho de correspondência todos os dias depois do café da manhã, mas não há nada. *A verdade.* Tive a fraca e pálida esperança de que ela pudesse ser encontrada. Mas as semanas passam. Nenhuma resposta vem e nada acontece. Percebo que estou contando com uma resposta, com algum tipo de resolução. Porque é tarde demais para eu ser criança.

Encontro Sky no refeitório, como faço todas as noites. A escuridão cai como uma pedra; é a época do ano em que você consegue sentir o inverno estendendo a mão fria para você. Estou com fome, mas não quero comer — o cheiro de bolo de carne enche o refeitório. Acordamos com esse cheiro esta manhã, saindo da cozinha. Sentir o cheiro do meu jantar o dia inteiro tende a me desanimar. Isso não parece incomodar Sky. A comida aqui é simples — chili, macarrão com queijo, carne assada aos domingos. A maioria dos alunos parece feliz com isso. Pessoas ricas gostam de comer como crianças. Antes, eu teria escrito isso.

Sky come o bolo de carne, sem questionar. A maneira como a coisa se desfaz me deixa enjoado. Seu livro está ao lado do prato, a caneta verde no mesmo lugar. Parece estar na mesma posição de ontem. Ele pergunta, como faz todas as noites:

— Alguma correspondência hoje?

Sei que ele está apenas tentando ajudar, mas surge uma sensação de irritação.

— Não, não tem — respondo. — Queria que você parasse de perguntar.

— Desculpe — ele diz, e volta para *Em Busca do Tempo Perdido*. Ele sublinha uma passagem com tinta verde viva. Ele tem outro livro aberto ao lado, o que parece irritante, por algum motivo. Eu o pego. Uma biografia de Proust.

— O que é isso? — pergunto. Um sentimento de raiva está tomando conta de mim.

— Só estou fazendo algumas leituras complementares junto com a minha leitura — diz ele com alegria. — Tenho pensado em autoficção ultimamente. Você sabe, uma espécie de livro de memórias ficcional, um híbrido de romance e autobiografia. Como esse. — Ele aponta para *Em Busca do Tempo Perdido*.

— Por que você está pensando nisso? — pergunto. A raiva está tomando conta de mim, aumentando cada vez mais.

— Para você, Wilder — diz ele, surpreso. — Para que você possa escrever sobre o que aconteceu.

— Pare de me dizer o que fazer.

— Alguém precisa fazer isso.

Pego o exemplar de *Em Busca do Tempo Perdido*. Sua capa é tão idiota, com um *design* abstrato e pretensioso. Sky marcou várias passagens com pedacinhos de papel e tinta verde. São tantas que ele deve ter se debruçado sobre aquele livro. A raiva tomou conta de mim; ela transborda.

— Você nunca vai terminar de ler esse livro? — Minha voz fica mais alta. Estou gritando. Todos no refeitório estão olhando para mim. Não me lembro de ter me levantado, mas estou de pé, debruçado sobre Sky, que me olha assustado. — Toda vez que o vejo você está lendo, mas nunca avança. É o suficiente para deixar uma pessoa louca — digo. — Fazer anotações constantemente, sempre ler esse livro — ninguém leu de verdade esse livro, percebe? —, não vai fazer de você um escritor. Sabe o que faz de você um escritor? Escrever. Por que você não se concentra nisso, em vez de me fazer a mesma pergunta repetidamente! — Meu punho está cerrado. — Você vai usar qualquer desculpa para não tentar, para não ter que falhar...

Sky está de pé.

— Tudo bem — ele diz. Então, pega o livro e vai embora. Fico sozinho no refeitório. Todos os olhos estão voltados para mim e fico apavorado. Afastei a única pessoa que estava realmente tentando me ajudar.

★ ★ ★

Quando entro em nosso quarto, ele está escrevendo, não são anotações em *Em Busca do Tempo Perdido*, mas num caderno. Linhas verdes cruzam a página.

— Está vendo? — ele diz. — Estou seguindo seu conselho.

— Me desculpe — digo a ele. — Não consigo entender por que fiz aquilo. — Mas até eu sei que às vezes você grita consigo mesmo.

— Está tudo bem, Wilder — diz ele. — Odiei aquele livro. Só continuei porque achei que deveria continuar. Porque pensei que poderia ser útil para você de alguma maneira.

— Eu sei. Sinto muito. — Faço uma pausa. — Acho que tenho andado tenso, esperando uma resposta. Comecei a acreditar que ela poderia chegar, sabe?

— Vamos ter só que encontrar outra maneira de conseguir uma vida para você. — Ele sorri. — Termino minhas anotações no corredor se você quiser dormir um pouco.

— Não — digo. — Eu gosto do som. — E gosto mesmo, é reconfortante. Adormeço no rabiscar da caneta-tinteiro.

Eu esperava que Alton Pelletier pudesse me dar paz. Talvez eu tenha pensado que se a história finalmente terminasse, eu poderia ser livre.

No entanto, não é só um encerramento. A verdade é que comecei a escrever tudo — o que aconteceu naqueles verões. Essa ação despertou a história novamente. É difícil sair. Preciso de um desfecho não só para mim, mas para meu livro. Mas não haverá nenhum *deus ex machina*, nenhum confronto dramático com um assassino.

— Já faz um tempo que você não vê seu pai — digo.

Sky ergue os olhos.

— O quê?

— Seu pai. Ele não vem ver você há algum tempo. Sua mãe descobriu? Ele está bem?

— Ele está doente — Sky diz brevemente. — E nós discutimos.

— Ah, lamento ouvir isso.

— Está tudo bem — assegura Sky. — Vamos fazer as pazes de novo, sempre fazemos.

★ ★ ★

Subo Pursing Hill em meio à neve, em direção ao toco oco da árvore. Sky está encostado nele, inclinado atentamente sobre alguma coisa. O castanho-avermelhado de seu cabelo está proeminente. Ele nem está usando casaco.

— Você deve estar congelando — digo.

— Hm? — Quando ele se vira para mim, vejo que ao redor de um de seus olhos tem uma mancha cor de ameixa. Há sangue seco debaixo do nariz; no frio, escureceu até ficar roxo.

— Meu Deus. Quem fez isso? — pergunto. — Sky, você está bem?

Ele faz um gesto impaciente com a mão.

— Briguei feio com meu pai — esclarece ele.

— Achei que você não o visse há…

— Eu menti — diz ele, impaciente.

Isso dói muito. Respiro fundo.

— Você nunca mais o verá — digo, tremendo. — Promete?

— Certo, tudo bem, mas…

— Estou falando sério, Sky. — Minha voz treme de raiva. — Se alguém machuca você desse jeito, você não vê essa pessoa novamente, nunca ma…

— Wilder, cale a boca por um segundo. — Sky tira algo do bolso e me entrega. Tem um carimbo postal da prisão. — Olhe. Ele respondeu.

— Você estava abrindo meu escaninho de correspondência?

— Estava misturada com a minha.

Viro o envelope diversas vezes nas minhas mãos.

— Você leu?

— Sim.

— Eu não consigo fazer isso, Sky.

— Você precisa, Wilder. Há segredos demais no mundo. Famílias ruins, pais ruins. Vamos trazer a verdade à tona.

Meu coração está ficando pesado como chumbo. Não quero pegar a carta. No momento em que eu pegá-la, isso se tornará real.

A neve cai no envelope, deixando pequenas marcas de umidade. Eu o pego e me curvo, protegendo-o com meu corpo. Flocos de neve pousam de maneira suave nas minhas costas.

A letra dele é igual à de Nat. Essa é a pior parte. Respiro fundo para superar esse fato.

O próximo dia de visita é o Natal, escreve Alton Pelletier. Teria que ser nessa data, porque ele será transferido para um presídio de segurança máxima em algum momento no ano seguinte, não sabe quando. Depois disso, apenas parentes e o advogado poderão visitá-lo.

Dobro a carta, a coloco no bolso e pego a mão de Sky.

— Vamos, está frio aqui.

De volta ao dormitório, limpo o rosto de Sky da maneira mais suave que consigo. Quando o toco, ele estremece, mas não emite som algum, como uma criança a quem foi dito para ser corajosa.

— Você não pode ir sozinho — diz Sky.

— Não sei se vou mesmo. — Mas nós dois sabemos que vou.

— Eu vou dirigindo — diz Sky. — Estou com o carro no estacionamento, sem usá-lo.

Então, nós dois vamos ficar na faculdade. Eu me preocupo com Sky desistindo de seu Natal — de ver sua mãe, de voltar para aquela mansão branca estilo palladiano em Connecticut que vi nas fotos, perdendo as lareiras crepitantes, o azevinho, a comida e as canções de Natal.

— Claro, claro, todas aquelas coisas boas típicas de protestantes anglo-saxões brancos — ele diz com alegria. — Ano que vem tem de novo. Eu prefiro estar com você.

Ligo para minha mãe.

— Olá, macaquinho — ela diz.

— Como você está, mamãe querida?

Ela ri.

— Melhorando cada vez mais. Ansiosa pelo Natal. Devo preparar peru ou tender? Vou fazer aquela batata-doce com *marshmallow* que você gosta. É tão nojento.

Primeiro, ela tinha dito que sairia para o Dia de Ação de Graças, mas isso não aconteceu. Falei com o médico dela; ela não sairá para o Natal.

— Você sabia — diz mamãe — que eles não nos deixam jogar damas aqui? Eles têm medo que engulamos as peças. Dá para acreditar nisso?

— Você não joga damas.

— Eu sei — diz ela —, mas eu gostaria de ter a opção de jogar. — A medicação que ela toma a deixou muito falante. Ou talvez seja sua condição. Ela não parece muito ela mesma, mas é melhor do que o silêncio em que às vezes mergulha.

— Estou aguardando ansiosamente sua visita na próxima semana, macaquinho — ela diz. — Aí poderemos fazer planos para as festas.

— Mãe — digo. — Tenho que falar com você sobre uma coisa.

— Ah, claro.

— Acho que... vou ficar por aqui nas festas. Vou visitar Alton Pelletier.

Escuto-a estourando uma bola de chiclete.

— Você perdeu a cabeça? — ela ralha, brava.

— Tenho que fazer isso. — Eu me encosto com vontade na parede arranhada perto do orelhão. Alguém fez uma fileira de pontos de interrogação ali. Eles vão aumentando de tamanho. O último na ponta da direita é grande como uma mão. Outra pessoa, ou talvez a mesma pessoa, rabiscou os pontos de interrogação ainda mais fundo na parede de gesso com caneta esferográfica preta.

Eu traço um ponto de interrogação com o dedo. Isso me deixa com uma leve mancha preta — parece tinta de impressão digital. Eu me lembro da delegacia de polícia em Castine. Talvez seja tinta de impressão digital. Talvez a mancha tenha ficado em mim todo esse tempo, sob a minha pele, apenas para surgir na superfície agora como (*um barril de petróleo*) um golfinho.

— O que aconteceu naquele verão arruinou a nossa família — diz minha mãe. — Por que você iria querer revisitar aquilo tudo?

— Tenho que enfrentar isso — argumento. — E acho que nossa família já estava arruinada antes mesmo daquele verão.

— Sei do que se trata. — Sua respiração está rápida e irregular. — Em vez disso, você vai ver seu pai, não é? Escolhendo ele em vez de mim. Ninguém me escolhe.

— Não! — protesto, xingando a mim mesmo. Eu não deveria ter mencionado Alton. Ela fica chateada.

— Escute — ela diz —, estou cansada. É melhor eu descansar um pouco. Cuide-se, está bem, macaquinho?

— Mãe... — Engulo em seco. — Mal posso esperar para vê-la semana que vem.

— Por que não adiamos essa visita, Wilder? Eu preciso de verdade da minha paz e sossego, sabe?

— Eu quero ir... — digo, ansioso. Mas há um clique suave e ela desliga.

"Coração partido" é só uma expressão, não é? Mas, neste momento, sinto mesmo meu coração partir dentro de mim como uma corda de piano muito esticada.

Então, foi assim que passei o Natal com um assassino.

O carro de Sky é comprido, preto e brilha com faróis que parecem grandes olhos. Não reconheço o logotipo na frente.

— Qual é a marca?

Sky diz uma palavra grande em francês.

— É constrangedor — diz ele. — As pessoas sempre ficam olhando para ele, e eu sou um péssimo motorista.

Eu nem sabia que Sky tinha um carro e penso como deve ser estranho ter algo tão caro e bonito e nunca achar que vale a pena mencioná-lo.

Sky não estava mentindo: ele é um péssimo motorista. O carro tem câmbio manual e faz um barulhão toda vez que ele troca de marcha, assim como emite um forte cheiro de borracha sempre que ele pisa na embreagem.

Dirigimos para o norte, os Apalaches desaparecem atrás de nós. Nova York parece mais plana e cinzenta do que eu me lembrava. A paisagem de inverno é sombria à medida que nos aproximamos da prisão. Sinto o mesmo conforme nos aproximamos do mar, o que me dá náuseas.

A prisão é um monólito de concreto atrás de cercas e de arame farpado. É tão parecido com o que eu estava esperando que fosse uma prisão que estou quase surpreso. Paramos no amplo estacionamento perto do portão. As linhas brancas se estendem em fileiras intermináveis. Está quase vazio. Todos estão em casa, empanturrados de peru e batatas das festas de fim de ano. Respiro fundo. Sky e eu nos entreolhamos.

— Caraca — digo, porque não consigo pensar no que dizer.

— Craca — emenda Sky.

— Caca. — O jogo, como sempre, me acalma. Às vezes, eu gostaria de poder conversar sempre desse jeito, a estrutura é tão agradável.

— Tome. — Ele me entrega um maço de notas de um dólar.

— Para que isso?

— Para você poder comprar coisas nas máquinas de venda automática. Sugiro que você pegue muita coisa. Guloseimas. Ele está entediado. — Sky faz uma pausa. — Tire o cabelo do rosto, Wilder. — Ele prende meu cabelo, que acho que está ficando bem comprido, atrás das orelhas. O caminho dos seus dedos deixa marcas quentes na minha pele fria. — Cabelo limpo não obstruindo o rosto. Você não leu o manual?

— Não — respondo, o medo está chegando ao limite. O que estou fazendo? Sky ameniza.

— Você vai ficar bem — ele diz. — Apenas lembre-se: você pode ir embora. Você detém todo o poder.

A sala de espera cheira a água sanitária, como uma cena de crime.

A cada camada mais profunda que entro, extraem algo de mim. Meu nome, no portão. Depois, no posto de controle seguinte, alguém tira meu suéter — é bege e parece muito com a cor do uniforme dos detentos. Minhas posses são arrancadas de mim enquanto caminho em direção a ele. É como estar preparado para o sacrifício.

E, por fim, no centro está uma sala com o pé-direito alto e janelas altas também. Parece um museu. Algumas famílias estão sentadas às mesas. Está silencioso como uma igreja.

— Mesa dezesseis — alguém diz. Eu me sento no lugar designado. Deixo as mãos na mesa de metal larga conforme as instruções. Um bebê me encara com olhos de coruja, por cima do ombro xadrez de uma mulher.

Ele simplesmente está ali, de repente, despretensioso, menor do que eu me lembrava. Sua pele está mais pálida; ele não passa tanto tempo em um barco hoje em dia.

— Olá, sr. Pelletier. — Meu estômago embrulha. Mas como eu deveria chamá-lo? Ele era o pai do meu amigo e é mais velho do que eu. Agora ele se tornou outra pessoa — um número, um sujeito que só é chamado pelo nome completo na TV.

— Oi, Wilder.

Sua voz é a mesma: seca, sem personalidade. Há algo vermelho em sua mão e minha mente está zumbindo tanto que a princípio não consigo focar; é vermelho, muito vermelho e eu penso, *sangue?* Mas é um pequeno quadrado de feltro vermelho. Ele o esfrega com delicadeza entre o indicador e o polegar, e boceja.

— Desculpe — ele diz. — Não dormi ontem à noite. — E reconheço o olhar da pessoa que costuma ter insônia: uma expressão de completo vazio por trás dos olhos. Até Sky e eu começarmos a dividir o mesmo quarto, eu também tinha.

— Nem eu.

— Então, como você está, filho? — Ele está relaxado, simpático, como se tivéssemos nos encontrado na mercearia.

— Nada mal, obrigado — respondo.

— A essa altura você já deve ter se formado. Está na faculdade?

— Sim — digo. — Perto da Filadélfia.

— Interior.

— Foi opção minha.

Ele esfrega o pequeno quadrado de feltro entre os dedos mais uma vez — e me pega olhando.

— Eu simplesmente gosto da sensação entre meus dedos — explica ele. — Como é que chama? Textura. É uma coisa da qual sinto falta — texturas. Não há muita variedade por aqui... metal e cimento, plástico... ah, e gororoba. Essa é a comida. Nada do mundo natural.

Madeira, água, areia. Nunca dei o devido valor, durante todo esse tempo, tocando nessas coisas. Nunca imaginei o quanto sentiria falta disso. Vou ser transferido para o presídio de segurança máxima no mês que vem — diz ele. — Eles me disseram que é só pedra por fora e concreto por dentro. Suas mãos tocam apenas duas texturas. Ah, três, incluindo a própria pele.

Observo o feltro vermelho entre seus dedos. Penso em algumas coisas que suas mãos devem ter tocado.

— Você nunca pensou que seria pego?

— Podemos falar disso mais tarde — diz ele de maneira gentil. Fico vermelho como se tivesse sido pego em flagrante. — Chiclete me ajuda a pensar.

Pulo da cadeira e me atrapalho ao tirar o maço de notas de dólar dos bolsos. Elas estão úmidas, de certa forma. A máquina de venda automática tem um amassado na lateral, onde alguém a chutou. Está acorrentada à parede. Minhas mãos tremem tanto que mal consigo inserir as notas de papel na abertura. Elas são devolvidas a todo instante com um zumbido provocador. Mas, por fim, um pacote gigante de Big Red cai no dispensador.

— Imagino que você tenha perguntas — diz o sr. Pelletier. O cheiro de chiclete de canela espalha-se pela sala de visitas, fazendo-me pensar nas meninas nos bailes da escola. Então, penso em barris de petróleo. *Respire*, penso de maneira séria. *Apenas puxe e solte o ar. Ar. Ir. Ira.*

Alton aguarda, observando com paciência, como se entendesse o que estou sentindo e se solidarizasse.

— Eu queria perguntar de onde ele veio — digo. — Quem era ele? Nat.

— Ele era meu filho — Alton diz, devagar.

— O tipo sanguíneo dele diz que não era.

— Ah, a mãe não podia cuidar dele — conta Alton. — Drogas, sabe? E eu queria um filho.

— Ela, a mãe, simplesmente o deu para você?

— Ora, o que você quer dizer com isso? — Alton diz, sorrindo. — Você tem muitas perguntas. Eu também tenho várias. — Os dedos dele esfregam o feltro. Mais rápido. — Obrigado, filho — diz ele. — Por ter vindo me ver. É como ter uma parte dele de volta.

E eu entendo o que ele quer dizer porque sinto o mesmo. Ele trouxe Nat de volta. Sei que eles não são parentes de verdade — ainda assim, consigo ver meu amigo no grisalho dourado de seu cabelo, no calor de seus olhos azuis. Sua risada tem a mesma qualidade hesitante da do filho, como se ele tivesse acabado de fazer algo que o deixava tímido. A maneira como ele diz meu nome. É tão dolorosa, e eu desejo isso, quero mais, tudo que puder conseguir.

— Lembra aquele buraco no penhasco com a cerveja? — pergunta Alton. — Ele estava tão orgulhoso, achava que era o segredo dele. Eu costumava assaltá-lo o tempo todo quando estava sem cerveja. Até cheguei a colocar algumas garrafas lá, vez ou outra. Questão de justiça. Ele ficava bravo com você por tirar?

— Sim — respondo. — Às vezes. Então era você?

— Ô se era — responde ele, e parece tão travesso e satisfeito consigo mesmo que dou uma risada antes de me lembrar.

— Está bem — digo. — Não quero mais falar sobre ele.

— Claro. Como você está segurando a barra depois de tudo?

— Eu tenho que seguir em frente. Então, eu apenas... vou lá.

— Vai lá — ele diz, sorrindo. — É engraçado. Isso é algo que Nathaniel costumava falar.

— Acho que ele queria dizer "vai se danar".

— Até eu conheço essa expressão — diz Alton. — Por que ele sempre entendia tudo tão errado?

— Não sei. — Percebo que estou sorrindo — não para Alton, por causa da lembrança, mas ainda assim — e, pior ainda, ele também está sorrindo. *Lembre-se de quem ele é*, digo a mim mesmo. O problema é que é tão difícil associar este homem franzino com olhos gentis ao que aconteceu com as mulheres dos barris de petróleo. Mas, então, noto o pequeno movimento de seus dedos, sempre trabalhando naquele feltro vermelho, muito vermelho.

— Tudo o que quero fazer é falar sobre ele — diz Alton. Ele vira aquele olhar amplo e mágico para mim. — É difícil estar aqui, ficar sem meu filho.

— Sinto falta dele — falo. Antes que eu me dê conta, lágrimas quentes descem pelo meu rosto. — Está tudo tão bagunçado.

— Ele era bom em ouvir os problemas das outras pessoas — conta Alton. — Você e ele eram amigos.

— Eu só... tenho todas essas coisas na cabeça — digo. — Há alguém de quem... eu gosto... e não sei o que fazer a respeito. Tenho esses sonhos...

— Você pode conversar comigo — fala Alton. — Afinal, considerando tudo, sou pai. Eu vou ouvir.

Eu sinto isso, seu acolhimento me atraindo. Eu poderia contar qualquer coisa a ele. Tudo mesmo. E ele compreenderia, porque ele não é uma pessoa, na verdade, ele é uma coisa. *É seguro aqui*, seus olhos parecem dizer. Deixei a saudade entrar, deixei que ela me preenchesse. Só por um instante.

— Eu nunca vou contar nada a você — digo, bem baixinho.

Alton respira longa e lentamente e se inclina para a frente.

— Bem, isso é uma pena. Mas eu vou contar uma coisa a você, Wilder. Eu sou inocente.

— O que você quer...

— Foi tudo ele. Meu filho. Eu estava tentando protegê-lo. Sinto que você vai entender isso. Você é esperto.

— Você... você quer dizer que foi ele quem tirou aquelas fotos das crianças?

— Ah, sim. Isso também. E ele fez aquelas coisas terríveis com aquelas pobres mulheres.

— Isso não é possível. Ele era jovem demais para ter feito aquilo com alguém...

— Sim, ele era um menino, tinha apenas 5 anos quando a encontrou na caverna — diz Alton com o olhar perdido. — Ele estava apenas começando a perder os dentes de leite. A primeira apareceu lá, ele a encontrou, mas acho que foi daí que ele tirou a ideia. E ele a manteve por alguns dias para poder treinar com aquela faca. Eu fiz aquela faca para ele, você sabe. Ele costumava sair de fininho o tempo todo. Eu deixava. Ele guardava um gancho no *Sereia*. Costumava golpear focas na cabeça com ele. Mais treino. Ele treinou até estar prontinho da silva... era um menino paciente. Quando ele tinha 12 anos, pegou a primeira. "As mulheres na água", como costumava chamá-las. — Alton olha para mim. Eu sei que é apenas miopia, mas parece que ele está apertando os olhos por causa do sol. Como se o verão do Maine o seguisse por toda parte, inclusive aqui. Há um rápido som de estalo. Ele está batendo a unha do indicador na unha do polegar, exatamente como Nat costumava fazer.

— Você está mentindo — digo.

— Você sabe que não estou. Você já pensou nisso. — Ele esfrega o feltro entre os dedos; quase range com a força do atrito.

Entendo o que Alton está fazendo agora. Ele está acumulando lembranças, para sustentá-lo no concreto. Sou uma textura como areia ou água. Respiro fundo. Para dentro, para fora. Não vou deixar que ele me use como fez com Nat. Em vez disso, vou tirar proveito de Alton e utilizá-lo em minhas memórias — meu livro.

— Você tem esses desejos — ele diz, devagar. — Esses impulsos.

— O que quer dizer com impulsos? — *Como ele sabe do meu segredo?* Estou completamente em pânico. O mais perto que cheguei de contar a alguém foi aquele dia na caverna com Nat e Harper, e ainda assim nunca pronunciei as palavras.

— Essas necessidades das quais me contou, em sua carta.

Agora eu realmente não faço ideia do que ele está falando.

Um longo bipe soa acima. À nossa volta, os visitantes começam a empurrar as cadeiras para trás. Nenhum de nós mexe um músculo. Alton diz:

— Vou escrever para você. Você me conta sobre esses impulsos e eu lhe contarei sobre Nathaniel. Você pode ocupar o lugar dele, seja um filho para mim.

— Não — eu digo.

— Vou contar a você quem ele era. De onde ele veio.

Sei que estou sendo manipulado. Sei que é um truque. Mas a ideia de ter uma resposta me atrai.

— Temos permissão para nos abraçar na saída — comenta Alton. Seu olhar é brando, mas o desafio paira entre nós no ar.

Respiro fundo e dou um passo à frente. Seus braços me envolvem com força.

— Que bom ver você, filho — ele diz no meu ouvido, e as palavras são rajadas doces e poderosas de Big Red. Mas abaixo do chiclete de canela, Alton não cheira a nada — como se fosse desprovido de um corpo físico.

Leva um tempão para sair da prisão; tenho que fazer camada por camada, assim como quando entrei. O guarda que pegou meu suéter bege não se lembra dele e não o encontrou em lugar algum. Mas finalmente estou de volta ao estacionamento. Sky sai do carro e começa a vir em minha direção, mas eu aceno para ele ficar parado. Estou zonzo, não consigo lidar com um alvo em movimento.

Chego bem ao carro e me apoio no capô quente, cercado pelas nuvens produzidas por minha respiração ofegante. A mão de Sky está nas minhas costas.

— Foi muito ruim, hein? — ele pergunta.

— Ah — digo. — Foi tranquilo. — Então, percebo que vou vomitar, e vomito ali mesmo, perto do carro. Sky mantém a mão nas minhas costas.

— Está tudo bem — ele conforta. — Está tudo bem, Wilder. — Quando finalmente termino, ele pergunta: — Que tal entrarmos no carro para não morrermos de exposição ao frio aqui?

O aquecedor está no máximo, os assentos de couro macio cheiram tão bem e é tão maravilhoso não estar mais na prisão que começo a chorar. Sky me dá um comprimido, lenços umedecidos para minha boca e lenços de papel para as lágrimas. Ele veio preparado de verdade.

— Ele não cometeu os assassinatos — lanço. — Nat. Eu sei disso agora, pelo menos. Eles podem não ser pai e filho... mas continuam sendo pai e filho, sabe?

— Não entendi, Wilder.

— Agora há pouco Alton me disse que Nat era um assassino. Mas ele estava mentindo.

— Como você sabe?

— Nat costumava fazer isso quando mentia — explico. — Ele costumava bater a unha do polegar na do indicador. Alton fez exatamente a mesma coisa. — O carro começa a tremer, mas então percebo que sou eu. — Ele não fez isso, Sky. Nat não machucou aquelas mulheres.

Sky respira fundo.

— Isso é ótimo. E as Polaroids das crianças?

— Ele disse que Nat as tirou, como todos pensavam.

— Ele estava mentindo?

Faço uma pausa.

— Não sei — respondo, por fim. — Não. Acho que talvez Nat tenha tirado as fotos. — Há um zumbido peculiar em mim. — Obrigado por me fazer vir, Sky. — Estou tão aliviado. Anos de dúvidas estão deixando meu corpo, porque sei que estou certo. Embora seja uma justificativa estranha e parcial: ah, meu amigo *apenas* tirou fotos de crianças dormindo. Só isso. Não é nada demais.

Sky me entrega sua caneta-tinteiro verde e um caderno.

— Escreva tudo — ele fala. — A experiência toda. O que ele disse, como estava sua aparência, como cheirava. Tudinho. Rápido, antes que você esqueça.

Então, pego a caneta dele e ficamos ali sentados no estacionamento vazio da prisão com neve caindo por toda parte e eu escrevo. Por fim, desacelero e paro no meio da frase. A caneta treme sobre o papel, uma gota de tinta cai, forma um círculo esmeralda perfeito na página.

Sky me observa.

— Qual é o problema? — ele questiona.

— Não consigo escrever — digo. — Está muito confuso.

— Não tenha medo de ser fodido — Sky diz duramente. — Vá fundo. Ser fodido vai salvar você. Ser fodido vai libertar você.

Respiro fundo.

— Lá dentro, ele me chamou de filho. E só por um segundo foi tão bom. — Não conto a Sky como quase falei a Alton Pelletier o que sinto por ele. Não lhe conto sobre o abraço. Guardo tudo isso para a história.

A neve começa a cair do nada nos arredores de Albany, uma tempestade de penas brancas gira à frente na estrada. Sky dirige rápido para tentar vencê-la, mas ela aumenta antes de percorrermos mais uns quinze quilômetros. Sinto que é a vontade de Alton, de alguma maneira, obstruindo nossa fuga.

— Não podemos ir mais longe com essas condições — diz Sky. — Temos que encontrar um lugar para passar a noite.

Rodamos em ritmo de tartaruga, passando por um hotel de beira de estrada com uma placa de "há vagas" na frente e depois por outro.

— Ali tinha um — continuo dizendo —, você perdeu. — Mas Sky se recusa a parar.

— Esse não — ele responde repetidas vezes.

Por fim, quando a estrada está quase intransitável, uma placa surge na escuridão. Lê-se: *Oak Lodge Guest House.*

— Ah — diz ele, satisfeito. — Aqui vamos nós. — Este lugar tem uma entrada, não um pátio. O telhado tem frontões de verdade e há um lampião de ferro forjado sobre a porta. Nenhum sinal de "há vagas" aqui.

— Sky — digo, em pânico. — Eu não posso bancar este lugar.

— Não se preocupe com isso, Wilder, estamos comemorando. Espere aqui. Mantenha o carro ligado e reze para que eles tenham um quarto. — Sky sai do carro e entra a passos largos. Ele retorna em menos de cinco minutos. — Eles ainda têm um — diz ele com um ar de triunfo silencioso. — Acho que você vai gostar.

Tudo na suíte de lua de mel é da cor creme. Há uma lareira decorada com pinhas de abeto e luzinhas. De repente, lembro que é Natal. Entendo por que Sky quis que passássemos rápido pela recepção. A cama é uma extensão de cetim. As janelas têm vidraças triangulares de chumbo, há uma penteadeira de mogno, uma banheira com pés, coisa que só vi em filmes, e chocolates perto do travesseiro.

— Uau — digo. E em seguida: — Não posso bancar este lugar. Eu não estava brincando.

— Não se preocupe com isso, e eu não estou brincando. Não temos escolha, de qualquer maneira. Quer voltar para a estrada?

O mundo do outro lado da janela é um turbilhão de branco.

— Foi o que pensei — diz Sky. — Uísque, eu acho.

Ele pede uísque e carne. Eu fico no banheiro quando o cara faz a entrega. Eu me sinto desconfortável por ele saber que estamos dividindo este quarto. A opulência do lugar é sugestiva, voltada ao romance.

Tudo forrado de veludo, linho ou algodão, a madeira muito lustrosa, a cama muito macia, fácil demais de tocar, acariciar, deitar. Tanta riqueza (*tantas texturas*).

Pela porta, escuto Sky brincando com o garçom. Imagino que ele lhe dê uma gorjeta. Fico olhando para a banheira com seus pezinhos. Penso em meu amigo Nathaniel Pelletier. Eu me pergunto se ele se lembrava de alguma coisa sobre quem de fato era, ou se às vezes sonhava com isso, a época anterior — aqueles sonhos que todo mundo tem às vezes —, de ser pequeno de novo. Espero que ele tenha feito isso. Braços quentes segurando-o, um berço, um cobertor, a noção de segurança.

— É melhor você me contar agora — digo a Sky quando terminamos de comer. Estou pronto, ou tão pronto como jamais estarei de novo. — Diga-me o que você escreveu naquela carta. Aquela em que assinei meu nome. Ele me perguntou sobre meus impulsos. A princípio, pensei que ele estivesse falando de... o que você disse a ele?

— Somente... o que combinamos — assegura Sky. — Você a leu.

— Não minta para mim. — Meus punhos estão cerrados. — Que desejos intensos são esses que eu tenho, Sky?

— Está bem, eu acrescentei uma coisa antes de enviá-la. Uma frase no rodapé da página. Não foi nada demais.

— O que era? — Ainda me controlando.

— Eu disse a ele que às vezes você também tinha vontade de fazer coisas assim.

— Como é que é? — Meu coração foi parar nos meus ouvidos, batendo forte.

— Você me ouviu.

— Meu Deus. — A sala gira por um momento. Respiro fundo. — Porra, Sky, você não tinha o direito de fazer isso.

— Funcionou, não funcionou? — Sky está cansado, com frio e assustado também, sua calma habitual o está abandonando. — Ele não teria concordado com sua visita se eu não tivesse feito isso. Ele não permitiu mais ninguém. Ele precisava de algo especial. Uma conexão com você.

Estou com medo porque eu senti isso, ali em frente a Alton. Senti a conexão, e não foi obra de Sky — não completamente.

— Nunca vou perdoar você — digo.

— Vamos dormir e acalmar os ânimos? — ele sugere, exausto. — Foi um dia e tanto.

— Vou pedir outro quarto a eles — digo com frieza. — Vou dormir no carro, tanto faz, mas não vou ficar aqui com você.

— Por favor, não. — Sky levanta a cabeça e olha para mim. — Por favor, Wilder. — Ele se aproxima e pega minha mão. Coloca-a no peito, sobre o coração. Posso senti-la, sua pulsação na palma da minha mão, reverberando pelo meu braço e por todo meu corpo, seus batimentos cardíacos.

— Por favor — ele pede de novo e eu me dou conta: *ele está com medo de me perder*.

— Você estragou tudo — afirmo.

— Eu sei.

A ponta do meu dedo mínimo roça a pele quente de seu pescoço, onde o primeiro botão da camisa está aberto. Eu o afasto, empurro seu coração até que ele esteja a uma certa distância. Não com força, quero sentir os músculos e os ossos de seu ombro sob minha mão. Sky recua, mas depois se endireita. Inclina-se cada vez mais perto. Ele é mais alto que eu, mas não muito, nossos olhos estão quase no mesmo nível.

Ele estica o braço e tira meus óculos, depositando-os com cuidado sobre a mesa. Agora ele é um borrão de bochechas, barba ruiva por fazer onde ele se esqueceu de barbear, pele pálida. Sua clavícula é um triângulo elegante.

— Você está me olhando — ele diz.

— Vale a pena olhar para você. — Que coisa idiota de se dizer. Um rubor queima meu rosto.

— Assim como você.

— Não seja idiota.

— Não sou. Esses olhos grandes... nunca vi olhos tão grandes.

— Por que seu pai estava saindo do nosso dormitório aquele dia, Sky? Por que ele machucou você?

Ele faz uma pausa.

— É complicado. O que você quer de mim?

— Uma resposta.

— Você tem todas as respostas de que precisa, Wilder. Está tudo aqui. — Seus dedos deixam rastros quentes em mim, poças de fogo onde permanecem. — Era isso que você achava que Alton queria dizer com impulsos?

Meu coração, todo o meu ser vibra com sua proximidade. Mas sou teimoso.

— Odeio que mintam para mim — falo.

— É complicado — diz ele. — Por favor, não vamos falar sobre isso. Vamos ser você e eu, sozinhos aqui. Vamos fingir que o resto do mundo já era — todo mundo morreu ou foi explodido, ou algo assim. — Sua mão, forte e gentil, na minha nuca.

Acho que sabia como isso iria acabar quando vi o quarto, talvez soubesse quando decidimos fazer essa viagem.

— Nunca fiz isso antes — revelo.

— Com um cara.

— Com qualquer pessoa.

— Vamos descobrir — diz ele, e ele está certo.

Em algum momento, nas horas mais profundas e escuras, enquanto a neve se acumula nas vidraças, ele puxa meu pescoço para trás e leva minha orelha até sua boca.

— Faça isso agora — ele diz. — O que você sempre quis. Finja que sou Nat.

Eu o afasto.

— Sky — digo —, isso é muito, muito confuso.

Seus olhos são dourado-escuros na luz fraca. Ele insiste:

— Ser fodido vai libertar você, lembra? Não tenha medo, Wilder. Isso vai tirar a dor.

O coração humano é profundo e escuro, cheio de câmaras. Coisas se escondem lá dentro.

Acordo quando a noite dá lugar à manhã. O céu clareou, a luz de uma lua crescente brilha na neve lá fora. A luz entra pelas vidraças antigas e atinge o rosto de Sky.

Ele é difícil de descrever fisicamente, porque está sempre animado. Transita rápido entre estados e expressões, como se sempre escapasse de um ou fugisse de outro. O único momento em que você pode ver como ele é de fato é quando está dormindo.

Com essa cor estranha ele dá a impressão de ser bonito, mas na verdade não é, seus traços não combinam. O nariz é muito grande, a boca, um pouco torta. Ao contrário da maioria das pessoas, parece mais velho quando dorme. Posso ver rugas e sulcos que sua inquietação esconde quando está acordado. As marcas de expressão são profundas para um rosto tão jovem.

Agora há luz suficiente para enxergar. O amanhecer está chegando, tornando o mundo escuro cor-de-rosa. Tiro minha pasta da bolsa com delicadeza. Pego a caneta de Sky na mesa e começo a escrever. Anoto tudo, inclusive o que acabamos de fazer. Tudo vai fazer parte do livro. Na verdade, os escritores são monstros. Comemos tudo o que vemos.

Quando está tudo no papel, volto a me deitar. Testo minha mente e meus sentimentos com cautela, como alguém colocando peso na perna que estava machucada pela primeira vez desde que foi curada. *Estou vivo de novo*, penso. Meus olhos se fecham. Não tinha percebido quão intenso era o peso no meu coração até que tivesse desaparecido.

Uma mão passeia pelo meu cabelo. Sinto uma dor forte no meu couro cabeludo.

— Ai!

Sky está acordado, seus olhos em mim. Ele segura um tufo escuro nos dedos.

Toco o lugar dolorido na minha cabeça.

— Sky, você... você arrancou meu cabelo?

Ele sorri.

— É para a boneca de cabelo?

— Não — ele garante. — Você não é meu inimigo, Wilder. Vou colocar isso em uma caixa e guardá-la.

— Você é uma pessoa esquisita. — Nenhum de nós consegue parar de sorrir. Pela janela, o dia está dourado e azul. Quase consigo sentir o cheiro, o ar frio e limpo.

— Está tarde — digo. — Eles devem ter limpado as estradas. Não deveríamos ir embora?

Ele dá de ombros.

— Não tenho que estar em lugar nenhum.

— Hum.

— O que foi, Wilder?

— É assim para todo mundo?

— Não. Nunca, na verdade. — E os olhos escuros de Sky ficam arregalados e assustados, ele me agarra decidido, tudo fica nebuloso, e através da dor doce e bruta eu penso: *ah, entendo, estamos realmente em apuros*.

De súbito, eu o afasto.

— Espere, o que acontece agora?

— Está falando... disto?

— Bem, é. Conosco.

— Não sei — ele diz na minha boca, as palavras quentes com seu hálito. — Não sei, Wilder, cale a boca. Por favor, apenas... — A luz do sol se derrama sobre nós, parece vir de todos os lugares e eu penso, *então aqui está finalmente e eu* — mas não concluo o pensamento.

Amor.

Quando voltamos à faculdade, Sky me deixa na frente.

— Estou morrendo de fome — diz ele. — Vá até o refeitório e guarde uma mesa para jantarmos. Encontro você lá. Tenho que deixar o carro no estacionamento. — Seu dedo roça suavemente o dorso da minha mão. O toque percorre todo meu corpo.

— Tudo bem — concordo.

Após um minuto, ele acrescenta:

— Acho que você precisa sair do carro para fazer isso, Wilder.

— Claro — digo. Posso sentir que estou sorrindo feito bobo, um sorriso tão largo que quase machuca meu rosto. — Estou indo.

Vou até o refeitório e guardo dois lugares. Está cedo, há muitas mesas vazias. Alguém fez um esforço simbólico com as decorações festivas — tem guirlandas e hera nas paredes. Acho que são de plástico, mas mesmo assim parecem verdes e brilhantes. Há uma pequena árvore de plástico no canto com luzes e correntes de papel. Sinto o clima das festas. Procuro o visco de Natal e então sinto que fiquei corado. Mais alguns alunos chegam enquanto aguardo.

Sky está demorando um pouco e me pergunto o que o está prendendo. Talvez algum problema com o carro — um pneu ou algo assim? Não sei muito sobre carros. O tempo passa e nada de Sky. Que se dane, ele pode comer depois, quando chegar aqui. Pego um prato e me sirvo. Estão servindo batata-doce com *marshmallow*.

Vou ligar para minha mãe mais tarde, penso, para lhe desejar Feliz Natal. E vou ligar para meu pai. Tudo vai ficar bem. Podemos seguir em frente.

Não precisamos mais estar acorrentados ao passado. Todos nós podemos ser livres.

O salão esvazia. Começam a guardar a comida, então eu me apresso para pegar um pouco de peru e pão para fazer um sanduíche e o embrulho em guardanapos. Sky terá que se virar com isso, é tudo que consigo contrabandear daqui. Ele parece nunca se importar com o que coloca na boca. Penso no que aconteceu ontem à noite e em sua boca e de repente tudo esquenta mais uma vez. Sinto que estou transparente, como se qualquer pessoa que olha para mim pudesse ver o que estou pensando.

Alguém me dá um tapinha no ombro. Hora de ir, eles têm que limpar.

Carrego o sanduíche com cuidado pelo pátio e subo as escadas. Ao se fechar, a porta corta-fogo bate causando dor na minha canela, mas não me importo.

A porta do nosso quarto está entreaberta. Talvez Sky tenha adormecido. Não dormimos muito na noite anterior.

Abro a porta. O quarto está com um cheiro forte de peru vindo da cozinha. A bolsa que levei para a prisão está arrumada e bem no meio da minha cama. O lado de Sky do quarto está vazio. Todas as coisas dele sumiram. Olho na mesinha de cabeceira. A bonequinha com dentes no lugar dos olhos não está lá. Seu armário e mesinha parecem fúnebres, meio sujos, como acontece com as coisas que ficam paradas.

Há um bilhete dobrado no seu travesseiro. Eu o pego rápido e abro com dedos que parecem não conseguir segurar (*desenluvados*). Tudo isso está se tornando escorregadio como um sonho.

O bilhete diz, em tinta verde como a grama:

Valeu por tudo.

Um pensamento terrível está se formando na minha mente. Vasculho minha bolsa. Ofegante, despejo o conteúdo na cama. A pasta com todas as minhas anotações, meus escritos e meus recortes desapareceu.

Levanto a cabeça — há sons abafados nas escadas abaixo? Quase como se alguém estivesse se escondendo no chuveiro para passar sorrateiramente pela porta e descer as escadas? Como se alguém estivesse ali aguardando, observando, para poder me ver uma última vez.

Ouço a porta corta-fogo se fechar lá embaixo e corro. Quando chego lá, não há ninguém à vista. Corro pelo pátio principal e volto para o estacionamento. Não há sinal de Sky ou de seu carro. Um leve cheiro de escapamento permanece no ar.

★ ★ ★

Minha raiva é uma cicatriz vermelha e irregular em meu peito. Não estou dormindo, os sonhos voltaram. Deixo a luz acesa à noite. A cama sem ninguém do outro lado do quarto está vaga como um dente faltando.

As semanas passam, estendendo-se a meses. O tempo é um branco.

Alguém me sacode pelo ombro. O professor tem aveia na gravata. Há uma imagem de uma górgona projetada na tela. É arquitetura e gótico, a aula em que conheci Sky. Por um momento, acho que realmente voltei no tempo e ele está prestes a me levar para fora, me sentar em um banco e me ensinar um jogo de palavras. Olho em volta, uma sensação está subindo em meu peito como uma dor.

A mão aperta meu ombro com mais força e olho para cima. A mão pertence a uma mulher que reconheço vagamente do departamento de admissões.

— Se puder vir comigo, sr. Harlow — ela diz —, a diretora gostaria de vê-lo.

— O quê? — Sou pego de surpresa. — Por quê?

O professor está olhando fixamente, parou sua apresentação. Todos os outros também estão olhando, os alunos, todos aqueles olhos, de repente parece que cada olho é uma agulha na minha pele.

— Está bem — digo a ela. — Vamos lá.

Nunca estive antes na sala da diretora. É revestida de mogno. As janelas são tão altas quanto o teto, a luz do sol brinca no cristal do lustre, iluminando pequenas partículas de pó e projetando arco-íris pelas paredes. É maior que o quarto que dividi com Sky, tem cheiro de couro; de cara tenho certeza de que aqui nunca cheira a canja de galinha ou a bolo de carne.

A diretora é uma mulher cujo cabelo parece ter sido fundido em metal. Ela se levanta atrás de sua mesa, que me parece do tamanho de um ônibus.

Por um instante, eu me pergunto se estou apaixonado por ela, ela me parece tão autoritária. Talvez ela consiga desfazer essa bagunça.

Outra pessoa também se levanta. Esse homem usa um terno claro e tem cabelos ruivos brilhantes, domados em estrita submissão. Ele se assemelha muito a Sky.

— Meu jovem — diz ele —, eu soube que você morou com meu filho. Talvez possa dar uma explicação sobre onde ele pode estar.

— Não — digo. — Este não é o pai dele. É uma brincadeira.

— Não se trata de uma brincadeira — assegura o homem, frio. — Eu sou o pai de Pierce.

— Pierce? — Então, eu lembro que o nome verdadeiro de Sky é Pierce.

Uma fissura escura está se abrindo dentro de mim. Digo à diretora:

— O pai de Sky tem um bigode grisalho. Não é tão alto. Tem olhos gen… digo, olhos diferentes. — Este homem não tem bigode e não parece nada gentil. Mas se parece muito com Sky. A fissura escura em mim cresce e se alarga. Eu sabia que o homem de olhos gentis não era o pai de Sky — desde aquela noite que o vi saindo de fininho do nosso quarto. Mas a verdade indesejável é sempre um choque frio e intenso, não importa quão preparado você pense estar.

O sr. Montague descasca ovos de codorna com os dedos. Depois disso, come um bife que corta com uma faca comprida e brilhante. Tento não ficar olhando. Às vezes facas como essa ainda me deixam nervoso. Peço um hambúrguer, que como com as mãos.

O pai de Sky me faz perguntas de uma maneira que sugere que ninguém jamais se recusou a responder.

— Mas talvez ele esteja morto — digo, sentindo-me quase esperançoso.

— Ele passou os cartões de crédito em Nova York na semana passada — ele me conta.

— Talvez alguém os tenha roubado e o matado.

O sr. Montague olha para mim com uma súbita aversão e então balança a cabeça em negação.

— Ele sempre fugia quando era mais novo — conta ele. Ele dá tapinhas nos lábios com um guardanapo de linho branco como a neve. — Tivemos que deixar a prataria trancada à noite. Ele sempre tentava roubá-la. Acredito que tenha lido sobre alguém que fazia isso em alguma história. O que ele iria fazer com colheres de prata esterlina? Penhorá-las? Ele tinha 6 anos. Sempre pulando de uma ideia para outra. Meu filho é uma decepção para mim, mas eu o amo. Ele só faz o lhe dá na telha. Ah, Deus — diz o sr. Montague —, não sei o que está acontecendo com este país. Eu pensei: *enquanto a obsessão dele por escrever continuar, pelo menos saberei que meu filho está seguro*. Eu gostaria de saber onde ele está agora.

— Sinto muito — falo, sentindo uma pontada de simpatia.

— Ele teve uma experiência ruim quando era mais novo. Isso o desvirtuou, receio dizer. Perversões.

Largo meu hambúrguer. Parece carnudo demais, sangrento demais de repente. Minha simpatia foi para o espaço.

— Seu interesse doentio por assassinatos desenvolveu-se à medida que a perversão piorou — conta o sr. Montague, limpando o sangue do queixo. — Essas empolgações desagradáveis estão todas interligadas. Entre todas as idiotices, ele me disse que queria ser chamado de Sky. Somos Pierce desde a Festa do Chá de Boston. — Ele olha para mim, estudando-me. — Ele deve ter ficado muito animado com você.

— O quê? — Eu me sinto quente e transparente como um vidro soprado.

— Ele está sempre lendo sobre esse caso... fazendo pesquisas para seu romance. Não entendo desse tipo de livro — diz o sr. Montague, dando o sinal para pedir a conta. — Gosto de biografias. Tem uma muito boa de Truman que acabou de ser lançada. Por que Pierce iria querer escrever ou alguém iria querer ler sobre aqueles assassinatos no Maine? As mulheres dos barris de petróleo. — O sr. Montague inclina-se para a frente. Sinto o fedor de carne em seu hálito. — Ele continua trabalhando nisso, mas nunca chega a lugar algum. É uma obsessão. Nós nunca deveríamos ter contado a ele o que lhe aconteceu lá em cima. Foi isso que desencadeou tudo, com certeza... a perversão.

— O que aconteceu com ele? — Minha respiração fica mais rápida, sinto a escuridão mordiscando minhas extremidades. — Onde?

— Você é um sujeito estranho — observa o sr. Montague, pensativo. — Você também é estranho por dentro? Eu me pergunto: você deturpou meu filho?

Vou desmaiar se ficar aqui. Eu me levanto da mesa e saio do hotel. Quando estou no ar fresco, começo a correr e não paro até chegar aos portões da faculdade. Não entro, mas me vejo caminhando na tarde de março.

Subo Pursing Hill até o toco oco da árvore, até o nosso lugar. Sky e eu sempre nos encontramos aqui. Nos encontrávamos, melhor dizendo. Mesmo meses depois, tenho dificuldade em pensar nele no passado. As árvores estão verdes, amentos fechados estão se abrindo. A primavera chegará em breve. Penso nas mãos dele em mim e na neve se acumulando nas vidraças de chumbo, na luz do sol inundando o quarto. Ele nunca existiu, o Sky, tenho que colocar isso na cabeça. Ele era apenas uma invenção de um garoto rico.

Sky sabia quem eu era o tempo todo. Ele me incentivou a pôr tudo no papel, o que aconteceu naqueles verões na baía, para que pudesse roubar os textos que escrevi. Era eu a pesquisa.

Sei que vou ter que escrever rápido. Sky também vai terminar o livro dele. Isso também pode fazer parte da história. Essa traição. Terei o meu próprio final.

Nas semanas seguintes, tento escrever — mas as palavras parecem me escapar. A ordem em que as coisas aconteceram tornou-se nebulosa. Até os rostos estão desaparecendo da minha memória. Por que não tenho fotos deles? Harper, Nat.

Descobri que o bloqueio do escritor não é ser incapaz de escrever — é ser incapaz de sentir. E meu corpo, minha mente, meu cabelo e minhas pernas, até minhas unhas estão todos tomados de raiva.

Olho fixo para a página.

Pensar. *Pesar.*

Pursing Hill fica verde. Há corrupiões nas árvores. Acredito que mais tarde voarão para o norte. Talvez até o Maine, até aquelas florestas à beira-mar.

Por fim, no meu quarto vazio, escrevo para Alton Pelletier. Sua transferência foi postergada por algum tipo de burocracia e não tenho mais nada a perder. *Conte-me quem ele era*, escrevo. *Nat. Eu tenho que saber.* Sky fez isso. Ele cavou fundo, descobriu todos esses anseios e depois me deixou exposto, uma cova aberta.

Ele me responde com uma pequena mensagem. *Venha na próxima cemana. Vou ser transfirido no fim de junho.*

Isso traz de volta lembranças quase dolorosas em sua intensidade. Não eram grandes escritores de cartas, nenhum dos Pelletier.

Gasto o que resta do dinheiro dos meus livros didáticos em uma passagem de trem para Nova York, para a cidade mais próxima da prisão. Não sei como chegarei lá a partir da estação. Pegando um táxi? Andando? A viagem vai levar o dobro do tempo que demorou de carro com (*não diga o nome dele, nem pense no nome dele*).

Na manhã da visita, acordo às cinco da manhã. Mais uma vez, não dormi direito. Antes de sair, vou até o orelhão e ligo como mandam as instruções para confirmar minha visita.

— A prisão está fechada para visitantes — diz uma voz entediada.

— Mas eu marquei a visita — argumento de maneira tola. — Estou autorizado.

— Hoje, não.

— É uma rebelião? — questiono. — Eu li que quando vocês cancelam as visitas é por causa de rebelião.

— Você é o parente mais próximo?

Fecho os olhos, a voz de Alton em meu ouvido. *Você pode ocupar o lugar dele, seja um filho para mim.*

— Não — respondo.

— A visita foi cancelada, é isso.

Coloco o telefone de volta no gancho. Um pedaço macio de chiclete rosa vivo está preso na minha orelha.

Caí nessa assim como a mãe de Christy Barham. Imagino o sorriso gentil de Alton. Acho que eu deveria ficar agradecido por não ter chegado até a prisão antes que ele mudasse de ideia.

Só à noite descubro que Alton Pelletier está morto. A imprensa dá a notícia. Alton ficou encarregado de consertar as rachaduras no chão do pátio. Ele comia punhados e punhados de cimento molhado enquanto trabalhava, sem que os guardas o notassem. Quando foi mandado de volta para sua cela no fim do dia, Alton tapou a boca com os lençóis para abafar os gritos enquanto o cimento endurecia dentro dele.

Não tenho como saber, mas estou convencido de que esta é a última mensagem que Alton me enviou. *Vai lá.* E sinto uma dor de luto estranha.

Está tudo bem, continuo dizendo a mim mesmo. *Ainda posso escrever.*

Mas não posso. Tudo o que coloco na página são hieróglifos. Eu me pergunto onde Sky está, onde está minha pasta, para o que Afrodite está olhando agora. Ele tirou as partes mais importantes de mim quando foi embora.

Minha mãe não está melhor, então, permaneço na faculdade durante as férias de verão e consigo um emprego em uma livraria. A Pensilvânia está quente e tranquila e, sem os estudantes, a cidade parece um lugar que não reconheço. Anseio pelo recomeço das aulas, pelas pessoas. Passo pelo pátio seco como um fantasma. Tenho mais episódios. O estresse até começa a afetar minha visão — desenvolvo uma mancha branca e pálida no centro do meu campo de visão esquerdo. Acredito que por estresse.

— Devo ir visitar você, filho? — A voz do meu pai ao telefone.

Ele é um perdedor e um idiota e eu o odeio, é claro, mas estou sozinho — e ele é minha família. Uma onda de amor se espalha por mim e abro a boca para dizer *sim, por favor, venha, pai.*

— Edith e eu... bem, não estamos nos dando muito bem — ele continua. — Talvez não esteja dando certo.

— Vai se danar — digo e desligo.

O pacote chega em setembro, embrulhado em papel pardo, pouco antes do início do semestre. É desajeitado e ocupa a maior parte do escaninho.

Não espero para levá-lo ao meu quarto — eu o abro, rasgando.

É um manuscrito datilografado. *O Som e a Adaga*, diz a página do título. *Por Sky Montague.* Bufo de incredulidade. Folheio com as mãos trêmulas. Uma linha me salta aos olhos.

Não acho que as pessoas devam morar perto do mar, está escrito. *É grande demais para compreender.*

— Não — digo em voz alta. — Não é possível. — Ele não faria isso, ele não poderia.

Há uma carta enfiada nas páginas, escrita naquele verde vivo.

Baía do Assobio, Maine
1º de setembro de 1992

Prezado Wilder,

Bem, aqui está, até que enfim escrevi algo, como você disse. Eu não deveria ter tentado fazê-lo contar essa história quando era óbvio que você não queria reviver essas coisas.

Estou escrevendo isto olhando para o sol do fim do verão na Baía do Assobio. É estranho estar de volta. Não venho aqui desde o que aconteceu — eu tinha me esquecido de como é lindo.

Eu não estava sendo sincero com você, ou comigo mesmo. Esta história é minha também — você verá quando chegar à página noventa e dois.

Uma editora vai publicar o livro, que será lançado no ano que vem. Mas quero que você veja esta versão final, com todos os erros e as correções. Nos últimos tempos estou tentando dizer a verdade.

Tive que ir embora rápido, Wilder, ou acabaria não criando coragem de partir.

Vá viver sua vida. Seja fodido. Seja livre. Você pode não acreditar nisso, mas...

Com todo meu amor,
Sky

Com tristeza, viro a capa e começo a ler. O manuscrito está repleto de anotações em tinta verde nas margens, riscos e passagens rasuradas com corretivo. *Indeciso*, eu penso. Sempre tentando ser querido.

Termino *O Som e a Adaga* em um dia. Durante as primeiras páginas, alterno entre horror e ondas de alívio caloroso. Não está muito bem-escrito. Zombo com satisfação envergonhada de cada particípio modificado. Então, de vez em quando, encontro uma linha extraída direto de minhas memórias e minhas mãos se fecham como se estivessem em volta de uma garganta.

O enredo é muito familiar.

A história é contada de trás para a frente, na perspectiva do herói Skandar. Skandar conhece Wiley na faculdade. Eles se tornam amigos. Wiley revela seu passado traumático a Skandar, e eles se tornam amantes. É até fofo, na verdade. A princípio, parece uma história sobre amadurecimento. Mas então o livro retorna ao passado.

O protagonista Wiley, vítima de *bullying*, chega à casa de verão no alto de um lugar chamado Baía Looking Glass. Ele faz amizade com duas crianças que moram no local. Eles se reúnem em uma pequena praia e comem peixe assado na brasa. Tanto Wiley como Nate estão apaixonados por Helen. Após um terrível acidente em uma caverna marinha, Nate fica ferido. Seu pai é preso por ser um assassino em série conhecido como o Salva-vidas (é irônico), que sequestra nadadoras, as tortura e mata. Ele armazena seus corpos em barris, afundados nas piscinas naturais de uma caverna marinha.

Não é o livro de memórias profundo e fidedigno que eu queria escrever. É terror. É... porcaria. É obsceno. O pior de tudo é que Sky transforma Rebecca, uma mulher real que morreu, em uma espécie de mulher vampira de um filme de terror da Hammer. Ela é morena e voluptuosa e se afoga em um longo vestido vermelho — quem vai nadar com um longo vestido vermelho? Há um ferimento sangrando em seu ombro, porque ela foi pega pelo gancho de tubarão que o Salva-vidas usa para capturar nadadoras. O fantasma dela se torna uma espécie de sereia, atraindo nadadores para a correnteza.

Penso na verdadeira Rebecca, aquela que tantas vezes vi em folhas de jornal: loura, magra, iluminada pelo sol, encostada no parapeito da janela, emoldurada por tulipas.

— Sinto muito — sussurro para ela.

Os outros personagens não se saem muito melhor. *Helen era magra, com uma mecha prateada brilhante no cabelo vermelho-sangue. Ele podia ver a idade em seus olhos jovens.*

Credo.

Anton tinha olhos escuros, pretos como o céu por trás das estrelas, e cabelos que escorriam sobre a cabeça como uma mancha de óleo. Ele carrega um gancho para todo lado (é uma pista falsa).

Nate era magro como um chicote, marrom como couro curtido, com um sorriso que se contorcia no canto.

Skandar, nosso herói, é obviamente alto e autodepreciativo. Seu cabelo está sempre despenteado, uma nuvem castanho-avermelhada.

Então, há Wiley. *Os olhos de Wiley eram tão pequenos que pareciam sumir em seu rosto tal como acontecia com uma toupeira. Mesmo enquanto dormia, havia sempre uma raiva reprimida nele. Nada deixa um homem tão irritado quanto saber que é um ninguém.*

Tremo de raiva enquanto leio.

Sky de alguma maneira sabe de coisas que nunca contei a ele. Ele narra o sangue escorrendo pela água do mar acumulada no fundo do barco e deixando-a vermelha. Não mencionei nem escrevi esse detalhe — tenho certeza disso. Ele fala sobre o formato da perna de Helen, os minúsculos pelos dourados que *brilhavam à luz do sol como fios de cobre.* Também não contei isso a ele. É como se ele estivesse caçando dentro das minhas lembranças. *Alguém é capaz de fazer isso?*, penso, descontrolado. *Tirar os pensamentos da sua cabeça?*

Quero mais uma vez poder matá-lo — mas matá-lo um ano atrás, no dia em que nos conhecemos, para que eu nunca tivesse que sentir isso.

Chego à página noventa e dois.

O Som e a Adaga, por Sky Montague

Página 92

— Eu realmente não me lembro disso — fala Skandar. Ele tira o tênis quando chegam ao riacho. Amarra os cadarços, pendura-os no pescoço e entra nas águas turvas e rápidas. Wiley espera com paciência na margem de grama. Ele odeia água fria.

— Isso foi há anos. Eu era apenas uma criança. — Mas Skandar se lembra e Wiley sabe disso.

— Me conte — ele diz.

Skandar estava animado porque tinha 11 anos, e que criança não está animada para ir à praia no verão? A casa era branca e bonita. O mar estava logo ali embaixo — bem ali! Havia tubarões no mar, ele sabia. Ele gostava muito de tubarões.

O feriado foi tenso no início porque sua mãe e seu pai ainda estavam bravos um com o outro.

Tudo começou quando Sally o levou à loja. Sally NÃO era a mãe dele, ela era a babá, mas fazia todas as coisas de mãe, como lanches, brincar de pega-pega e procurar monstros embaixo da cama e nos armários. Na loja, Sally deixava que ele escolhesse seu próprio brinquedo uma vez por semana. E o que ele escolheu não era bom, aparentemente, não era para meninos. Mas Skandar adorou sua boneca nova — ela tinha cabelos brilhantes e um cordão que você puxava nas costas dela que a fazia dizer: "Eu sou bonita!".

Na noite em que comprou o lindo brinquedo, Skandar acordou gritando e saiu da cama. Ele seguiu as vozes pelo corredor. Segurou seu cobertor com força — trouxera-o consigo para proteção. Ele ficou em frente à porta e ouviu.

— É uma boneca de menina! — papai disse. — Sally não consegue controlá-lo. Ela não serve para nada. Não vou levá-la nas férias.

— Era só uma maldita boneca, o garoto não sabia o que estava fazendo. Crianças não são cientistas de foguetes — gritou a mamãe. — Não vou sem a babá.

Mamãe ficou brava porque quem iria cuidar da criança no meio do nada? Ela trabalhava duro, porra, organizar a festa beneficente das Filhas da Revolução Americana no mês passado quase a matou. Mamãe falava muito alto e papai odiava isso. Em geral, mamãe falar alto era o suficiente para fazê-lo mudar de ideia.

Mas desta vez papai disse "Então, ficaremos aqui durante o verão", e Skandar percebeu que ele estava falando sério. Não se tratava apenas da boneca, ele sabia que não. Eram todas as outras coisas, as coisas secretas que papai sabia que não deveria sentir. O pai dele conseguia perceber que não estava bem por dentro e nunca esteve.

Skandar voltou para a cama. Ele pensou com muito cuidado sobre o que fazer. Ele queria que mamãe e papai fossem felizes e queria sair de férias.

Então, no dia seguinte, ele foi até o escritório do pai e disse:

— Posso comprar mais um brinquedo esta semana?

Papai ergueu os olhos das pilhas de papel e disse com rispidez:

— Você já ganhou seu brinquedo esta semana.

— Eu o joguei fora — disse Skandar. — Era um brinquedo para bebês e meninas. Eu o despedacei e joguei na floresta. Agora quero um boneco de ação. Quero um boneco de ação com uma arma. Sally pode me levar à loja. Deixe, por favor?

— Tudo bem, filho — disse papai. Ele deu um tapinha na cabeça de Skandar. E Skandar brincou com o boneco de ação e a arma pelo resto da semana, especialmente à noite depois que o pai chegava em casa.

Então, depois de tudo, eles saíram de férias e até Sally foi, ela tinha um quartinho ao lado do quarto dele e os dois quartos tinham janelas com vista para o mar. Era ótimo.

Skandar brincou com seu boneco de ação na praia, correndo para cima e para baixo, *pá pá pá*. No final do primeiro dia, ele estava tão cansado que quase adormeceu em cima da lasanha. Sally o colocou na cama. Ele tirou a linda boneca do compartimento secreto da mala e dormiu com ela nos braços.

Ele acordou com um clarão. *Relâmpago*, pensou ele, mas havia uma pessoa por trás do relâmpago. Uma mão se estendeu, e a boneca foi puxada devagar de seus braços. Skandar viu um contorno, o monstro por trás do relâmpago. Parecia muito alto e, logo em seguida, ele pensou que poderia ser uma criança, como ele. Algo brilhou em sua mão — um raio de luz, uma faca. Skandar sentiu o frio do medo tomar conta de suas entranhas. Ele logo entendeu que este também era ele. Sua outra metade, as coisas ruins estavam saindo de dentro dele. Era Skandar Malvado, Skandar Sinistro, que queria fazer coisas erradas. A faca chegava cada vez mais perto. Algo roçou o topo de sua cabeça. Uma mão.

Skandar ficou congelado no escuro, enquanto o Skandar Malvado acariciava delicadamente seu cabelo.

Skandar fechou os olhos e começou a gritar. Quando ele os abriu de novo, as luzes estavam acesas, o Skandar Malvado havia desaparecido, as cortinas tremiam com a brisa. A janela aberta mostrava um quadrado preto de noite. Mamãe e papai estavam lá. Todos olharam para a Polaroid que estava no chão e depois para Skandar. Tantos olhos. Mamãe pegou a Polaroid. Mostrava o Skandar Bonzinho dormindo. Algo brilhava no pescoço dele. A mão da mamãe cobriu a própria boca, o rosto dela ficou pálido como manteiga de leite.

— O que ele fez com você? — ela perguntou. — O que ele fez?

Tudo na cama estava molhado. Skandar ficou envergonhado; ele não era um bebê, não fazia xixi na cama há anos. Mas a outra coisa era pior. Papai estava encarando algo e Skandar olhou para baixo, seguindo os olhos do pai. Ele começou a chorar, porque agora papai sabia que ele era um mentiroso e que o Skandar Malvado era real.

A boneca estava no chão onde o Skandar Malvado a deixara cair. Papai a pegou. "Eu sou bonita", ela disse com uma voz metálica.

Eles voltaram para casa no dia seguinte e nunca denunciaram à polícia.

Passaram-se anos até que Skandar entendesse o que realmente aconteceu naquela noite — quando os jornais começaram a publicar histórias sobre o Homem da Adaga da Baía Looking Glass.

Wiley tira o chinelo e entra no riacho até onde Skandar está. Suas calças estão molhadas até os joelhos, mas ele parece não notar.

— Sinto muito — diz ele.

— Às vezes, eu o imagino — diz Skandar. — O Homem da Adaga. Não consigo deixar de pensar nele como o Skandar Malvado, ainda lá fora, sozinho no meio da noite. Sinto pena dele.

A mão de Wiley pousa nas costas de Skandar. Para Skandar, o mundo se resume à palma da mão de Wiley, quente em cima do algodão fino.

— Isso me fez chutar o balde — conta Skandar.

— Não tem problema chutar o balde — diz Wiley. — Chutar o balde liberta você.

Wiley tira os óculos e os coloca no bolso da camisa. Seus olhos são pequenos, mas muito acinzentados tal como pontos de luz. Ele coloca a mão no quadril de Skandar e a passa devagar por baixo da camiseta, subindo pela barriga e pelo peito. Sua palma repousa sobre o coração de Skandar, que bate como um tambor. O mundo inteiro para, os dois estão em um mesmo eixo. O riacho se foi, tudo se foi, exceto a mão de Wiley e sua respiração suave no pescoço de Skandar.

Wilder

A Polaroid cai no chão, solta das páginas. Está desbotada agora, mas ainda consigo distinguir as feições de uma criança com cabelo ruivo bagunçado dormindo. Uma coisa fina e brilhante paira perto de sua garganta. A tonalidade do cabelo, o nariz é familiar. Os cílios grossos nas pálpebras fechadas. É Sky, claro. Eu o reconheceria em qualquer lugar.

Meu coração fica apertado. Sky é tão pequeno na foto — tão fácil de se machucar. Penso nos dois: Nat e Sky, duas crianças confusas em um quarto escuro. Este momento, este *flash* de conexão entre eles antes que eu soubesse que qualquer um deles existia.

A raiva volta a se instalar com suas farpas em forma de gancho.

— Não — murmuro com os dentes cerrados. — Isso não lhe dá o direito. — Estou perto de desmaiar. Mas tenho que terminar de ler, tenho que saber tudo.

Após a prisão do pai, Nate se mata. Descobriu-se que ele entrava discretamente nos quartos das crianças e tirava fotos delas enquanto dormiam. Ele é o Homem da Adaga da Baía Looking Glass. De volta à universidade, o comportamento de Wiley está se tornando cada vez mais errático e sua obsessão por Skandar, cada vez mais desequilibrada. Então, nosso herói passa a suspeitar da verdade: que Wiley era o Salva--vidas o tempo todo e que o pai de Nate era inocente.

Wiley foge da faculdade e Skandar o persegue de volta até a Baía Looking Glass, onde eles se enfrentam na caverna em que as mulheres dos barris de petróleo foram encontradas. Wiley ataca Skandar, que o mata em legítima defesa. O fantasma da primeira mulher do barril, Rebecca, puxa Wiley para as profundezas do mar. No fim, Skandar e Helen percebem que estão apaixonados. A história termina.

Eu me levanto, instável. Minha respiração fica rápida, há pontos claros e escuros na minha visão. Preciso de ar. Desço as escadas tropeçando e saio para a noite fria. Consigo ouvir os corvos voando acima de mim. Percebo que a Polaroid ainda está na minha mão. Eu a atiro o mais longe que consigo. Ela voa no gramado da faculdade.

Enxugo os olhos com raiva usando a parte de trás da manga. Respiro fundo.

— Vá se danar, Pierce — grito em voz alta para o pátio vazio. Flexiono as mãos, imagino a sensação de uma garganta nelas. — Dane-se, dane--se! — eu grito. Os pássaros se espalham como confetes pretos no céu.

Imediatamente pego a Polaroid de novo e seco o orvalho dela. Tenho que ficar com ela. Conservá-la. Cada vez que sinto minha raiva diminuir, digo a mim mesmo: vou olhar para ela de novo. Sky acha que *isso* deu a ele o direito de roubar minha história.

— Eu deveria ter matado você — digo em voz alta. — É minha. — Ou era minha. Já a sinto escapando de mim. Não faz sentido tentar escrever nada agora. Sky me esvaziou.

Compreendo, com calma e clareza, o que tenho que fazer. Vou encontrar Sky. Vou retornar à Baía do Assobio.

Pearl

1993

Pearl está fazendo um sanduíche de atum. Ela planeja beber um copo de leite com ele. Prazeres simples. Ela está feliz. O verão está acabando e a cidade parece estar viva de uma maneira diferente. É um dia ensolarado e brilhante em Nova York.

Ela vê o número de Harper aparecer no identificador de chamadas e seu coração dá um pulo. *Perdoada*, ela pensa. Harper, em tese, não está falando com Pearl — mas hoje parece ser um dia para acreditar nas coisas.

Ela lambe o atum do polegar e atende.

A princípio, pensa que é engano porque a voz do outro lado não se parece em nada com a de Harper. Está embargada, com a respiração pesada. A voz de um fantasma. Harper está chorando.

— Qual é o problema? — Pearl pergunta. — Ah, Harper, o que há de errado?

Quando Pearl fica sabendo que ele está morto, ela se senta no chão da cozinha.

No seu ouvido, Harper diz:

— Você fez isso.

Pearl se dá conta que o chão está molhado. O leite se espalha, formando uma poça fria e fantasmagórica ao redor dela. A caixa está estourada, ali perto. Ela deve ter deixado cair. Ela percebe com espanto que ainda está segurando o telefone e o coloca de volta com cuidado no suporte de parede. Não há mais ninguém do outro lado. Harper desligou há algum tempo. A cozinha cheira a atum e suas mãos também. Por quê? Ela se lembra vagamente do sanduíche que estava fazendo quando atendeu ao telefone. Pelo resto de sua vida, até o cheiro de atum a fará vomitar.

Pearl pensa no fato de ele estar morto. Já fazia muito tempo que ela não sentia esse tipo de dor — na verdade, desde que sua mãe morrera. Ela observa esse sentimento com um interesse imparcial. Queria ter um caderno e uma caneta. É fascinante.

Depois de um certo tempo, ela seca o rosto — interessante, não tinha percebido que estava chorando — e enxuga o leite com papel-toalha.

— Se existe bruxaria, o momento para usá-la — diz ela ao apartamento vazio — é agora. — Pearl tinha tentado fazer isso com a mãe. Ela usou a pérola, aquela que guardou do brinco da mãe. Não funcionou.

Mas isso foi depois de mais de dez anos que ela morreu. O tempo deve fazer diferença, não é? Ele acabou de partir — recém-falecido. Ela pensa bem e começa a rir. Claro. Ela sempre sabe onde pode encontrá-lo — mesmo na morte.

Pearl vai para a sala. *O Som e a Adaga* a encara da estante. A capa é irritante. Um gancho de barco, um céu noturno sobre o mar. Letras vermelho-sangue. De alguma maneira, aqueles "D" e "G" separados pelos "As" em *adaga* têm uma semelhança desconfortável com um par de olhos. A adaga aparece no livro inteiro. Ela pode usá-la.

Pearl vai até o carrinho de bebidas. Pega a faca que usa para cortar limão e fura o dedo com a ponta. Dói ainda mais do que esperava e ela se lembra vagamente de algum fato sobre o sofrimento exacerbando a dor física. Ela deixa o sangue escorrer em uma taça. Tira a rolha de uma garrafa aleatória e toma um gole de vinho. Bochecha o líquido e depois cospe no copo. Ela não está pensando em nada agora, apenas agindo por instinto, usando objetos que estão à mão. É o mesmo tipo de estado hipnótico em que entra quando está escrevendo.

Ela sabe do que precisa em seguida. Tira a boneca com cuidado da gaveta ao lado da cama. Os olhos de dente da boneca a encaram, vazios. Ela tira alguns fios preciosos da mecha do cabelo dele que ela guarda. Enrola a carta em volta. Pega o chiclete mascado da mesma gaveta. Por um momento, ela deixa-o descansar na própria boca. Está frio, duro, não guarda memória da boca dele.

No banheiro, ela abre *O Som e a Adaga*. Encontra uma parte sobre ele e escreve as palavras cuidadosamente com sangue e vinho, usando uma agulha. Ela acha que uma linha do texto será suficiente. Pearl coloca o livro, a boneca e o cabelo na banheira e derrama sangue e vinho. É grosso, viscoso, ela não gosta; há algo de vivo na mistura, como se estivesse em gestação. O livro é uma cópia especial antecipada; é realmente uma pena, mas a magia tem que custar caro. Ela tira a pérola do colar. A verdadeira magia custa muito caro.

Ela coloca a pérola no centro da boneca, como um coração ou um umbigo. Então, abre o livro para que as páginas fiquem mais expostas e acende um fósforo. A princípio, a pilha solta uma fumaça devagar, então ela coloca um removedor de tinta que encontra embaixo da pia — a magia é assim, sempre providencia —, e em seguida o fogo estala, brilha e fede. O cabelo voa, espalhando um cheiro de fezes. O banheiro está cheio de fumaça e a cabeça de Pearl gira. Ela pensa, tranquila, *então esta é a verdadeira magia — é assim que me junto a ele.*

Ela está vagamente consciente do barulho de madeira quebrando e dos gritos. Alguém arrombou a porta de seu apartamento. Mas o chão a prende como um ímã e ela não consegue se mexer. Há pernas e vozes por toda parte, mãos gentis a levantam e alguém joga espuma branca na pilha em chamas na banheira.

— Você é maluca, senhora? — alguém pergunta, sacudindo-a, antes que outra pessoa o impeça. Estão puxando-a para cima, e ela vê o banheiro como ele é agora: uma câmara mortuária com paredes pretas por causa da fumaça.

Enquanto a arrastam, Pearl se esforça e libera um braço, consegue alcançar os restos fumegantes na banheira e pegar a pérola rachada e suja de fumaça nos destroços. Sua superfície está carbonizada e áspera. Nunca mais será brilhante. Nenhuma delas será. Não existe magia ou bruxaria; ele está morto e permanecerá morto para sempre.

— Eu te amo — ela sussurra. Mas ela já consegue sentir — a ausência dele no mundo.

Wilder, Primeiro Dia

2023

Assim que ouço que ele está mesmo morto, entro no trem. Não dirijo mais. Emily costumava chorar por causa da piora da minha visão. A verdade é que até gosto disto — deste desfoque gradual, do mundo sumindo numa névoa branca.

Sky saiu para andar de barco, simplesmente partiu para o mar e nunca mais voltou para casa. Todo mundo diz que era como uma de suas histórias. É como *O Som e a Adaga*.

Ele morre por etapas — primeiro, sai para andar de barco e não volta para casa. A noite chega e ele ainda não voltou. No dia seguinte, a guarda costeira é acionada e vasculha a costa. Visitas a hospitais são feitas. No quarto dia, seu barco é encontrado encalhado em um banco de areia. No quinto dia, um dedo decepado é capturado com uma rede por um barco de pesca ao norte do ponto. O dedo está com o anel de Sky. Tem sua impressão digital. Ele é dado como morto. As equipes de resgate desistem da busca.

Ao anoitecer, anunciam nos canais de notícia na TV: Sky Montague está morto. Só depois eu me permito acreditar.

Perdido no mar. Um fim romântico; ele teria gostado disso. Eu preferiria que ele tivesse morrido de algo que envolvesse uma erupção cutânea. Imagino esta cena: o mar ao seu redor, azul-marinho e frio, apertando-o com mais força, puxando-o cada vez mais para o interior de suas dobras. Eu me pergunto se partes dele estão fazendo companhia a ela, a última mulher perdida do barril de petróleo, onde jaz no fundo do mar.

Afinal, talvez seja sua cara — essa morte.

O barco de Sky se chamava *O Som*. Ele nunca conseguiu escapar daquele primeiro livro.

Compro uma lata de cerveja na máquina de venda automática quando ela vem rodando pelo corredor do trem. Suspeito que não sobrou muito no cartão de crédito — mas estou comemorando, enfim.

O manuscrito de *O Som e a Adaga* está no assento ao meu lado, amarrado com barbante e cuidadosamente embrulhado em plástico filme. A carta dele está em cima, dentro de uma pasta plástica. Cada vez que o trem faz uma curva, ouço o livro se mexer no assento, como se estivesse sussurrando para si mesmo.

Eu o guardei, claro que guardei. Às vezes, eu me forço a lê-lo para manter o fogo aceso. A dor. Você tem que instigar a raiva, caso contrário, depois de um certo tempo ela morre.

Também tenho uma cópia publicada de *O Som e a Adaga* na minha pasta. Talvez eu precise dela para consulta. Mas é o manuscrito que me prende. Todas aquelas correções verdes frenéticas, as pequenas ilhas incrustadas de corretivo, escondendo os primeiros pensamentos corrigidos de Sky. Às vezes, penso em raspá-las para ver o que há por baixo.

Ele escreveu outros livros depois de *O Som e a Adaga*. Acho que as pessoas só os compraram porque amaram muito aquele maldito primeiro livro. Aquele livro abriu portas para ele. Ele enganou todo mundo fazendo-os acreditar que era um escritor, quando não passava de um ladrão. Vejo que estou cerrando os punhos.

— Vai se foder, Pierce.

Uma mulher do outro lado do corredor olha para mim alarmada e percebo que estou murmurando as palavras em voz alta. Um raio de luz rosado atravessa o vagão, atinge a mulher, envolvendo sua cabeça com uma coroa sagrada, todos os tons de um amanhecer de verão.

Estou finalmente terminando aquela jornada que comecei há trinta e um anos. Vou para a Baía do Assobio matar Sky. Eu não fiz isso naquela época, é claro. Cheguei a ir para Nova York antes de perder a coragem. Saí do trem e voltei para Filadélfia. Parte de mim sempre ficou feliz por ter feito isso. Outra parte me odeia por conta da minha covardia.

Com o novo trem MagLev, a viagem demora metade do tempo que levava quando eu tinha 17 anos. Mas é a mesma coisa: trem para Portland, ônibus para Castine e táxi até aqui.

— Que bom ver você de novo — diz o taxista, o que aumenta a falsidade de tudo isso. Ele não tem mais de 20 anos, deve estar me confundindo com outra pessoa. Vejo uma novela passando em uma pequena tela no painel. Ele estava conversando com a TV? Deve ser um trabalho solitário.

Espero que seja diferente de alguma maneira — a colina menos verde, a casa menos arrumada e perfeita. Mas a Cabana do Assobio parece igual, branca como uma gaivota empoleirada lá em cima. Eu é que estou diferente.

Saio do táxi na estrada. Ali está o local onde encontrei a Polaroid da garota Abbott.

Tento perceber meus sentimentos enquanto subo o morro (isso é mais difícil do que antes, tem uma diferença bem aqui). Percebo que estou suado e talvez com fome. Às vezes grandes momentos são assim. Você espera pela explosão de emoções, mas na verdade só quer um lanche.

Na cozinha, eu me escoro na parede e respiro.

— Olá de novo. — Sinto meu eu de 16 anos ficando agitado. Viagem no tempo. A noite está chegando, mas não acendo a luz. Pela janela, o sol se põe, uma bola de cobre no mar. A exaustão sobe pelos meus membros. Foi um dia longo e vou para o quarto, tateando as paredes com as pontas dos dedos. Preciso me acostumar com a casa.

Eu poderia dormir na suíte, considero a possibilidade, mas não quero. Esse é o quarto dos meus pais. Os dois morreram há anos, mas ainda me seguem em quase todos os lugares. Ou esta é a sensação que tenho.

O quarto é menor do que me lembro. Há um cobertor azul macio dobrado ao pé da cama de solteiro. Abro a janela. As travas limitadoras que meu pai instalou há tantos anos já se foram. Respiro o ar da noite e fico esperando. O mar sussurra, fraco. Como páginas sendo viradas. Uma foca ronca. Lambo um dedo e analiso a brisa. O vento está soprando do leste.

Um momento depois, o som chega, triste e alto. As pedras cantam e sinto, por fim, que estou em casa. Fico escutando por um tempo, apesar do meu cansaço. Acho que, *se o coração partido tivesse um som, seria assim*. Imagino o que talvez as pedras estejam falando sobre mim — Wilder Harlow, que voltou à Cabana do Assobio trinta e três anos depois e com uns quinze quilos a mais, quase cego, para escrever este livro. Desta vez, não vou falhar.

À noite, acordo com um som semelhante ao de um arranhão. Fecho a janela, mas o som continua. Sei que é apenas um galho em uma vidraça em algum lugar na lateral da casa — mas é parecido com uma caneta escrevendo em um papel. Eu me lembro da primeira noite em que Sky se mudou para meu quarto no dormitório, quando tive o pesadelo. Como ele me confortou, deixou a luz acesa para que eu não tivesse medo. Adormeci ao som de sua caneta arranhando a página. Por um momento, uma onda de calor me atinge.

Mas o que ele estava escrevendo? Provavelmente a história de Skandar. A onda de calor evapora. Imagino aquela tinta verde viva rabiscando por todo o chalé, a baía, o céu, como um marcador num *slide*. Ele, marcando minhas coisas. Minha casa, meu passado, meu lugar. Eu.

Um grande grupo de pequenas figuras élficas dança na escuridão diante de mim. Elas tiram seus bonés escarlates em uníssono. Seus olhos brilhantes cintilam.

É a chamada síndrome de Charles Bonnet e costuma acompanhar a degeneração da mácula. Aquela mancha pálida que apareceu na minha visão durante a faculdade vem se espalhando há anos. Agora, o centro está quase totalmente branco e desaparecido. No momento, ainda consigo ver muito bem as periferias. O médico caro de Manhattan a quem Emily me levou me disse para me preparar para uma longa e lenta descida rumo à cegueira.

O que ninguém esperava eram as visões.

A primeira vez que tive uma, Emily e eu estávamos em um restaurante. Eu vi uma planta de glicínia crescendo no garçom. Ela passou por cima da cintura dele com seus galhos cinzentos e retorcidos, espalhando delicadas flores roxas por toda a cabeça do garçom.

O médico caro de Manhattan acha que a única coisa que impede que isso aconteça com todo mundo é o cérebro ser forçado a processar a visão o tempo todo. Quando não há mais trabalho a fazer, ele corre solto.

— Tente ver isso como sua mente brincando, sendo livre, agora que não está tão ocupada com a visão.

E eu tentei por um segundo, procurei de verdade pensar na minha cegueira iminente como liberdade, como uma habilidade extra. Então, tive vontade de chutá-lo nas bolas.

De qualquer maneira, estou um pouco mais acostumado com isso. As visões não me assustam mais. Em geral, consigo dizer o que é real e o que não é.

★ ★ ★

Com a ajuda da luz do dia, faço um rápido inventário. Tenho o cartão de crédito que peguei da carteira de Emily e algum dinheiro. Não muito. Será o suficiente.

A casa está decorada de uma forma que não reconheço. Quem escolheu tudo isso? Os tapetes de retalhos em tons vivos, o algodão branco, os móveis de vime. Tudo arrumado e limpo. Não consigo associar isso ao homem mal-humorado com quem falo ao telefone na imobiliária.

Às vezes, ele menciona "uma garota da cidade que vem ajudar", então acho que ela escolheu tudo. Gosto disso.

As terríveis fotos de Polaroid do tio Vernon sumiram, ficaram perdidas em algum lugar ao longo dos anos. Meio que sinto falta delas. A geladeira é moderna e vem com controle de voz e os armários estão abastecidos. Até o macarrão instantâneo com queijo de que eu gostava está aqui. Quando adolescente, comia aos montes. Sinto que alguém está cuidando de mim. Como se talvez a Baía do Assobio estivesse feliz por eu estar de volta.

Certo. Comece. Hora de matá-lo de verdade.

Pego minha velha máquina de escrever Remington. *Laptops são para impostos e e-mails*, digo a mim mesmo. *Máquinas de escrever são para escrever.* A verdade é que tenho dificuldade em enxergar a tela de um *laptop*. Datilografar em uma folha em branco é mais fácil.

Coloco minha mesa embaixo do velho bordo-açucareiro. Ficou tão alto que é a única coisa por aqui que parece maior do que costumava ser. Trinta e três anos fazem você crescer e encolher de maneiras inesperadas. Faço café solúvel na panela, no fogão, coloco o leite e levo para fora. O café está muito quente e queimo os lábios. No alto, as folhas sussurram.

Eu não poderia voltar aqui logo após *O Som e a Adaga* ter sido publicado. Não depois que Sky começou a alugar a casa grande todo verão. Aquela que era dos pais da Harper. Que imaginação ele tinha, todo mundo falava. Que livro! Até os familiares das mulheres dos barris de petróleo sentiram que ele capturou de forma fidedigna a atmosfera do lugar. O sentimento. A dor deles.

Ainda me lembro de como me senti quando vi pela primeira vez uma fotografia de Sky aqui — parado na rua principal de Castine, em frente ao local onde ficava a peixaria. A antiga loja de Christy Barham. Agora é um café bem moderno com realidade virtual. A garotada adora, ouvi dizer. Eu não entendo. Quem precisa de realidade virtual quando você tem livros?

Enfim, eu estava no dentista, abri uma revista e lá estava ele, olhando para mim, cabelo despenteado, ruivo. Foi no verão em que o livro foi lançado. Aquele verão foi ruim — quente na Pensilvânia, mas também queimando dentro de mim, como se houvesse punhados de carvão no meu estômago. Naquele dia, tive um episódio na minha aula sobre Faulkner. Acontece que fui eu quem estava morrendo. No chão. Da sala de aula. Piada de mau gosto, não importa.

Depois disso, Sky passou a visitar a baía todo verão. Ele ficou famoso por causa disso. Pessoas de todo o mundo costumavam vir aqui, na esperança de encontrá-lo.

Tive anos para pensar no tempo que passei com Sky. Não há um momento que eu não tenha me debruçado e analisado. E sei por que ele leu de maneira obsessiva *Em Busca do Tempo Perdido* ao longo do semestre, junto com aquela biografia de Proust. Ele estava descobrindo a mecânica disso — como misturar minha escrita, minha verdade com seu comportamento egoísta.

Ninguém sabe a verdade, mas saberão em breve. Eu tenho que ser inteligente com relação a isso. Você não pode difamar pessoas mortas, é claro, mas também não pode ser muito cuidadoso. Quero que seja publicado, amplamente. Além do mais, mesmo que eu não me incomode com isso, não quero que as pessoas pensem que sou mesquinho. Além de que algumas das coisas que aconteceram podem ser difíceis para Emily aceitar.

Autoficção, de fato.

Olho para a grande extensão branca da página. Percebo que não quero começar. *Não faça isso*, como dizem meus alunos.

Neve nas vidraças, seu toque, luz do sol por toda parte. *Ser fodido vai libertar você.* Eu me saí bem na primeira frase. Em breve, com alguma sorte, estarei livre.

Não está funcionando. Tenho tudo brilhando em minha mente como um vitral. Por que não consigo escrever?

O bordo sussurra. Uma nuvem amarelo-neon de pássaros canoros surgiu do mar. Eles arrastam uma escrita dourada e brilhante atrás deles — uma caligrafia linda e fluida. *Wilder*, *Wilder*, *Wilder*, dizem repetidamente. Fecho os olhos e conto como o médico me falou. Respiro fundo. Quando abro os olhos de novo, eles se foram.

Até os pássaros das minhas visões estão escrevendo. Por que eu não consigo?

Eu me levanto, com a sensação de que alguém acabou de sair ou talvez me tocou com delicadeza antes de fugir. O portão está balançando com o vento? Tem um cheiro, um sabor amargo no ar?

Há uma brisa soprando, então, quando o som volta, ainda está fraco o bastante para ser imaginação. Meu primeiro pensamento é: *as pedras*? Analiso o vento lambendo o dedo, mas ele sopra do sul. Na próxima vez que acontece, tenho certeza — é uma voz humana, chamando da enseada abaixo. E na terceira consigo até discernir as palavras.

— Socorro, alguém pode me ajudar?

Vou até a borda o mais rápido que consigo, protejo a vista e olho para a água brilhante lá embaixo. Quase consigo enxergar um contorno preto — talvez uma cabeça balançando. Ela mergulha na superfície reluzente da água e depois reaparece.

— Por favor — ela grita. — Socorro!

O chão cede com um barulho esmagador quando saio correndo pelo portão. Areia e xisto espalham-se no caminho enquanto desço a trilha estreita até ao mar. Quando chego à pequena praia, vejo-a com mais clareza, na boca da baía onde as falésias cinzentas terminam e começa o mar aberto. Rosto pálido emoldurado por cabelos escuros, colados na cabeça.

A mulher acena com o braço frenético enquanto desaparece da superfície mais uma vez. Tiro meus sapatos de qualquer jeito na areia e mergulho de roupa na água. Ela grita algo que não consigo decifrar. Acho que está ficando cansada.

— Estou indo! — grito.

Suspiro quando o mar gelado atinge meu coração. Saio nadando *crawl*, ofegante com o frio mortal. As ondas batem no meu rosto, minha boca se enche de água gelada e salgada. Ela deve estar com cãibra. Ou talvez a perna dela esteja presa em algo abaixo da superfície? Uma rede de pesca antiga ou algo assim. Isso aconteceu com uma criança aqui na costa há alguns verões; li sobre isso. Vejo que ela está bem ao lado de uma boia azul-clara; talvez esteja enrolada na corda.

Consigo distinguir suas feições agora. Rosto em formato de coração, lábios carnudos e lindos. Está vestindo algo escuro, não acho que seja um maiô. Seus ombros estão proeminentes e bem torneados por baixo do linho fino e escuro.

O vestido escorrega de seu ombro e, por um momento de horror, penso que ela está ferida. Mas, então, vejo que tem uma grande marca de nascença, mais ou menos do formato de uma maçã com uma mordida, que se espalha como uma mancha escura sobre um dos ombros.

Ela engasga e cospe um jato de água. O vestido não é preto, pelo que vejo, mas azul, escurecido pela água. Ele ondula e flutua sobre ela. A saia do vestido balança nas ondas. Então, ela entrou na água de roupa e tudo. Isso não é um bom sinal. As pessoas não costumam entrar no mar de vestido longo quando tudo está indo bem. Mas talvez ela tenha caído de um penhasco ou de um barco ou...

Uma onda me atinge diretamente no rosto. Tusso e afundo. Por um momento, fico abaixo do horizonte verde e frio. A água corre pelos meus ouvidos e entra nas narinas. Eu me levanto e chego à superfície, ofegante.

Ela se foi. Não consigo vê-la em nenhum lugar. Ela deve ter ficado cansada. Tenho que ser rápido. Redobro meus esforços, os músculos queimando com o esforço inesperado. Quando chego à boia azul, respiro fundo e mergulho logo abaixo da superfície, procurando um vestígio do linho azul esvoaçante. Não há nada além do mar claro e parado.

Aqui o mar dá pé para mim. O meio da baía é mais fundo que a boca estreita, que é protegida por um banco de areia subaquático. Então, quando enterro os pés no fundo macio, a água só chega à minha cintura. Mesmo que ela seja muito mais baixa do que eu, ela deveria conseguir ficar de pé aqui sem dificuldade. Onde ela está? Mergulho de maneira frenética de novo e de novo, olhando em todas as direções. Há boa visibilidade até certa distância. A corrente não é forte; eu deveria conseguir vê-la, ou pelo menos aquele vestido azul esvoaçante, mesmo a distância, mesmo debaixo d'água.

O medo está tomando conta de mim, mais frio do que o mar. Deve haver uma correnteza em algum lugar; ela a pegou, puxou-a para baixo, para o mar aberto.

Volto com dificuldade para a praia e subo o caminho descalço. Em cima da falésia, consigo ver a boia balançando no mar. Nenhum braço balançando, ninguém com um vestido azul boiando de bruços. Ela simplesmente não está mais lá — não se afogou, porque onde está o corpo? —, mas desapareceu. Corro para dentro, pego meu celular e ligo para o 911. O tom da atendente é tranquilizador, mas me parece sem pressa, por isso, minha voz fica cada vez mais alta em frustração.

— Senhor? — ela diz. — Preciso que respire, está bem?

Parece uma eternidade, mas na verdade alguém chega dentro de uma hora.

Um policial da guarda costeira grita enquanto contorna o promontório em um barco com motor externo. Acho que esperava algo mais oficial. Enquanto o sol se põe, ele vasculha a enseada e o mar aberto, mas não encontra nada. Ele desembarca quando a escuridão toma conta da baía. É mais velho, com aquela pele que você vê por aqui, morena, curtida pelo mar.

Eu me pergunto se ele estava no barco naquele dia, no dia em que as mulheres dos barris de petróleo foram encontradas.

— Tem certeza de que era uma pessoa? — ele pergunta. — Não poderia ter sido um saco plástico flutuando na superfície? A água prega peças nos olhos.

— Tenho certeza — insisto. — Ela estava pedindo ajuda… eu a vi e ouvi claramente.

— Bem — ele diz. — O único acesso a esta enseada é passando pela sua cabana lá em cima, certo?

— Sim.

— Ela teria que ter passado direto por você.

— Isso… sim, correto.

— A menos que ela tenha caído de um barco no mar. E nada dessa natureza foi reportado.

— Tudo bem — digo, irritado. Reconheço o que ele está fazendo; sempre faço o mesmo com meus piores estudantes em Clássicos da Literatura Americana, faço-os expor os fatos em voz alta, raciocinando por si mesmos por meio de suas próprias afirmações ruins.

— Sempre tem um chamado ou dois por ano — diz ele. — Sereias, criaturas do mar. As pessoas querem acreditar nessas coisas.

— Este lugar tem alma própria — observo.

— É verdade — ele concorda, olhando para mim com uma faísca de interesse.

— Você estava aqui quando as mulheres dos barris de petróleo foram encontradas? — pergunto.

A expressão dele fica fria.

— Você inventou essa história sobre uma mulher se afogando para poder me chamar e falar comigo sobre isso? Você é muito cara de pau.

— Não — digo, horrorizado. — Claro que não!

— Recebemos gente da sua laia toda hora por aqui. Fique ciente de que você pode ser acusado de falso testemunho e de desperdício de recursos da guarda costeira. — Eu me pergunto se isso é verdade.

— Ela estava *lá* — sou taxativo. — Eu a vi e ouvi.

— Passar bem — ele diz num tom que deixa claro que espera o contrário.

Depois que ele vai embora, observo a lua na enseada por um tempo, antes que o frio da noite me leve para dentro de casa, tremendo. Estou muito chateado. Ela não foi fruto da minha imaginação, sei que não foi.

Minha condição é restrita à visão. Você não ouve nem sente nada, o médico foi muito claro com relação a isso.

E eu ouvi a voz dela. *Socorro*. Sempre sei o que é real e o que não é, digo a mim mesmo.

O pensamento que surge na minha mente, como uma língua que toca um dente problemático, é: *ela não me é estranha, eu a conheço de alguma maneira, aquela mulher*. Espero que ela não esteja morta.

Na cozinha, no calor do fogão, cansado, tiro a roupa molhada. Não posso estragá-las, trouxe poucas coisas. Emily é a dona do dinheiro. Sinto um aperto leve e triste no coração. O divórcio é uma grande separação. Além de ser caro. Posso poupá-la disso.

Depois de muita busca, abrindo e fechando armários, e acidentalmente me trancando uma vez dentro do armário embaixo da escada, encontro um cavalete de madeira. Estendo a roupa molhada nele e o coloco em frente ao fogão para secar. Mesmo com o dia terrível que tive, eu me sinto um pouco satisfeito comigo mesmo por ter resolvido esse problema doméstico.

★ ★ ★

Acordo ofegante de um sono leve, lutando contra os lençóis, tentando dissipar o sonho em que estou sendo sufocado por um linho azul molhado. Sou inundado pela mesma sensação de reconhecimento que me visitou mais cedo, nesta noite — sobre ela, sim; porém, maior —, toda a cena é como algo que vi ou sonhei: o vestido ondulando no mar gelado, o grito dela de socorro, minha tentativa de resgate no frio. Olho para a escuridão, meu coração batendo forte no peito. Quem era ela? Para onde ela foi? E como eu a conheço? Os pensamentos me consomem até o amanhecer colocar os dedos pálidos nas venezianas e é hora de recomeçar a terrível tarefa de viver o dia.

Um conjunto de traços e diamantes pretos aparecem sobre o céu do amanhecer.

Minha calça, roupa íntima e camisa secaram em formatos sólidos e duros, que ainda ficam dessa forma depois que eu as tiro do cavalete. Acho que ainda dá para vesti-las. O cinto está arruinado. O couro molhado encolheu e endureceu até ficar com a consistência de pedra.

Ligo para Emily.

— Sim, Wilder, o que foi? — Ela parece estar em um restaurante ou em algum lugar movimentado, o que é estranho: ela odeia sair antes do meio-dia. Ou talvez era eu quem odiava. Casamento é assim — as pessoas acabam virando uma coisa só com o passar do tempo.

Digo sem pensar:

— Olá, querida.

Um silêncio terrível surge, um profundo mergulho de horror e arrependimento. Alguém tem que quebrá-lo, então eu o faço.

— Eu queria lhe perguntar uma coisa. — Pelo menos minha voz parece relativamente normal, nenhum sinal da crueldade dentro de mim. — Tive uma conversa estranha com uma mulher em Castine outro dia; ela parecia me conhecer, mas eu não conseguia saber de onde. Eu queria saber se ela era uma garota da cidade, talvez? Ou daqui e talvez a conhecemos na cidade…

Emily respira fundo.

— Descreva-a. — Não era uma boa hora, mas ela nunca conseguiu resistir a fofocas.

— Vinte e poucos anos, cabelo escuro, atraente, grande marca de nascença no ombro.

— Não conhecemos ninguém assim. — Ela está comendo alguma coisa enquanto conversamos, consigo ouvir — há uma plenitude, uma umidade em torno de suas palavras.

— Estava usando um vestido azul — acrescento. — Ela parecia ter saído de um antigo filme italiano.

— Ninguém me vem à mente — diz ela.

— Bom, obrigado pelo seu tempo — digo friamente. — Não vou mais atrapalhar seu almoço. — Embora ainda sejam dez horas.

— Parece algo que saiu daquele livro que você odeia. — Ela dá outra mordida no que quer que seja.

— Emily… — Pensei que estivesse irritado com ela, mas é tão fácil confundir um sentimento com outro. Meu peito parece uma esponja, macio de saudade. — Posso voltar para casa?

Ela raspa a garganta, aquele som que conheço tão bem. Não tem nada a ver com pigarro mesmo. Significa que ela está nervosa. *Ah, não. Faça qualquer pergunta, menos essa.*

— Onde você estava naquele fim de semana em que fui ao Hamptons? — ela pergunta.

— Já passamos por tudo isso.

— Você ainda está mentindo. — Sinto o afastamento dela, frio como uma janela aberta no inverno.

— Não é mentira! — Estou gritando, percebo.

— Wilder, você precisa pensar na sua condição. Precisa se planejar.

— Este é meu planejamento. Escrever um livro.

— Não posso cuidar de você se você não cuidar de si mesmo. — As palavras têm o som de lágrimas. — Acho que deveríamos ficar sem conversar por um tempo.

— Tudo bem. — Desligo antes que ela possa responder. Sinto tanta raiva que tenho que caminhar três vezes ao redor do pequeno jardim quadrado antes de conseguir respirar normalmente de novo. Mas é bem-vinda, a onda vermelha e quente.

O problema da raiva é que você não deve deixá-la passar ou poderá descobrir como de fato se sente.

Quando me sento para trabalhar, ele chega, nítido e perfeito — o título. O livro vai se chamar *O Som Revisitado*.

Oh, *céus*. Que nome horrível — verdadeiramente *pavoroso* — para um livro. É incrível a aparência que boas ideias ruins podem ter durante a noite. O feixe de luz ofuscante que acaba não sendo nada mais que um truque do espelho.

Tento escrever. De novo, sem sucesso. De vez em quando, olho para a baía, esperando ver um traço azul na água, linho flutuando e se arrastando como uma criatura marinha. Estremeço com o vento nas árvores, na minha pele. Mas tudo está tranquilo e a baía permanece clara e brilhante.

À tarde, tenho uma visita.

Estou olhando fixo para a frase que acabei de escrever. Encaro-a há tanto tempo que parece escrita cuneiforme.

Levanto os olhos e ela está lá, inclinada sobre o portão branco, sorrindo para mim. Uma mulher — desta vez uma mulher sólida e tranquila. Ela deve estar com frio; a brisa sopra um pouco fria, mas ela usa uma blusa volumosa de algodão, calças largas de algum tecido áspero e um chapéu de palha. Está castigada pelo tempo, o que revela como é a vida por aqui, mas o sotaque está intocável.

— Wilder Harlow.

— Sim? Como posso ajudá-la? — Fico muito feliz em falar com alguém, qualquer pessoa, para evitar olhar para aquela linha de texto datilografada.

A mulher olha para mim por um segundo e depois diz:

— Está tudo bem com a cabana? Do seu agrado? — É britânica. Deve ter uma história por trás, sem sombra de dúvida. Talvez eu a convide para uma xícara de café preparado no fogão. Há algo nela que me agrada.

— Ah, sim! — digo. — Está tudo ótimo na cabana, obrigado. — Eu me dou conta de que ela deve ser a garota da cidade que "vem ajudar".

— Abasteci a dispensa com suas coisas favoritas. Até encontrei um pacote daquele macarrão instantâneo nojento de que você gostava. — Ela suspira. — Isso foi há um milhão de anos. Imagino que você não goste mais disso.

— Ainda gosto — afirmo. — Algumas coisas nunca mudam e uma delas é o macarrão com queijo. Mas você... — Uma suspeita terrível está vindo à minha mente. Ela tira o chapéu; e o cabelo está grisalho, mas há algo no formato da cabeça dela, e então vejo que o cabelo grisalho está manchado de vermelho.

— Ah, meu Deus. Harper?

Ela sorri.

Vou até a cerca, dou tapinhas no ombro dela e um beijo estranho na bochecha. O rosto dela ainda é largo, o olhar arregalado igual ao de uma criança. Mas ela perdeu aquele ar de esperteza e segurança que a envolvia quando era mais nova. Acredito que a idade tira nossas certezas.

Ela pega meu rosto e vira de um lado e de outro. É uma coisa bizarra de se fazer quando a pessoa é, para todos os efeitos, uma estranha. Mas não parece bizarro. Também não consigo parar de olhar para ela, traçando as linhas de seu antigo eu em seu rosto adulto.

— Sinto muito — digo. — Não enxergo muito bem.

— Bem, você não mudou nada — assegura ela, sei que não é verdade, mas ela tem a elegância que a faz parecer sincera.

— Sim, é uma pena.

Ela começa a rir, depois para de repente, me observando.

— Você está precisando de alguma coisa? Me avisaram de última hora que você viria, tive que abastecer os armários rapidinho.

— Por que você abasteceu os armários?

— Eu ajudo as pessoas com as coisas por aqui... limpar, cozinhar, fazer supermercado. Cuido das casas de veraneio durante o inverno, e tudo mais. É bastante fácil, não precisa pensar.

Sinto uma pontada de constrangimento.

— Mas você... o que aconteceu?

— Com todo o dinheiro, você quer dizer? — Ela sorri. — Minha família e eu... tínhamos algumas diferenças de opinião. Eles não falam mais comigo. E não quero falar com eles. — Ela analisa meu olhar. — Aqueles anos foram difíceis, depois de tudo que aconteceu, Wilder. Voltei a ter alguns maus hábitos. E adquiri alguns novos. Eles ficaram cansados de tudo. Na verdade, não posso culpá-los. Eu fui muito ruim.

— Onde você está morando?

— Na costa, depois de Castine.

— Perto da...

— Eu não tinha condições de pagar muito. É a antiga casa dos Pelletier. Ou era. É minha agora.

O pavor me atinge por completo.

— Harper, por que lá?

— Não faça isso, Wilder — ela diz, calma e firme. — É o lugar certo para mim. Lá faz eu me lembrar dele. Além do mais, deixei tudo bonito.

Agora há um toque a mais de classe alta, algo inseguro em seu caráter britânico. Já observei isso em alguns ingleses que se mudaram para os EUA. O sotaque deles fica mais proeminente, o discurso com cada vez mais ocorrências de frases estranhas, como se temessem que a própria identidade fosse obrigatoriamente diluída pelo contato conosco.

— Achei que nunca mais veria você — digo. E ao mesmo tempo ela diz:

— Então, passei para dar um oi. — Estamos os dois desajeitados e muito agitados, não conseguimos manter o ritmo da conversa.

— Não, você não mudou nadinha mesmo. — Harper destranca o portão, sem ser convidada, e entra no jardim. Ela pula nos galhos do bordo e se senta na curva da árvore. A sombra das folhas paira sobre o rosto dela. Percebo que ela realmente não mudou nada.

— Entre — digo. — Sente-se. Fique um pouco.

Ela sorri e por um instante estou apaixonado por ela de novo.

— Por que estamos de volta aqui, nós dois? — pergunto. — Por que somos tão esganados por punição?

— Talvez tudo o que fazemos depois dos 16 anos seja apenas uma espécie de repetição.

O silêncio surge entre nós. Há muita coisa para conversarmos.

Harper estende o pé e toca de leve no meu joelho com o dedão.

— Bem-vindo de volta, seu velho bobão.

— Obrigado. — Fico comovido de uma maneira estranha.

— Eu li um dos livros dele — conta Harper. — Não *aquele*, outro. Como se chamava? *O Canguruzinho*? — Sinto uma pontada de desgosto. Sky está em toda parte, ao que parece.

— *O Ornitorrinco* — eu a corrijo. — Eu não leio terror. Não é a minha praia.

— Aquele sobre o homem que acidentalmente mata todos que ama. Pensei: "é uma pessoa solitária esse daí". Ele pretendia mostrar quão solitário ele era — no livro?

— Ei — digo para mudar de assunto. — As crianças ainda vêm aqui para nadar?

— Não, quero dizer, acho que não. Existem praias muito melhores do outro lado da cidade. Você não o conhecia? Sky Montague?

— Estávamos na mesma faculdade, mais ou menos na mesma época, há muitos anos. Eu não diria que o conhecia.

— Deve ser estranho... alguém com quem você estudou na faculdade, ficando tão famoso.

— Como eu disse, eu não o conhecia mesmo.

— Nós o víamos por aqui algumas vezes. Nossa celebridade local. Ninguém parece ter conversado com ele de fato. Parece que quanto mais famoso você é, menos amigos você tem.

— Seguindo essa lógica, devo ter milhares de amigos.

— Sim, você está nadando neles. — Harper olha em volta. — Você está sozinho, Wilder? Nada de esposa ou filhos?

— Não.

— O outono está bem encaminhado. O inverno chega rápido por aqui. — Ela faz uma pausa, observando, mas não respondo. — Se você está planejando ficar tanto tempo, talvez seja melhor pensar em colocar as venezianas de tempestade de novo, cuidar do isolamento térmico dos canos, estocar algumas latas para cortes de luz elétrica e assim por diante.

Eu não mordo a isca.

— Obrigado pelo conselho.

— Bem, acho que já vou indo, tomar um chá em casa. Até mais, seu velho bobão.

— Até mais, sua velha, velha... — Mas percebo que estou curvado, ofegante. O mundo se torna indefinido e eu caio de joelhos. O chão parece esponjoso, macio demais para me sustentar e penso: *isso não é real, nada disso é, não é correto que tanta dor possa ser real.*

— Tudo bem. Venha cá. Você está bem. — Com delicadeza, ela me coloca sentado; o entendimento dela é maior do que eu consigo suportar. A mão no meu peito aperta cada vez mais. Toco minha bochecha — ela sai molhada. Estou chorando pelo que parece. Isso é terrível — o que está acontecendo? Harper se aproxima, chega perto demais. A preocupação em seu rosto é horrível.

Percebo que não sou tocado por outro ser vivo há dias — desde o que aconteceu. Isso é maravilhoso no casamento — a intimidade casual do dia a dia, aqueles pequenos momentos de proximidade. Dedos que se esbarram enquanto entrego um prato molhado e com espuma a Emily. Um beijo dado no topo da minha cabeça enquanto corrijo uma prova. As demonstrações de carinho entre os dois no corredor estreito enquanto corremos em direções opostas. As pessoas se acostumam rápido com isso — os mil toques que compõem um dia.

— Qual é o problema, Wilder?

— Não sei como começar meu livro — digo. — E acho que vi um fantasma. — Observo, fascinado, um sapo verde brilhante saltar com graciosidade do ombro de Harper.

— Wilder — ela diz. — Você... não parece estar muito bem.

— Eu não imaginei aquilo.

— Fantasmas não existem — ela diz de forma gentil. — São apenas frutos de sua mente dizendo coisas que você não quer saber.

As palavras dela se encaixam no lugar como uma chave na fechadura. Olho fixo para ela.

— Você é uma gênia, Harper.

Ela faz um som de reprovação.

Quase não a ouço sair; estou curvado sobre a máquina de escrever. As teclas dançam. É isso.

Autoficção. *Conte toda a verdade, mas conte-a de maneira indireta.* Isso é o que minha mente inconsciente estava tentando me dizer quando me mostrou a mulher se afogando. Foi como sonhar acordado, talvez. Ou, talvez (e eu nunca admitiria isso para a guarda costeira), eu tenha confundido alguns destroços flutuantes com ela...

A razão pela qual ela parecia tão familiar, a mulher, é que ela se parecia um pouco com Sky. O tom de pele era diferente, mas mesmo assim havia algo no nariz… enfim, o negócio é o seguinte.

O livro não é sobre Sky, é sobre *Skye*. Uma mulher. Isso desbloqueia tudo e resolve todos aqueles incômodos de difamação. Também resolve outro problema com o qual tenho me preocupado: como escrever *evitando* certos aspectos do que aconteceu entre nós. Eles não cabem neste livro, que é sobre apropriação intelectual.

Sabe, eu consigo vê-la — Skye. Consigo até ouvir sua voz. É como se ela estivesse esperando no escuro esse tempo todo — que eu a trouxesse para cima, para a luz.

Que tal simplesmente *Skye*? Eu meio que gosto disso. Vou ambientá-lo em 1991 — exatamente como aconteceu.

SKYE

1991

Ela tem sua chance no primeiro dia de aula. A sala tem aquele cheiro específico de livros novos e caneta hidrográfica. O professor tem aveia na gravata e um ar de desespero.

Skye o vê logo de cara. Em sua cabeça, ele é apenas *ele*. Ele não é uma pessoa, não tem nome. É apenas uma força que ela está perseguindo, um destino procurado por muito tempo.

Ela não se senta ao lado dele, claro que não. Não se aproxima. Não é idiota. Senta-se na fileira de trás. Observa a nuca dele. É uma área negligenciada, a nuca. É muito expressiva. A dele não é diferente.

Ele é muito branco e o rubor que o invade é revelador. Ele cora com frequência. Não por constrangimento, ela percebe, mas por tensão, de um tipo particular — o esforço de manter as coisas unidas. Skye reconhece isso.

O professor coloca um *slide* no projetor, uma janela em arco com vitrais da cor de joias. Um unicórnio, asas, uma espada. A sala de aula escura se transforma em uma caverna com uma boca de luz vívida. Assim que Skye tem esse pensamento, prende a respiração e olha para ele.

Ela está certa, ele também pensou. Na penumbra, ela pode ver que a cabeça dele está inclinada, o pescoço projetado para a frente como o de um abutre. A respiração dele está pesada, como de alguém que está adormecendo, mas não é isso que está acontecendo. Ele se levanta, os braços estendidos como fosse uma múmia. Parece embriagado, não consegue sair dos assentos inclinados da sala de aula. Ele empurra com força uma garota que grita — não de dor, mas de surpresa. Ele emite um barulho aflito e empurra as pernas com mais força, as mãos tateiam em busca de apoio na mesa, fazendo voar livros e canetas.

Skye se levanta rápido. A luz ilumina a sala; o professor a acende.

— Meu jovem — ele diz a Wilder. — Por favor, volte a se sentar.

Wilder acena com a mão e depois cobre a boca com ela. Skye percebe o que está prestes a acontecer e sai de onde está sentada. Num piscar de olhos, ela está ao lado dele, segurando seu cotovelo.

— Eu o conheço da minha cidade — diz ela. — É um ataque de pânico. Vou levá-lo para fora. Ele ficará bem daqui a pouco.

Ela consegue conduzi-lo até um banco ao sol, do outro lado do pátio. Dali dá para ouvir o rio correndo em algum lugar atrás deles.

No fim, ele não vomita. Inclina-se para trás e vira o rosto para o sol. Parece exausto.

É estranho estar perto dele, dessa pessoa em quem ela tanto pensou. Ele parece esquisito nas fotos — com aqueles olhos pálidos, não são cinzas nem azuis, são quase da cor de sua pele branca, que fica ainda mais branca pelo contraste com o cabelo bem escuro. Nas fotografias, esses olhos proeminentes parecem ameaçadores. Em carne e osso, ele só parece jovem. Um tanto frágil. Ele abre a boca, suspira. Ela vê que ele tem um chiclete ali. Percebe que ele pode se engasgar, então ela o tira rapidamente com um dedo. É rosa vivo. Ela fica ali sentada com ele no dedo, ainda quente. Depois de pensar por um momento, coloca-o na boca. Por um instante, sente o gosto dele, limpo e levemente alcalino. Depois, é só um chiclete. Ela rasga um pedaço de papel do caderno e embrulha o chiclete, guarda-o no bolso.

Quando olha para ele, ele está observando-a.

— Oi — ela diz. — Você está bem?

— Você de novo — ele diz. — Nós nos conhecemos na escadaria em frente ao dormitório no dia em que chegamos aqui. Você estava com seu pai.

Ela assente.

— Isso mesmo.

— Você não me ajudou.

— Não, acho que não sou muito prestativa — reconhece ela.

— Você foi prestativa para mim — comenta ele, sem jeito. — Obrigado. — Depois de um momento, ele diz: — Sou Wilder. — E oferece a mão para um aperto.

Ela aperta a mão dele.

— Como Thornton Wilder?

— Isso.

— Sou Skye.

— Combina com você — ele diz, e sorri. — Você tem um cabelo muito brilhante, como o pelo de um cavalo.

— Obrigada. — Ela sorri de volta, o mais largo e ensolarado dos sorrisos, que vem direto de suas entranhas. *Ah, não*, ela pensa, dividida entre a alegria e o horror.

Ela diz a Elodie:

— *Je peux payer*. — Elodie assente brevemente. Eles pechincham um pouco, mas é um negócio fácil de fazer. Ela leva suas coisas para o quarto individual de Elodie. Pode sentir a presença dele através da parede.

O quarto fica no que os calouros mais abastados chamam de orfanato — é a ala onde colocam os bolsistas e intercambistas. Tem vista para as cozinhas e tudo cheira a bolo de carne. Ninguém festeja muito no orfanato — esses alunos estão aqui para estudar. Os quartos são pequenos e apertados; na maioria deles só há espaço para uma cama.

O quarto originalmente designado para Skye é muito melhor, no pátio da frente. Ela o divide com uma jogadora de hóquei que come ovos cozidos na cama, mas o quarto é quente, bom e cheira a cera de abelha e limpeza, então, além dos cem dólares que Skye lhe dá, ela não acha que Elodie está fazendo um mau negócio na troca.

Às vezes, enquanto Skye fica deitada aqui à noite, pode senti-lo através da parede, respirando, aqueles grandes olhos de lanterna fechados pelo sono. Ela sabe que ele não tranca a porta à noite. Conhece o som da fechadura dele, um clique forte e lamacento. Memorizou isso, junto com todos os sons que ele faz.

Ela se apressa quando ouve, o sonho. Ele está suando, com os olhos abertos e olhar fixo, sem ver este mundo. Ele não parece surpreso, nem mesmo ciente da presença de uma garota estranha em seu quarto.

Ela coloca um braço em volta dele como se fosse uma criança. Sente isso quando ele retorna lentamente ao próprio corpo.

— Preciso disso — ele diz e enfia a mão na gaveta da mesinha de cabeceira. É um fichário cuja capa tem uma ilustração de Afrodite. Dentro, há recortes de jornais, todos em envelopes plásticos.

A respiração de Skye fica presa na garganta. Ela conhece cada um deles, poderia recitar cada artigo de cor. Ela não diz nada.

Ele olha para os recortes.

— Imagino que você pense que sou um esquisitão por ler sobre assassinatos depois de ter um pesadelo.

— Não mais do que eu — ela diz sendo sincera. — Quando não consigo dormir, planejo meu suicídio.

— Sério?

— Sério.

— Qual foi sua opção?

— Afogamento — conta ela. — É bastante indolor.

— E quanto à cicuta? — ele pergunta. — Totalmente indolor. E cresce em todos os lugares. Parece uma cenoura. — Depois de uma pausa, ele diz: — Eu não sabia que você estava no quarto ao lado. É uma coincidência estranha.

Ela dá de ombros.

— Às vezes, o universo se movimenta a seu favor — declara ela. — Só de vez em quando.

O sorriso deles permanece, a sensação de calor diminui e aumenta. Ele olha para baixo, de repente fica envergonhado.

— Estou bem agora — diz ele. — Você pode ir.

— Posso ficar um pouco — responde Skye. — O que é isso? — Ela estende a mão. Atrás dos recortes no verso da pasta há folhas pautadas. Textos escritos à máquina, não papel de jornal.

Ele cora e ela sente o súbito aumento de intimidade.

— Estou escrevendo algo.

Rapidamente ele cobre as páginas com papel de jornal. Ela sabe que precisa ler seja lá o que for. Em um dos cantos descobertos, ela lê: *... é trazido das profundezas. Os mergulhadores o arrastam...* A base da tecla *j* está faltando. Parece um *i*.

Ele olha para ela por um momento. Então, puxa devagar as páginas do fichário e as entrega a ela.

O coração dela bate rápido — como pode ser tão fácil?

— É por isso que tenho sonhos — diz ele, tímido. — Você foi gentil, merece saber por que está sendo acordada o tempo todo. Se você quiser.

O Homem da Adaga da Baía do Assobio, diz a página do título. *Por Wilder Harlow.*

Ela lê como alguém que está morrendo de fome, mantendo o rosto neutro. Quando termina, o amanhecer está chegando à cozinha e ela sente cheiro de salsicha.

— Obrigada — ela diz a Wilder. Ela dá um beijo em sua bochecha. Ele se assusta, mas permite.

De volta ao quarto, ela pega a caneta e a preenche com tinta verde-grama, a favorita dela. Escreve tudo rapidamente antes que se esqueça de qualquer detalhe do que ele escreveu. Mas não apenas isso — o que ele disse, o que ela respondeu, o modo como o joelho dele estava, torto em baixo do lençol, o brilho específico de suor na testa dele, transportado do sonho de volta ao mundo real. Como ele não se encolheu nem reagiu à presença física dela, mesmo quando ela se sentou na cama e se inclinou para analisá-lo. Para cheirá-lo.

Estar ao lado dele é bom; as paredes são tão finas que às vezes parecem uma pele porosa. Mas isso acontece nos dois lados. Ele também pode ouvi-la e ela precisa de privacidade. Às vezes precisa de companhia à noite.

Ela aprendeu a chorar em outro lugar, em explosões controladas. Isso também é privado. Às vezes, ela fica sentada em cafeterias com o *walkman* e fones de ouvido. Depois, ela chora. As pessoas não questionam tanto se há algo tocando em seus ouvidos. Mas o que eles não percebem é que ela não está triste, tudo isso foi queimado dentro dela pelas chamas há muito tempo — ela se foi. O que eles estão vendo é a casca carbonizada de sua raiva.

Se ele estiver no quarto ao lado, ela ganha vida, um mastro trêmulo, cada fibra alerta para os movimentos dele, a tosse. Os sonhos. Observar alguém tão de perto é como estar apaixonada. Não é de se admirar que ela confunda os dois, diz a si mesma.

É apenas transferência. Wilder é a porta de entrada. Não é com ele que ela quer conviver de fato. Isso é amor perdido, amor órfão, amor errante à procura de um lar — de seu lugar de pertencimento. Ela sabe de tudo isso.

Mas ainda assim ela se pega pensando nas mãos dele — e dando uma risadinha no meio de uma prova, quando pensa em como ele não consegue dizer *vai se foder*.

— Tenho pensado em você — ela diz no dia seguinte. Ela o ouve recuperar o fôlego. Eles estão deitados na cama dela com as pernas apoiadas na parede. Os pés dela estão em cima de um pôster do Pearl Jam, bem na cara do Eddie Vedder.

— No que estava pensando?

— Você poderia tentar dormir em outro lugar — diz ela. — Se você tem muitos pesadelos em um quarto, eles meio que se infiltram nas paredes. Experimente lugares diferentes.

— Tipo onde?

— Há um depósito para adereços antigos — diz ela. — Tente dormir em um lugar assim.

Quando ela o vê na manhã seguinte, ele está entrando no quarto, os olhos sombrios e assustados.

— O segurança quase me pegou naquele galpão antigo hoje de manhã — diz ele, quase bravo com ela, e ela não consegue parar de rir.

— Não achei que você realmente faria isso — diz ela.

— Ah, vai se danar. Preciso de um banho.

— Mas funcionou?

— Não tive nenhum sonho — reconhece ele com relutância.

Então, ela pode levá-lo a fazer isso de novo.

Ela tem muito material, mas precisa de mais, diz a si mesma. Não sabe de onde poderia vir esse *mais*, até verem a notícia na grande TV da sala comunitária. Alton Pelletier se recusa a receber visitas. Ele não vai receber a mãe de Christy Barham. E aqui, ela percebe, está o fim perfeito para seu livro.

— Acho que ele receberia você — ela diz a Wilder. Ele está ainda mais branco do que de costume; está contendo um ataque de pânico.

Ela olha para ele com atenção, vê que ele está chegando ao limite.

Então, ela decide não forçar a barra, ainda não. Não desse jeito. Em algum momento, sem que ela percebesse, ele deixou de ser *ele* para virar Wilder.

★ ★ ★

Em seu quarto, Skye se espreguiça sem pressa e ouve Wilder fazendo barulho do outro lado. Tirando a roupa, preparando-se para a caminhada até os chuveiros infestados de aranhas. A cama dela ainda tem o contorno quente de seu visitante mais recente. Ela o encontrou na noite anterior num bar da cidade quase na hora do estabelecimento fechar, não precisava do nome dele. Tirou o cartão de crédito do bolso da calça dele só por capricho, sabe que não pode usá-lo. Seria muito fácil de rastrear e chegar até ela. Então, a caça é hoje.

Ela escolhe um café do outro lado da cidade. Fica em uma livraria, o que é bom — as pessoas que costumam frequentar esse tipo de lugar tendem a ser distraídas. Esquecem facilmente do mundo.

Na loja, ela gasta um momento passando as mãos pelas lombadas dos livros de sua seção favorita. Nessas prateleiras, as capas são escuras. Os títulos brilham como luzes neon. Esses livros contam a verdade sobre a vida. O horror.

Skye gastou tudo o que tinha no plano, então, ela precisa complementar seus fundos. E tem que ser estratégica. Nunca roube dos alunos, nunca perto da faculdade. Dinheiro sempre que possível. Ela o vê do outro lado do salão. Grande, quarenta e poucos anos, o rosto inchado de alguém que esconde seus sentimentos bebendo.

Ela deixa o caderno cair aos pés dele quando passa.

— Ah, me desculpe — ela diz. — Sou tão desajeitada.

Skye consegue andar normalmente pelo pátio, segurando uma pilha de livros na frente do rosto. Chegar ao seu quarto é um alívio.

Depois disso, ela senta e aguarda. Não falta muito. Wilder sempre aparece depois da aula de literatura inglesa.

Ele bate na porta e abre no mesmo instante. Agora eles já têm mais familiaridade entre si. Skye saberia que era Wilder sem erguer os olhos, mesmo que não estivesse esperando por ele. Pode farejá-lo da mesma maneira que os animais selvagens farejam a presa.

Ela sente o choque lhe percorrer o corpo quando ele vê seu rosto. O rastro enferrujado de sangue descendo pelo nariz, o veludo exuberante do hematoma ao redor do olho.

Ela vai guardar isso dentro de si para sempre, a sensação do tijolo nas costas, o cheiro da lixeira, o som do trânsito a quinze metros de distância, em outro mundo. A expressão do cara, a surpresa quase cômica quando ela pediu para ele bater nela. Ele estava relutante no início.

— Pra ser sincera — ela disse. — Você estaria me fazendo um favor. É para um projeto de ciências. — Quem acreditaria numa coisa dessas? Ela escolheu bem; sentiu isso nele.

O momento, o brilho em seu rosto, quando ele percebeu que estava gostando.

Ela não tinha certeza se ele iria parar, então, no fim ela correu, respingos de sangue voaram do nariz dela. Ela nem tem certeza se ele correu atrás. Foi uma lição valiosa. O poder pode dar uma reviravolta, ser trocado ou perdido em um instante. Ela será mais cuidadosa no futuro.

Mas quando ele descobrir que seu cartão de crédito sumiu, não irá denunciá-la. Tem essa vantagem.

— Quem fez isso com você? — Wilder questiona mais uma vez. Ela percebe, surpresa, que ele está quase chorando.

— Briguei com meu pai — ela sussurra em seu ouvido.

O horror de Wilder, sua respiração profunda, provoca arrepios excitantes nela. Seus braços estão quentes e agradáveis. Ela encosta a bochecha na dele, mesmo que doa. Só por um instante, ela se permite sentir isso e nada mais.

★ ★ ★

Ele limpa o rosto dela com ternura, mas desajeitado. O pano molhado arde em seus hematomas.

— Você nunca mais deve vê-lo — diz ele. Skye o convenceu a não denunciar à polícia.

— Acho que você deveria escrever para ele — diz ela. A luz da lâmpada está fraca. Apesar do Advil, seus hematomas latejam, estão doloridos. Com a proximidade dele, com tanta atenção ao seu corpo, ela está ficando confusa. É quase como aquele outro sentimento, aquele zumbido baixo, aquela necessidade.

— Escrever para quem?

— Alton Pelletier.

Wilder fica imóvel.

— Por que você diz isso?

Cuidado, ela pensa. *Aja com cautela.* A experiência desta tarde a deixou desconfiada. É claro que Wilder não vai bater nela. Claro que ele nunca faria isso. Mas as coisas mudam rápido, não é?

— Homens que machucam pessoas não deveriam ficar impunes — declara ela, com raiva. — Sou muito covarde para denunciar meu pai. Mas Alton... você poderia perguntar a ele quem elas são. As mulheres que não foram identificadas. Você poderia fazê-lo confrontar a si mesmo. Responsabilizá-lo.

— Ele não me contaria nada disso — diz Wilder. O pano que ele segura está manchado com o sangue dela.

— Mas poderia.

— Esqueça isso, Skye — ele diz, porque sabe que ela está certa. De alguma maneira, os dois sabem. Alton receberá Wilder. Se ele souber pedir.

[ ]

Muda
Judá
Ajuda

WILDER, DIA QUATRO

Skandar estendeu a mão para a mulher. Seu vestido ondulava na água.

— Alcance-me — disse ele com urgência. — Pegue minha mão. — A mulher abriu a boca como se fosse gritar. Sua garganta se abria cada vez mais. Ele percebeu, tarde demais, que em sua boca havia uma cena minúscula e iluminada — uma família fazendo um piquenique na praia.

— Quem é você? — ele perguntou, desesperado.

— Rebecca — foi a resposta. Sua voz era o ranger de metal na pedra.

O Som e a Adaga, de Sky Montague

Acordo com o amanhecer — pego a máquina de escrever, coloco a mesa para fora embaixo do bordo, de frente para a baía. Foram dois dias excelentes, excelentes, e sinto que este também será. Admito que está ficando com mais cara de romance do que eu imaginava. Ela parece estar roubando a história, Skye.

Sempre tive essa sensação, essa certeza de que depois que Sky morresse eu poderia escrever de novo. Eu esperava e rezei para que fosse verdade, e é.

Adoro escrever na Remington, adoro o som dela, os tinidos e estalos enquanto os pensamentos passam pelas pontas dos meus dedos e se fixam na página. Sei que deveria consertá-la, mas gosto do *l* com defeito. Ele está assim há tanto tempo que agora parece parte da minha personalidade.

Farei isso assim que terminar. Mas como? O fogão é do tipo que está sempre ligado. Mesmo que eu soubesse como desligá-lo, não é a gás. Então, isso está fora de questão — nada de Sylvia Plath para mim.

Medi a queda do galho mais robusto do bordo — não acho que seja alto o suficiente. Além disso, não sei amarrar aqueles nós que você sempre vê nos filmes. Eu não suporto facas, lâminas, sangue e esse tipo de coisa, então tire isso da lista. Asfixia? Fita adesiva, um saco plástico na cabeça? Não confio em mim mesmo para não mudar de ideia.

A resposta óbvia está lá fora atrás da janela batendo nos penhascos lá embaixo, é claro. O mar. Mas desde que vi a mulher, sei que não será o mar. E se, depois de encher meus bolsos com pedras e entrar nas profundezas, eu abrir os olhos e ficar cara a cara com ela? Linho azul ondulando sobre seu rosto, braços estendidos para mim. E se eu estiver errado e ela for um fantasma? E se eu morrer, mas ela me mantiver aqui, preso para sempre em seus braços, ouvindo o assobio da baía? É estranho como algumas coisas são mais assustadoras do que a perspectiva da morte. Portanto, também nada de Virginia Woolf.

Acredito que vão ser os comprimidos. Tenho a receita de Emily, que peguei quando saía do apartamento. A caixa tem um número tranquilizador de advertências. Também vou tomar um pouco de vodca para ajudar. E talvez eu me sente numa banheira cheia de água? Não sei, tudo parece tão estressante.

Não vou deixar nenhum bilhete — vou ligar para Emily um pouco antes de fazer isso e passar minhas instruções a ela. Talvez caia na secretária eletrônica — seria melhor, na verdade.

★ ★ ★

— Nosso tempo acabou, Wilder — disse Emily. Como se o tempo fosse leite na geladeira e precisássemos ir ao armazém. Eu sabia que ela estava falando sério; ela nunca me chama de Wilder, mas de Will. Isso nunca soou certo para mim — o nome sempre pareceu ser uma espécie de disfarce. Agora ele foi arrancado de mim; ela não me chama de Will desde que nos separamos. Parece frio na voz dela — *Wilder*.

Hoje em dia, *Wilder* me faz pensar em um homem idoso de gravata-borboleta — então vejo a gravata-borboleta no meu pescoço, sinto o início de uma barriga e percebo com um choque silencioso, *mas sou eu. Isso é o que eu sou.*

Por que eles não fazem gravações de uma pessoa respirando? Sinto falta do som durante a noite. Pode haver consolo em um disfarce. Ser quem você é pode ser solitário.

Esta noite está fria. O pequeno quadrado de grama está coberto de folhas vermelhas. Eu as varro e faço uma pequena fogueira no penhasco, longe dos galhos espalhados do bordo. A fumaça sobe no anoitecer como uma torre. Como um sinal, em direção ao mar.

Há um grito vindo da baía. Corro para o penhasco e dou uma olhada. Duas crianças passam de caiaque pela enseada com coletes salva-vidas neon. Estão rindo. Existe algo por trás delas? Uma cabeça escura, talvez, balançando na água? Eu me esforço e me inclino para a frente e por um segundo terrível perco o equilíbrio. O longo abismo de pedras me atrai.

Respiro e agarro tufos de grama, me firmando. Quase fui. *Essa seria uma forma de fazer isso*, penso. Mas até que ponto eu teria certeza de que morreria? Eu me imagino deitado ao pé do penhasco, mutilado e quebrado, até morrer de exposição ao frio ou alguém me encontrar.

Não.

★ ★ ★

O jantar é macarrão com queijo, muito delicioso, embora haja um pequeno fogo roxo queimando no meio do prato.

Depois, eu me sento com a caneta-tinteiro verde e papel. Treino a noite toda, usando a escrita dele no manuscrito para comparação. A pilha de papel está chegando perto do meu cotovelo. A tinta é verde como a grama, verde como a maldade.

É uma espécie de, como se diz, laboratório para o personagem. Os atores fazem a mesma coisa. Acho que isso me ajuda a entrar na cabeça dele, lembrando-me das coisas que Sky disse, anotando-as com o tipo de caneta que ele usava, imitando sua caligrafia o mais fielmente possível. Isso traz coisas de volta. Pequenos momentos estranhos. Anotações dos mortos para os vivos.

Ser fodido vai libertar você, diz uma delas. Pego outra nota. *Chegando perto agora*, diz. A seguinte apenas diz: *estou aqui*.

— Não, você não está — digo em voz alta. — Você não está em lugar nenhum. Morto. Perdido.

Folheio o manuscrito de *O Som e a Adaga*. Cada vez que o passado surge para me dar um tapinha no ombro, e corro o risco de sentir algo além de raiva, leio as descrições de Wiley.

> *Mesmo enquanto dormia, sempre havia uma raiva reprimida nele. Nada deixa um homem tão irritado quanto saber que é um ninguém.*

Substituo a página com a mão trêmula. Não importa quantos anos passem, essas palavras sempre serão uma ferida no coração. Ele realmente pensava em mim nesses termos?

— Não sou um ninguém — digo em voz alta. Minha voz soa surpreendentemente alta na cozinha silenciosa e percebo há quanto tempo estou sozinho.

Algo cai da mesa. Uma das minhas anotações verdes.

Sinto muito, Wilder.

Esta está particularmente bem-feita. Consegui mesmo imitar sua caligrafia, os rabiscos selvagens. Mas é claro que essa é a anotação impossível — diz o que Sky nunca escreveria. Ele nunca se arrependeu do que fez.

Wilder, Dia Cinco

Helen usava a dor do passado como uma pele extra. Seu cabelo estava vermelho como um alarme.

O Som e a Adaga, de Sky Montague

Acordo, percebendo que não consigo mais enxergar a página à minha frente. Não sei que horas são, mas a noite está se aproximando. Meus dedos estão dormentes de frio.

Será que me tornei simpático demais? Mas Sky deve ter gostado de algo em mim. Certamente tenho que começar por aí. Estou deixando Skye muito antipática? Isso também precisa ser considerado. As pessoas perdoam os personagens homens por isso — todo mundo adora um anti-herói. Já as mulheres, nem tanto, eu percebi.

Pego um casaco e vou para o jardim. A lua é uma moeda prateada, o mar brilha preto e branco e quebra os reflexos do luar. Mas as nuvens estão se acumulando ao longe. O ar está gelado. Sinto o passado ao meu redor.

À medida que envelheço, vejo cada vez mais como o tempo é fluido. Existem tantas maneiras de entrar e sair dele. O mais incrível é que sempre permanecemos no agora.

Você não pode escrever sobre alguém que é indiferente para você. Contar a história do ponto de vista dela torna-a, estranhamente, minha. Tenho que conhecê-la. A voz de Sky está na minha mente, clara ao longo dos anos. *Ler isso foi como estar dentro de você.* O ar também cheirava a neve naquela noite.

Eu paro. Uma voz chama lá embaixo da baía.

— Socorro — ela grita. — Socorro!

Pego uma lanterna, desço correndo e aponto a luz para a água da enseada. Ela está parada e preta como óleo (barris de petróleo).

— Socorro! — a voz chama com menos intensidade. Mas não há ninguém lá.

Corro para dentro e bato a porta.

Visão

Viso

Aviso

Brincar com as palavras me faz sentir um pouco melhor. Porque é claro que ela não era um fantasma. Era uma manifestação do meu eu criativo.

Uma vozinha irritante lá no meu interior.

Então, por que ela precisa de ajuda?

Problemas surgem nesta manhã. A fita da máquina de escrever está começando a acabar. Dá para ver porque, quando fica desgastada, a tinta passa do preto para todas as cores do espectro. Neste momento, é uma espécie de verde-escuro. Sei por experiência própria que ficará azul, depois cinza e depois desaparecerá por completo.

Juro que trouxe uma reserva de Nova York, mas não consigo encontrá-la em lugar nenhum. Viro minhas gavetas e pasta do avesso. Mas nem sinal dela. Que irritante.

Desisto de procurar a fita da máquina de escrever e levo um caderno para fora. As páginas balançam com alegria ao vento.

Meu bloqueio de escritor já dura trinta e dois anos. Eu tentei, acredite. Escrevi muitos, muitos livros fracassados. Fracassados ou não, cada livro tem uma natureza diferente e eles gostam que você respeite isso ao escrevê-los. Você não pode apressar um livro lento e deliberado, por exemplo, e tem que escrever aquela comédia alegre num café na calçada. Nesse aspecto, a personagem de Skye é confusa. Exige que eu veja tudo ao contrário, como se a câmera tivesse mudado de posição para filmar a cena de outro ângulo. O livro é um espelho e eu estou atravessando o vidro.

Mesmo meio adormecido reconheço o som. Penso, *ah, no fim das contas, eles fazem gravações de respiração. Eu sou amado. Ser amado me diz quem eu sou.* Eu me esforço para chegar à consciência, lutando contra o sono pesado que me prende. *Isso não é uma gravação.* Eu sinto isso, o calor de um corpo nas minhas costas, um braço jogado sobre mim. Uma mão sonolenta acaricia meu peito. Estou repleto de uma alegria tão intensa que me faz suspirar. A mão passa pelo meu braço, meu ombro e me dá dois tapinhas, como se dissesse, *siga-me*. *Espere*, eu penso, *espere, estou indo*.

O luar está refletido na neve lá fora. Estou repleto de sentimentos novos, o mundo é novo.

Eu me viro para olhá-lo, para ir atrás dele. A janela projeta um círculo branco na cama, um holofote. As costas dele são tão familiares, aquela cabeça ruiva. Puxo seu ombro e o viro para mim. Por baixo do cabelo liso não há rosto, apenas um *S* verde.

Eu acordo tremendo. Dói me afastar dessa mágoa antiga, da lembrança da neve nas vidraças. Nada disso vai para o livro, é claro. Não é essa a história. A história de Skye é sobre a apropriação.

De qualquer maneira, muitas vezes é isso que é escrever, não é? O que você deixa de fora.

De certo modo, sinto muito que ele tenha tirado a questão das minhas mãos porque eu pretendia matá-lo um dia — Sky. Pelo menos, acho que sim. Eu costumava fantasiar sobre isso. Eu planejava o fim dele, da mesma maneira que planejo o meu agora.

Planejo cada detalhe. Seria, como dizem, tipo assim.

Espero até Emily sair da cidade. Ela adora os Hamptons nesta época do ano, diz que é menos vulgar do que no alto verão, quando qualquer pessoa vai.

Pego o trem para Portland, o ônibus para Castine e depois um táxi até a cabana. O táxi é a parte arriscada, mas com certeza com a quantidade exagerada de visitantes, não vou me destacar muito. A cabana não está alugada, já conferi isso. Sinto uma pressa de voltar ao lar, enquanto subo a colina e vejo a cabana empoleirada na colina à minha frente, uma gaivota branca.

A trava da janela que dá para o mar está solta. A imobiliária sempre reclama disso. Abro a janela e entro. Não faço isso com a mesma destreza de antes — fico até meio preso pela cintura. Mas forço um pouco e consigo entrar. A cabana me cumprimenta com um silêncio sombrio.

Conheço os hábitos de Sky, já li sobre eles várias vezes. Ele sempre fala aos jornalistas sobre o seu "processo".

Todas as manhãs, ao amanhecer, ele sai da casa de Harper (é sempre assim que penso, não importa a frequência com que ele fica lá) pelo caminho da costa que passa pela Cabana do Assobio. Eu o aguardo.

Quando chega a hora, vou até o bordo-açucareiro e observo como faixas de névoa se transformam em prata acima do mar. Eu o reconhecerei quando ele se aproximar, mesmo com minha visão ruim. Existem algumas coisas que ficam marcadas para sempre dentro de você. Os passos dele, a maneira como respira. Posso senti-lo como uma tempestade chegando.

Uma pessoa se aproxima, escura na névoa.

Saio de trás da árvore e sorrio. Ele hesita, e então o reconhecimento se espalha por ele. Ele para e nenhum de nós fala por um momento. O que vai acontecer?

— Você envelheceu — ele diz.

— Você também — digo, embora não consiga vê-lo em detalhes. Consigo distinguir as mechas prateadas em seu cabelo ruivo.

— Senti sua falta — digo baixinho.

— Eu... — diz ele, sem palavras, pela primeira vez. — Eu...

Vou até ele devagar. Seguro sua cabeça em minhas mãos e beijo sua boca torta. Sua respiração é suave na minha bochecha. Nossos lábios se separam e, com delicadeza, passo a cicuta, a mais fina e pequena lasca dela, com a minha língua em sua boca quente.

Caminhamos juntos por cerca de oitocentos metros antes de começarmos a cambalear. Sky agarra meu braço. Sinto a surpresa por todo seu corpo, sinto que se transforma em medo.

Claro que este é um pensamento inútil. Eu não poderia escrever meu livro se estivesse morto.

Adormeço tranquilamente, pensando em outras maneiras de ter feito isso.

Ayuh[2], diz uma voz. Uma silhueta escura está parada no canto da sala. Seus olhos são grandes e pretos. Em sua mão brilha um gancho de barco. Ela dá um passo à frente em direção à luz da tempestade. *Você é de longe?* A água escorre do casaco de borracha, das botas, poças no chão. Sangue de peixe escorre por sua jaqueta, um jato de cérebros.

Acendo a luz, ofegante. Sinto a escuridão ameaçando me levar, de uma maneira que não acontece há muitos anos. *Respire*, digo a mim mesmo. *Respire.* A pessoa por trás da silhueta tinha as palavras de Alton na ponta da língua, mas não era ele. Os olhos eram diferentes — pretos como um breu quando deveriam ser azuis. E ele nunca usou aquela roupa de chuva que eu vi.

Ainda assim, isto passa pela minha mente. *Talvez ele não esteja morto.*

Então, verifico os arquivos de notícias pela internet via satélite no meu telefone, batendo nas teclas com as mãos trêmulas, esperando ansiosamente que os resultados carreguem. Aí está, preto no branco. Ele se matou engolindo cimento. O arquivo virtual de notícias é uma coisa maravilhosa. *Vai lá*, sussurro para mim mesmo, olhando para o quadrado iluminado da tela, onde o cursor pisca. Eu deveria me sentir melhor, mas ainda estou tremendo.

Desço até a cozinha e pego uma frigideira de ferro fundido bem pesada. Não faço isso há anos. Em geral, morar com alguém o impede de fazer. Mas sempre costumava me acalmar.

Levanto a frigideira e miro. Então, bato na minha perna. Sim, é isso. Faço isso de novo e de novo. Trec. O corpo arde, fica vermelho e depois dormente. Minhas pernas cantam de dor; eu me bato com mais

---

[2] Modo rústico de dizer um "sim" enfático, próprio da região do Maine. (N. da T.)

força. Consigo ouvir minha própria respiração ofegante, ouvir os golpes no corpo, mas parece distante. Bato de novo e de novo e de novo, até que o mundo inteiro cante e eu seja a única coisa que existe, bem no centro de tudo.

Hematomas vão aparecer amanhã. Mas agora há um lugar tranquilo no meu centro. Eu fico desanuviado.

Não era Alton, digo a mim mesmo mais uma vez, e desta vez acredito. Ele segurava um gancho de barco, claro. Mas o rosto era diferente. A voz estava errada. Seus olhos, em especial, pertenciam a um homem diferente. Eles não eram de um azul quente em um rosto coriáceo. Aqueles olhos escuros, aquele rosto branco — eram de um estranho. Percebo que ele também se parecia um pouco com Sky. Nenhuma surpresa até aí; atualmente é raro Sky estar longe dos meus pensamentos.

Era apenas minha mente, produzindo imagens no escuro. Antigos medos estendendo dedos compridos do abismo do passado. Será que eu achava mesmo que não haveria consequências quando decidi abrir o caixão do passado e cutucar seu cadáver?

Opa. Boa frase.

Vou até a máquina de escrever. As teclas dançam, ensurdecedoras, hipnóticas. O mundo desaparece.

Skye

Quando Wilder acorda no domingo de manhã, ele geralmente bate na parede de Skye para despertá-la. Depois, eles dão um passeio juntos — um passeio longo que ajuda a preencher o curto dia de inverno.

Skye acordou cedo, está transcrevendo suas anotações. Ela escreve todas suas observações usando a taquigrafia e com a caneta verde, enquanto Wilder não está olhando. Ela costuma escrever em seu exemplar de *Em Busca do Tempo Perdido* — parece que ela está fazendo anotações sobre a leitura. Se ela não estiver com o livro, qualquer superfície serve — seu copo de café para viagem, sua passagem de ônibus. Uma vez, ela desabotoou a barra da camisa para escrever *sexualmente ambivalente* no tecido, depois logo a enfiou de volta quando ele se virou. Quando ela volta para o quarto, acrescenta tudo ao seu grande arquivo.

A carta de Alton está aberta na cama ao lado dela. Skye desenvolveu o hábito de ler as correspondências de Wilder desde o início — esta manhã valeu a pena. Soube de imediato o que era: está carimbado com o nome do presídio, o nome do remetente nas costas em preto e branco.

Prezado Wilder,

Foi um prazer receber sua correspondeça. Claro que me lembro de você.

Primeiro, obrigado por ser cinsero comigo. Em segundo lugar, não tenha vergonha de seus impulsos. Se esses são seus verdadeiros sentimentos, você está apenas sendo onesto consigo mesmo. O que é normal, afinal? Você é e cempre foi um bom amigo para meu filho e sei que ele gostava de você.

Seria bom se você fizeçe a visita o quanto antes, eles dizem que vão me transferir no próximo mês e não acho que vamo receber visitantes no novo local. Podemos relembrar os velhos tempos. Ficarei feliz em responder suas perguntas, se conseguir. Sinto que se você for onesto consigo mesmo, posso fazer o mesmo comigo. Podemos continuar trocando cartas depois que eu for transferido. Nos conhesseremos mais.

Obrigado por suas palavras doces sobre Nathaniel. Sienti muita çaudade do meu filho nos últimos meses. Você sabe que eles nem me deixaram ver ele antes de morrer.

Atenciosamente,
A. Pelletier

Skye segura a carta com a ponta dos dedos. No canto, o papel tem um pequeno caubói montado num cavalo empinado. Ela sente que a carta vai queimá-la ou envenená-la. Lamenta ter feito Wilder escrevê-la. Não tem necessidade de fazer com que ele passe por isso, ela tem o que precisa. Skye vai destruir a carta, mas primeiro vai copiá-la, palavra por palavra.

Ela coloca a carta na gaveta da mesinha de cabeceira, ao lado da boneca de cabelo humano, um cabelo cor de cobre. Dentes no lugar dos olhos. Seus próprios dentes de leite, na verdade. Uma única pérola sem cravação como umbigo.

Ela se assusta com o barulho penetrante dos nós dos dedos dele na fina divisória do quarto. Ela não responde; deixa-o esperar. Depois de um minuto, ele bate de novo. Mais uma vez, ela prolonga a pausa. Então, ela bate de volta.

Eles abrem as portas quase ao mesmo tempo, como numa daquelas sátiras britânicas. O cachecol dele cobre a metade inferior do rosto, fazendo seus olhos parecerem ainda maiores e menos humanos do que o normal.

Eles estabeleceram o hábito de caminhar ao redor do topo de Pursing Hill. O inverno é sombrio, as árvores estão nuas, os corvos grasnam seus segredos entre si. Skye prefere isso a uma bela paisagem, ao sol. Esse tipo de clima não exige felicidade dela. É relaxante.

Quando eles chegam à bifurcação e ela segue o caminho habitual, ele toca seu cotovelo.

— Vamos pelo outro lado hoje — diz ele.

— Por quê?

— Quero lhe mostrar uma coisa. — Por um breve momento, beirando a histeria, ela se pergunta se ele vai matá-la. Ela sempre se pergunta isso com relação às pessoas. Com mais frequência do que deveria, imagina. É um efeito colateral de passar o tempo inteiro pensando em assassinato.

Cada arbusto e galho carrega uma fina camada de neve. Gelo brilhante emoldura as folhas. Mesmo com a sombria tigela de aço do céu acima, é lindo.

De vez em quando, Wilder se curva para observar a vegetação rasteira.

— O que você está procurando?

— Você verá — ele diz. Ele está animado, ela pode sentir essa animação saindo dele em ondas. Sua pele branca tem uma cor rara, corada até o tom de uma peônia pálida. Ele parece estar quase vivo, pela primeira vez. Ela resiste à vontade de tocar sua bochecha.

Ele grita de felicidade, agachado em um matagal de espinhos. Ela consegue ver que alguma coisa está brotando daquele pedaço do chão, uma planta rendada e cheia de babados de um verde surpreendente.

— O que é isso?

— No dia em que nos conhecemos, você disse que quando estava com medo durante a noite, o que fazia você se sentir segura era imaginar sua morte.

— Certo.

— Afogando-se.

— Wilder…

— Eu disse que tinha uma ideia melhor. Olhe — ele diz e tira algo do bolso. É uma página arrancada de uma enciclopédia.

— Você não pode fazer isso — diz ela, achando graça. — São livros da biblioteca… para todos os alunos, sabia?

Ele aponta para a foto e para a montinho de folhas verdes.

— Esta é a mesma planta, certo?

— Pode ser.

— É a mesma — diz ele triunfante. — É cicuta. Corresponde à imagem. Se a arrancarmos da terra, ela ficará assim. Uma cenoura branca. Agora você sempre vai saber que ela está aqui.

— Por que você está me mostrando isso?

— Ninguém pode impedir você de fazer isso — diz ele. — Se você realmente quiser. Mas pensei que talvez… se você soubesse onde a planta está, sempre estaria com o plano pronto. Poderia se sentir segura sempre.

Faz sentido, mesmo sendo estranho. Ela olha para as folhas verdes cobertas de gelo. De maneira distraída, ela estende a mão para tocá-las.

Ele emite um som assustado. Mas os dedos dela param antes de chegar ao gelo. Seria suficiente para matá-la, esse pequeno contato? Ela não sabe.

— É meu presente para você — diz Wilder.

— É o presente mais estranho de que já ouvi falar.

— Você gostou?

— Gostei. — Ela está consumida pelas emoções. É horrível e perfeito.

Ela dá um passo à frente — devagar, para não assustar nenhum dos dois — e coloca os braços em volta dele. Depois de um segundo, ele se aproxima dela. É estranho estar tão perto de alguém; eles deixam de ser uma pessoa e passam a ser uma série de impressões. A respiração em sua bochecha, o leve cheiro de hortelã da pasta de dente, a pele do rosto quente e áspera pela barba por fazer. A curva rosa borrada de uma orelha. Um coração batendo atrás do tecido.

— Eu escrevi para ele — Wilder diz em seu ouvido. Ela está meio embriagada com o hálito dele. — Alton. Pedi para visitá-lo. — Ela sabe que esse é o verdadeiro presente de Wilder para ela. Claro, ela já sabe que ele fez isso, mas está comovida.

Wilder é apenas um personagem, ela lembra a si mesma. Apenas parte de um livro. Mas ela aperta os braços ao redor dele ainda assim. Ela quer retribuir-lhe com alguma coisa, mas não consegue imaginar o quê.

Então, ela tem um pensamento, espinhoso e excitante. Ela poderia mostrar a ele sua história.

— Vamos entrar — ela sugere. — Quero lhe mostrar uma coisa. — A voz sai ofegante, sugestiva, e ele parece assustado. Ela ri. — Quero dizer... não nesse sentido. Vamos.

Ela vai correr o risco de mostrar a ele essa parte de si mesma.

Skye entrega as páginas com timidez. Ela tenta ser indiferente, mas não sabe até que ponto consegue. Está trabalhando nisso há dias, febril, deitada em cima do teclado.

— Chama-se *Pearl* — diz ela. — Estou trabalhando em uma série de histórias sobre assassinato.

Ele pega as páginas com um grande sorriso.

— Ah, uau. Eu não sabia que você escrevia histórias, Skye.

— Quero dizer, um pouquinho... — Ela se odeia pela hesitação em sua voz.

— Você quer que eu fique aqui enquanto leio?

Ela não consegue decidir o que é pior: ele lendo aqui na frente dela ou em outro lugar, sentindo algo que ela não consegue ver.

— É melhor ficar — diz ela. — De qualquer maneira, tenho que estudar.

Ela olha para o livro de física. Cada célula dela está em sintonia com o toque e a mudança de página. São sete páginas impressas e ela conta conforme ele termina cada uma. Quando a última chega, ela espera que ele diga alguma coisa. Ela olha sem piscar para o gráfico à sua frente, os olhos lacrimejando. Ainda assim ela aguarda.

Por fim, ela tem que erguer os olhos. Ele está sorrindo, mas algo está errado. Muito, muito errado. Ele não parece transportado, pensativo, como se tivesse acabado de fazer a jornada que ela planejou com tanto cuidado. Ele parece — e isso é interessante, porque ela nunca tinha visto essa expressão no rosto dele, e faz questão de observar todas as suas expressões —, ele parece envergonhado.

— Então — ela diz com tranquilidade. — O que você achou?

— É mesmo evocativo — diz ele. — Você faz um ótimo uso da linguagem.

— Certo — diz ela, a fenda aumentando cada vez mais diante dela. — Escute, seja sincero, eu posso aguentar. Ajuda saber se algo não está funcionando.

— É tão sombrio — diz ele. — Tão sinistro.

— O objetivo é esse. — Seu sorriso é uma tábua de madeira pregada em seu rosto; é cimento.

— Escrever sobre essas coisas — sabe, assassinato e tudo mais —, você tem que testar e não fazer sensacionalismo.

— É vida ou morte — diz ela. — São coisas sensacionalistas.

— Talvez seja apenas uma questão de prática — argumenta ele, e a fenda escura a engole inteira. Ela percebe que ele acha que é dono do que aconteceu na Baía do Assobio. Ele acha que é algo que aconteceu com ele.

— Um dia vou escrever sobre você. — Ela usa um tom de brincadeira, mas ouve o tom transparente e agitado na própria voz.

Wilder parece nervoso.

— O quê?

Ela percebe que isso foi uma coisa imprudente de se dizer. A verdade está vazando dela. Tarde demais para retirar as palavras.

— Escrever é poder — diz ela. — Magia pura. É uma forma de manter alguém vivo para sempre.

— Por que alguém iria querer viver para sempre em um livro?

— Talvez não. Talvez o escritor os mantenha prisioneiros. — Ela se inclina e encosta os lábios no ouvido dele. — Você pode prender alguém em um livro, sua alma — fazer uma prisão de palavras. Uma jaula. — É algo que ela lembra vagamente de algum lugar. Algo sobre prender uma alma num objeto.

— Uau, Skye — diz ele, nervoso. — Toda vez que penso que você não pode ficar mais assustadora…

— Está quase na hora de servirem a comida no refeitório — diz ela. — Vamos. Talvez tenha bolo de carne de novo. Que delícia.

— Skye — ele diz. — Ei, me desculpe. Não fique chateada.

— Por que eu ficaria chateada? — ela pergunta. Ele abre a boca, mas de repente ela não consegue lidar com o que está prestes a sair de lá.

Ele a chama enquanto ela segue pelo corredor, pedindo que espere, mas ela não olha para trás. Ela quer que ele sinta a distância entre eles, a indiferença de suas costas.

Ele a encontra mais tarde na sala de recreação. Todos os caras da atlética estão brigando por causa do controle remoto, cada um querendo uma coisa diferente. Basquete, beisebol. Ela encara alguém e dá um sorriso. O cara sorri de volta e cai quando seu amigo o ataca, alto como uma árvore derrubada. Ela o encontrará mais tarde esta noite. Talvez.

— Skye — diz Wilder. Ela toma um susto. Há quanto tempo ele está aqui? — Desculpe.

— Pelo quê? — ela diz, sorrindo.

— Você saiu com tanta pressa... achei que talvez estivesse chateada.

— Que nada — ela garante. — Eu só queria muito pegar o início dessa... — ela aperta os olhos para a TV — volta? Primeira metade? Corrida?

Ele sorri de volta, aliviado por ela ter decidido fazer piada com isso.

— Coisas dramáticas. Mas realmente sinto muito se eu disse algo que... você sabe, aborreceu você.

E ela pensa, *você sentirá*.

Ela fecha a carta de Alton Pelletier com cola bastão e a coloca de volta na caixa de correspondência na manhã seguinte. Treina sua expressão para quando ele lhe mostrar. Estava sendo idiota antes, tentando poupá-lo. Ela precisa levar a coisa até o fim. O efeito sobre ele é irrelevante.

Ainda assim, ela vê o resultado quando eles se encontram no almoço. O rosto dele é como papel; como se alguém tivesse colocado uma máscara de Wilder muito fina em cima de uma ferida aberta.

Ele se assusta e deixa cair o garfo. Ervilhas espalham-se por toda a mesa, verde-acinzentadas. Uma garota de rabo de cavalo faz questão de afastar ainda mais sua cadeira de perto deles. Embora isso talvez não tenha a ver com as ervilhas.

— Você está bem? — Skye pergunta.

— Claro — ele assegura. — Só nervoso, eu acho. Tem previsão de trovões mais tarde.

Ela assente e não diz nada. Sente um gostinho do prazer. *Coisas bem extraordinárias, não é, Wilder? No fim das contas.*

★ ★ ★

Ele conta a ela do outro lado da parede, como se não suportasse encará-la — como se olhar para o rosto dela tornasse tudo real.

— Boa noite, Skye.

— Boa noite, Wilder.

— Skye? Ele respondeu — diz sua voz abafada. Há uma longa pausa. — Acho que não consigo fazer isso.

— Você consegue — ela diz. — Estarei com você em cada fase da jornada. Vou até dirigir. — Ela se pergunta se ainda está brava com ele, se estava mesmo, de verdade. Ela acaricia a parede suavemente com as pontas dos dedos. Seus sentimentos estão ficando emaranhados no fingimento. Certamente foi tudo uma encenação, para fazê-lo se sentir culpado. A opinião dele sobre a escrita dela não significa nada para ela.

A prisão é grande, embora não tão grande quanto o estacionamento que se estende como as grandes planícies da neve que cai.

— Não consigo — diz Wilder, e ele parece que vai vomitar. Ela não tenta convencê-lo. Ela o toca nos braços com timidez. Eles começaram a fazer isso cada vez mais nas últimas semanas.

— Deixe suas moedas comigo — ela diz. — Suas chaves, carteira. Caso contrário, eles vão barrá-lo. Basta levar sua identidade. E... espere — ela estica o braço para a parte de trás —, você vai ter que trocar esse suéter. É marrom-claro, eles não permitem que visitantes usem bege ou laranja.

— Por que não?

— É muito próximo das cores dos uniformes dos presidiários. Eles podem confundir você com alguém que pertence a esse lugar e nunca deixar você sair. — Ela sorri, mas logo percebe que cometeu um erro. A pele dele adquire um tom verde suave.

— Você tem que fazer isso por Nat — ela diz. — Lembra? É a última chance de descobrir a verdade.

Ele assente. Ela não diz esse nome com muita frequência, sabe o efeito poderoso que tem sobre ele. Mas eles estão na fase final agora.

Skye olha para a prisão pelo para-brisa. Ele está lá. Estranho pensar nisso.

Ela ligou para a pousada do orelhão antes de pegarem estrada, para confirmar a reserva. Fica no caminho de volta para a faculdade, e ela a escolheu porque é romântica, porque quer que seja especial e porque eles eram os únicos que tinham quarto disponível no dia de Natal. Está começando a nevar. Ela espera que eles consigam chegar à pousada — e parte dela espera que não. Ela está estranhamente assustada com o que planeja fazer.

Wilder é uma silhueta minúscula a distância; ele cresce lentamente pelo redemoinho de neve. Ela sai e corre ao seu encontro. Ele se apoia nela durante todo o caminho de volta até o carro, parando uma vez para vomitar. Seu vômito desaparece, afundando-se no branco.

No carro, longe do frio, ela o faz escrever tudo. Ela tem papel e caneta à mão exatamente para isso. A neve está caindo cada vez mais grossa. *Apenas escreva*, ela quer gritar; sabe que o tempo está acabando, logo a estrada até a pousada ficará intransitável. Mas ela precisa que ele registre tudo enquanto está fresco na memória. Então, ela mantém seus sentimentos embaixo de uma mão de ferro, não o apressa, não deixa que ele perceba seu pânico a cada hesitação, a cada pausa da caneta na página.

Eles dirigem na neve que está quase tão sólida quanto uma parede. Ele continua sugerindo que eles parem nos hotéis de beira de estrada por onde passam. Seria a coisa sensata a se fazer.

— Não — ela diz repetidamente —, esse não, esse não. — O carro tem correntes nos pneus, mas mesmo assim ela sabe que está se arriscando demais. Ela mal consegue ver a estrada sob a neve, que cai como uma chuva de cinzas.

Mas, por fim, com uma sensação interior semelhante a um grito, ela avista a pousada à frente.

— Não tenho condições de pagar pela estadia aqui — Wilder fica dizendo sem parar, e ela pensa: *Deus, quantas vezes meu coração pode se partir?* Mas não há outra escolha agora.

— Está tudo bem — ela lhe assegura. — Fique no carro enquanto vejo se eles têm vagas.

A suíte de lua de mel é tão luxuosa e extravagante quanto as fotos do folheto prometiam. A banheira tem pés. Ela sabe que eles precisam esquecer todas as preocupações para aproveitarem a estadia.

Eles também precisam de bebida. Uísque e carne juntos formam uma névoa rica e inebriante em sua cabeça.

— Você colocou mais coisa na carta — ele diz. Está bravo, mas ela sabe onde isso vai dar, é o ato de revolta inútil do animal enjaulado.

Então, ela lhe conta. Ele se afasta dela, os olhos absurdamente arregalados.

— Vou ficar no sofá — diz Wilder, e ela coloca a mão sobre o coração dele, que bate forte embaixo da palma da sua mão.

— Por favor, não faça isso — ela diz, abrandando o olhar. A vulnerabilidade genuína é um luxo que ela não pode pagar, mas sabe como fingir. Ela gosta disso. Às vezes, como agora, até sente uma vibração real. Joga os braços em volta dele e dá um tapinha em seu ombro, como se alguém estivesse dizendo *siga-me*. E Wilder o faz. Eles descobrem isto aos poucos. Ela acha que talvez ele nunca tenha estado com uma mulher antes.

— Faça de conta que sou ele — ela sussurra em seu ouvido. — Finja que sou Nathaniel Pelletier.

Skye também finge. Ela finge ser ela mesma, a pessoa que era antes de tudo isso.

Skye fica acordada, observando-o sob o brilho da lua, refletido na neve cristalina.

Quando ele se mexe, ela trata de se ajeitar no travesseiro, espalhando o próprio cabelo, para oferecer a ele o prazer de vê-la dormir. Provavelmente ela não terá espaço em sua vida para um romance ou qualquer coisa depois disso, então, quer aproveitar enquanto pode. Ele a observa, ela consegue sentir.

À medida que o amanhecer chega rosado, ela ouve o arranhar da caneta no papel. *Sim*, pensa ela, cheia de alegria, *isso mesmo, vá, escreva tudinho para mim.*

Por fim, quando o dia amanhece por completo, ela se inclina e arranca fios de cabelo dele. Wilder grita e ela sorri para ele.

Mais tarde, Skye embrulha bem apertado os fios macios de cabelo preto em um pedaço de papel e coloca o embrulho no fundo de sua *nécessaire* de maquiagem. Ela se permite essa indulgência. Algo para se lembrar dele.

A viagem de volta para a faculdade é tranquila. Às vezes, ela pensa, você consegue sentir mesmo a felicidade ocupando espaço, quase vê-la. Como um balão voando no ar.

— Vá conseguir um lugar para nós no refeitório — ela pede e ele se apressa, feliz em fazer algo por ela.

Ela aguarda até que ele esteja totalmente fora de vista. Enfia a carteira de Wilder na mochila dele junto com todas as coisas que ele levou para a viagem. Pega a pasta, aquela com a Afrodite saindo das ondas. Ela consegue sentir as palavras pulsando na pasta. Está desesperada para abri-la, para passar os olhos por ela, mas resiste. Coloca a pasta com cuidado no banco de trás, atrás dela. Skye ia deixar que ficasse com ele — ela decorou grande parte do conteúdo. Mas decidiu não fazê-lo. A pasta pertence a ela, não a Wilder. Ela mereceu.

Vou escrever do jeito que eu quiser, ela pensa, determinada. Como uma ferida no peito.

Então, ela se inclina e abre a porta do passageiro. Coloca a mochila de Wilder com cuidado na calçada. Provavelmente ficará bem até que ele venha procurá-la — afinal, a faculdade está cheia de garotos ricos — e as pessoas são, em sua maioria, honestas.

[ ]

Cão
Não

Editor
Redito
Crédito
Credite
Acredite

Tela
Nela

Pão
Não

Creditei
Acreditei
Acredite

Celas
Nelas

Acuda
Ajuda

Ajudo
Ajuda

Aluda
Ajuda

WILDER, DIAS SEIS A DEZ

Nate usava suas roupas esfarrapadas com estilo. Elas davam a impressão de serem feitas de coisas naturais — madeira e areia desgastadas pela maré.

O Som e a Adaga, de Sky Montague

Acordo com o som de respiração. Nenhuma mão me acariciando desta vez. Em vez disso, tenho a sensação de que estou sendo surrado e esticado, moldado por mãos firmes em formas geométricas agonizantes. Eu grito, mas a voz não sai da minha garganta. Em vez disso, um som de arranhar infernal — horrendo, como garras de rato na pedra, como osso rangendo, como o estalo de um galho antes de quebrar. Ou como uma caneta rabiscando o papel.

Desabo no chão com um baque.

De manhã, estou com um hematoma em um dos lados do corpo, arroxeado e fresco como uma nuvem de tempestade. Alguns deles estão amarelados e esverdeados, como se já estivessem melhorando. Há algo de horrível nisso e desço a camisa, estremecendo.

As partes verde-amareladas do hematoma têm um formato distinto. Quase como se fossem a curvatura dupla de uma serpente.

Então, hoje datilografo com apenas uma das mãos, poupando meu braço dolorido. Digito uma letra por vez, olhando de soslaio para o teclado, como se estivesse com medo de encará-lo diretamente. Há uma espécie de familiaridade nessa expressão, e eu me pergunto por que — então, me dou conta. É a expressão de Sky. É assim que ele costumava ficar quando estava concentrado.

Eu estou usando-o como uma pele.

Fui ver o filme *O Som e a Adaga* que fizeram, oh, anos depois. Claro que fui — quem conseguiria resistir? Eles embaralharam os intervalos de tempo — no filme, tudo se passa na faculdade. Um pouco da ingenuidade juvenil da história se perdeu, mas o enredo do filme conferiu à história uma certa profundidade e complexidade. Assisti ao belo Skandar ir para a caverna ao lado de Wiley, Helen e Nate. De alguma maneira, o fato de haver quatro jovens no barco, e não três, me deixou ainda mais furioso. Ficou claro como ele se incluiu.

O ator que interpretou Wiley se parecia comigo naquela idade. E o ator que fez Skandar era igualzinho a Sky. Lembranças e cinema fundiram-se ao longo dos anos. A mente trai. Então, agora, quando me lembro daquele verão, tudo o que consigo ver na minha cabeça é o filme — Helen, Nate, Skandar e Wiley naquele barco, no mar brilhante. Ele roubou de mim até mesmo as minhas lembranças.

Como pude ter me esquecido de Sky me mostrando seu conto? Talvez eu quisesse encobrir isso, porque ele ficou muito ofendido. Eu odiava quando brigávamos. Mas é claro que as coisas pioraram depois disso. Ele percebeu que eu era um escritor melhor do que ele — que ele precisava agir rápido.

É estranho como a memória está voltando agora. Desbloqueei o passado. Está tudo se encaixando. É como ser um detetive desvendando um mistério. Claro, você só precisa de um detetive quando ocorre um crime. O assassinato da minha vida, eu acho. Da minha carreira.

Relendo as páginas de hoje, outra coisa começa a puxar minha memória — mas não consigo lembrar o que pode ser. Tem algo a ver com a cicuta ter o formato de uma cenoura? Por alguma razão, continuo vendo o rosto de Harper. Em algum momento, vou conseguir me lembrar.

Estou pegando um suéter no armário quando vejo uma das bordas de um papel branco saindo de uma fenda nas tábuas na parte de trás. Posso avistar metade de uma letra cursiva, escrita com aquela tinta verde-cobra. Sei do que se trata, é claro, ou pelo menos tenho uma sensação terrível.

— Vamos lá — murmuro, as pontas dos dedos arranhando e beliscando o papel. — Vamos lá.

Pego a caixa de ferramentas e abro a parte de trás do armário com um pé de cabra. A madeira range, cede e quebra. Limpo o suor da testa.

O bilhete diz: *Sinto sua falta, sinto sua f.*

O *f* termina em uma longa cauda, como se o escritor tivesse sido interrompido. Tinta verde brilhante como grama. Parece estar molhada.

— Sky? — sussurro, embora não seja ele. Não pode ser.

— Chega — digo em voz alta.

Vejo algo caído em um canto sombreado. Branco, tinta verde. Pego o bilhete com as mãos trêmulas.

Senti muito sua falta hoje. S.

A ponta do pedaço de papel parece chamuscada, queimada, o que por algum motivo é assustador. É como se o bilhete estivesse me dizendo o que fazer com ele.

Acendo um fósforo para queimar os bilhetes, vejo a escrita desaparecer, pegar fogo. Cinzas rodopiam no ar, acima do mar, e se vão.

— Você não pode me pegar — sussurro em voz alta. — Você não está aqui, Sky. Você está morto.

Eu me arrependo de imediato porque agora que os bilhetes não estão mais aqui, fico com uma dúvida terrível e assustadora se de fato eles existiram. Sei que estou me aproximando bastante dele, penetrando-o. Será que estou me transformando nele?

Tremendo, com a roupa de cama puxada até o pescoço, espero o sono aparecer. Está escuro do lado de fora da janela. Pelo menos, acho que está. Cometas de fogo verde atravessam o horizonte.

Hoje está claro e muito frio, mas não quero ficar na cabana. Coloquei meu gorro e cachecol, dois pares de meias e as botas que Emily comprou para mim para eu caminhar em Catskills. Levo a mesa para fora.

A manhã corre bem e eu almoço lá fora também, a última caixa de macarrão com queijo. Este é meu último macarrão com queijo? Vou arrumar a casa antes de almoçar. Não quero que as pessoas pensem que estou enlouquecendo. Preciso que levem o livro a sério.

Verifico também meu *e-mail* da faculdade — se não o fizer, podem ficar preocupados. Um colega pode enviar um policial para fazer, como se chama, uma verificação de bem-estar. Sei dessa possibilidade porque Emily fez isso uma vez, quando estava na Cidade do Cabo e eu não atendi o telefone por alguns dias.

Passos interrompem meus pensamentos. Harper aparece, carregando um monte de coisas. Balde, panos, escovas, produtos de limpeza.

Sorrio e aceno e então pego suas coisas com uma terrível onda de vergonha.

— A casa não precisa de faxina — digo. Não posso deixá-la entrar lá.

— Wilder — ela diz. — Não vim esfregar a porcaria do seu chão, viu?

— Onde você está indo? — Aponto para as coisas que trouxe.

— Fazer serviço voluntário. Quer ajudar?

Quero companhia, então, assinto.

O vento ruge enquanto descemos juntos o caminho do penhasco e, quando chegamos aos braços da baía, ela está em silêncio. Hoje as pedras não estão cantando, graças a Deus. Mas há uma nota estranha e suave sobre a água ondulante e tranquila? Fecho os olhos e respiro.

Seguimos por cima das pedras de seixo que se estendem pela enseada.

— Aqui — diz Harper.

Não as vejo até me virar em direção a terra. No penhasco, alguma coisa escorre, verde. Em letras tremidas e desleixadas, as paredes do penhasco formam uma palavra em tinta verde. *Assassino.* Eu me sinto enjoado e a ponto de desmaiar por um momento.

— Quem poderia ter feito isso? — pergunto a Harper. — Eles vieram pela trilha... não, deve ter sido de barco.

Da terra, a mensagem está invisível, escondida da vista na parede do penhasco que fica para o mar lá embaixo. No entanto, se você estivesse passando de barco, enxergaria a palavra *Assassino* escrita em verde vivo no penhasco. Diretamente acima dele, você veria o bordo-açucareiro e minha mesa onde me sento todos os dias para escrever. *Assassino.* Um aviso apenas para quem está no mar, que saberá onde procurá-lo.

— Isso é uma piada?

Ela olha para mim.

— Qual é a graça? É apenas a pichação de um adolescente daqui.

— Por que escolheriam isso?

— Talvez pensem que parece durão? Legal?

— É para mim — digo. — É uma mensagem.

— Acho que não, Wilder.

— Para quem, então? Você?

Ela bagunça meus cabelos, distraída.

— Você tem que passar um pente nisso. Está encrespado como uma rama de cenoura.

De repente sinto um calafrio. *Cenoura.* A lembrança está me atormentando desde que escrevi sobre o dia em que encontrei a cicuta em Pursing Hill... eu a mostrei a Sky. Mas quem foi que *me* mostrou a cicuta primeiro?

— Harper — digo. — Você tem deixado bilhetinhos na minha casa? Pequenas mensagens escritas em tinta verde? Você sempre gostou de fazer brincadeiras.

Ela diz, tensa:

— Não tenho ideia do que você está falando.

— O que realmente aconteceu com Nat, Harper?

— Ele está morto, Wilder, como você sabe muito bem.

— Você estava carregando um saco de papel naquele dia em que a vi em frente ao centro de atendimento de urgência... tinha algo embrulhado em papel-alumínio. Uma coisa que você levou para Nat. O que era aquilo?

— Não sei, Wilder. Um baseado? Um lanche? Nada importante. Por que você está falando disso agora? Isso foi há muitos anos.

Aponto para o penhasco.

— Talvez isso tenha a ver com você, não comigo.

— O que talvez tenha a ver comigo? — Harper questiona. Ela parece confusa. — Wilder, é apenas um grupo de adolescentes de zoeira.

— Talvez você tenha aprendido que é melhor manter seus inimigos por perto. Para que eles não comecem a descobrir o que você realmente é.

Harper sorri para mim. Seu sorriso é muito largo. Cresce quase o suficiente para envolver sua cabeça, e ela tem tantos dentes, vejo isso agora, como não percebi isso antes? Como o sorriso dela é tão grande — amplo e cheio de dentes; exagerado para ser de um humano.

Subo cambaleando pelo caminho do penhasco, cego pelo pânico. Não consigo ouvir se estou sendo perseguido ou não, por causa do barulho e da minha respiração ofegante — não me viro para olhar.

Estou tremendo, mas me sinto melhor com a porta da cabana fechada atrás de mim. Eu me lembro mais uma vez do objeto em formato de cenoura que Harper levou para o centro de atendimento de urgência de Castine, quando foi ver Nat, tantos anos atrás — pouco antes de ele morrer de uma insuficiência cardíaca súbita.

Imagino aldeões com forcados. *Insuficiência cardíaca*, diriam. Como Nat. *O mar o reivindicou*, diriam. Como Sky.

Pego *O Som e a Adaga*, virando as páginas com as mãos trêmulas. Encontro-a rápido. Sky usou mesmo a cena onde eu pintei com *spray O HOMEM DA ADAGA ESTEVE AQUI* no penhasco. Mas ele a modificou. No livro, os adolescentes locais se reúnem na praia abaixo da casa de Wiley. Eles não acreditam que Anton seja responsável pelos assassinatos. São mais espertos do que isso. Picham, no penhasco abaixo, a palavra: *Assassino*. Uma mensagem secreta que só pode ser lida do mar.

Olho com cuidado para fora e depois espio por cima do penhasco. De alguma maneira, Harper foi embora, mas eu não a ouvi passar de volta pelo caminho.

Desço para a praia. A parede do penhasco brilha, recém-lavada. Sinto cheiro de detergente. Mas ainda existem vestígios de tinta verde na rocha.

Meu sono é inquieto, repleto do som da porta da frente sendo aberta, como às vezes acontece. Mas toda vez que me levanto, está trancada.

Uma catástrofe esta manhã. Não há mais café na lata.

Talvez haja um esconderijo secreto. Emily sempre faz isso — esconde estoques de coisas boas ou necessárias, como chocolate ou papel higiênico — para que, quando pensarmos que acabou, tenhamos a alegria de perceber que na verdade tem mais. Sinto falta dela.

Procuro nas prateleiras. Nada. Certo. Terei que ir à mercearia de alguma maneira. Posso ficar sem comer e dormir, posso viver sem amor se for preciso, mas não posso viver sem café.

★ ★ ★

Caminho até a estrada principal e levanto o polegar para pedir carona. O vento está cortando, gostaria de ter trazido uma jaqueta mais quente. Os carros passam rugindo. Parece que ninguém vai parar. Quem pode culpá-los? Ninguém mais pega carona e quem vai pegar um homem de meia-idade desgrenhado com olhos estranhos e salientes? Aceito a derrota e pego meu celular para chamar um táxi.

Atrás de mim, um carro encosta na beira da estrada e para.

— Wilder Harlow — chama uma voz. A motorista é uma senhora idosa de aparência elegante. Até minha visão periférica está um pouco confusa hoje; acho que deve ser falta de sono.

— Você não está me reconhecendo, hein? — A voz é familiar. As vozes não mudam da maneira como os rostos mudam. As vozes vêm de dentro de nós, e o interior nunca muda tanto quanto o exterior.

— Olá, policial Karen. — Na verdade, estou muito feliz em vê-la.

— Sou detetive agora — corrige ela. — Ou era. Agora é só Karen. Entre aqui.

— Ah — digo. — Não sei...

— Vamos lá — insiste ela —, é totalmente seguro.

Entro nervoso no banco de trás ao seu lado. Ela aperta o botão de partida e o carro anda com tranquilidade.

Procuro não olhar para a frente, onde deveriam estar o volante, o painel, o banco do motorista. Nunca vou me acostumar com carros sem motorista.

Karen Harden sorri e dá tapinhas na minha mão.

— Quanto tempo.

— Você voltou para Castine — digo.

— Ah, sim. Quando você é daqui, nunca deixa de ser daqui. — A paisagem do outono passa rapidamente.

— Você está trabalhando com a polícia daqui?

— Aposentei. É bom não fazer nada, sabe?

— Não — digo, sendo sincero. — Não sei.

— O que está fazendo aqui?

— Estou escrevendo um livro — conto a ela.

— Muitos escritores vêm aqui hoje em dia — diz ela, assentindo. — Que coisa terrível aconteceu com aquele pobre homem. Sabe, eu teria feito mais perguntas sobre aquela morte.

— Têm vândalos perto da enseada — digo, para mudar de assunto. — Moleques.

— Eu vi. Saiu no jornal.

— Você o conheceu? — pergunto de repente, sem querer. — Sky Montague. Como ele era? — Por alguma razão, quero saber que tipo de homem ele se tornou.

A policial Harden franze os lábios, pensando.

— Distante — ela diz, por fim. — Mas gentil. Sempre separava um tempo para conversar com as pessoas que queriam dizer um oi. Algumas pessoas vinham de longe. Eu o achava triste.

Castine está agitada; percebo que é sábado. Karen Harden me deixa em frente ao armazém. Ele mudou desde a minha época. O que costumava ser uma pequena empresa familiar agora é a filial de uma grande rede. As letras verdes acima da vitrine brilham sob o sol de outono. Foram feitas para parecer que são manuscritas.

— Você está bem?

— Claro — eu me apresso a dizer, desviando os olhos da placa verde. — Obrigado pela carona. Foi bom ver você. — Bato a porta do carro e me afasto rápido.

Dentro da loja pego meio quilo de café e vou até a banca de jornal. Não está na primeira página do jornal local, mas na página cinco. Uma foto deve ter sido tirada de um barco.

Ali está a cabana, a baía. Consigo até ver minha escrivaninha embaixo do bordo, se eu forçar a vista. Uma pequena mancha. Embaixo, o penhasco está pintado com *spray*. Olho mais de perto. As letras infantis são laranja, não verdes. Lê-se: *Mickey222*.

Verifico a data do jornal. Não há nenhum engano: é de hoje.

Compro o jornal e saio para a rua principal. Fico olhando o jornal à luz do dia para ver se a manchete muda. Nada acontece. A aglomeração de sábado se junta ao meu redor. Alguém empurra meu cotovelo.

— Cuidado — digo, talvez de maneira ríspida demais, eu me viro e vejo um vestígio de um cabelo vermelho-sangue. Harper. É ela. Eu a reconheceria em qualquer lugar, com suas costas eretas, seu andar, como se ela atravessasse qualquer um que estivesse no caminho.

— Harper! — grito. Mas ela se foi, escondida atrás de uma família na calçada, o pai com ar preocupado, arrastando dois filhos pelas mãos. Ele me lança um olhar desconfiado enquanto passo correndo.

Corro pela rua, esquivando-me e desviando das pessoas. Por fim, acho que vejo um vestígio de vermelho virando uma esquina em uma rua estreita, perto da antiga peixaria. Quando chego lá, não há sinal de Harper. Coloco as mãos nos joelhos e bufo de cansaço, uma dor aguda está subindo pelo meu braço. Cuidado, penso. Tenho que terminar o livro primeiro.

Gasto minutos preciosos do meu plano de celular para chamar um táxi que me leve de volta à Baía do Assobio. Só me dou conta, enquanto aguardo embaixo da placa verde da loja, suando, que Harper deve ter pintado o cabelo com sua cor natural. No outro dia, o cabelo dela estava quase todo grisalho.

A tempestade me acorda. Relâmpagos estremecem no céu lá fora, o brilho é tão forte, tudo no quarto está em preto e branco. Ao meu lado, uma respiração suave. Eu estendo a mão para a respiração, desejando-a. *Ah, deixe-me desfazer isso. Esteja aqui. Seja você. Aquela mão, acariciando meu peito.*

Ela está ao lado da cama, a mulher do mar. A água escorre de seus cabelos e roupas. O azul do vestido dela é escuro como vinho sob a luz elétrica, mas consigo ver a marca de nascença em seu ombro nu.

— Quem é você? — sussurro.

Sua boca se abre e a água jorra em um jato comprido e reto, brilhando na luz oscilante. Parece que uma faca está sendo enfiada em sua garganta. Ela está sufocando e gritando por meio da água, mas ela ainda sai, atingindo a roupa de cama e o chão com um golpe, a força de uma mangueira de incêndio, espalhando uma fina névoa de gotículas com o impacto. Acima da boca rígida, seus olhos me imploram. *Socorro*, ouço em minha mente, nítido como uma batida de sino.

Caio no chão. A umidade penetra nos lençóis enrolados em meus tornozelos. Meu rosto sai molhado das tábuas. O chão está repleto de poças brilhantes. Lambo meus lábios e sinto o gosto do sal.

Socorro, ela diz no meu ouvido. O odor se intensifica. Roupa molhada e água salgada e um leve fedor de podridão. No chão, algo brilha. Uma pegada molhada e arenosa. Devagar, levanto o olhar.

Lá está ela, acima de mim, estirada no teto.

Socorro, ela diz, e algo pinga no meu ombro.

— Quem é você? — pergunto de novo. Percebo as lágrimas na minha voz, mas por dentro estou ecoando medo.

Ela levanta um dedo. Consigo ver que ele está dobrado ao meio, como se tivesse sido quebrado. Ela começa a escrever letras no ar. Elas saem verdes e luminosas, como a luz que reflete em águas claras.

Rebecca, ela escreve com o dedo quebrado; a palavra brilha como um mar iluminado pelo sol.

Penso na mulher jovem, loura e atlética daquela foto antiga no jornal. Pego meu telefone e procuro nos arquivos de notícias pela internet via satélite. A imagem logo aparece. Lá está ela, Rebecca Boone. Solto um suspiro de alívio. Eu tinha razão. Seja o que for, não é ela — não se parece nada com a jovem pensativa encostada no parapeito da janela.

— Você está mentindo! — acuso. — Você não é ela.

A coisa paira acima de mim.

— Talvez você esteja procurando por outra pessoa — sugiro. — Sua família? Com certeza eu não sou a pessoa certa. — Será que os fantasmas fazem isso? Discam e caem no número errado, por assim dizer? — Quem é você?

Ela aponta mais uma vez para o nome, *Rebecca*.

Oh, Deus, estou deitado no chão molhado discutindo com — o quê?

Corra, penso, *apenas caia fora daqui*. A princípio, minhas pernas não me obedecem; rastejo com ela nas minhas costas, em direção à porta da frente. Se eu conseguir chegar ao ar, à luz…

Tem alguma coisa branca no capacho. Abro o bilhete com as mãos trêmulas.

Não me odeie, Wilder.

S

A insignificante tinta verde-cobra parece brilhar.

Uma pontada de dor aparece do nada na lateral do meu corpo e eu me curvo.

Levanto a camisa, estremecendo. A fina linha no meu corpo machucado é de um amarelo forte, passando para um verde-escuro. Olho do bilhete para a lateral do meu corpo e olho de novo para o bilhete. O hematoma agora tem o formato de um *S*, o mesmo formato da inicial de Sky no bilhete.

Meu estômago desce até o intestino, e por um momento penso que vou esvaziá-los aqui e agora, dentro do meu pijama. Eu grito.

Quando finalmente fico sem fôlego, ela se foi. Olho freneticamente ao redor do quarto, abro gavetas e olho embaixo da cama, mas a mulher morta não está em lugar nenhum.

Tenho uma ideia terrível. Preciso testá-la.

Procuro na pasta minha primeira edição publicada de *O Som e a Adaga*. Li essa versão anos atrás, mas não me parece real como o manuscrito.

Com os dedos trêmulos, passo para a descrição de Rebecca.

Ele estava mais próximo da mulher que se afogava e agora Skandar conseguia distinguir suas feições. Um rosto irregular e branco como giz. Ela usava algo azul, embora não fosse um maiô. Suas escápulas estavam proeminentes e famintas por baixo do linho azul translúcido. Uma marca de nascença se espalhava por um ombro. A garota parecia estar respirando rápido demais e ele tinha medo que seu fôlego acabasse. Ela já parecia meio morta. Havia um cheiro de podridão no ar.

— Qual é o seu nome? — Ele tinha ouvido falar que ser chamado pelo nome em momentos de estresse era reconfortante. Você se lembra de si mesmo.

— Rebecca — ela respondeu com fraqueza, a voz falhando, como pimenta sendo moída. Foi o som mais assustador que ele já ouvira. Nenhuma voz humana deveria soar assim.

Já li a outra descrição tantas vezes, no primeiro rascunho de Sky, que esqueci que ele a alterou para a publicação. Foi o vestido que me enganou — o vestido de Rebecca no manuscrito de *O Som e a Adaga* é vermelho. A coisa que vejo está vestida de azul. E ela tem uma marca de nascença no ombro, não uma ferida.

Por alguma razão, minhas mãos esperam que o manuscrito de *O Som e a Adaga* esteja macio, mofado e podre. Mas está seco ao toque, apenas uma pilha de papéis.

Eu o folheio na mesa da cozinha — vejo que estou batendo com a mão direita em uma área atrás de mim, como costumava fazer quando sentia Emily tentando ler por cima do meu ombro. Eu me viro e olho para a cozinha. Está vazia. Ou pelo menos parece vazia. Viro as páginas com as mãos trêmulas. Aqui está.

Ele estava mais próximo da mulher que se afogava e agora Wiley conseguia distinguir suas feições. Rosto em formato de coração, lábios carnudos e bonitos. Ela usava algo vermelho, volumoso, que se espalhava sobre ela como um sino na água. Seus ombros estavam fortes e bem torneados por baixo do linho translúcido. O pano escorregou e ele viu que ela tinha um ferimento no ombro, vermelho e repleto de sangue como uma mordida em uma maçã. A mulher estava respirando rápido demais e ele tinha medo de que seu fôlego acabasse.

— Qual é o seu nome? — ele gritou. Ele tinha ouvido falar que ser chamado pelo nome em momentos de estresse era reconfortante. Você se lembra de si mesmo.

— Rebecca — ela respondeu com fraqueza.

Mas a descrição nem sempre foi assim. A página está repleta de rasuras feitas com corretivo.

Penso na ideia repetidas vezes. Pego uma faca afiada na gaveta. Com delicadeza, bem gentil, raspo o corretivo. Logo, a mesa está coberta de pozinho branco. Não acredito que costumávamos escrever assim — com tanto esforço. Depois de alguns minutos, concluo minha escavação. Sopro com cuidado as últimas partículas de pó branco da página. Lá está. Assim como pensei.

O vestido vermelho de Rebecca era originalmente azul no manuscrito que ele me enviou, assim como na versão publicada. Sky sempre foi alguém inclinado a mudar de ideia.

Pincelo rápido a página do manuscrito com corretivo, soprando com impaciência para acelerar o processo. Por fim, está seco. Rabisco a descrição do vestido dela, substituindo o azul pelo vermelho de novo, voltando da marca de nascença para uma ferida.

Preciso que ela retorne, para testar minha teoria. Eu aguardo, o cabelo da nuca ficando arrepiado. Cada canto sombreado da cozinha parece ter olhos.

Primeiro, o cheiro aparece. Um toque de podridão no ar. Meu coração desacelera, começa a bater frio e lamacento no meu peito. Embora eu esteja esperando por ela, embora desta vez eu queira que ela venha.

Ela está aqui, a saia pingando água. Desvio o olhar, olhando sem olhar. Rebecca se mexe rapidamente de um lado para outro, tremendo para dentro e para fora da existência. Consigo ver, pelo canto do olho, que seu vestido mudou para um vermelho intenso e que também está pingando algo vermelho. Consigo sentir o cheiro do sangue do ferimento em seu ombro.

Raspo o corretivo de novo e a observo pelo canto do olho.

Uma mancha escura sobe pela barra da saia de Rebecca. Ela abre a boca em um ricto silencioso. Não consigo ouvi-la, mas posso dizer que está gritando. A bainha de seu vestido muda para um azul-escuro, da cor do oceano. O sangue seca e se transforma em uma marca de nascença em seu ombro.

O azul sobe pela saia até a cintura. Quando chega ao ponto onde estaria o coração, ela coloca a mão para proteger o local. Devagar, centímetro por centímetro, o azul sobe pelo vestido vermelho. Ela grita em silêncio. Estende a mão, implorando para que eu pare. Não é uma coisa fácil, ser reescrita. Mas você sempre pode brincar com um primeiro rascunho.

Não estou sendo assombrado por um fantasma — estou sendo assombrado por um livro. Mais especificamente, pelos personagens de *O Som e a Adaga*.

É por isso que só eu conseguia ver a palavra *Assassino* em verde na frente do penhasco. É por isso que Harper parecia tão jovem, quando a vi a distância em Castine. Não era Harper. Era Helen.

Uma risada alta me escapa, saindo intensamente de dentro de mim. Eu rio e rio e não consigo parar, mesmo que esteja doendo, eu não consiga respirar e meus olhos lacrimejem. O mundo enlouqueceu, ou talvez eu tenha enlouquecido. Não sei qual resposta é pior. Outra possibilidade, claro, é que eu já esteja morto. Um fantasma, numa espécie de sonho delirante de uma vida após a morte. Oh, Deus — por favor, não permita que eu esteja morto.

[ ]

— Vai funcionar desta vez — assegura Grace. — Porque você vai me usar.

— Sente-se e fique quieta. — Ela está ansiosa demais para me dar seu sangue. A faca abre um corte vermelho em sua pele.

— Cuidado — respondo. — Não quero ter que chamar uma ambulância.

Pego a tigela. É de aço inoxidável quando deveria ser de prata, mas vou me virar. Esta será a última vez. A última chance.

O sangue dela bate no recipiente com um barulho igual ao de chuva.

Perfuro meu dedo com uma faca afiada, estremecendo. Já fiz isso centenas de vezes, mas o hábito não alivia a dor. *Vai funcionar desta vez*, digo a mim mesma. Vai, sim. Tem que funcionar.

Deixo meu sangue se juntar ao dela no fundo do recipiente. Ouve-se um leve *ruído* quando as gotas caem. Misturo o vinho e a água do mar. Se fosse antes, eu usaria água da baía. Eu sabia que não era boa o suficiente. Então, desta vez, eu me obriguei a ir até lá. Ela tem memória, aquela água.

O teto de pedra estava vivo, refletindo os infinitos padrões de luz. As piscinas naturais se espalham no breu, uma terra escura e espelhada. Senti como se estivessem lá — todas elas — observando de seus tambores enferrujados. Então, afasto o pensamento. Elas se foram, há muito tempo. *Pegue e vá embora*, disse a mim mesma.

O toque da água era frio como a morte. Enchi uma garrafa de plástico com a água — não foi algo lá muito mágico, mas o objetivo foi cumprido.

Em algum lugar perto do fundo, algo se mexeu. Eu sabia que estava imaginando coisas, mas corri para a água, nadei para a luz, antes que pudesse ser forçada a saber.

Estou nervosa. Essa é uma magia das grandes. Nunca fiz nada tão grande antes. E já faz tanto tempo.

Pego o cabelo e coloco na tigela. Estou respirando com mais dificuldade do que deveria. A superfície da mistura gira de modo desagradável a cada respiração.

— Entre nesta tinta — peço. — Seja unido por ela. — Nada acontece, mas muitas vezes você só sabe se a magia está funcionando mais tarde.

Mas é claro que não vai funcionar. Nada disso funciona de verdade, no fundo, eu sei que não funciona. É apenas uma maneira de despejar uma pequena gota de sua vontade no grande oceano negro do universo. Às vezes, é muito difícil perder o que você ama.

— Guarde-o. Amarre-o.

As lágrimas chegam antes que eu perceba que estão vindo, escorrendo quase que de maneira dolorosa pelo meu rosto. Inclino-me para a frente e deixo-as escorrer pelo meu rosto, pelo queixo e entrar no feitiço. Lágrimas reais também são uma grande magia. Na bruxaria, você não pode planejá-las. Elas acontecem ou não.

Eu moo a pérola chamuscada e enegrecida com um pilão e um almofariz até virar pó. Acrescento à mistura. É chegada a hora.

Apanho a tigela, com o estômago já embrulhado. O aroma de vinho sobe, mas há um toque especial, um tom salgado e sangrento que faz minhas entranhas se revirarem.

Viro a cabeça, respiro fundo e prendo o ar. Bebo o conteúdo da tigela. Sinto um gosto carnoso e humano na minha língua. Corro logo para o banheiro. Sangue e vinho se misturam desconfortavelmente na minha garganta, minha língua parece envolta pela combinação. Eu cuspo metade e vomito a outra metade no vaso sanitário. Acho que não preciso engolir para que isso funcione, preciso? De qualquer jeito não consigo.

Com o restante do líquido, uso uma agulha para traçar com cuidado as primeiras palavras do livro. Pronto. Começou com sangue. Este livro ainda não terminou. Acho que essa é a chave.

Mas nada está acontecendo. Sem dúvida, deveria haver algum sinal, não? Folheio a impressão com tristeza.

Ele não vai voltar. Nunca mais verei nenhum deles.

E aí está.

Muda

Judá

Ajuda

— Olá — sussurro.

— Funcionou? — Ela pega minha mão e o amor se agita dentro de mim, estranho e doloroso.

— Obrigada — digo a ela.

— Sou toda sua — ela diz. — Tudo que quero é estar perto de você. Eu mereci isso?

— Sim. — Estou chorando. Já se passaram tantos anos desde que me permiti sentir isso — abrir esses lugares escuros para a luz do dia. É doloroso.

Olho mais uma vez para as palavras na página. Ainda não consigo acreditar.

— Funcionou.

E agora abro a boca e solto um grito, para que todos os mortos possam ouvir — finalmente voltaremos a nos reunir.

Wilder, Dia Onze

Não me lembro de ter escrito aquela seção sobre bruxaria. Devo ter brincado com aquela ideia que Sky colocou na minha cabeça há muito tempo, sobre prender pessoas em um livro.

Devo ter feito uma brincadeira.

Ótimo começo esta manhã porque acho que ela se foi — um momento maravilhoso. Verifico os cantos do meu quarto, o teto. Saio da cama, procurando as pegadas molhadas e geladas que ela deixa. Mas não há sinal algum no chão.

A esperança aumenta. Talvez ela tenha ido embora para sempre. Talvez tenha ficado entediada, encontrado outro lugar para ficar ou morrido. O que quer que seja, será que ela pode morrer?

Mas quando abro a porta do quarto ela está no corredor, esperando, flutuando, o vestido azul esvoaçando. Acho que seu rosto está ficando mais branco e deteriorado cada vez que a vejo — os lábios de um azul mais acentuado. Esta manhã, algo estava mordiscando sua orelha. Há um pedaço irregular onde deveria estar o lóbulo esquerdo. Sempre foi assim?

Ela segue logo atrás enquanto vou ao banheiro. Não me viro. Tenho uma teoria de que ela fica mais detalhada quanto mais a contemplo. Pequenas coisas, como os botões de madrepérola nos punhos, que no dia anterior não estavam lá. Ela não me acompanha até o chuveiro. Aguarda educadamente em frente à porta.

Na cozinha, passo por Rebecca com cuidado para chegar à chaleira. Não é bom tocá-la. Nem um pouco bom. Não cometerei esse erro duas vezes. Meu corpo fica frio quando penso nisso.

Não deveria ser possível tocá-los, ouvi-los, sentir o cheiro deles — síndrome de Charles Bonnet. Mas é claro que até os médicos cometem erros.

Algo cai em montes ao meu redor. As cinzas da minha vida. Nada disso, é neve. Está nevando. Percebo que alguém está me sacudindo e me preparo para gritar. Ela pode me tocar agora? Rebecca?

— Ei — diz a voz de Harper. — Entre.

Mesmo sendo uma assassina, estou muito feliz em ver uma pessoa. Eu me agarro a Harper enquanto entramos.

— Posso dizer que tudo vai parecer loucura — digo. O café fumega em minhas mãos.

E estou certo, parece mesmo. Harper me lança aquele olhar que dou aos meus alunos quando eles mentem muito mal para conseguir uma prorrogação do trabalho final. Há pena nele.

— O que está me dizendo é que o personagem de um livro está assombrando você.

— Do livro de Sky — digo, desesperado. — Não só ela. Veja. — Vou até a gaveta dos talheres. Comecei a guardar os bilhetes que encontro pela casa. Passei a ficar com medo desse verde vivo. — Olhe.

É a letra dele! Eles estão por toda parte! Estou recebendo bilhetes de um homem morto! Explique isso.

— Eles não parecem muito ameaçadores — comenta ela. — "Boa leitura"?

— É cruel — esclareço. — É isso que é.

— Você tem estado sob muita pressão — argumenta Harper. — Não acho que ficar sozinho aqui faça bem a você.

— Eu não estou imaginando isso — sussurro, mais uma vez quase chorando. — Olhe isso. — Levanto minha camisa. O hematoma em forma de S dói mais do que nunca. — Este hematoma não vai sumir; ficou nesse verde horrível, e agora continua assim.

— Wilder, é um hematoma.

— Olhe o formato! É um S. — Mostro um bilhete. Minha mão treme. — É exatamente o mesmo formato. A letra dele. A assinatura dele. Ele está *aqui. Ele assinou em mim.*

Ela diz, gentil:

— Você estava emitindo algumas acusações bem malucas outro dia, Wilder. Você está bem?

— Sei lá — digo. — Estou vendo coisas. Ou não. Não sei!

— Costumavam chamar isso de colapso nervoso — diz ela. — Gosto mais disso do que de qualquer um desses termos científicos. Porque a sensação é essa, não é? Como se tudo em você estivesse colapsando.

Não posso acreditar que Harper esteja certa. Porque o fato de ela estar certa significaria que eu realmente desisti.

— E quanto aos bilhetes?

— Talvez você os tenha escrito e esquecido — sugere ela. — Talvez você tenha trazido com você bilhetes antigos e os tenha reprimido. Talvez alguém esteja brincando com você. Não sei, mas sou uma mulher lógica e sei que há uma explicação lógica para tudo.

— Tudo mesmo? Até seu cabelo estar ruivo de novo?

— Você viu uma garota ruiva — ela diz, paciente. — Sua mente preencheu o restante. Vemos o que queremos, Wilder. — Ela me beija na bochecha. — Ligue-me se precisar de alguma coisa, está bem?

Eu a acompanho até a porta. A neve cai no cabelo ruivo e prateado de Harper, gira em torno de seu rosto e penso: *como ela é linda*. Seus cabelos são balançados pelo vento. Naquele momento, parecem saias vermelhas ondulando na água e eu quase grito.

Caminho decidido pelo jardim sob o vento forte, com uma chuva fina e gelada pulverizando meu rosto. As nuvens estão se formando ao longe.

— Saia, mostre-se! — grito para o céu. Grito de novo e de novo, até minha garganta ficar rouca e seca por causa daquele ar tempestuoso.

Uma manada de veados pasta de maneira pacífica na superfície da baía. Seus olhos são de um vermelho intenso. Faixas grossas de índigo correm pelo céu.

E sou forçado a me perguntar: será que Harper estava mesmo aqui?

Wilder, Dia Doze

Skandar congelou de horror ao se abaixar para pegar o que estava no capacho. Era uma foto Polaroid envelhecida de uma criança dormindo. Skandar procurou por seu eu mais jovem. Uma pequena mão pousou com suavidade em sua bochecha.

Somente uma pessoa poderia tê-la depositado na caixa de correio. A pessoa a quem ele dera, tantos anos antes.

— Wiley — ele sussurrou.

Ele sentiu a respiração neste momento, bem na nuca.

O Som e a Adaga, de Sky Montague

Minha cabeça lateja discretamente onde repousa sobre o metal frio. Sinto o olhar morto de Rebecca passar por mim e prendo a respiração. Mas hoje ela deve ter outros compromissos, porque segue sem aparecer. Eu a sinto recuar, ir para outro lugar.

Está tão frio. Meus dentes estão batendo de verdade. A luminosidade está cinza e pesada, nublada. Abaixo, a baía está um aço gélido. O sol está se pondo ou será que está nascendo?

Quando me sento, as teclas da máquina de escrever saltam com um clique alegre. Deixaram marcas na minha bochecha, fileiras perfeitas de reentrâncias vermelhas e quadradas, como se agora eu estivesse pronto para o posicionamento dos dedos. Desenrolo as páginas com as mãos trêmulas.

Não me lembro de ter escrito isso. A magia parece estar penetrando este livro. Ou talvez tenha começado com magia, porque existe uma possibilidade pior do que tudo isso. Não estou sendo assombrado por um livro. Eu estou *em* um livro.

"Você pode prender alguém em um livro, sua alma — fazer uma prisão de palavras. Uma jaula", disse Sky naquele dia anos atrás. Parece estranho, ridículo. Mas e se ele tivesse encontrado um jeito de fazer isso?

Um som suave ressoa na porta da cozinha e meu coração para. Mas é só o correio.

Quando olho para o que está no capacho, congelo, literalmente; meu corpo fica gelado. Não creio que sejam cartas.

Eu me aproximo, embora não queira. Tenho que me aproximar, porque estou numa trama, não é? Tenho que fazer o que o escritor quer, e nenhum escritor quer que eu me afaste, que nunca olhe para essas coisas terríveis.

Meu rosto está em paz no travesseiro, uma mão enrolada sob minha bochecha, a pele pálida como um cadáver sob o brilho do *flash*. É horrível.

Meus dedos tremem quando estendo a mão para elas. Mas eu me detenho, não toco. Porque, se eu tocá-las, e elas forem reais, saberei que isso está mesmo acontecendo.

Há passos no caminho lá fora. Alguém saiu correndo. Olho pela janela. Acabei de ver a parte de trás de uma cabeça desgrenhada. Parece um adolescente, alto e magro.

Abro a porta e grito na direção dele.

— Qual é a sua? — O ar parece vibrar com o perigo. — O que você quer? — Mas não há nada além do leve sabor mineral do mar.

Sky está aqui. Ele está ao meu redor, por toda parte. Porque todos eles são apenas parte dele, não são? Os fantasmas não existiam até que ele os escrevesse. Nada é real aqui, exceto *O Som e a Adaga*.

O hálito dela está podre na minha nuca, cheirando a morte e ao mar sem fim.

— Deixem-me em paz — sussurro.

Atrás de mim, ouço um som como o da barriga de uma cobra raspando na terra. Ou como o deslizar da caneta no papel. Fecho os olhos.

— Por favor — sussurro —, por favor, me deixem em paz.

Eu me assusto e engasgo. Tossindo, coloco o dedo na boca. O papel está úmido, encharcado. Consigo abri-lo com as pontas dos dedos, com cuidado.

A tinta verde está molhada, as palavras borradas, como se estivessem fora de foco. Mas posso lê-las direitinho.

Terra
Erra
Era
Dera
Fera
Pera
Pear
Pearl

Pearl

Verão de 1990

Eles tiram Pearl da aula de Gestão Doméstica para lhe contar. Após dez anos, a mãe dela retornou para casa. Não se afogou, no fim das contas — teria sido melhor. Efetuaram uma prisão.

Eles levam Pearl até a sala do diretor — Pearl já esteve lá no passado, mas parece diferente agora. Estão agindo como se fossem eles próprios que estivessem em apuros. O conselheiro e a enfermeira estão lá. Pearl se pergunta se eles acham que ela irá atacá-los.

— Parece que ela não está entendendo — diz o diretor à enfermeira.

— Está em choque — diz a enfermeira. — Vou medir o pulso dela. — As mãos da enfermeira estão um pouco úmidas, como se estivesse nervosa.

Pearl pensa em Rebecca abandonada em uma caverna todos aqueles anos, sozinha, debaixo d'água. Eles estavam certos, ela não está entendendo. O estranho é que é nas Polaroids que ela não consegue parar de pensar, as das crianças dormindo. Ela espera que essas crianças estejam bem. Ela se pergunta se isso entrou em seus sonhos, de alguma maneira — o clique, o *flash*. A luz noturna brilhando suave nas pálpebras fechadas.

A voz do diretor parece distante, como se estivesse debaixo d'água.

— Seu pai virá buscá-la assim que puder. Quinta-feira. — Hoje ela está usando um conjunto de blusa e casaco cor-de-rosa e pérolas. Às vezes, ela veste um terninho elegante. Há algo em seus olhos nessas ocasiões, um sorrisinho secreto, talvez. Pearl percebe que se sente ousada nos dias de terninho.

O sinal berra seu aviso e ela dá um pulo.

— É melhor você voltar para a Gestão Doméstica — diz o diretor. — As aulas vão evitar que você pense demais nisso.

Ela ouve as palavras muito bem, mas a sensação de estar debaixo d'água está piorando. A sala do diretor estremece e ondula. O som do vento aumenta na cabeça de Pearl. Ou são ondas batendo contra a parede de uma caverna?

Tudo isso acontece na segunda-feira, ela pensa, mas pode ter sido terça-feira. Depois disso, ela fica incomodada por nunca conseguir ter certeza absoluta.

Ao redor de Pearl, as meninas costuram e cirzem. Espera-se que todas saíam da escola prontas para serem donas de casa.

Muriel coloca a mão no cós da saia de Pearl. Tem uma pancinha gorda ali. Muriel aperta com força e dedos fortes. Os olhos de Pearl lacrimejam.

— Não chore — ela disse baixinho. — Você vai se meter em confusão. — É uma advertência genuína. Chorar é considerado uma forma de se exibir. Pearl entende que a maneira como Muriel age com ela não é pessoal. É só como as coisas são.

— O que o diretor queria?

— Meu tio morreu — Pearl diz, uma mentira aleatória. A verdade é preciosa, nem todos são dignos dela.

Muriel a deixa sozinha pelo restante da aula. Um tio é distante o suficiente. Todo mundo tem um tio. A descoberta do corpo da mãe de Pearl, guardado por um assassino em série em um barril de petróleo, provavelmente teria deixado Muriel desconfortável. As pessoas são imprevisíveis quando se sentem desconfortáveis.

Naquela noite, Pearl tenta invocar o topo da montanha, sua mãe, espera por sua voz, as mãos quentes em sua cabeça. Esta noite, com certeza, entre todas as noites, ela virá. *Estou tentando ficar calma, mamãe*, ela pensa. *Calma como um patinho de boa na lagoa.*

Sua mãe não vem.

Para Pearl, há trechos inteiros de lembranças faltando aqui. O funeral, as semanas seguintes, o retorno à escola. Elas não estão nubladas, reprimidas ou algo do tipo. Simplesmente desapareceram.

Nada, na verdade, durante meses — até o dia em que a nova garota chega a Fairview.

Pearl já percebe que há algo diferente quando chega à aula de história. Há um calor no ar. Um brilho. E tem alguém sentado no lugar que costuma estar vazio ao lado de Pearl. A garota tem um rosto redondo e infantil com olhos inocentes, cabelos ruivos gritantes.

Pearl sabe o nome dela, claro que sabe. Ela viu sua foto no jornal. Sente tudo se reorganizar — a sala de aula, seus órgãos, o mundo.

— Olá — diz Harper. Claro, ela não sabe quem é Pearl. A foto de Pearl não foi publicada no jornal.

Se você passa o verão nos mesmos lugares e manda seus filhos para as mesmas escolas, então, sim, é claro que mais cedo ou mais tarde eles vão se encontrar — Pearl e a garota que ajudou a encontrar o corpo de sua mãe.

Pearl abre a boca para falar. Não sabe o que vai dizer.

Harper brinca com seu broche de Fairview, girando-o nervosa entre os dedos.

Muriel chega antes dela.

— Não ligue para a Boony Aluada — ela diz à novata. Boony Aluada é como Muriel chama Pearl, por seu sobrenome ser Boone. — O tio dela morreu uns meses atrás. Ela ainda está agindo de maneira estranha por causa disso. Sou Muriel.

— Harper — apresenta-se a novata.

Muriel estende a mão.

— Deixe-me ajudá-la com esse broche.

Pearl pensa em avisar a novata, mas é tarde demais. O alfinete afunda na ponta do polegar de Harper. Os lábios da garota se abrem silenciosos, mas ela não emite som algum.

Muriel assente com aprovação e se afasta. A aula de história começa.

Pearl observa a novata tirar o alfinete do polegar. A agulha de prata está vermelha e reluzente. Ela sente que Pearl está encarando-a e ergue o olhar. Olhando Pearl bem nos olhos, coloca a ponta afiada e ensanguentada entre os lábios e chupa, deixando o alfinete brilhando, prateado e limpo. Prende-o com cuidado na lapela do blazer.

— Que nojo — sussurra Pearl, fascinada. — Você bebeu seu próprio sangue.

Harper verifica a frente da sala de aula. A professora está franzindo a testa para o quadro-negro.

Harper se aproxima de Pearl e diz:

— Não deixe seu sangue cair em qualquer lugar — ela sussurra em seu ouvido. — A cada gota, você deixa uma parte de você ali. Quem é a girafa?

— Muriel — sussurra Pearl, entusiasmada. Muriel a machucou, mas Harper não se importa. Ela encontrou uma forma de conservar seu poder. Pode voltar a respirar na presença da novata. — Quer dar uma volta depois da aula? — ela pergunta. O coração de Pearl dispara até que a novata assente.

★ ★ ★

A chuva cai em torrentes monótonas ao redor das arquibancadas, martelando o metal como aplausos. Uma aranha sobe por uma corda fina. Esse é o lugar dela, aqui embaixo, não é um local para garotas humanas — mas não tem problema, Pearl não se sente uma garota humana há algum tempo. Harper lhe entrega uma garrafa de sua mochila.

O gole que desce queimando lembra a Pearl que ela está viva.

— O que foi? — diz Harper. — Você está triste por causa do seu tio?

— Preciso lhe contar uma coisa — diz Pearl.

Os olhos de Harper ficam cada vez maiores à medida que Pearl fala, e ela coloca a cabeça entre as mãos como se a história de Pearl tivesse peso físico, como se estivesse enchendo seu crânio de chumbo.

— Caramba.

Harper toca o ombro de Pearl, apenas uma vez, e Pearl se pergunta como ela sabe o quanto deseja ser tocada agora — mas que um abraço é sufocante.

— De agora em diante — aconselha Harper —, se quiser que deixem você em paz, diga a eles que seu cachorro morreu. As pessoas se importam de verdade com isso.

Originalmente, Harper tirou isso de um livro, a magia. Ela o ganhou de presente quando era criança, então, é um livro para crianças. Na capa tem um caldeirão mal desenhado e uma mulher de cabelos compridos flutuando ao vento, com um raminho de alguma coisa na mão. Há muitas coisas sobre equilíbrio, a terra e Gaia. Harper não dá a mínima para isso. Ela está interessada no lance quente que faz as pessoas se apaixonarem por você ou apodrecer a carne viva ou mudar a cor dos olhos, talvez.

Não há informação suficiente sobre isso. Pearl e Harper abandonam o livro.

Elas descobrem que você tem que inventar a bruxaria no momento. Na verdade, não existe essa coisa de feitiço. Nada funciona duas vezes. Elas percebem que estão fazendo certo quando as bordas do mundo ficam azul, o som desaparece e são apenas as duas e tudo o que está em foco. Um pedaço de papel ensanguentado, uma casca de árvore à qual sussurraram um desejo. Sangue, misturado com a terra do sapato de uma menina, para fazê-la menstruar na frente de todos no campo de futebol. Nomes escritos em um pedaço de papel com uma data. Algo ruim vai acontecer naquele encontro, com aquela pessoa. Elas não especificam o quê. É o universo que decide.

Pearl cerra os dentes e pega uma mecha fina do cabelo de Muriel. Ao seu redor, no escuro, meninas adormecidas respiram.

A tesoura faz um barulho silencioso ao cortar. É tão alto no escuro. Mas Muriel continua dormindo.

Harper pega a mão de Pearl e a conduz em silêncio. Elas deslizam como fantasmas pelas fileiras. Alguém se vira e geme e elas param aterrorizadas, aprisionadas como estátuas de mãos dadas. Mas ninguém acorda. Pearl sente o poder disso. Elas poderiam fazer qualquer coisa com as meninas adormecidas, qualquer coisa — com seus pescoços, suas orelhas e seus olhos vulneráveis.

Elas saem pela janela solta no térreo — a trava não fica nivelada com a moldura, Harper percebeu isso no primeiro dia. Pearl nunca teria pensado em procurar tal coisa.

— Anos de experiência — diz Harper com alegria. — Em parte, magia é isto: saber o que procurar.

O ar da noite é sedoso em seus rostos e elas correm, com o coração batendo forte, debaixo de chuva até seus lugares embaixo das arquibancadas, que, imaginam, esconderão a chama de qualquer pessoa que esteja na janela olhando para a escuridão lá fora.

Elas queimam o cabelo em uma tigela de prata (tampa de lata de lixo) sob a lua cheia (provavelmente, embora esteja oculta pela garoa noturna). O pedido delas é que ela seja expulsa.

Nada acontece com Muriel, mas ela aparece com um pequeno corte na cabeça no dia seguinte. Ela continua tocando-o, intrigada.

Harper é amiga do homem que trabalha no posto de gasolina a mais de um quilômetro de distância. Ela caminha até lá quase todos os dias. As caminhadas são permitidas, são saudáveis para as jovens. Só mais tarde Pearl se pergunta que tipo de amizade pode existir entre uma garota de 17 anos e um homem de meia-idade. Harper sempre volta com hálito doce e azedo.

Às vezes, Pearl vê Harper fazendo sua própria magia. Ela sussurra para uma flor, um pássaro ou uma nuvem.

— Diga a ela que a amo — sussurra Harper. Pearl sabe com quem Harper está falando. Nathaniel Pelletier morreu antes de saber.

É triste, mas foi sensato, pensa Pearl. Que pessoa no mundo teria deixado uma adolescente levar a gravidez até o fim?

— Você acha que ele me culpa por não ficar com ela? — Harper pergunta às vezes, olhando fixo para Pearl. — Você acha que ele sabe agora? Acha que ele está com ela?

Pearl estremece ao pensar em Nathaniel Pelletier pairando acima delas em algum lugar no céu, com um bebê fantasma chorando nos braços.

— Eu estava melhorando antes de tudo acontecer — conta Harper. — Agora é tarde demais para mim. Já fui longe demais na escuridão. — Ela pega uma mariposa cujas asas estão encharcadas e a coloca com cuidado no alto de um dos pés da arquibancada para que suas asas possam se secar.

— Isso não é verdade — diz Pearl. — Temos planos. — Ela aperta a mão de Harper. De fato, elas têm planos. As duas serão artistas, escritoras ou pintoras famosas. Elas fazem feitiços com musgo e ossos de pássaros, queimando os pelos dos braços com um chiado emocionante.

— Sucesso — sussurra Harper.

— Sucesso — Pearl sussurra de volta. — Podemos fazer o que quisermos.

— Serei uma estrela de cinema como Grace Kelly, então — declara Harper, piscando os olhos. — Grace Kelly não faz todas as coisas idiotas que eu faço. Vou para o cinema. — Ela suspira. — Eu a amo.

— Mas os filmes são tão estranhos — observa Pearl. Elas acabaram de dividir um pequeno comprimido amarelo que Pearl encontrou enquanto vasculhava a bolsa de Muriel, o que ela faz com certa frequência. Está começando a fazer efeito. — São armadilhas, para momentos no tempo. — As bordas do mundo pulsam de maneira agradável.

— Você pode fazer de qualquer coisa uma armadilha; uma pintura ou uma palavra — diz Harper. Sua cabeça pende como uma flor murcha. — Você pode enviar uma alma para uma estrela, aprisioná-la na cabeça de um alfinete. — Suas consoantes se chocam sutilmente. — Qualquer coisa pode ser uma prisão.

Pearl assente, sabe do que Harper está falando. As prisões estão por toda parte, se você resolve procurá-las. No campo escuro de hóquei, um pequeno animal se mexe. O restante da chuva cai em agulhas de tricô prateadas durante a noite.

— De onde ela vem? — Pearl sussurra, enquanto tudo pulsa azul nas bordas. — A magia.

— De tudo — diz Harper, com tristeza.

Elas quase são pegas voltando ao dormitório. Pearl tem dificuldade em colocar Harper de volta na janela. Harper perdeu o controle de seus membros e está com raiva. Bate no rosto de Pearl, deixando um vergão. Pearl leva Harper ao banheiro a tempo, antes que vomite. Depois disso, Harper vai para a cama, dócil. Pearl limpa o banheiro. O ladrilho manchado está vermelho como a cena de um assassinato; o cheiro a persegue, gruda em seus cabelos. Mas tudo é feito a tempo do sinal da manhã.

Harper dorme durante as aulas no dia seguinte e fica de castigo. Nada de caminhadas até o posto de gasolina. Mas eles não podem provar nada, o que é bom. Garotas são expulsas por esse tipo de coisa. Pearl está preocupada com Harper. Harper chegou quase no fim do ano e faltou demais — ela não está acompanhando as aulas.

★ ★ ★

Harper pede desculpas a Pearl centenas de vezes.

— Sinto muito — ela continua dizendo. — Não farei mais isso.

— Está tudo bem — assegura Pearl. — Está tudo bem. — Ela acaricia o cabelo de Harper.

— Vou compensá-la — garante Harper. — Farei qualquer coisa.

— Conte-me sobre ela — pede Pearl. — A caverna.

Ela sente Harper esfriar em seus braços.

— Não posso fazer isso — ela sussurra. — Por favor, não me obrigue.

— É a única coisa que quero — insiste Pearl. Ela sente uma parte fria e dura de si sendo exposta. Não sabia que poderia ser essa pessoa.

Harper e Pearl estão sentadas embaixo da arquibancada. Agora há mais aranhas aqui, é a estação delas; dependuram-se como bombas prestes a cair. Ela e Harper são bruxas, Pearl lembra a si mesma, então, as aranhas são suas amigas. No campo, a equipe de lacrosse desliza e escorrega em poças, na lama. Parece chover o tempo inteiro em Fairview.

— Como é? — Pearl pergunta. — A aparência, o cheiro.

Harper pensa com cuidado. Isso faz com que Pearl a ame — o fato de ela responder com tamanha consideração, embora Pearl a esteja obrigando.

— Fica atrás de uma rocha — conta ela. — Parece um obelisco. Um canal estreito leva até ela. Por dentro, é meio que bonito. A água brinca no teto e tudo mais. Na maré baixa, é uma caverna com lugares para sentar. Eu costumava ir lá apenas para pensar. Com… o Nat. Cheirava a lata de alumínio, mas limpa, sabe? Nada mal. Na maré alta, é como um lago subterrâneo.

— Você ainda sente falta dele, do Nathaniel? — Uma minhoca está se contorcendo, rosada, aos seus pés. Pearl sabe que garotas normais teriam medo. Iriam se assustar e fazer cara de nojo. Mas é por isso que ela e Harper gostam daqui. Elas não precisam fingir que são normais.

— Sinto falta dele — responde Harper. Ela olha para a minhoca. — Mas tenho medo das minhas lembranças. São assustadoras.

Pearl se sente mal e percebe, olhando para o rosto pálido de Harper, que Harper também se sente mal. Pearl sabe como é difícil para Harper toda vez que revive isso. Mas ela também não consegue parar de perguntar.

— Conte-me sobre o outro — pede Pearl.

— Wilder. Ele se grudou em nós e nós o deixamos. Era um garoto doce, eu acho… embora estranho. Olhos grandes e esbugalhados. Acho que cinza ou azuis, é difícil dizer, eles eram tão… pálidos. Muita coisa rolando dentro deles, como se estivessem vazios e ocupados ao mesmo tempo. Ele tinha essa… essa ânsia nele. Pelo que, eu não sei dizer, mas era assustador… intenso. Acho que ele nem sabia pelo que ansiava. — Harper estremece. — Se eu tivesse que dizer quem fez coisas como... o que aconteceu, não teria dito que foi Nat o culpado. Teria dito que foi Wilder.

Pearl assente. Ele a assombra como uma luz no canto do olho, esse sujeito, Wilder, como uma luz que se apaga assim que você olha para ela.

— Conte-me sobre o último dia na caverna.

— Pearl — implora Harper. — Eu não quero. Por favor, chega.

Pearl tira uma garrafa de refrigerante do bolso do casaco. Ontem ela caminhou até o posto de gasolina e teve uma boa conversa com o homem de lá.

— Tome — ela diz a Harper.

Harper aceita, e Pearl odeia ter visto aquele momento no rosto de sua amiga há pouco — por um segundo, ela deixou de ser uma pessoa.

— Você começou com o tempo do divino — diz Pearl.

— Nós pegamos Wilder logo após o amanhecer — a voz de Harper está mais firme agora. Ela segura a garrafa de refrigerante com força.

Pearl sabe que se preencher detalhes suficientes, se souber o bastante, então, por fim, compreenderá, será curada. Ela voltará a ouvir a voz da mãe em sua cabeça, como costumava acontecer. Na época em que a mãe tinha acabado de se afogar, no mar, e não tinha sofrido aquelas coisas indescritíveis no escuro, antes de morrer.

— Eu quero matá-lo — afirma Pearl, quando Harper termina.

— Eu sei que quer. — Harper sabe que Pearl se refere ao Alton Pelletier.

— Vamos fazer isso — declara Pearl. — Podemos fazer isso com o sangue. — A animação a inunda, quente e inquieta. É o tipo de empolgação que vai consumi-la, ela sabe que vai. Não é bom para ela.

— Do que você está falando?

— Matá-lo.

— Pearl...

— Usaremos magia — ela diz. — Você estava lá na caverna e nadou sobre os ossos dela. E eu também tenho o sangue dela. Então, estamos conectadas.

A mão de Harper está delicadamente em cima do ombro de Pearl. Ela sabe o que Pearl quer dizer, mas não consegue. As palavras são muito poderosas por si mesmas, e se ela disser isso, jogar isso no mundo com a respiração, a ideia estará lá e Pearl terá que lidar com ela.

Se o matarmos, talvez ela retorne.

É impossível, claro, e Pearl não consegue lidar com isso, com a impossibilidade. Então, ela não fala.

Enquanto elas saem de baixo das arquibancadas, Pearl pisa na minhoca e a esmaga com o calcanhar. *É mais gentil assim*, ela diz baixinho.

★ ★ ★

Nos dias seguintes, ela não consegue parar de olhar para a pele pálida de Harper, pensando no sangue que corre por baixo dela e no sangue que corre por baixo da sua própria pele.

Ela sabe, claro que sabe, que isso é apenas uma bobagem, um jogo. Uma forma de proteger sua mente da tristeza e do medo. Mas, ao mesmo tempo, ela sabe que não é.

Harper se corta com um bisturi ao dissecar um sapo. Joga o Band-Aid no lixo depois da aula de biologia. Pearl olha para ele, pensando no feitiço que iria inventar, que a ligaria à mãe, usando o sangue de Harper.

Pearl ergue os olhos e vê Harper a observando. Ela sabe que Pearl está pensando em pegar o Band-Aid do lixo. Conhece Pearl muito bem. As pessoas sempre acham que ela fala demais, mas Pearl sabe por que ela faz isso, o fluxo incessante de palavras. Ela faz isso porque observa demais, e é muita carga para suportar, todas essas coisas que ela vê. Às vezes, ela tem que calar tudo com conversa ou com o vinho do posto de gasolina.

Pearl sabe que se existisse uma bruxa no mundo real, seria Harper.

— Não faça isso, Pearl — ela diz. — Deixe para lá.

— Vamos sair hoje à noite — diz Pearl. Elas estão caminhando, saindo da aula de biologia para a de química. Os corredores cheiram a lama e couro molhado. — Vamos pegar um pouco da unha de Muriel. Aposto que consigo fazer isso sem acordá-la.

— Esta noite não, Pearl.

— Ontem fui até o posto de gasolina — conta Pearl.

— Não! — Harper diz. Ela quase grita e algumas garotas olham para elas. Ela abaixa a voz. — Hoje não, talvez nunca.

Pearl começa a tremer.

— Como é, Harper, a caverna?

— Estou falando sério, Pearl.

Ela olha para Harper, atordoada. O som das ondas estrondosas quase abafa sua voz.

— Não vou mais fazer isso — diz Harper. — Não faz bem para você... E não faz bem para mim.

— Mas eu preciso disso — insiste Pearl. — Preciso que você me conte...

— Nós duas temos que seguir em frente. Ter uma vida.

Pearl arranha o rosto de Harper. Harper agarra seu pulso com força.

— Sinto muito — ela diz, e parece sentir mesmo.

Pearl encolhe os ombros.

— Você tem razão — ela diz. — Desculpe. Perdi a cabeça por um segundo.

Harper a abraça e Pearl retribui o gesto. Pearl também a conhece muito bem. Sabe o quanto precisa esconder seus sentimentos para que Harper não os veja.

Uma vez ou outra, em determinadas noites, Harper teve a sensação de ter Pearl em pé ao seu lado na cama enquanto estava meio acordada, meio dormindo. Pearl prendeu a respiração e ficou imóvel, e logo Harper se virou e Pearl pensou que ela havia voltado a dormir. Mas ela se pergunta agora se fez isso mesmo.

Ninguém sabe quem a dedura para o diretor, mas durante a busca encontram vinho debaixo do travesseiro de Harper.

Harper permanece ali por um segundo, fitando a garrafa. Então, ela olha para Pearl e seu sorriso é triste, não zangado.

Os pais de Harper vêm buscá-la no dia seguinte. Ninguém está autorizado a dizer adeus. Pearl observa de uma janela do andar de cima enquanto Harper entra no carro, pálida, aparentando de alguma forma ter metade do seu tamanho habitual. Pearl se pergunta o que acontecerá com Harper. Para onde ela irá? Quem se tornará?

Ela tira a boneca do bolso. É feita principalmente de seu cabelo trançado, um castanho sem vida. Mas os fios vermelhos acobreados da cabeça de Harper dão a ela uma aparência metálica em alguns pontos. Ela tirou o cabelo aos poucos, fio por fio, durante muitas noites enquanto Harper dormia. Pearl teve a ideia com base no que fizeram com Muriel.

O rostinho inexpressivo e trançado a encara. A boneca parece absorver toda a luz, uma mancha escura no dia claro. Há uma pequena marca de ferrugem no rosto da boneca, onde Pearl limpou o sangue de Harper, quando a arranhou.

— Eu não preciso mais de você — ela sussurra enquanto o carro em que Harper está se afasta esmagando o cascalho. Mas ela sabe que é mentira. Ela precisa de Harper mais do que tudo.

Pearl não sabe, mesmo agora, se realmente achava que poderia matar um homem ou ressuscitar sua mãe dos mortos com uma boneca feita de cabelo. Ela não tem certeza do que pensa agora. O pânico aumenta. Quem é ela sem Harper? Ela está sozinha, sozinha, completamente sozinha.

Pearl respira fundo. *Fique calma*, ela pensa. *Calma como um patinho de boa na lagoa.*

Quando abre os olhos, sabe o que vai fazer. Talvez ela sempre soube. Pode levar algum tempo. Pode demorar anos. Mas ela vai conseguir.

Wilder, o Último Dia

Rebecca zumbe, escurece e desaparece no canto. Parei de mudá-la no texto — no começo, fiz isso por diversão, mas deixou de ser divertido. Ela sofre quando faço isso. Agora percebo que é cruel.

Ela está apodrecendo demais; tiras de carne estão se soltando de seu rosto, flutuando livres na maré invisível. Foi boa a sensação de ter conferido a ela uma história. Parece justiça de alguma maneira. Encontrei razões para todas as coisas que estão acontecendo comigo. Rio sozinho achando graça porque *Skye* faz muito mais sentido do que o que está acontecendo na vida real.

Reli *Skye* enquanto o sol nascia. Não é muito longo — é mais um conto do que um romance. Não sei dizer se é bom ou não, apenas é. Alguns trechos não me lembro de ter escrito.

É hora de terminar a minha história também.

Encaixoto minha máquina de escrever. Coloco *Skye* ao lado dela, com um bilhete curto. Sem explicações, apenas instruções. Pedi a Harper que viesse almoçar.

Ela encontrará o bilhete. Odeio fazer isso com ela, mas não há mais ninguém.

★ ★ ★

Então, Sky encontrou um modo de me aprisionar no livro. Agora fica óbvio para mim. Vi Helen nas ruas de Castine. Rebecca me segue incansavelmente. Até Anton me fez uma visita. Skandar acaricia meu peito à noite. Nate colocou Polaroids na minha caixa de correio.

O elenco de *O Som e a Adaga* está à minha volta e só falta um personagem. Cadê o Wiley? Não existe Wiley, porque sou eu. Eu estou no livro.

Coloco um casaco. Por causa da neve mais tarde. Então, o tiro de novo. É um bom agasalho; Emily o comprou para mim. Não quero estragá-lo. Alguém pode querê-lo depois.

Sigo para trás da cabana, subindo a colina até o campo. O ar esquenta enquanto caminho. O campo está coberto de flores silvestres. Há pássaros voando. A primavera chegou sem que eu percebesse. Mas isso não pode estar certo, é muito cedo. Os pássaros são pássaros de verão, chapins, cucos, pintassilgos. O campo está coberto de grama ondulante, estrelado com margaridas brancas e amarelas. A plantação de faias está carregada de folhas. O chão abaixo delas está repleto de violetas, amarelas e roxas.

Não é primavera, é verão, um verão azul e dourado. Caminho pelo clima de *O Som e a Adaga*. A baía abaixo tem um formato diferente, a praia é mais larga. As focas deleitam-se nas rochas quentes. Não é a Baía do Assobio. É a Baía Looking Glass.

O manuscrito original de Sky está debaixo do meu braço.

Rebecca flutua atrás de mim, as saias azuis não estão deixando nenhuma impressão na grama nova. À luz do sol, sua carne supurada é um horror. Seus olhos estão brancos como pérolas. Talvez eu possa oferecer a ela um pouco de paz. Pretendo tentar. Ela pode não ser real, mas pode sentir dor, sim. Esse fato deveria ter algum significado — me dizer algo sobre a vida? Talvez devesse, mas não sei o quê.

À minha frente, ele está caminhando — Nate. Pernas finas e bronzeadas roçadas pela grama alta. *Jeans* cortados e desgastados com uma densidade tão fina que quase dá para ver o *shorts* por baixo. Uma de suas mãos acaricia a grama enquanto ele caminha.

Eu me curvo para sentir o cheiro de terra quente. Uma margarida se mexe na ponta dos meus dedos. Vejo que algo está errado com minhas mãos. Elas estão macias — os nós dos dedos não têm aqueles tufos de pelo enlouquecedores e finos que apareceram como num passe de mágica no meu quadragésimo quinto aniversário. Nada de manchas de idade, as unhas são rosadas. Jovens.

Coloco as mãos no rosto e depois na barriga. Estou mais magro; posso sentir a firmeza dos músculos da barriga, as costelas, as maçãs do rosto. Meu cabelo é espesso, o topete que cai sobre minha testa é sedoso, escuro como breu.

Vejo isso à frente, a linha das árvores, os galhos balançando e murmurando na brisa de verão. Um pombo-torcaz arrulha, um cuco. Está quente, tão quente que sinto que poderia simplesmente me deitar aqui sob o sol e adormecer. De certa forma, é isso que vou fazer.

Nas árvores, a luz é filtrada de um jeito estranho, um verde de verão. Primeiro, abro um espaço na grama e recolho gravetos para acender. Trouxe fluido de isqueiro e logo o fogo está crepitando animado. Coloco o manuscrito de *O Som e a Adaga* no fogo. As páginas se enrolam e se retorcem, depois rugem em chamas.

Nate, Skandar, Anton e Helen formam um círculo, me observando. Seus olhos são espaços vazios. Rebecca paira, sua boca se abre. Mesmo que seja silencioso, dá para ver que é um grito.

— Sinto muito — sussurro. — Só mais alguns instantes.

Sua mandíbula se estende cada vez mais para baixo; sua boca é um lugar comprido e preto, uma abertura de porta. Quando olho, vejo que há uma pequena cena iluminada dentro de sua boca — uma família fazendo um piquenique na praia. Uma mãe, um pai, uma menininha.

— Você os devorou? — pergunto a ela. — Ah, Deus, por favor, não me coma. — Suas mãos podres alcançam meu pescoço. Seus olhos brancos me encaram fixamente.

O livro está quase consumido. Chuto a pira vermelha crepitante. *O Som e a Adaga* se desfazem e, ao fazê-lo, os fantasmas do livro explodem em uma chuva de faíscas vermelhas. Há um cheiro de carne malcozida. Rebecca vai por último. À medida que ela queima, seus cabelos ficam louros e cacheados. Ela parece ficar menor, mais magra, mais atlética. Por fim, se revelou. É difícil ler sua expressão antes de ela desaparecer, mas espero que seja de alívio.

Logo o livro não passa de uma tempestade de cinzas flutuando ao vento. Colho um buquê de tulipas silvestres em sua homenagem e deposito-as sobre as cinzas que restam. Uma papoula vermelha balança na grama. Um esquilo tagarela acima, correndo de galho em galho. Há tanta vida crescendo.

A outra coisa cresce aqui também. Volto a encontrá-la sem muita dificuldade, mesmo com a minha visão — é como se quisesse ser encontrada. Frondes verdes. Começo a descer a manga para que ela cubra minha mão e eu possa agarrar a haste, e então paro. Qual seria o objetivo disso?

Este é o final certo. Terminei a história, queimei o passado. Não sobrou nada para mim. Sou um fracasso envelhecido. Mais cedo ou mais tarde, ficarei cego.

Ainda assim, hesito por um momento.

No fim de semana em que Emily esteve nos Hamptons, entrei na internet para arranjar, como se chama hoje em dia, um encontro. E eu esperei, esperei, e o cara nem apareceu. Mas ela voltou para casa mais cedo — eu não estava lá, como disse que estaria.

Emily me conhece de verdade — acho que sempre me conheceu. O engraçado é que talvez ela teria me escutado se eu tivesse conversado com ela sobre tudo. Sobre Sky e o desejo e todas aquelas coisas que flutuam em nossa escuridão, como luzes na água. Não dá mais tempo agora. É tarde demais.

Eu pego a cicuta com firmeza. O talo é esponjoso, cede com a pressão do meu aperto e a seiva fica pegajosa na minha mão. Arranco-a do chão. A raiz é como dedos disformes. Parece maligna. Eu nem tiro a terra. Também não há sentido nisso. Fecho os olhos e mordo. Tem um sabor forte e fresco, não parece veneno nem um pouco.

Aguardo. O sol se ergue mais alto sobre o mar. Nada acontece. Enfio mais cicuta goela abaixo, mastigando irritado, tentando não engasgar com a terra. Minha suspeita se transforma em certeza. Começo a rir, a boca cheia de cenoura selvagem.

Cuspo o último bocado sujo e me levanto. Pelo jeito, este não é o meu fim.

Um som no vento. Viro a cabeça de maneira brusca.

— Você está aí? — sussurro. — Rebecca? — Mas ela foi queimada… só há o vento.

Socorro, vem a voz.

— O que você quer de mim? — grito.

— Aqui — vem a voz. — Socorro. Estou aqui. — Lentamente, viro a cabeça. Não pode ser. Mas é. O penhasco está chamando. Está vindo do buraco no penhasco onde Nat guardava suas cervejas.

Vou até o buraco.

— Você não é real — digo. — Você não está falando.

— Por favor, me dê sua mão — o buraco me diz. — Por favor.

Eu não quero, mas faço, só para provar a mim mesmo que estou certo e que tudo isso é algum tipo de sonho. Talvez o fantasma dele tenha me deixado uma cerveja, penso, achando graça. Espero sentir o formato suave de uma garrafa de vidro.

— Estou com muita dor — geme a colina.

— Nat? — Mas não é a voz dele. A escuridão sobe pelo meu braço como tinta. Eu me lembro dessa sensação, de que o buraco é uma boca que se prepara para se fechar a minha volta. Avançando cada vez mais, eu me insiro na rocha, na terra. Penso em cobras, aranhas e ratos e em todas as coisas que vivem em buracos. Suspiro e me preparo, esperando sentir o pelo, as escamas lisas deslizando pelos meus dedos. Mas só há rocha áspera.

Talvez a cicuta tenha funcionado, afinal. Talvez eu esteja morto. Como eu iria saber? Estou no penhasco enterrado até os ombros.

Uma mão se fecha em torno da minha. Os dedos esmagam como um torno. A terra tem mãos. Eu arfo e luto.

Socorro, diz Rebecca de dentro da terra.

Mesmo contra minha vontade, eu me curvo e olho para a passagem rochosa.

Dedos agarram os meus, escuros de sujeira e sangue. Posso ver as unhas crescendo, pretas de terra. Atrás, um brilho na escuridão. Um olho pisca. Estou em um sonho. O campo olha para mim com seu olho cintilante.

Então, eu grito, um som cru que vem do meu interior. Preenche o ar com um ruído irregular.

— Você me encontrou — diz a voz de novo, e não é Rebecca. Não é uma mulher.

Eu paro, fraco.

— Sky? — Nenhum som nas alucinações, digo a mim mesmo mais uma vez. Não deveria haver *som*.

Então, finalmente enlouqueci. É isso.

— Wilder? Ah, Wilder, é você.

A equipe de resgate leva um dia, trabalhando com picaretas e furadeiras, para alargar o buraco no penhasco e tirar Sky. Ele está magro, quase irreconhecível. Sua mão esquerda está envolta em um tecido sujo e enlameado. Ele não consegue parar de tremer e mostrar a língua, como se ainda estivesse tentando lamber o escoamento do riacho que escorre pelas paredes da caverna.

O esconderijo de Nat desce até as entranhas da colina. Na parte inferior há uma câmara. Há uma estreita entrada subaquática saindo da enseada, que foi fechada por um desmoronamento de rochas. Nela, há um barril de metal, com superfície áspera pelo tempo. Ela foi finalmente encontrada — a mulher desaparecida do barril de petróleo.

Eles a identificam pelas impressões digitais. É Arlene Pelletier, mãe de Nat. Ela nunca deixou a Baía do Assobio, afinal.

— Continuei indo em direção à luz — diz Sky.

Seu quarto está silencioso, há apenas o discreto zumbido dos aparelhos. Não sei o que todos eles fazem. Há um sinal sonoro suave e intermitente. De trás da porta vêm os sons abafados de um hospital à noite.

Sky não conseguiu se alimentar no início, mas ontem retirou a sonda nasogástrica e abriu um pote de purê de maçã. Os ruídos de prazer que faz enquanto come são quase obscenos.

— Você quer que eu deixe você sozinho com isso? — pergunto.

Ele parece assustado.

— Não — ele responde —, por favor, não me deixe sozinho. — Eu me arrependo imediatamente por tê-lo provocado. Ele ainda está pálido, quase tão pálido quanto seu cotoco enfaixado de branco. Eles não conseguiram salvar a mão. O que sobrou dela.

— Eu não estava falando sério — afirmo, tocando sua mão remanescente. — E você não precisa falar sobre isso se não quiser.

— Eu quero, Wilder. É maravilhoso ter alguém com quem conversar. Ter você aqui. Mmm. — Ele emite um ruído apreciativo e enfia a língua no pote de purê de maçã.

— Quase três semanas sem nada além de caranguejos — comenta ele. — Você já comeu um caranguejo vivo com casca, Wilder? É horrível. — Sua voz ainda está rouca. Ele passou dias gritando, pedindo ajuda embaixo da colina.

— Mas eu sempre conseguia vê-lo nos seixos... aquele pequeno quadrado de luz. Rastejei o máximo que pude todos os dias. Às vezes, só uns poucos centímetros. Parecia nunca chegar mais perto, então, às vezes, eu pensava que estava imaginando aquilo, a luz do dia. Mas à noite eu também conseguia ver estrelas e pensava, bem, poderia até estar sonhando com o dia, mas não com os dois — a luz do sol e a luz das estrelas. Não sei por que estava tão convencido disso, não faz muito sentido. Você se limita quando está preso no escuro daquele jeito. Você reduz tudo a algumas poucas certezas.

Ele encontrou a caverna quando numa noite estava ancorando seu barco na Baía do Assobio.

— O que você estava fazendo lá no escuro? Aliás — faço uma pausa —, o que você estava fazendo *lá*?

— Bem — ele diz, parecendo envergonhado. — Às vezes, quando estou aqui, vou para a cabana à noite. Se estiver vazia, eu entro. O trinco daquela janela está muito frouxo. Você deveria consertar aquilo.

— É bom saber — digo, seco. — Por quê?

— Deixo bilhetes para você — explica ele, de repente tímido. — Só para o caso de você voltar para cá. Não são longos, só uma ou outra palavra. Eu os escondo pela casa.

— Por exemplo, atrás de rodapés e fundos de gavetas?

— Sim.

— Isso — falo — é assustador para cacete.

Ele sorri.

— Parece mesmo assustador, agora que digo isso em voz alta... tenho passado por um momento difícil nos últimos dois anos. Tenho pensado em coisas que eu poderia ter feito diferente. — Ele faz uma pausa. — E eu achava romântico. Na época. — Nós nos entreolhamos.

— Então você estava na enseada...

— Certo — ele se apressa em dizer. — A âncora estava presa em alguma coisa, então, pulei para pegá-la e lá estava ele, o buraco estreito e escuro, uma caverna... eu conseguia ver a borda da abertura, logo acima da superfície.

— Não faz sentido — digo. — Como é possível que não soubéssemos? Como poderíamos não ter visto isso?

— As marés mudaram nos últimos trinta e três anos. Os níveis do mar estão diferentes. De todo jeito, nadei até lá. E eu o encontrei, o barril de petróleo, preso na rocha. Tentei tirar ela de lá e foi isso que aconteceu. Quando eu a mudei de lugar, ocorreu o deslizamento das pedras. Foi tão barulhento, tudo estava caindo ao meu redor, pensei que fosse morrer. Quando tudo ficou em silêncio outra vez, fiquei surpreso em ver que estava vivo. Depois, comecei a desejar não estar.

"Levei uma bela pancada na cabeça. Quando acordei, minha mão estava enterrada sob essas pedras pontiagudas, até o pulso. Eu estava com muita dor. Não conseguia enxergar, mas percebi que havia perdido um dedo. Parecia que estava pegando fogo. Eu podia sentir o cheiro de sangue.

"Quando a maré subiu, a caverna encheu até a metade. A água subiu até o meu peito. No dia seguinte, estava mais alta, quase na altura dos ombros. Eu sabia que se ficasse lá por muito tempo, iria me afogar. Eu tinha que me soltar. A faca estava no meu cinto. Eu a levara comigo, caso precisasse soltar a âncora. — Ele para, engole em seco. — Mesmo assim, levei três dias para tomar a decisão de cortá-la — conta ele. — Minha mão.

"Fiz um torniquete com tudo o que consegui arrancar das minhas roupas. Consegui tirar meu cinto. Demorou mais do que eu pensava. Eu não conseguia fazer muita coisa de uma vez. Tive que serrar em etapas. Mas eu estava ficando cada vez mais fraco e não conseguia atravessar o osso."

Eu me sinto tonto.

— Como foi que você…

— Eu me lembrei daquele sonho que você costumava ter. No fim, eu simplesmente… puxei e a pele saiu como uma luva.

— Meu Deus — digo, com um calor subindo pela minha garganta. *Desenluvado*.

— Isso salvou minha vida — explica ele. — Foi interessante, de certa maneira, olhar para minha mão sem carne. Embrulhei-a no que restava da minha camisa, mas sabia que nunca mais a veria, de uma forma ou de outra. Será que o restante da minha mão ainda está lá embaixo? Será que os caranguejos estão me devorando agora?

— Como você consegue sorrir? — pergunto, tremendo. Imagino uma luva de carne ensanguentada presa na rocha.

— Estou feliz — diz ele, surpreso. — Estou vivo quando tinha certeza de que iria morrer. E você está aqui. Sempre tive esperança de ver você de novo. — Ele toca minha mão de leve com a mão boa. — Eu conseguia ouvir sua voz, Wilder. Achei que estava sonhando… pensei que a morte estava vindo me buscar. Gritei para você. De novo e de novo.

— Ouvi você pedindo ajuda. Achei que você fosse uma alma do outro mundo.

— Fundo — ele diz.

— Fungo — eu digo.

Sky inclina a cabeça. Seus cabelos ruivos bagunçados têm mechas grisalhas.

— Tudo ficou tão zoado entre nós — diz ele.

— Sim, totalmente fodido.

— Não quis dizer "ferrado", Wilder? — Ele levanta a cabeça e olha para mim com um leve sorriso.

— Não — digo. — Não quis.

— O que eu não entendo — diz ele — é o que você estava fazendo lá. Eu tinha acabado de me arrastar até o buraco. Se você tivesse chegado um pouco depois, acho que eu poderia estar morto. Eu estava quase morto. Como você chegou lá naquele momento?

— Não sei — respondo. — Mas de alguma maneira seu livro me levou até lá. Não consigo explicar. *O Som e a Adaga* me levaram até você.

— Isso é... uma baboseira, Wilder.

— Talvez baboseira seja tudo o que nos resta.

Todos os médicos e enfermeiras se apaixonam por Sky. Mesmo dez quilos abaixo do peso, com seu crânio cadavérico, seu sorriso é mais caloroso do que nunca.

— Ele é um homem tão fascinante. Vocês dois devem ter conversas muito interessantes — uma enfermeira me diz, ofegante.

— Ah, tenho certeza que teremos — digo, seco, encarando Sky.

De algum jeito, não há dúvida de que ele irá para a Cabana do Assobio quando tiver alta do hospital.

Acordo com seu braço sobre mim, seu calor nas minhas costas. Bocejo e me preparo para enfrentar o frio da manhã. Ainda está escuro. O inverno é difícil. A neve cai e algumas vezes não há energia elétrica por cerca de uma hora.

Sky emite um som de reclamação e bate no meu ombro, tipo, *fique quieto*.

— Chiu — digo. — Não precisa se levantar ainda. — Começamos a dividir a cama para nos aquecer, depois que o aquecimento foi cortado uma noite.

Sky está muito melhor, mas ainda está fraco. Corto a comida para ele, ajudo-o a se vestir e a pentear o cabelo.

— Poderíamos ir para outro lugar — digo quando levo mingau de aveia para ele. — Para o sul. Para a Califórnia. Não seria melhor? — A luz está chegando pelo mar.

— Odeio a Califórnia.

— Ah — digo. — Bem, tenho certeza de que foi a Califórnia que começou. — Ele está sensível nos últimos dias.

Estou enfiando o braço de Sky em um cardigã quando ele me detém, impaciente.

— Não vou pedir desculpas a você pelo que aconteceu naquela época — esclarece ele. — Você sabe disso.

— Ah — respondo. — Eu sei disso. Acredite, sei que tipo de monstro você é.

— Essa história não pertencia a ninguém. Era tão minha quanto sua.

— Acredite na justificativa que você quiser — retruco. Desço a manga delicadamente por seu braço mutilado. Ele está se recuperando bem, mas ainda sente dor ali, na mão que falta. — Você se lembra daquela primeira aula de arquitetura? — pergunto, alheio. — Você...

— Eu lhe dei meu casaco — diz ele.

— Estava tão quente — digo. — De você. Era como estar dentro da sua pele. — E de repente ficamos conscientes: do mar murmurando lá fora, do bordo com suas folhas silenciosas e, acima de tudo, ficamos conscientes do espaço, do tempo e da pele, dos nossos corpos, das minhas mãos nele.

— A questão é — continuo — que você me curou, de certo modo. Nunca mais tive um ataque de pânico depois que aquele livro foi publicado. Eu estava com muita raiva.

— Há um pacote para você na última gaveta da cômoda — diz ele. — Eu mandei entregar.

Ela não mudou com o tempo, talvez tenha ficado um pouco desbotada, mas ainda a reconheço — Afrodite, saindo das ondas. As páginas estão nítidas, o texto datilografado esverdeado pelo tempo. É estranho voltar a segurá-la em minhas mãos. *O Homem da Adaga da Baía do Assobio*.

— Você a guardou.

— Lógico.

— Estou tentando de novo — falo. — Escrever.

— Preciso saber que você não vai tentar aquela outra coisa de novo, Wilder… aquela proeza com a cicuta. Pode me prometer isso?

— Você só está vivo porque eu tentei fazer aquilo. Imagine se eu não estivesse lá.

— Preciso saber.

Olho para o rosto dele, obscurecido por vermes azuis brilhantes, contorcendo-se. A mancha branca está se espalhando rápido pela minha visão.

— Logo ficarei cego — digo com amargura.

— Há coisas piores do que ficar cego. Prometa-me. — Sua mão está quente em minha bochecha.

★ ★ ★

Vejo as visões por mais alguns meses — pequenos desfiles de elfos marchando até os abajures. Lindas folhas brilhantes balançando no ar, como corais vivos na maré. Mas nada do passado. Essa parte parece estar resolvida.

O inverno chega. Em Castine, dizem que a casa dos Pelletier está vazia agora — Harper se foi, ninguém parece saber para onde. Fico feliz. Parece que algum feitiço foi quebrado, libertando-a deste lugar. Talvez todos nós possamos seguir em frente agora.

Minha visão se deteriora drasticamente. A escuridão começa a tomar conta. Assim que Sky puder se movimentar, ele terá que começar a cuidar de mim.

Sinto a primavera chegar, em vez de vê-la. É fim de tarde, está muito quente na cozinha porque o forno está ligado. Sky abre a porta, embora a claridade esteja intensa. Sinto o cheiro das marés frias da primavera, o despertar da terra. Há um trator trabalhando num campo em algum lugar. Um melro cantarola na floresta atrás. Sky está escrevendo algo. Ouço o arranhar de sua caneta. Me faz pensar em um celeiro quente à noite. O *timer* dispara e ele se levanta. O forno abre, há uma breve e leve onda de calor.

— Arraste sua cadeira — ele diz. — O jantar está aqui. — Eu me movo com cuidado; ainda estou me acostumando com a escuridão. *Coisas comuns são maravilhosas*, penso.

— O salmão está bem à sua frente — orienta Sky. — As ervilhas estão um pouco à esquerda. As batatas um pouco abaixo, à direita. Você quer molho de agrião? É uma receita antiga de família. — Não conto que o ouvi abrir a caixa. Às vezes, eu o deixo mentir para mim sobre pequenas coisas. Eu sei que ele precisa disso.

Sky descreve onde a comida está no prato, para que eu saiba o que estou comendo. Em contrapartida, cortei as batatas para ele. Ele ainda não colocou sua prótese de mão. Gostamos de comer cedo, antes que a luz se vá, porque ainda consigo ver o pôr do sol se estiver vermelho o suficiente, e além disso, é assim que preferimos — então, quem se importa se é a hora em que os idosos se sentam para comer?

Quase consigo abafar os pensamentos perdidos que me atormentam durante a noite, enquanto Sky dorme ao meu lado. Nat e Sky perderam uma mão. É simétrico. Organizado. Quase como se alguém tivesse escrito.

Penso nos nossos nomes, nós três, jovens, como éramos. "Wilder", às vezes sussurro para mim mesmo. "Nathaniel, Harper". Todos temos nomes de escritores. É muita coincidência. *Harper. Wilder Harlow.* Os nomes soam bem juntos. O tipo de coisa que nunca aconteceria na vida real, mas que poderia acontecer em um livro.

Respiro fundo. Tais pensamentos não levam a lugar nenhum. Eu tenho que começar a confiar algum dia. Nisso. Nele. Só porque não consigo vê-lo não significa que ele não esteja lá.

— Você consegue, Wilder? — Sky pergunta, interrompendo meus pensamentos. Percebo que ele está lutando com o molho e encontro a tigela com mãos cuidadosas e despejo sobre o salmão. O perfume sobe, cremoso. Os cheiros se tornaram uma tapeçaria para mim. Há muito mais potencial neles do que jamais pensei, quando tinha a visão. É um livro em si.

— Formamos um belo par, não é? — Sky comenta, alegre.

— Acho que nunca superei aquilo — digo, deixando de repente a tigela de molho num estalo violento. — Eu nunca superei o fato de você ter ido embora.

Há um longo silêncio. Uma coisa terrível de ser quase cego é que você não consegue escanear o rosto das pessoas. É preciso aprender a interpretar os silêncios, a respirar as emoções que saem da pele das pessoas. Mas não consigo interpretar desta vez. Não sei o que ele está pensando.

— Senti saudade de você — declaro. — Estou sentindo saudade desde então. A saudade é pior do que a dor. Vive dentro de mim, me consome como um parasita. Não vou aguentar se você for embora de novo.

— Tive uma ideia — diz ele, por fim. — Se nós dois ficarmos no mesmo lugar, não sentiremos falta um do outro. O que você acha?

Há um estrondo que me assusta, atinge direto minhas entranhas.

— Aquela maldita porta — diz Sky. Ouço-o se levantar e fechá-la, mas ela se solta de novo e bate na parede com um estrondo.

O vento sopra forte, invadindo, empurrando como um valentão, agitando meus cabelos e roupas e todas as portas da casa batem forte e as janelas sacodem com violência. A mão de Sky encontra a minha, ele joga seu braço quente ao meu redor. Estamos sem fôlego, agarrados um ao outro.

O vento assobia pela casa, levantando objetos em seu caminho. Está tudo flutuando? A imagem me vem à cabeça: móveis, camas, mesas, cadeiras e nós, todos sendo sugados porta afora, jogados ao mar vasto e terrível, lançados nas profundezas, perdidos para sempre.

— Estou sendo soprado para longe? — pergunto a Sky. — A casa ainda está aqui?

Sky me abraça com mais força.

— É o vento — responde ele. — Só o vento, querido.

E com suas palavras sinto de novo o chão sob os pés e consigo sentir aquele cheiro mineral azul-esverdeado no ar. Prendo o lóbulo de sua orelha devagar entre os dentes e puxo. Haverá neve antes do anoitecer.

Fim

Baía do Assobio, Maine, 2011

PEARL

2011

Pearl Boone termina de escrever o livro quando a luz do amanhecer se espalha pelo mar. As palavras pulsam na tela à sua frente.

Baía do Assobio, Maine, 2011

Sua cabeça dói, ela se sente assustada e enjoada. Primeiro rascunho feito. Não está terminado, mas está lá.

É ousado, faz experiências com a forma, é metaficção. Toda essa porcaria que os críticos gostam. *O Som e a Adaga* vendeu bem, mas ninguém o respeitou de verdade. Ela espera que eles respeitem este. Então, ela pensa — *por que, depois de todos esses anos, eu me importo?*

Pela janela, o mar é cinza-chumbo, branco ofuscante. Está frio lá fora; tudo o que ela quer fazer é se aconchegar na frente da TV. Mas ela não pode, tem uma promessa a cumprir. Ela vai lá toda vez que conclui um livro.

Ela coloca as botas, um suéter, uma jaqueta. O vento corta seu rosto. Castine está quieta, com frio, dormindo durante o inverno. Ela não suporta ver tantas vitrines fechadas com tábuas. De alguma maneira, lembram-lhe a morte. Pearl avança ao longo da costa rochosa, o ânimo aumentando. Será uma pessoa diferente agora que colocou tudo no papel, ela tem certeza. Estará livre. Por outro lado, ela sente isso toda vez que termina.

Fica a apenas dez minutos a pé da cidade, mas poderia ser outro mundo. A praia alcatroada, repleta de detritos da maré. Garrafas plásticas vazias, sapatos sem par, fragmentos de rede. E a própria casa velha, curvada sobre o cascalho, como se guardasse um segredo.

Camadas de tinta descascam para revelar com o tempo a madeira cinza prateada nua. Há um balde vazio do KFC pendurado no portão. A única vidraça restante pisca ao sol da manhã como um olho brilhante.

Seca, ela pensa. *Peca*. Aquele velha brincadeira que seu pai a fazia jogar quando ela chegava bêbada. *Ela esteve aqui*, pensa ela, como sempre faz. É um lugar sagrado por esse motivo. Acham que ela morreu aqui. Rebecca Boone. Pearl não se aprofunda nas razões disso, deixa sua mente cobri-las com um misericordioso veludo preto. Mas ela sente o poder da casa. É o último lugar onde sua mãe esteve viva e, portanto, Pearl está ligada a ela aqui.

Ela testa a si mesma, mas conhece seus limites hoje em dia. Ela nunca entra. As pessoas fazem isso, o tempo todo. A garotada continua invadindo a casa em busca de fantasmas — como a garotada faz desde que o mundo é mundo. Ela também não volta para o lado do mar, até o pequeno cais onde o barco atracava.

Pearl já recorreu várias vezes ao conselho municipal para demolir o lugar, mas ele continua preso em zoneamento e burocracia. Eles não admitem, mas a casa é uma atração turística. Às vezes Pearl consegue vê-los do barco no verão, caminhando em uma longa linha, em fila indiana, pela praia estreita na maré alta, para ver o local onde as mulheres foram mortas. As telhas do telhado desapareceram. As pessoas as levam. O teto é nervurado e vazio como o esqueleto de uma baleia.

Às vezes, Pearl as imagina, essas telhas, colocadas sobre lareiras ou mesinhas de cabeceira ou guardadas em caixas de sapatos nos quartos dos adolescentes. As pessoas gostam de dormir no mesmo quarto que uma telha que antes absorvia o som das mulheres morrendo? O conselho encheu o porão com terra, pelo menos. Pelo menos, isso eles fizeram.

Pearl se vira para começar a caminhada de volta ao carro e então para. Há um som no ar, é inconfundível. Choro. *Que não venha daí*, ela pensa. *De qualquer lugar, menos daí.* Mas ela logo percebe, com grande pesar, que há uma criança chorando na antiga casa dos Pelletier.

O barulho de choro aparece de novo, de dentro da casa. Talvez não seja uma criança, mas um adulto. *Talvez alguém tenha vindo aqui para ficar a sós com sua tristeza*, Pearl diz a si mesma. Talvez Pearl, na verdade, esteja incomodando essa pessoa e deveria apenas ir…

— Você está bem? — Pearl pergunta.

— Meu pé está preso — responde uma vozinha.

Droga, ela pensa.

— Certo, fique parada. Não se mexa. Estou entrando.

A porta ainda está de pé, mas Pearl não gosta da aparência dela. Há algo de assustador em abrir uma porta para um lugar aberto para o céu. Ela passa por um buraco na parede.

— Onde você está? — Mas ela vê a perna pendurada no teto, ensanguentada. A garota estava explorando as escadas e pisou em um local podre. As tábuas cederam como manteiga que ficou fora da geladeira a noite inteira.

— Estou indo — diz ela, sentindo de repente dificuldade para respirar.

Os degraus estão firmes; alguém colocou tábuas novas sobre as velhas e apodrecidas, martelando-as nas vigas. *Claro, ótimo*, pensa Pearl. Facilite o acesso a esta armadilha mortal.

A porta do que antes era o quarto de Nathaniel saiu das dobradiças. Está apoiada na parede. Ela está lá, agachada no chão. Uma das pernas está enfiada no buraco da tábua podre. Há sangue na madeira velha e tudo gira em torno de Pearl por um segundo. *Mais sangue*, ela pensa. *A casa se alimenta disso.*

— Eu caí — diz a garota, sem necessidade. Ela tem um queixo proeminente e cabelos acobreados. Seus olhos estão arregalados de medo.

— Entendi. Está doendo?

— Um pouco. — Ela estremece ao dizer isso. Um novo fio de sangue corre pelas tábuas, escuro como uma ameixa.

— Vou ajudar você — Pearl diz, calma. — Mas preciso pegar algumas coisas no meu carro. Consegue esperar? Não se mexa enquanto eu estiver fora. Fique totalmente imóvel. Você consegue ficar assim?

— Acho que sim — responde a garota. Suas pupilas estão dilatadas, dois sóis negros. Ela está em choque.

Pearl corre de volta pela praia, o coração quente na garganta. Ela conseguia ver o branco dos ossos em meio à desgraça vermelha na perna da garota. Ela liga para a emergência assim que consegue sinal de celular. Virão assim que puderem. Pode levar uma hora; é época de queda de árvores, as estradas estão ruins.

Ela pega a serra de seu porta-malas. Todo mundo tem uma dessas à mão nessa época do ano — galhos caídos vez ou outra bloqueiam as estradas. Ela pega um cobertor no banco de trás e abre o pequeno *kit* de primeiros socorros que guarda atrás do estepe. Olhando para o conteúdo, sente medo. Um rolo de gaze, antisséptico, pomada para picada de insetos. Pensa na carne ferida na perna da garota. É um *kit* para cortes e arranhões, não para ferimentos onde o osso está à mostra como um sorriso tímido.

— Vamos trabalhar com o que temos — diz ela em voz alta para si mesma.

Ela deve ter corrido bem rápido de volta pela costa; não se lembra de ter feito isso, mas de repente está lá, piscando diante da casa em ruínas.

Sobe as escadas com cuidado, olha para a garota presa no chão, para a abertura irregular e lascada. Ela não atravessa a soleira do quarto por enquanto. Será inútil se as duas caírem.

Pearl pensa. Examina a porta, que está encostada na parede. Ao contrário do chão, parece sólida. Deita-a com cuidado no chão, em cima das tábuas apodrecidas. Se rastejar até lá e estender os braços, deve conseguir encostar na garota.

— Vou mandar esta serra para você — diz Pearl. — Consegue pegá-la? Alcance só com o braço, não mude o peso do corpo. Tente não mexer a perna.

— Está bem.

— Aí, vou rastejar até você.

A garota agarra a serra pela lâmina quando passa perto dela. Um de seus dentes afiados perfura o dedo dela. Uma gota de sangue brota. Uma princesa em um conto de fadas. Parece tão insignificante comparado ao ferimento exposto na perna — mas todos os ferimentos são relevantes, não são? Pearl sente um turbilhão de pensamentos, o pânico aos poucos esticando os próprios pequenos tentáculos vermelhos.

Não, ela pensa. *Fique calma. Calma como um patinho de boa na lagoa.*

Ela respira fundo e deita-se de bruços. Nesta posição, ela sente o cheiro da casa Pelletier. Está à distância de um beijo de seus ossos, de seu corpo.

Pearl rasteja devagar pela porta. Seu suéter sobe e ela sente a areia e a poeira arranhando sua pele, sente a sujeira do lugar tocá-la. *Não importa*, ela volta a pensar. É uma espécie de mantra para ela. *Não importa, não importa.*

As tábuas rangem embaixo dela e ela recupera o fôlego, sente a queda, vê sua morte. Mas as tábuas permanecem sólidas.

Quando chega perto da menina, senta-se bem devagar, um movimento de cada vez. Apoia-se nas mãos. Vira-se. Abaixa-se até ficar sentada. Quando termina e ela e a garota ficam cara a cara, sorriem uma para a outra, a felicidade que bate pelo sucesso até ali. A garota estende a mão e aperta a mão de Pearl brevemente.

— Está bem — diz Pearl —, lá vamos nós. — A serra morde e mastiga a madeira velha e lascada, que está repleta de pontos moles. O cheiro de podridão surge enquanto ela corta. A textura é de algo morto que estava caído.

— Ai — Pearl chupa o dedo.

— Você está bem? — A garota parece apavorada. Pearl consegue entender o porquê. Umas poucas gotas de seu sangue se derramam, marcam os *jeans* desbotados e imundos da garota e Pearl a vê perdendo a cor, nota a lividez rastejando por seu rosto.

— Sou Pearl. Qual é o seu nome? — ela pergunta.

— Gracie.

— É um nome bonito — diz Pearl.

— Eu vou mudá-lo.

— Por quê?

— Minha mãe me deu. — Gracie torce o nariz, desconfortável. — Ela não me queria, então, por que eu deveria ser quem ela queria?

— A minha foi assassinada — Pearl escuta sua própria voz falando. As duas absorvem a declaração por um momento.

— Mudei meu nome de Pearl para Skye enquanto estava na faculdade — conta Pearl.

— É um nome legal, Pearl.

— Imagino que sim.

— Por que você mudou?

— Eu me sentia pretensiosa naquele dia. Talvez estivesse cansada de ser eu. Mudei de volta depois.

— Você escreve os livros — diz Gracie. — Eu conheço você.

— Sim.

O rosto de Gracie se contrai de dor. A anestesia do choque está passando.

— Meu melhor livro foi o primeiro — Pearl se apressa em comentar. — Acho que todos os outros são péssimos.

Gracie sorri, do jeito que os jovens fazem quando os adultos tentam ser legais falando palavrão na frente deles.

— Foi sobre o que aconteceu aqui — diz Pearl. — Nesta cidade. Neste lugar. Ou, pelo menos, na Baía do Assobio, na costa. Mas mudei o nome. Chamei de Baía Looking Glass no livro. Foi sobre os assassinatos.

— Eu sei — diz Gracie. — Eu li. Li tudo sobre eles.

— Claro que leu — observa Pearl. Ela sabe que Gracie é jovem, tenta não deixar a raiva crescer dentro dela. Por que as pessoas precisam vir aqui assim? Ficar olhando, imaginar o sofrimento. É como se estivessem alimentando a casa, mantendo-a viva. Mas não é isso que ela mesma está fazendo, de certa forma?

— De onde você é, Gracie?

— De toda parte — responde Gracie, e Pearl sente o peso por trás das palavras. Percebe os sinais. Mãos limpas mas unhas sujas; um colar de sujeira no pescoço. É uma lavada às pressas no posto de gasolina, onde você age rápido e não tira a roupa. Sua camiseta é três tamanhos maior. O pé que Pearl pode ver está calçado em um tênis sujo, a sola desintegrada presa ao sapato com fita adesiva. Sem-teto, provavelmente. Com certeza, pobre. A raiva de Pearl diminui tão rápido quanto explodiu.

— Quantos anos você tem, Gracie?

— Dezenove.

O coração de Pearl fica apertado. É tão jovem.

— Prontinho — anuncia Pearl. Ela cortou um círculo em volta da perna de Gracie com a serra. Espera que isso seja a coisa certa a se fazer. Se ela conseguir levantar a perna dentro do círculo apertado das tábuas, talvez as duas consigam sair de lá sem machucar demais a garota.

— Como uma fôrma para biscoitos — comenta Gracie, olhando para o trabalho de Pearl. Suas pálpebras tremem e sua cabeça cai por um segundo, como se ela estivesse com sono. Pearl não gosta disso.

— Igualzinho a uma fôrma para biscoitos — ela responde. Ela enfia uma régua de metal em vários pontos do círculo e gentilmente, com a maior delicadeza que consegue, pressiona, levantando. Ela ouve poeira e detritos caindo no chão da cozinha lá embaixo. Gracie geme e estremece.

— Vou parar — diz Pearl, aterrorizada de repente. — Foi uma má ideia.

Nesse momento um pedaço do chão desaba e Gracie e Pearl olham para a cozinha por um buraco irregular. Gracie levanta a perna de maneira hesitante. Seu tornozelo ainda está preso por uma coleira de madeira, mas ela está livre.

Pearl desliza os braços sob os de Gracie e se arrasta para trás, centímetro por centímetro, pela porta, puxando Gracie com ela. Ela pode sentir as costelas da garota trabalhando enquanto respira. Percebe que ela está tentando não entrar em pânico.

Assim que chegam à porta do quarto e voltam a ter uma base bastante sólida, elas ficam sentadas por um momento. Pearl se sente quase eufórica.

— Conseguimos — comemora ela, animada.

Gracie se afunda nela, como se estivesse relaxando. Pearl percebe que a garota desmaiou.

De baixo vem o som de passos correndo. Vozes chamam da praia. A ajuda chegou.

A pequena sala de emergência em Castine está silenciosa. A noite está caindo. Pearl senta-se nos desconfortáveis assentos laranja e aguarda.

Eles fecham o ferimento na perna de Gracie com um enxerto de pele. Caso contrário, se ficasse exposto, o osso ficaria seco e quebradiço.

Para Pearl, parece tão estranho e lógico — que a melhor maneira de tratar os danos é encobri-los.

Gracie não tem plano de saúde. Eles a tratam, mas ela não pode ficar.

— Você pode voltar para casa comigo — Pearl escuta sua voz dizer. Ela está assustada. É a última coisa que quer, diz a si mesma. — Só por uma noite.

★ ★ ★

As pedras assobiam lá embaixo quando chegam à cabana. O bordo--açucareiro fica vermelho à luz fraca.

Pearl comprou o chalé da mãe de Wilder após a morte dele, mas ela não vem muito aqui. Veio este ano para escrever o livro. Harper ainda mora na baía, em sua casa branca que parece *crème pâtissière*. Pearl sente um instante de culpa por ter feito a personagem de Harper morar na antiga casa dos Pelletier.

Pearl e Harper não se falam desde o dia, há tantos anos, em que ela ouviu falar de Wilder.

— Que som é esse? — Gracie pergunta. Ela é um fiapo branco no anoitecer. Está usando muletas velhas de madeira, que eram tudo o que o hospital estava disposto a abrir mão.

— É apenas um truque do vento — explica Pearl. — Não se preocupe. — Ela não sabe dizer se Gracie está preocupada ou não. A garota tem uma face imóvel. Pearl reconhece isso. É uma forma de se proteger dos outros — de esconder as coisas quentes e profundas que estão acontecendo dentro de você.

Gracie está quase dormindo, mas Pearl esquenta a sopa de lata e faz com que Gracie a tome com torradas.

— Nunca cozinhei bem — diz ela, desculpando-se e ligeiramente desafiadora. — Mas você perdeu sangue.

— Está bom — garante Gracie, e toma. Quando termina, diz educadamente: — Obrigada pelo jantar.

Pearl a coloca na cama no quarto que tem a janela redonda como a de um navio. Ela vai fechar a janela; o ar da noite é forte nesta época do ano.

— Deixe aberto — pede Gracie. — Gosto dos barulhos que as pedras fazem. Piando. Parecem corujas.

— Acho que sim — diz Pearl. — Nunca pensei nisso dessa maneira. — Durante todo esse tempo ela pensou que as pedras soavam como luto ou destruição. Mas talvez tenham soado como corujas o tempo todo.

★ ★ ★

Pearl acorda por completo em um instante. A casa está silenciosa e a princípio ela não consegue imaginar o que a perturbou. Mas então aparece de novo.

O toque inconfundível de seu *laptop*. O som emitido quando você rola até o fim de um documento. É irritante, mas Pearl nunca conseguiu descobrir como tirar isso.

Ela se levanta em silêncio e caminha pelo corredor com leveza na ponta dos pés. Por um momento, estranhamente, pensa: *Wilder?* Mas ele está morto.

A cabeça de Gracie está recortada pela tela brilhante. Ela está curvada, lendo. Pearl consegue ver o que está na tela, o que ela está lendo com tanta atenção. É o manuscrito de *Os Fantasmas da Baía Looking Glass*.

— O que você está fazendo, porra? — Pearl questiona com frieza.

Gracie dá um pulo, assustada.

— Não ouvi você chegando — diz ela.

— Dá pra ver.

— Eu sei que eu não deveria... eu sei...

— Acho melhor você ir embora.

— Por favor, me deixe explicar.

— Pessoas como você deveriam ter vergonha de si mesmas. — Pearl encontra, vez ou outra, essas pessoas. Elas vêm até aqui para ver com os próprios olhos a inspiração da vida real para a Cabana de Looking Glass, de *O Som e a Adaga*. No princípio, ela ficava lisonjeada. Depois, passou a ficar irritada e, no fim, depois que alguém sorrateiramente removeu algumas de suas roupas do varal do lado de fora e as levou consigo, ela ficou com medo. Ela mandou retirar a placa da Cabana do Assobio, aquela que indicava o caminho arenoso até a construção. Funcionou em parte. Em Castine, não respondem mais perguntas sobre ela, não encaminham as pessoas para a casa. Ela se tornou uma fonte de orgulho para a comunidade, algo a ser protegido. Como um animal de estimação favorito, talvez.

Os olhos da garota estão cheios de lágrimas. Mas também há um ar de resignação nela, o que afeta Pearl com mais intensidade. Ela está acostumada a ser expulsa na noite fria.

Pearl se senta. Gracie paira perto dela, incerta sobre seu destino.

— Gracie é mesmo seu nome? — Pearl questiona.

— Sim!

— Você veio aqui para me conhecer?

— Não. Quer dizer, eu esperava...

— Você fingiu tudo isso, ficar presa, para que eu trouxesse você até aqui? — Ela sabe que não faz sentido, Gracie não poderia ter arquitetado tudo. Mas ela está assustada, com raiva. Trouxe essa garota para sua casa.

— Não — Gracie está chorando. — Vim aqui por causa do meu pai — conta ela. — Meu pai era daqui. Ele estava... ele tinha algo a ver com aquela casa velha. Eu queria vê-la.

O mundo fica mais lento para Pearl, como acontece em momentos de choque. Ela recrimina a si mesma. Como tem sido idiota, como foi cega.

— Sua mãe — ela diz. — Quem era ela?

Gracie ergue os olhos devagar e por um segundo Pearl fica apavorada. Parece haver um brilho de luz atrás de seus olhos. Ela apenas balança a cabeça para Pearl.

— Quem... *é* ela? — Pearl pergunta.

— Acho que você já sabe — responde Gracie. Uma mecha de cabelo cai sobre sua bochecha e Pearl vê como ela fica vermelha à luz do lampião, vermelha como um alarme. Pearl vê a boca de Gracie se contrair em um botão. Ela está tentando não chorar.

— Ela não vai me ver — diz Gracie, em voz alta e com o coração partido, seu rosto está vermelho. — Ela me disse para não vir aqui.

Pearl afasta Gracie devagar.

— Você tem que ir embora pela manhã — diz ela, usando o tom mais calmo possível. — Bem cedo.

Antes que Pearl saiba o que está acontecendo, Gracie está chorando em seu ombro. Sua cabeça parece cabelo de milho sob a mão de Pearl. Ela sente o ranho e as lágrimas de Gracie infiltrando-se no ombro de seu pijama de algodão. As costas de Gracie balançam com soluços; Pearl consegue sentir os batimentos cardíacos e a respiração passando pelas finas costelas. Ela tocou mais em Gracie nos últimos dia e noite do que em qualquer outra pessoa em anos. *Não*, ela pensa, resoluta — *eu não vim até aqui, construí toda essa armadura em volta de mim mesma, só para sentir isso agora.*

— Desculpe por ter olhado — diz Gracie. — Sei que foi errado. Eu só queria ler o que você estava escrevendo sobre ele. E ela. Tudo o que tenho é isto... este *questionamento* dentro de mim. Como uma pulsação, a cada segundo. Será que ele teria me amado? Mesmo que fosse mau. — Gracie enxuga os olhos vermelhos com força usando o dorso da mão. — Pessoas más ainda podem, tipo, amar você. Talvez eu teria aceitado. Teria sido melhor que isso.

Pearl fica acordada a maior parte da noite, com os ouvidos atentos. Pergunta-se se Gracie tentará sair durante a noite, talvez com sua carteira ou *laptop*. Ela quase torce para que isso aconteça. Carteiras e *laptops* podem ser substituídos. Preferiria isso a ter que agir.

Ela se lembra da boneca que fez anos atrás com o cabelo de Harper, o chiclete de Wilder. Uma pérola do brinco da mãe, redonda como um umbigo. Embrulhada na carta de Alton Pelletier, da pasta roubada de Wilder. Ela realmente achava que poderia trazer os mortos de volta com bruxaria? Não é real e nunca foi. Fantasmas são apenas isto: vestígios, lembranças. Nada dura.

Quando sai do quarto e vai para a cozinha no início da manhã cinzenta, Gracie está lá, as muletas e a mochila encostadas na mesa.

— Pode levar um pouco de comida com você — diz Pearl. Ela se pergunta o que ela tem. Ela oferece a Gracie uma caixinha de biscoitos recheados.

— Quero fazer um acordo com você — diz Gracie, determinada.

— Não há acordo aqui — responde Pearl. — Você tem que ir.

— Li seu livro ontem à noite — revela Gracie. — Boa parte dele. É esquisito.

— Ótimo, obrigada — diz Pearl.

— Quero dizer, é esquisito escrever um livro que é sobre o seu primeiro livro.

— Foi o que aconteceu, só isso — explica Pearl. — Quero dizer, tentei ver isso pelo lado dele. — Por que ela está se justificando?

— O que aconteceu com ele na vida real, com seu amigo?

— Eu não quero falar sobre isso.

— Você precisa do seu desfecho.

— O livro tem um desfecho. Sky e Wilder estão felizes juntos. Fim.

— Quero dizer que você precisa de um desfecho para você. Eu tenho algo que acho que você vai querer.

Pearl vai até a porta e a abre. O dia está cinzento, tempestuoso. Um vento sopra.

— Hora de ir.

— É bom, prometo — garante Gracie. — É algo que minha mãe me deixou. É a única coisa que ela enviou comigo para meus pais adotivos. Ela escreveu que eu merecia saber sobre meu pai. — Ela respira fundo. — É a única coisa preciosa que possuo, mas darei a você se você me deixar ficar.

Um sentimento percorre o corpo de Pearl, pulsante. Ela diz a si mesma que é choque, mas sabe, na verdade, que é empolgação.

— Está bem — cede ela, imprudente. Com o que ela está concordando? — Mostre-me. Você pode ficar alguns dias.

Gracie tira um envelope do bolso da frente da mochila. Está sujo e macio pelo excesso de manuseio. Ela o abre com cuidado, devagar. Pearl quer arrancá-lo das mãos dela, mas não o faz. Em vez disso, enxuga as mãos cuidadosamente com um pano e pega a foto pelas bordas.

Pearl a reconhece pela descrição de Wilder — esta foto, que já esteve guardada na carteira de Nathaniel Pelletier. Ela olha para a mulher no bar com o cabelo louro desgrenhado, que seu filho herdaria no futuro. Ela está rosada por causa da cerveja e do calor do lugar. Parece feliz. Não sabe que vai sumir em breve. Pearl sabe quem é. É a mulher que eles nunca encontraram. Aquela que acham que pode ser a mulher desaparecida do barril de petróleo.

A mãe de Nat.

Um braço anônimo paira sobre seu ombro, mãos e rosto ocultos da vista. A fotografia é uma Polaroid dobrada ao meio.

Pearl a desdobra com dedos trêmulos. Ali está ele.

O rosto do homem está obscurecido por um polegar, largo, embaçado e rosado. Pearl consegue supor a identidade do fotógrafo. O tio de Wilder, Vernon, nunca deixou de ser um péssimo fotógrafo.

Mas o pulso do homem agora está visível. Ele está usando abotoaduras feitas de tampas de garrafa de Coca-Cola. Pearl pensa em toda a insistência da mãe de Wilder de que Edith não foi o primeiro caso. Ela pensa na afeição instantânea de Wilder por Nathaniel Pelletier, em como eles gravitavam em torno um do outro. Dizem que irmãos que foram separados no nascimento, ou que nunca se conheceram, podem reconhecer um ao outro se vierem a se encontrar mais tarde na vida. Mesmo que sejam apenas meio-irmãos.

Ela olha para Gracie, embasbacada.

Não notou a princípio porque Gracie tem aquele cabelo ruivo — mas Pearl pode ver agora. Os olhos claros, quase da mesma cor de sua pele. Os olhos são grandes, ligeiramente proeminentes. A aparência Harlow.

— Vá colocar suas coisas de volta no quarto — ela diz de maneira breve a Gracie e se vira, afastando-se. Agora é a vez dela de fazer uma ligação. Ela espera que Harper atenda. Elas não se falam desde aquele dia em que o leite derramou no chão da cozinha, o dia em que Pearl ateou o fogo.

Pearl decidiu dar ao livro o título *Os Fantasmas da Baía Looking Glass*.

Ela usa o diário de Wilder como começo. Ainda o guardava no cofre de seu apartamento em Nova York — aquela pasta com Afrodite na capa, com sua caligrafia bem-feita, contando a história daquele verão. Então, mais uma vez, ela retornou àquelas páginas com dobras nas pontas. Desta vez, digitou palavra por palavra.

A parte da faculdade é bem precisa, ela não mudou muito. Tentar imaginar seus sentimentos, ver pelos seus olhos — era uma espécie de tortura doce e salgada. Ela se obrigou a entrar nele. Revivê-lo foi como uma catarse, mas também como canibalismo. Ir ver Alton Pelletier. Seu sumiço, deixando-o para trás, desaparecendo com seus escritos. Ela mudou o próprio gênero, é claro — tornou-se Sky. Fazia sentido — afinal, ela fez o mesmo em *O Som e a Adaga*, anos atrás, quando se transformou em Skandar. Essa mudança é um disfarce, a faz se sentir segura. Caso contrário, esses livros são apenas janelas para sua dor.

Talvez ela tenha tornado Sky e Wilder românticos demais. Ela quer que Wilder tenha um pouco de felicidade, mesmo que seja apenas imaginária — mesmo que seja apenas em um livro.

Wilder está morto. Ele nunca envelheceu, nunca se casou, nunca se tornou professor. Pearl gostou muito de escrever essa parte do livro; proporcionou-lhe prazer dar a ele essas coisas. Foi bom imaginá-lo três décadas depois, um homem mais velho e um pouco mal-humorado. Pearl teve mais dificuldade em imaginar a tecnologia dali a doze anos — ela nunca foi muito boa nessas coisas de ficção científica, dizem todos os críticos.

Em *Os Fantasmas da Baía Looking Glass* ela usa passagens reais de seu primeiro romance, *O Som e a Adaga*, para assombrar seu Wilder fictício. Assim como os eventos que o inspiraram o assombraram todos aqueles anos atrás.

A história de Wilder terminou aqui, na Baía do Assobio. Ou no campo, na colina acima da casa, pelo menos. Ele deve ter se baseado na ideia de Harper de anos atrás — cicuta. Ela cresce lá. Ela imaginou isso mil vezes — seus últimos momentos. Ela se obriga a não pensar no que sabe sobre cicuta. A queimação, a dor, a perda de controle muscular, a salivação e as convulsões.

Pearl ainda se lembra da última coisa que Harper lhe disse, antes de desligar o telefone, que foi a última vez que se falaram.

— Você fez isso.

Pearl deu a ela um final melhor. Wilder vai para o campo rodeado de flores de verão. Mas na versão dela ele encontra Sky embaixo da terra, e há um final feliz.

E desde que começou a escrever, parece que essa versão — embora ela saiba que isso não faz sentido — se tornou realidade. Ela pode imaginar Wilder feliz nessa casa, com Sky. Ela sentiu — não, soube — nos últimos dois meses, que ele está realmente bem. Por meio de alguma membrana fina, em outro mundo, Wilder está vivo e bem. Às vezes, quando as barreiras são tênues, ela o sente aqui. Na cozinha, passando por ela, distraído, para pegar uma lata no armário. Deitado ao lado dela durante a noite, respirando. Às vezes, quando ela acorda pouco antes do amanhecer, até acha que ouve o claque, claque, claque da velha Remington dele na cozinha.

Mas isso é apenas uma ilusão, é claro. O novo livro de Pearl é exatamente isso. Um livro. E Wilder está morto. Há dezenove anos já. Alguns dias Pearl nem pensa nele. Nem uma vez.

Ela viu isso no rosto dele naquela manhã na pousada que tinha a banheira com pés. A noite que passaram juntos após visitar Alton Pelletier. Ela viu que o que ela sentia não era retribuído. Não que ele não gostasse de mulheres. Mas ele não amava Pearl, não desse jeito.

Às vezes, ela tenta se convencer de que o que fez com ele não foi um pagamento por esse fato.

Sandra Harlow deixou as páginas finais do diário de Wilder sobre a mesa da Cabana do Assobio. Elas foram a primeira coisa que Pearl viu quando abriu a porta de sua nova casa. Pearl não sabe se Sandra as deixou como um conforto para Pearl ou como uma forma de acusação.

Pearl também as usou. Ao longo dos anos, debruçou-se sobre cada palavra. Agora as está usando em seu novo livro. *Não somos todos monstros, nós, os escritores*, ela pensa. *Comemos tudo o que vemos*. O fim do diário de Wilder sempre lhe pareceu estranho. Ele diz que vai voltar para a Baía do Assobio — coisa que ele fez. Ele não parece triste, mas com raiva. Deve ter descoberto que não conseguiria escrever seu romance de vingança. O bloqueio de escritor segue você por toda parte, como Pearl bem sabe.

Às vezes, ela se pergunta o que aconteceu com aquele rascunho datilografado de *O Som e a Adaga* que ela enviou para Wilder. Seu Wilder fictício o queima, em *Os Fantasmas da Baía Looking Glass* — mas na realidade ele nunca foi encontrado.

O fogo ruge e lambe o céu noturno. O mar tranquilo está cheio de estrelas. Em algum lugar no escuro, uma foca "ronca".

Pearl aguarda, de olho nela — mas é claro que no momento em que tira os olhos da trilha e se abaixa para se servir de uma bebida, Harper surge silenciosamente. Do nada, ela está ali, atrás da fogueira.

Está mais velha, como não poderia ser diferente. Cabelos ruivos com mechas grisalhas. Mas seu rosto está sem rugas, com a aparência perversa de sempre. A luz do fogo brinca com ela, faz de seus olhos buracos. Todos os começos dessa conversa que Pearl tinha preparado fugiram de sua cabeça.

— Olá, Pearl — diz Harper. — Faz um tempo.

Pearl respira fundo.

— Achei que você tivesse feito um aborto, Harper — diz ela. — Na escola, você sempre me deixou pensar que…

Harper fica pálida e imóvel.

— Ela está aqui, não está?

Pearl assente. Há muita tristeza no rosto de Harper.

— Encontrei-a vagando pela antiga casa dos Pelletier.

— Eu falei para ela não vir. — Harper se senta de repente na areia. — Não posso vê-la — explica ela. — Isso é uma armadilha. Como pôde fazer isso comigo?

— Tome uma bebida — oferece Pearl. — Você está precisando. — Então ela cora, com a lembrança.

Mas Harper não está ouvindo.

— Eu deveria saber que ela me encontraria.

— Tem mais. — Pearl entrega a Polaroid a Harper. Agora está em um saco plástico transparente. Como um envelope de provas, supõe Pearl.

Harper olha brevemente e diz:

— Ela é uma garota em uma situação difícil. Quer um lugar para ficar. Talvez tenha apenas visto o que você precisava e lhe dado.

Já se passaram anos, mas Harper e Pearl ainda conseguem ler o coração uma da outra. Quem sabe, se você conhecer alguém de maneira assim tão profunda, nunca poderá perdê-lo.

— Chega de mentiras, Harper — Pearl diz com gentileza. — Nat se foi. Você não precisa mais guardar os segredos dele. Foi esta a fotografia que Wilder viu na carteira de Nathaniel Pelletier?

Harper assente.

— Vernon deu a fotografia a Nat, disse que era da mãe dele e do pai verdadeiro. Vernon sempre achou errado Nat não saber quem era seu pai — mas ele prometeu ao irmão nunca contar a ninguém. Então, ele continuou dando essas pequenas dicas a Nat. Quando Nat viu o pai de Wilder usando aquelas abotoaduras com tampa de garrafa naquela noite na cabana, ele percebeu. Ele roubou as abotoaduras e as escondeu com suas Polaroids atrás do rodapé. — Harper respira fundo. — A última vez que o vi foi naquele dia no hospital… no dia em que contei a ele que estava grávida. Acho que ele queria que nosso filho tivesse algo do passado. Mas é claro que a polícia encontrou as abotoaduras. Tudo o que lhe restou foi a fotografia.

— Alguém mais sabia? — O coração de Pearl bate rápido e forte.

Harper balança a cabeça para dizer que não.

— Nat estava com medo do que Alton poderia fazer se percebesse. Mas ele sabia que seu tempo estava acabando, de uma maneira ou de outra. — Harper enxuga os olhos com força. — Então, naquele dia no hospital, ele me pediu para contar a Wilder que eles eram irmãos. E eu ia, juro que ia. Mas esperei, esperei, então já era tarde demais. — Harper faz uma pausa. — Eu o encontrei. Wilder. Você sabia disso?

— Não — diz Pearl, abalada. — Desculpe. Como ele parecia para você, antes de… — Ela está tentando encontrar uma forma de perguntar se Wilder parecia querer se matar. — Pelo que ele escreveu em seu diário, parecia que ele estava voltando aqui para escrever seu romance de vingança. Mas acho que algo o fez mudar de ideia.

— Ele estava com raiva — diz Harper.

— De mim.

— De você. Mas muito… vivo.

— Ele pode ter uma sobrinha — diz Pearl. — Teremos certeza assim que tivermos o DNA. Gracie concordou em fazer… tenho um pouco do cabelo de Wilder.

Um sentimento forte surge em Harper.

— Onde você conseguiu?

— Eu peguei na manhã seguinte que nós…

— Você deveria ter me contado que tinha isso — repreende Harper. À luz do fogo ela está pálida de raiva.

— Que importância tem isso? — Pearl pergunta, sua própria raiva aumentando. — As coisas que você guarda para si mesma, Harper! Você nunca quis encontrá-la? Sua filha?

— Não ouse me julgar, Pearl.

— É você quem está me julgando — retruca Pearl. — Você me culpou pela morte dele durante tanto tempo… anos, Harper, quase vinte anos… mas não foi culpa minha!

— Você pegou um garoto vulnerável e traumatizado e o usou — acusa Harper. Ela conta os itens nos dedos. — Você o interrogou para obter informações, dormiu com ele, fez com que ele revivesse aquele passado traumático, só para o seu livro… assim como tentou fazer comigo. — Seus rostos estão tão próximos que Pearl pensa: *será que ela vai me morder?*

Ouve-se o som de passos na trilha do penhasco e as duas viram a cabeça bruscamente. Uma pessoa esbelta sai da escuridão.

— Eu não sabia onde você estava — diz Gracie a Pearl.

— Decidimos fazer uma fogueira na praia — esclarece Pearl. Ela respira fundo, tentando se acalmar. — Esta é minha ami... esta é a Harper.

Pearl sente o ar se deslocar e mudar enquanto Gracie e Harper se entreolham.

— Não tenho nada a dizer a ela — diz Gracie. Ela pega um *marshmallow* do saco e o espeta.

— Essas coisas levam tempo — assegura Pearl. A dor no rosto de Gracie é demais para suportar. — Vocês duas precisam se acostumar uma com a outra. Você pode fazer isso, não pode, Harper?

Mas Harper não está ouvindo. Está observando as feições de Gracie dançando à luz do fogo, observando-a comer os compridos fios rosados de *marshmallow*. Sentindo que está sendo encarada, Gracie ergue os olhos. Por um momento, Wilder transparece, pálido, pelos olhos de Gracie. Como Pearl poderia não ter visto isso antes? Então, Gracie inclina a cabeça para trás e ele vai embora. Em vez disso, é Nathaniel Pelletier quem vira a cabeça leonina para olhar a lua acima.

Pearl está prestes a dizer, *está vendo agora? Harper, está vendo isso?* Mas não há necessidade. O rosto de Harper brilha com lágrimas.

— Funcionou — ela sussurra. — O feitiço. Nós três conseguimos retornar para cá no fim.

Gracie vai para a cama depois de três cachorros-quentes e a maior parte dos *marshmallows*.

— Vou dar crédito a ele, sabe — diz Pearl a Harper. — Ele escreveu uma parte. Posso até dizer que foi coautor.

— O que você vai fazer em relação a ela? — Harper quer saber.

— Não sei — confessa Pearl. — Pensei que talvez ela pudesse ficar aqui quando eu voltasse para Nova York. Pelo menos por um tempo. — Ela não sabe como Harper reagirá a isso.

— Se ela decidir mesmo ficar — diz Harper —, venho dar uma olhada nela.

— Você poderia ficar com ela uma noite — sugere Pearl.

— Talvez.

— Certo — diz Pearl.

Harper olha surpresa para Pearl. Pearl tenta segurar as lágrimas, conter tudo dentro de si, mas as coisas não ditas estão surgindo das profundezas, fechando sua garganta.

— Eu o amava — conta Pearl. — Eu o desejava e, meu Deus, eu estava tão fodida naquela época. Eu não sabia como lidar com tudo isso. Eu fiz isso, eu o matei como você disse.

— Não — diz Harper com calma. — Eu estava com raiva quando disse isso. Você era jovem. Você estava de luto. Foi Alton Pelletier quem matou Wilder. Ele nunca superou o que aconteceu. Ele nunca superou Nat.

— Gosto de ir até lá às vezes — revela Pearl, após um momento. — Quer vir?

A trilha serpenteia à frente como o dorso de uma serpente, preto como cinzas e prateado. Harper e Pearl estão meio que cambaleando, rindo à toa. Pearl se sente leve como uma pena, o que não ocorre com frequência. Elas poderiam estar de volta à escola, andando pelo campo de hóquei sob a lua cintilante.

O campo é amplo e está iluminado de branco. A lua é uma lâmpada que brilha sob o mar.

Pearl não sabe exatamente onde o encontraram. Nunca quis saber. Mas agora vê Harper olhando, encarando fixo o chão embaixo de uma bela faia. Ela pensa, *ah, ali*, e começa a chorar de novo porque é um lugar que parece tranquilo, confortável, com algumas estrelas pálidas de dama-da-noite florescendo agora mesmo, ali perto, e ela está feliz por ter acontecido em um lugar pacífico. Há tão pouco pelo que se alegrar, mas há isto — este pequeno detalhe — que ele morreu rodeado de flores com o mar brilhando azul diante dele.

— Por que ele veio até aqui fazer isso? — Pearl quer saber. Ela sempre se perguntou isso. — Achei que ele odiava este lugar.

— Talvez seja por isso que o escolheu — diz Harper. — É difícil partir se você está cercado pelas coisas que ama. — Harper respira fundo; o ar noturno transpira primavera. — Antigamente teríamos feito um feitiço aqui, não teríamos?

— Ser velha meio que tira a magia das coisas — diz Pearl. — É triste.

— Mas também um alívio.

— Também tem isso.

— Desisti da bruxaria depois que Wilder morreu — conta Harper. — Era muito difícil continuar esperando que isso ajudasse. Muito difícil de aguentar toda vez que falhava. Parte de mim morreu com ele. Sei que acontece o mesmo com você. — Harper toca de leve o braço de Pearl. — É bom ver você de novo.

Pearl está comovida. Ela aperta a mão de Harper. Harper fica tensa e Pearl pensa: *fui longe demais*, mas a atenção de Harper está em outro lugar. Ela grita de repente:

— Pode sair, Gracie!

A garota sai da sombra salpicada das faias.

— Ouvi vocês falando sobre magia — ela diz. — Eu também sou uma bruxa, sabem?

Gracie vai dançando pela trilha à frente, com passos firmes sob o luar. *Eu fiquei velha*, Pearl pensa com inveja — *velha e com medo antes do tempo*. Harper fica perto de Pearl. De vez em quando, Pearl jura que os pés de Harper saem da trilha. Ela desliza ao lado de Pearl, os dedos dos pés tocando o xisto arenoso.

Preciso dormir um pouco, pensa Pearl. Ela está vendo coisas.

— Quero lhe dar uma coisa — Pearl diz a Harper quando chegam em casa. — Só um segundo. Espere aqui.

Ela vai para o quarto e tira a mecha de cabelo do medalhão onde a guarda, na gaveta com a pérola da mãe, a esfera enegrecida que outrora fez parte do brinco da mãe. Ela se lembra da expressão de perplexidade sonolenta e aborrecimento de Wilder enquanto puxava o cabelo da cabeça dele.

Não resta muito, mas Pearl divide os fios escuros e sedosos em dois. Estranho que esse fino fio de cabelo possa fornecer respostas para tantas perguntas. Ela ficará com metade para o teste de DNA, mas metade deve ficar com Harper. Num impulso, abre a caixa onde guarda a pérola há trinta e dois anos. Ela a contempla em momentos de grande tensão. Ela a acha calmante.

A pérola não está lá.

Pearl bufa. Gracie, talvez. Ou talvez não. Talvez Pearl não a tenha guardado de volta em alguma noite. Talvez tenha rolado para o fundo de uma gaveta. Nem tudo é culpa de alguém. Ela pensa a respeito por um momento, testa as feridas antigas e profundas — e se dá conta, para sua surpresa, que está tudo bem. Ela não precisa mais dela. Talvez Gracie precise mais. É hora de coisas novas.

Harper e Gracie estão paradas juntas, as silhuetas das duas refletem contra o mar iluminado pela lua. Gracie está sussurrando algo com pressa no ouvido de Harper. Suas cabeças se separam rápido quando Pearl retorna.

— Tome. — A mão de Harper é macia, menor do que Pearl se lembra. Ela espera que tudo que envolva Harper seja resistente e duro, mas não é, é claro. Harper também perdeu muito.

— Você deve sentir falta dele — ela diz. — Dos dois.

Ela dobra o cabelo de Wilder na palma da mão de Harper.

— Para você — ela oferece. Faz uma pausa. — Sabe, depois que você me ligou naquele dia, no dia em que ele morreu, eu tentei fazer um feitiço com o cabelo dele. Como aquelas coisas que costumávamos fazer na escola. Achei que poderia trazer Wilder de volta à vida com isso. Queimei a pérola da minha mãe. A única coisa dela que me restou.

— Bem — diz Harper, para confortá-la, após um silêncio. — Talvez funcione. Talvez vocês voltem a se reunir um dia.

Pearl ri e a abraça, e depois de um momento Harper retribui o abraço.

— Ele estará esperando por você quando você estiver pronta — diz Harper. — Wilder. — Pearl fica surpresa. Não achava que Harper era religiosa. Mas ambas mudaram.

— Estou feliz por sermos amigas de novo — declara Pearl. — Você é a melhor amiga que já tive. Lamento não saber disso naquela época.

— Ah, Deus — diz Harper. — Nenhuma de nós sabia de nada. Éramos idiotas. Mas às vezes temos uma segunda chance.

É estranho, pensa Pearl, como você consegue sentir as coisas na escuridão. Ela percebe que Harper está sorrindo. Sente que ficou livre de um grande peso, um fardo que carrega há muitos anos.

— Por favor, não vá ainda — diz Gracie a Harper, e o anseio em sua voz é tão forte que Pearl quase consegue vê-lo no ar noturno como uma cor.

— Vou deixar vocês duas conversarem — diz Pearl.

Pearl tenta dormir, mas sua mente é uma tempestade de raios. Ela pode ouvir o murmúrio baixo, no penhasco, de Harper e Gracie conversando. No fim, Pearl se levanta. Tira a pasta de Afrodite do armário e a coloca sobre a mesa da cozinha, acariciando-a delicadamente com os dedos. Parece diferente agora, algo a ser valorizado, não um lembrete de culpa. Ela a abre e espalha as páginas de *O Homem da Adaga da Baía do Assobio* sobre a mesa da cozinha. Aquela tecla quebrada da máquina de escrever — sempre a deixa maluca.

Não acho que as pessoas devam morar perto do mar. É grande demais para compreender.

Mas o que mais podemos fazer, pensa Pearl, *a não ser voltar aqui de novo e de novo e de novo, tentando compreender?*

Pearl lê, mergulhando no azul e dourado daquele verão.

★ ★ ★

Sua atenção é atraída por uma voz alta no meio da noite.

— Não sei se consigo fazer isso. — Há muito sofrimento na voz de Harper.

Gracie diz algo de volta. Pearl não consegue entender as palavras, mas há lágrimas nelas. Ela rapidamente se concentra nas páginas à sua frente. Algumas coisas são particulares.

Mais tarde, quando o céu do leste é tocado pela primeira luz difusa, Pearl ouve os passos de Harper passarem pela casa e descerem a colina. Um momento depois, Gracie entra silenciosamente na cozinha. Está chorando e suas bochechas estão vermelhas, mas seus olhos são estrelas brilhantes.

— Vou fazer um chocolate quente para você. — Pearl não consegue pensar em mais nada para dizer, mas parece ser a coisa certa, porque Gracie a abraça com força e enterra o rosto no ombro de Pearl.

Pearl acorda com um suspiro. A luz azul da neve está entrando pela janela. Alguém está respirando ao lado dela.

Ah, aí está você, ela diz, e joga o braço sobre ele, acariciando seu peito. Tap tap, ela faz, tipo, *siga-me*. Ele se vira para ela, mas, ao fazê-lo, ele desaparece.

Acordar é como estar despedaçada.

Não é Wilder, ela lembra a si mesma. E ele com certeza não é um fantasma. Fantasmas não existem. É um sonho que às vezes ela tem, só isso, de uma noite há vinte anos, quando ela era jovem e Wilder estava vivo. Ela mal o conhecia, na verdade. Já faz tanto tempo que conversaram, que se tocaram — e o que tudo isso significava, afinal?

Um dia serei uma mulher de 80 anos, pensa Pearl. *E ainda ficarei triste por sentir falta desse garoto de 19 anos.*

★ ★ ★

Pearl está sob o bordo, olhando para a Baía Looking Glass. *Não*, ela se corrige. *Baía do Assobio*. É fácil se confundir. A água olha para ela com um brilho de aço. As pedras estão quietas. É hora de voltar à vida.

— Você está bem? — pergunta Harper.

— Você a ama? — Pearl pergunta afobada. — Sei que não sou do tipo maternal, mas, por favor, não a deixe ficar assim, por você, se você sabe que nunca poderá amá-la de verdade.

— A filha é minha, Pearl — diz Harper com suavidade. — Não se intrometa.

— Tudo bem — diz Pearl. — Não vou me intrometer.

Harper e Gracie têm se aproximado cada vez mais nas últimas semanas. Longas caminhadas pela trilha costeira. De vez em quando, Pearl chega em casa e encontra a cozinha assombrada por aromas suaves — fumaça de lenha, resina, ervas. Harper está de volta aos velhos truques, então. Pearl acredita que sejam bem inofensivos. Wicca, bruxaria branca, como quer que você a chame — magia educada, despojada da urgência e do sangue de épocas passadas.

Às vezes, Gracie e Harper saem à noite sob a lua minguante. Uma ou outra vez Pearl acordou com gritos fracos vindos da baía. Pearl está feliz por Harper estar recuperando essa parte de si mesma. E é bom que ela compartilhe isso com Gracie.

Gracie ficará e cuidará da casa quando Pearl partir — isso agrada a todos. Mãe e filha podem continuar a tecer a delicada teia de seu relacionamento, e Pearl consegue uma caseira definitiva.

Gracie sai pela porta da frente com uma coxa de frango na mão. Está com o manuscrito de *Os Fantasmas da Baía Looking Glass* na outra. Pearl imprimiu duas cópias, uma para Gracie e outra para Harper. Ela consegue ver que a página do título tem manchas de gordura de frango.

— Você não vai se sentir solitária? — Pearl pergunta de novo a Gracie.

Toda noite, Gracie ainda coloca tudo o que possui na mochila e usa como travesseiro. Não porque tenha medo de que Pearl roube suas coisas, mas porque está acostumada a fazer isso. Precisa de tempo para se acostumar a estar segura.

— Vou ficar sozinha — diz Gracie. — Não é a mesma coisa. De qualquer maneira, tenho Harper.

Harper olha brevemente para a filha e uma onda silenciosa de sentimentos passa entre elas.

— Tudo pronto? — Gracie pergunta a Pearl.

— Tudo pronto — responde ela, tentando não perguntar o que Gracie achou do livro.

Gracie sorri. Ela é boa em ouvir o que as pessoas não dizem. Instinto de sobrevivência, acredita Pearl.

— Eu não entendo — ela diz. — Você fez Wilder fazer coisas para você no livro. Você meio que o usou.

— Sim — diz Pearl.

— Mas ele era seu amigo. Você, tipo, o amava. Isso não a impediu?

— Por que deveria? — Pearl pergunta, genuinamente intrigada.

Gracie pensa sobre isso.

— Gosto de como eles a encontram. Minha avó. A última mulher do barril, escondida debaixo deste penhasco. Imagina se fosse verdade?

— Acho que nunca mais a encontrarão — Pearl diz de maneira gentil. — Nós nem sabemos se foi isso que aconteceu com ela. Aquela caverna embaixo da colina não existe. Eu a inventei.

Gracie dá de ombros.

— Gosto dos pequenos capítulos que você insere com apenas a brincadeira das palavras.

Harper se vira, fita Gracie com um sorriso.

— O quê? — pergunta Pearl.

— Você insere capítulos que são apenas palavras.

— Não — diz Pearl. — Quer dizer, mencionei a brincadeira das palavras que costumava fazer com meu pai, mas...

— Bem, você coloca colunas de palavras — diz Gracie, intrigada e um pouco magoada. Ela parece sentir que está sendo acusada de mentir, de alguma maneira. — Está bem ali. E você fez parecer que uma máquina de escrever as digitou. Isso também é legal.

— Gracie, você tem que parar. — Às vezes, Gracie fica ansiosa quando Pearl está prestes a sair de um quarto ou de casa e inventa desculpas para ela ficar. — Tenho que ir, vou perder o voo para Nova York.

— Não. — Gracie coloca o calhamaço de páginas nas mãos de Pearl. — Estou falando sério. Você deve ter esquecido, ou algo assim. Pegue. Olhe, você verá que estou certa.

Pearl pega as páginas da mão dela.

— Posso comer a outra coxa de frango? — Gracie também faz isso, pede licença para comer, como se estivesse sendo racionada.

— Claro — diz Pearl, distraída, folheando as páginas. Gracie sai dançando de volta à cabana.

Pearl para de folhear. Seu coração também para.

Pão
Não

Creditei
Acreditei
Acredite

Celas
Nelas

Acuda
Ajuda

Ajudo
Ajuda

Aluda
Ajuda

Ela não escreveu isso. Ela sabe que não escreveu.

De acordo com as regras do pai de Pearl, a brincadeira tinha uma estrutura. A última palavra de cada grupo deverá constituir uma mensagem.

```
Não acredite nelas
Ajuda
Ajuda
Ajuda
```

— Devo ter escrito e esquecido — ela diz em voz alta, atônita. — Devo ter feito isso.

Mas a base do "j" está faltando, está parecendo um "i" embriagado. As letras estão ligeiramente esverdeadas, como se a fita da máquina de escrever estivesse acabando.

— Wilder? — Pearl sussurra, olhando ao seu redor em uma torrente de… de quê? O mar e o céu brilham, como se estivessem prestes a responder.

Harper a está observando.

— Sim, ele está lá — ela diz. — Eu o coloquei lá. Usei o cabelo que você me deu.

O céu fica escuro como o anoitecer. Os olhos de Harper são tão prateados quanto a última luz sobre o mar.

Pearl percebe que nunca a conheceu de verdade porque a expressão em seu rosto não é a da mulher que ela conheceu, nem mesmo de uma pessoa.

— Você queria viver para sempre — Harper diz devagar. — Vocês dois queriam, você e Wilder. Isso é tudo que os escritores de fato desejam, não importa o que digam. Agora você pode… aqui, no livro. Eu tenho o seu sangue, então, depois que você morrer você também entrará. Vocês ficarão juntos para sempre, preenchendo as páginas.

— Como você conseguiu meu sangue? — A carne de Pearl se mexe como o mar ao redor de seus ossos.

— Gracie. Você deixou seu sangue cair na calça dela quando ela ficou presa na casa, no dia em que a trouxe aqui. E ela o trouxe para mim… assim como a pérola de sua mãe.

— Gracie não faria isso. Eu tentei ajudá-la…

— Você tentou fazer com que você mesma se sentisse melhor. E ela estava usando você para ficar perto de mim. Ela é minha filha, minha. — Harper faz uma pausa. — Você é uma pessoa monstruosa, mas os livros são jaulas para monstros. Vocês dois a merecem, você e Wilder. Você colocou toda a minha dor nas páginas sem nem pensar. Aquelas mulheres que morreram… Elas não merecem ser usadas por você. Foi um roubo, Pearl. Ela era sua mãe, mas você a deixou fora da história. Em vez disso, concentrou-se no assassino e no filho dele.

— Isso não faz sentido — diz Pearl, desesperada. — Wilder morreu anos atrás. Só lhe dei o cabelo dele há algumas semanas.

— Se eu tivesse usado uma pedra ou uma árvore para aprisioná--lo... não, não teria funcionado. Mas os livros não funcionam dessa maneira. Eles estão além do tempo. Estão em toda parte.

— Mas... — A mente de Pearl é uma fornalha. Ela sente o pulso negro que vem de Harper. Cada parte de seu corpo grita, *perigo, fuja*.

Harper olha para ela. Sorri.

— Isso mesmo — ela diz, suavemente. — Entre no carro e dirija. E não volte aqui. Este lugar é meu. Achei que você tivesse entendido isso. Por que você voltou? Pensou que tudo girava em torno de você, mas essa história era sobre mim o tempo inteiro. Você nunca pensou em mim, nenhum de vocês. As coisas que tive que fazer... ninguém sabe o que tive que fazer, pelo que passei.

O rosto de Harper está rosado e contorcido pelas lágrimas.

— Nat teria odiado a prisão — ela diz com a mandíbula cerrada. — Eu não poderia deixar isso acontecer com ele. Ele tirou aquelas fotos das crianças. Ele me contou, eu o obriguei. Ele queria ser perdoado, então dei isso a ele... depois, eu o alimentei. Foi melhor assim.

Harper ergue os olhos para Pearl. Seu rosto é uma tela de lágrimas.

— Você faz ideia de como é matar alguém que você ama? — Sua voz está esganada e molhada de lágrimas. — É mais do que o amor pode suportar. Encontrei uma forma de estarmos todos juntos de novo. Nat, Wilder e eu. Podemos retornar para antes de tudo acontecer. — Harper respira fundo, engolindo em seco. — Eu fiz um monte de besteiras antes, mas finalmente as consertei.

HARPER

Outono de 1992

Ela está quase pronta.

A baía cintila, o campo está dourado na claridade baixa. Harper sente o cheiro da terra quente. Foi um verão seco. Isso é bom. A cicuta cresce mais forte debaixo do sol. Seu coração está mais seco que a terra. Harper sabe que ficará devastada quando acabar com isso. Uma última vez.

As janelas da Cabana do Assobio estavam abertas quando ela passou. Um visitante qualquer. Ela abaixou a cabeça e passou correndo. Não quer atrair atenção.

Ela desempacota os itens um por um. A faca de prata, o robalo fresco e reluzente que comprou em Castine. Tem que ter alguma coisa do mar e Nat gostava de pegar esse peixe. Com cuidado, ela desembrulha o suéter que envolve o pote de tintura. O líquido está vermelho-sangue, por algum motivo, ela não sabe o porquê; talvez tenha feito algo errado.

Ela o encontrou no *King's American Dispensatory*, na biblioteca de seu pai — as instruções.

> *[...] coloque-o com moderação em um coador cônico de vidro e, aos poucos, despeje álcool diluído, até obter mil gramas de tintura [...]*

Felizmente, ela sempre foi boa em ciências. Harper não tinha coador, então usou uma cafeteira. Ela a quebrou depois e escondeu os pedaços no lixo, envoltos em três camadas de saco de lixo.

Ela desenrosca o pote e cuidadosamente coloca a faca no líquido. A lâmina inteira deve ficar coberta por ele.

Harper voltou para vigiar a baía como sua guardiã. Tem a forte impressão — mas isso pode estar errado, pois grande parte da magia é adivinhação — de que ela lhe pediu. Às vezes, pensa que a baía a está protegendo. Ou que ela está brava. Seja como for, ela está aqui desde Fairview, naquela casa branca vazia. É como se o tempo tivesse parado para Harper. Até Pearl fez algo com sua vida. Harper leu sobre isso no jornal — o livro. Mas Harper não bebe. Tem isso. Não por dois anos.

— Não me saí bem, Natty? — ela diz em voz alta. Ela fala com ele às vezes. Talvez um dia ele responda.

— Harper?

Harper se vira, a pele vibrando de emoção. Ela nem começou ainda — mas conhece aquela voz.

Wilder está enterrado até os joelhos na grama ondulante, parecendo hesitante. Está com uma bolsa de couro pendurada no peito. Harper abre a boca para dizer olá. Em vez disso, diz:

— Alguém se apaixonou por você desde a última vez que nos encontramos. Dá para perceber. — E ela percebe, a luz brilhante sobre ele. — Eu não sabia que você tinha voltado.

— Acabei de chegar — diz Wilder. — Eu estava olhando para o mar e pensando em você... pensando no passado. Aí, olhei para cima e lá estava você do lado de fora. Então, eu a segui. Esqueci meus óculos em cima da mesa, mas queria conversar com você. Não sabia que você estava vindo para cá.

— Você ainda odeia este campo? — ela pergunta, sorrindo. — Você costumava dizer que era como se alguém tivesse morrido aqui.

— É estranho, mas não me sinto assim hoje. — Ele sorri também. — Acho que amadureci.

Ele olha para o fogo que ela acendeu. A faca. Ela mesma esculpiu o cabo em nogueira. A estampa de peixe no cabo de nogueira é um pouco mais tosca que a original. Mas existe uma grande semelhança.

— O que você está fazendo? — Wilder pergunta devagar.

— Estou praticando — diz Harper. Ela respira fundo. — Acho que posso trazer Nat de volta. Mas há algo a mais que preciso e ainda não tenho acesso. Então, estou fazendo um teste.

— Para...?

— Você acha que tudo isso é bobagem.

— Não importa o que eu acho.

Ela suspira. E quer contar a alguém; trabalhou muito duro para fazer isso direito.

— Aqui está a faca... não é a que Nat usava, mas é o mais próximo que consegui. Estamos no lugar onde Nat deu seu sangue, lembra? As punições. Portanto, os feitiços estarão ligados por sangue, lugar e propriedade. Mas preciso ter o objeto para acrescentar aqui. E tem que ser esse em específico. É um livro sobre tudo o que aconteceu, escrito por... bem, isso não importa. Chama-se *O Som e a Adaga*... será publicado no ano que vem. Até lá, vou praticar o restante. Tenho que fazer tudo direito. Acho que só existe uma chance. — Harper olha para o mar. Não quer que ele a veja chorando.

— Sei que é uma coisa boba — ela diz. — Sei que não posso mudar nada. Mas eu tenho que ter algum propósito. Alguma esperança.

Wilder olha para ela. Em silêncio, ele abre sua mochila e tira um calhamaço de páginas. Na página do título lê-se: *O Som e a Adaga.*

— Você pode fazer isso agora — diz ele.

— Como foi que você... — Harper sente o mundo se desintegrar ao seu redor.

— Ela ficou sabendo por mim — diz Wilder. — Nossa história. Acabamos na mesma faculdade. — Ele balança a cabeça em negação. — Muito estranho, né? Que eu apareça aqui exatamente com o que você precisa, bem quando você precisava disso.

— É assim que ela opera — declara Harper. — A magia. O livro é... como somos no livro?

— É mais sobre ela do que sobre nós, eu acho. Você se chama Helen nele. Olhe. Aqui. Eu sou Wiley. Ela também se acrescentou nele... um personagem chamado Skandar.

— Credo — diz Harper.

— É uma ladra desprezível. Vim até aqui para encontrá-la.

— Você vai matá-la? — Harper está interessada.

— Vou perdoá-la — anuncia Wilder com dignidade.

Harper começa a rir. Ri ainda mais ao ver a expressão em seu rosto.

— Você não muda. Tenho um plano melhor. — Ela estende a mão. — Me dê isso.

Ele hesita.

Algo quebra dentro dela.

— Me dê, Wilder! Mesmo que você ache que tudo isso é uma bobagem, mesmo que ache que sou louca... apenas faça minha vontade. Está bem?

Suas mãos tremem enquanto ela pega o manuscrito.

— Você vai gostar da próxima parte. Vou queimá-lo.

— Harper...

Ela sorri e aperta a mão dele.

— Podemos conversar depois — diz ela. — Há coisas que você deveria saber, coisas que prometi a Nat que contaria a você. — Ela fracassou em cumprir tantas promessas. Mas pode consertar isso.

Harper coloca o manuscrito na pira. Tira a faca do pote e a sacode para remover o líquido, tomando cuidado para não deixar as gotas caírem perto dela. Derrama o restante da tintura na base da pilha de gravetos. É em grande parte álcool, vai funcionar como um acelerador. Ela deixa cair o fósforo e a chama salta, pálida à luz do sol, como se esperasse ansiosamente por esse momento.

Ela leva a faca à garganta. Um arranhão seria suficiente, ela pensa, mas não quer arriscar.

— Caramba, o que você está fazendo? — Wilder exclama, horrorizado. Ele se lança sobre ela, ela se esquiva de seu alcance. — Harper, não!

— Não tente me impedir, Wilder — ela diz, empurrando-o. — Ele precisa do meu sangue. Posso trazer Nat de volta no livro. Eu ainda estarei viva, apenas estarei... lá dentro. Eu serei Helen.

Wilder não responde. Ele olha para o comprido e profundo rasgo ensanguentado que abriu em seu antebraço.

Harper fica gelada de horror.

— Me desculpe — diz ela. — Ah, Wilder. Eu sinto muito.

— Não dói — fala ele. — Deveria doer. O que tem na faca, Harper?

— Tintura de cicuta — ela sussurra.

— Ah, Deus — ele diz. — Ligue para a emergência. Você consegue correr até a cabana...

Ela sabe que não dá tempo. A tintura já está no corpo dele, correndo no sangue.

— Estou assustado. O que vai acontecer?

— Vai ficar tudo bem. Posso consertar isso. — O coração de Harper está martelando no peito. Ele estragou o feitiço, ela não sabe o que fazer agora. Não consegue consertar isso. Ao redor deles, fragmentos vermelhos de papel em chamas flutuam no ar.

— Eu não quero morrer — Wilder parece jovem e muito assustado.

— Sente-se — diz Harper. Há uma bela e jovem faia por perto e ela o ajuda a sentar-se com as costas apoiadas no tronco. Ela espera que mantê-lo imóvel irá retardar o veneno.

Wilder começa a chorar. Harper lhe estende a mão, mas ele se afasta dela. Agora ele consegue sentir o verdadeiro eu de Harper, a vasta escuridão dela.

— Não me toque — ele sussurra.

— Como quiser — diz Harper, sorrindo. Ela mantém o sorriso no rosto e segura com força as lágrimas, que ardem em sua garganta. Deve haver uma forma... tem que haver.

— Espere — ela diz a Wilder.

Ela corre para a pira. O livro está quase consumido por completo, é uma chama ardente. Ela prende a respiração e estende a mão, conseguindo capturar um fragmento branco de página. Ela apaga com o pé no chão as bordas brilhantes dele. É uma cena entre Wiley e um cara chamado Skandar. *Cabelos ruivos bagunçados, nariz grande. Gentil.*

Que criativo, Pearl, ela pensa. *Fazendo do seu personagem principal uma versão masculina de você. Argh, tudo bem.* Terá que servir.

Ela aguça a mente e o coração. Para seu terror e espanto, o sentimento está tomando conta dela. A bruxaria está prestes a acontecer. O mundo fica azul e embaçado nas bordas.

Ela mancha a página chamuscada com o sangue do ferimento de Wilder. Ela morde o interior da bochecha até sangrar e depois cospe na página também.

Quando ela está pronta, diz:

— Abra os olhos.

Os olhos de Wilder são vastos e escuros, as pupilas totalmente dilatadas pelo veneno.

— Quem é você? — ele pergunta. — Eu estou morto?

— Você é Wiley. — Harper ouve a voz dela, grave. Ela toca a garganta, sente a barba por fazer, a saliência desconhecida de um pomo de adão. Seus ombros estão largos agora. Poderosos. É assim que é? Ela tenta não pensar. Ela tem que acreditar, ele tem que acreditar. Eles têm que entrar no livro.

Ela se inclina, deixa-o sentir sua respiração na boca, separa os lábios. Ela gentilmente os toca com os dela. O suspiro que ele dá é tão longo quanto a alma dela; eles respiram um ao outro. Ela sente o gosto da língua dele, limpa como minerais. Quando ela segura a mão de Wilder, ela vê que a sua própria mão não é familiar — dedos grandes e compridos.

— Coloque a mão no meu coração — ela diz.

Wilder enfia a mão dentro da camisa dela, os botões voam pelo ar. Ele coloca a mão na estranha superfície plana do peito dela, sobre o coração. Harper para de pensar e deixa a magia assumir o controle, deixa que ela a atinja como uma avalanche. O mundo é uma confusão de cores em torno do ponto fixo um do outro. Cada parte dela está focada na respiração de Wilder, em sua boca, em seus batimentos cardíacos. Ela tenta forçar a respiração e os batimentos cardíacos deles no livro.

Por um momento, o campo estremece ao redor deles. A baía abaixo tem um formato diferente, há focas nas rochas quentes. Está funcionando, ela pensa. Ela e Wilder não estão debaixo de uma faia, mas sim em um riacho turvo iluminado pelo sol. Ela é Skandar e ele é Wiley.

Dura apenas um momento. Os lábios de Wilder se contraem e ficam frios sob os dela. Ela sente isso quando ele começa a morrer.

Harper empurra com mais força, mas não adianta. A luz azul nas bordas das coisas começa a diminuir. Ela sente o cabelo ficar maior, o rosto estreito e macio. Ela volta a si mesma.

Wilder está olhando para ela, a boca congelada, os olhos vidrados de medo. A menor centelha de vida permanece — e ele se foi, seus olhos estão vazios. Ela sabe que não funcionou. A página que ela segura é apenas uma página.

Mesmo sabendo que é inútil, Harper treme e chama Wilder. Ela grita e bate com o punho em seu peito morto. O corpo que o abrigava esfria lentamente.

Harper acaricia o cabelo escuro de Wilder.

— Vai ficar tudo bem — ela sussurra em seu ouvido. — Prometo que vou consertar isso.

PEARL

— Achei que eu o tivesse matado — Pearl diz sem expressão no rosto. — Mas foi você.

— Foi um acidente — sussurra Harper.

— Uma vida desperdiçada por algo que nem funcionou — diz Pearl, com o coração apertado de tristeza.

— Acho que você só pode fazer isso com um livro que não está completamente pronto. — Harper soa quase suplicante. — Mas, acima de tudo, acho que precisava da Gracie. Ela é nós três, percebe? Eu, Nat e Wilder. Sangue do nosso sangue. Agora podemos ficar todos juntos, fazer tudo de novo.

— Mas seria horrível passar por tudo de novo — diz Pearl.

— Mal posso esperar para vê-los — diz Harper.

Pearl diz lentamente:

— Você colocou a pérola da minha mãe. — A respiração de Pearl está ofegante.

— Sim, você verá sua mãe.

Pearl acha que pode desmaiar. Ela geme.

— Não entendo você, Pearl. Você deveria estar me agradecendo…

— Isso significa que ela vai morrer de novo, Harper. E de novo e de novo.

— Você vai se acostumar com isso. Embora seja uma pena que você tenha feito Rebecca voltar como um fantasma neste livro — o fantasma dela sofre muito.

Pearl olha para as próprias mãos e pensa nelas envolvendo a garganta de Harper.

Não. A voz de Harper troveja no crânio de Pearl. Pearl segura a cabeça.

Harper enxuga as lágrimas de maneira metódica.

— Não escreva mais sobre a Baía do Assobio — diz ela. — Não é para você. São dois livros que todos teremos que viver agora. Tente escrever algo diferente. Tente escrever muitas coisas diferentes. Viva e ame — ouça e observe. Em seguida, coloque tudo no mundo do papel. Isso lhe dará mais espaço para se movimentar — quando chegar a hora. Você os escreve, então você está em todos eles. Estamos apenas naqueles em que você decide nos colocar.

— Isso não é possível — diz Pearl, fraca. — Você está tentando me assustar.

— Talvez — diz Harper. — Talvez não. Já que você não quer se juntar a nós aqui, eu tentaria viver o maior tempo possível e criaria o máximo de mundos que conseguisse para viver.

Seu sorriso aumenta. Fica maior ainda quando ela alcança Pearl, que tenta gritar, mas não tem fôlego. Os braços de Harper a envolvem e Pearl sente isso, o seu grande poder sombrio e sorridente, os velhos sóis, luas e constelações girando dentro dela. Como pôde algum dia tê-la considerado inofensiva?

— Me deixe ir — ela sussurra, com as entranhas se contorcendo. — Por favor, farei o que você quiser. Eu irei e nunca mais voltarei. Escreverei sobre outros lugares.

— Pearl? — Gracie está dizendo, preocupada. — Harper? — Ela está parada na porta, com coxa de frango na mão. Seus dentes roem o osso nu. Pearl estremece.

— Harper está usando você, Gracie — diz Pearl. — Ela só quer o seu sangue. — Ela sabe que é uma coisa cruel de se dizer.

Gracie balança a cabeça em negação.

— Ela é minha mãe — ela diz simplesmente.

Harper observa Gracie com um leve sorriso — algo queima em seus olhos. Pearl vê, assustada, que é amor. Passa entre mãe e filha, um momento luminoso e radiante.

Harper se volta para Pearl.

— Você está com pouca gasolina — diz ela educadamente —, mas vai conseguir chegar à rodovia. — Pearl não pergunta como ela sabe. Aquela vastidão escura pulsa atrás dos olhos de Harper — ela bate levemente no braço de Pearl com um dedo. A unha é seca, afiada e leve.

Pearl ofega e estremece com o toque. Ela se vira e desce a colina correndo, escorregando e derrapando no chão de xisto, sentindo o peso de olhos em suas costas, em seu pescoço.

Ela bate a porta do carro, trancando-se lá dentro. Ela respira profundamente, sentindo o cheiro de couro, o cheiro doce e reconfortante de uma raspadinha velha no porta-copos. Estas são coisas reais e comuns. Mas o poder rasteja em sua nuca como moscas.

O motor funciona na primeira tentativa e Pearl soluça de alívio. O carro sai em disparada, espalhando areia e xisto. Ela se lembra de respirar e a estrada se estabiliza um pouco diante dela. *Não olhe para trás*, ela pensa, *não olhe, não olhe*, mas no final ela não consegue resistir, é como se seu pescoço estivesse sendo girado por uma manivela. Ao se aproximar da curva, ela lança um olhar para trás.

No alto da colina aparecem duas sombras, negras contra o céu. Pearl sabe que devem ser Harper e Gracie, mas, por um momento, o sol ofusca seus olhos. Poderiam ser dois meninos à beira da idade adulta, de braços dados, para vê-la partir.

[ ]

Oco
Coco
Coce
Você

Feita
Eita
Está

Arguí
Arqui
Raqui
Caqui
Aqui

Lombo
Lambo
Lambe
Lambem
Também

Agradecimentos

Meus maravilhosos agentes são defensores destemidos de meus livros e merecem bem mais elogios do que consigo dar a eles aqui. Os primeiros agradecimentos, como sempre, devem ser dirigidos à mágica Jenny Savill, que sempre exerce seu poder para o bem. Obrigada a todos da Andrew Nurnberg Associates: Michael Dean, Barbara Barbieri, Rory Clarke, Lucy Flynn, Juliana Galvis, Halina Koscia, Ylva Monsen, Andrew Nurnberg, Sabine Pfannenstiel e Marei Pittner.

Às maravilhosas Robin Straus e Danielle Metta da Agência Robin Straus — obrigada — vocês mudaram tudo para mim.

Todo o agradecimento às minhas maravilhosas editoras do Reino Unido e dos EUA, Miranda Jewess e Kelly Lonesome O'Connor — não tenho palavras suficientes para agradecê-las. Este livro foi uma jornada e tanto — obrigada pela confiança, paciência, criatividade e desenvoltura aparentemente inesgotáveis de vocês.

Sou muito grata à poderosa equipe da Viper por seu brilhantismo e trabalho árduo — Andrew Franklin, Drew Jerrison, Flora Willis, Claire Beaumont e Niamh Murray em particular. Na preparação, o olhar de águia de Hayley Shepherd me salvou, como sempre, do erro.

Ao incrível clã Nightfire nos EUA: Alexis Seraala, Devi Pillai, Michael Dudding, Jordan Hanley, Sarah Pannenberg, Kristin Temple e o restante da fantástica equipe da Tor Nightfire e Tor Books — obrigada. Eu fico muito feliz por ter sido publicada por vocês.

As lindas e dramáticas capas de *Looking Glass Sound* foram criadas por Steve Panton no Reino Unido e Katie Klimowicz nos EUA.

Pelas longas conversas, apoio e gentilezas demasiado numerosas para serem mencionadas, meus agradecimentos a Emily Cavendish, Oriana Elia, Kate Griffin, Virginia Feito, Essie Fox, Lydia Leonard, Craig Leyenaar, Anna Mazzola, Andy Morwood, Thomas Olde Heuvelt, Natasha Pulley, Gillian Redfearn, Alice Slater, Holly Watt, Belinda Stewart-Wilson, Rachel Winterbottom e Anna Wood.

Aos meus adoráveis pais Isabelle e Christopher, e a Antonia, Sam, Wolf e River — vocês estão sempre em meu coração.

Meu querido Eugene Noone, você está em todos os livros que escrevo, e faz falta.